POR LOS OÍDOS DE LOS DIOSES

LIBRO 1 CHANSON DE GUERRE

CHRISTOPHER FLY

Traducido por
GABRIELA REAL

Para A C
Tú eres mi Claire

CAPÍTULO UNO

La sequía implacable azotó la partida de caza del Príncipe. Después de una lucha larga por atrapar cualquier cosa con poco éxito apreciable, el Príncipe declaró en el crepúsculo de la noche que todo el esfuerzo había sido un fracaso. Acamparían y volverían a la ciudad de Darloque por la mañana. Mientras los otros cazadores desensillaban sus caballos y hacían arreglos para la noche, el Príncipe se adentró solo en la oscuridad cada vez más espesa. Nadie se atrevió a seguirlo.

Cuando el crepúsculo gris de la mañana dio paso a los primeros matices de naranja plomizo, la figura solitaria del Príncipe regresó del desierto, su estado de ánimo sustancialmente mejor que la noche anterior. Mientras sus hombres se movían en sus rituales matutinos, saludó a cada uno calurosamente, dándoles palmadas agradables en la espalda, y hablándoles con palabras alegres y alentadoras. Cada hombre observaba al Príncipe cautelosamente, esperando el castigo que no se merecía. Cuando no llegó ningún acto de castigo al azar, la cautela se transformó rápidamente en recelo y luego en miedo absoluto. El Príncipe montó su caballo ensillado con un grito de: "¡Hombres del hogar! ¡Hacia Darloque!" Los demás lo siguieron obedientemente.

El grupo de caza avanzó rápidamente a través de la llanura abierta, las hierbas rechonchas y azotadas por la sequía ofrecían poca resistencia a los caballos galopantes. Al poco tiempo, se encontraron con el camino a Darloque. Una discusión se estaba intensificando dentro de un grupo pequeño en la parte trasera del grupo de caza. Después de mucha discusión, un jinete pateó de mala gana a su caballo para que fuera más rápido, se detuvo junto al líder y se dirigió a él.

"Mi Príncipe, parece de mucho mejor humor que anoche". El jinete habló con un tono triste, que apenas disimulaba su inquietud.

El Príncipe mantuvo la mirada hacia adelante, aparentemente ignorante del comentario de su teniente.

Se aclaró la garganta y estaba a punto de repetir su declaración cuando el Príncipe habló, sus ojos aún hacia adelante, una sonrisa pequeña formándose en sus labios.

"Sé que los hombres están preocupados por mi estado de ánimo alegre repentino". Se volvió hacia su teniente. "¿Mi estado de ánimo alegre repentino también te perturba, Jean-Louis?"

El teniente mantuvo la compostura, sin mostrar respuesta al pinchazo. "Tiene sus razones, y no las cuestiono. Los hombres simplemente notan un cambio repentino con respecto a la noche anterior. Tales cambios, cómo han llegado a aprender, generalmente presagian una experiencia desafortunada para uno de ellos".

El Príncipe echó la cabeza hacia atrás y soltó una carcajada.

"Los hombres temen la tormenta que se avecina de su ira oculta", dijo el teniente sin más. "Pero le conozco demasiado bien. Este gran estado de ánimo suyo es genuino, y deseo conocer su origen".

El Príncipe dejó de reírse. Bajó el rostro y sus ojos se iluminaron con un fuego infernal, aparentemente perturbado de que su teniente pudiera juzgar tan bien sus estados de ánimo. Se inclinó hacia el teniente y susurró lo suficientemente fuerte por encima del trueno de los cascos de sus caballos: "Este estado de ánimo magnífico mío es realmente genuino, porque pronto tendré mi mayor logro que grabará mi nombre en el gran libro de la historia".

El teniente apretó los labios con fuerza. No pudo pensar en ninguna respuesta a esta declaración fantástica.

"No tenemos tiempo para detalles ahora. Vamos a darnos prisa por la ciudad, les daré a ti y a los hombres los detalles cuando lleguemos al castillo". El Príncipe pateó a su caballo para que fuera más rápido. Los otros hombres, al ver esto, también patearon a sus caballos, esforzándose para mantener el ritmo. El teniente redujo la velocidad de su caballo gradualmente y luego lo detuvo en medio de la carretera.

"Esto no es un buen augurio", dijo en voz baja. "Todavía no sé el significado de esto, pero aun así no es un buen augurio". Después de un momento de silencio, el teniente puso a su caballo a un galope fuerte detrás del Príncipe y su séquito.

El Príncipe se mantuvo muy por delante de los demás durante algún tiempo. El teniente deliberadamente mantuvo su corcel detrás del grupo principal, deseando pasar tiempo a solas con sus pensamientos. Levantó la vista para ver que el Príncipe y los otros hombres habían desaparecido en una curva del camino. Tallos de maíz altos pero delgados crecían a través de un campo hasta el borde del camino bloqueando la vista del teniente del grupo de caza. Dobló la curva para encontrar a todo el grupo detenido en el camino viendo al Príncipe mientras conversaba con una campesina joven. Una campesina muy joven.

El teniente detuvo bruscamente a su caballo y sacudió la

cabeza con tristeza. "Por los oídos de los Dioses", murmuró en voz baja.

Había alcanzado al Príncipe a mitad de su discurso, pero la chica parecía no creerle nada. El teniente tuvo que sonreír un poco cuando la niña hizo un movimiento impertinente con su cabello castaño. Se apartó del camino entre hileras de tallos de maíz patéticos, una canasta de mazorcas pequeñas marchitas a sus pies. El teniente sacudió la cabeza de nuevo, pero esta vez por la cosecha mala que la niña había estado recolectando.

El Príncipe no se dio cuenta de la falta de interés de la niña. Lo que sí notó fueron sus pechos en ciernes y atrevidos, y sus muslos profundamente bronceados. El calor ya era opresivo poco después del amanecer, y la niña aparentemente se había aflojado el cuello y se había subido las faldas alrededor de la cintura para trabajar más cómodamente. El Príncipe recitó un discurso muy utilizado que había dado a un sinnúmero de otras campesinas jóvenes de todo el país. El teniente, por desgracia, lo había oído tan a menudo que lo sabía de memoria.

Y ahora le dirá lo lejos que ha viajado, pensó.

"Y, mi señora, he visto los Bosques Blancos en el Norte, he viajado por las tierras más allá de Ocosse en las vastas Estepas Orientales, he escalado las Montañas Silenciosas magníficas al Sur y he navegado en el Gran Mar del Oeste—"

La joven irrumpió: *"¿Ha visto el mar?"* Dio un par de pasos rápidos hacia el Príncipe.

Desconcertado momentáneamente por su interrupción, el rostro del Príncipe bajó por un instante breve y una mirada de incertidumbre brilló en sus ojos. Solo el teniente se dio cuenta.

"Bueno sí, mi señora", respondió el Príncipe después de que el momento había pasado, "he estado en el mar, pero su belleza palidece en comparación con la suya".

Hubo unas cuantas risitas detrás de él. El Príncipe no se dio cuenta; estaba concentrado en su presa.

"¡Tiene que decirme cómo es!" gritó la joven. Se había perdido por completo el cumplido del Príncipe, enfocada totalmente en el tema del mar. Sin embargo, dio otro paso hacia él.

"¿Describir el mar? Sería como tratar de describir su belleza a un ciego. Las palabras no podrían contenerla". El Príncipe estaba fuera de su guion, pero estaba mostrando un momento raro de inspiración creativa. "Describirlo, no puedo, pero con mucho gusto le llevaré allí".

Los ojos de la niña se iluminaron y dio otro paso adelante. Ahora casi estaba sobre él. "¿Lo haría? ¡Oh! ¡Me gustaría mucho visitar el mar!"

Más risitas por detrás. Sin embargo, el Príncipe no se dio cuenta, ni la niña.

"Con mucho gusto le mostraría el azul brillante del Gran Mar del Oeste". El Príncipe se inclinó sobre su caballo. "Ah, no hay nada como estar de pie en la arena blanca lustrosa viendo capullos grandes espumosos chocando contra la orilla. ¡Los sonidos de las olas y del viento, el olor a sal en el aire! ¡*C'est magnifique*!"

El teniente sacudió la cabeza con tristeza cuando vio que los ojos de la niña se iluminaron y se dio cuenta de que otra inocente estaba atrapada en la trampa.

"¡Oh, debe llevarme! ¡Por favor!" Sus ojos estaban muy abiertos y salvajes, su voz era suplicante.

"Oh sí, mi señora, sin duda lo haré". El Príncipe miró al otro lado del campo. "Su casa", dijo, indicando la estructura pequeña de piedra al final de un camino para carretillas. "Sus padres están ahí, ¿no es así?"

"¡Sí!", respondió la niña con entusiasmo.

"Bueno, debo pedirles permiso para llevar a su hija a un viaje tan largo". Una sonrisa amplia rapaz se extendió por el rostro del Príncipe. "Debemos respetar sus deseos".

Más risitas llegaron por detrás seguidas por un par de carcajadas que fueron silenciadas inmediatamente por los demás. El Príncipe era completamente ajeno a los hombres, cautivado como estaba con la presa.

"¡Oh, sí! ¡Oh, sí!" Exclamó la niña alegremente. "¡Pero dirán que sí! ¡Lo harán! ¡Lo harán!"

El Príncipe se despidió, prometiendo volver pronto por ella, y puso a su caballo al galope por el camino de las carretillas hacia la granja. Los hombres siguieron su ejemplo, comiéndose con los ojos a la niña mientras pasaban, y riéndose entre ellos.

Solo el teniente se quedó. Miró a la niña con tristeza y lanzó un suspiro de luto. La niña lo miró curiosa. Por un momento, sus ojos se cruzaron. La niña de repente pudo sentir la carga pesada que llevaba el hombre. Sintió el peso en su corazón y un anhelo por aliviar su dolor creció dentro de ella. El jinete apartó la mirada de ella, tiró de las riendas de su caballo y cabalgó lentamente tras sus camaradas. Tan rápido como el sentimiento había invadido a la niña, se había ido.

———

Murielle se congeló cuando los golpes furiosos inesperados e intermitentes llegaron a la puerta. Sus ojos recorrieron nerviosamente la habitación. *¿Dónde está Gilles?* pensó, con pánico lento creciendo en ella. "*Non, non*", susurró, tratando de calmarse. Gilles estaba trabajando en el campo y un golpe desconocido en la puerta de su casa no podía ser más que un viajero en busca de descanso. Su hogar yacía en el camino principal a Darloque, y con frecuencia los peregrinos cansados se detenían para descansar y reponerse de sus viajes. Nunca se habían arrepentido de haber acogido a un extraño. Vivían de acuerdo al lema "Da la bienvenida a un extraño y recibe múltiples recompensas". Gilles había grabado el lema en escritura ornamentada en una tabla que colgaba sobre la puerta.

"¿Pero por qué tan temprano en la mañana?" dijo, más fuerte de lo que pretendía. El golpe llegó de nuevo, lleno de presentimiento. *Esto no es un buen augurio*, pensó, esta vez mordiéndose la lengua por sí Gilles entrará de repente. Las palabras sobre la puerta se burlaban de ella en su sencillez, su ingenuidad. Los golpes intermitentes llegaron de nuevo, cada vez con más urgencia. Murielle se movió vacilante hacia la puerta, recordando otro principio: "Uno no puede darle la espalda al Destino".

Mientras tomaba aire lentamente y lo sostenía, abrió la puerta. *Prescindamos de esto rápidamente.* En la puerta estaba un hombre alto y fornido con un rostro desconocido, un hombre que nunca había visto en su vida. *Oh, gracias a los Dioses*, pensó automáticamente, *es solo un viajero buscando reposo en su viaje largo.*

"Buenos días, señora", dijo el extraño con voz ronca.

"Buenos días, *Monsieur*", respondió con un suspiro profundo, "¿Qué le ha traído a mi humilde casa esta hermosa mañana?"

El extraño permaneció callado por un momento, con una mirada constreñida en su rostro como si estuviera intentando la tarea ardua de ordenar sus pensamientos. De repente, estalló: "Señora".

"Sí", respondió ella.

"*Bonjour*", comenzó, como si intentara recitar un discurso mal recordado: "es mi placer... um... presentarle... um... a Su alteza real... um... el Príncipe". El hombre fornido se hizo a un lado, ofreciendo una reverencia incómoda al Príncipe que había estado detrás de él.

La sangre de Murielle se congeló. El Príncipe pasó con indiferencia delante de ella y entró en la casa. "Debe perdonar a mi nuevo hombre que aún no ha memorizado eso. Por lo demás, es particularmente útil y vino altamente recomendado".

Por los oídos de los dioses, pensó Murielle, con su alivio volviendo al pánico, *¿dónde está Emmeline?*

El Príncipe paseaba casualmente alrededor de la cabaña pequeña de piedra arrugando la nariz ante la sencillez de esta. "Qué casa tan encantadora tiene aquí, señora". El Príncipe le ofreció el cumplido con un toque de desprecio escondido en su voz.

"Ahh..." fue todo lo que Murielle pudo ofrecer en respuesta.

"Bueno, señora, estoy seguro de que está muy ocupada esta mañana, así que iré directamente al asunto". El Príncipe se detuvo en una silla en el centro de la habitación como si fuera a sentarse y luego cambió de opinión. "He visto a la chica más hermosa por el camino que me dice que es su hija".

¡Emmeline! ¡NON!

El Príncipe se volvió hacia Murielle.

La cabeza de Murielle empezó a girar. Durante años había escuchado las historias del apetito del Príncipe por las chicas jóvenes. Al principio, había descartado las historias como solo eso, historias. *Rumor volat, como dicen los sacerdotes*, pensó, *los rumores vuelan.* Pero mientras pasaba el tiempo y el Príncipe se volvía más descarado en su búsqueda de chicas jóvenes, incluso las historias más extravagantes se volvieron creíbles.

¿Por qué yo se preguntó, *por qué nosotros, por qué Emmeline?*

"Me gustaría pedir la mano de su hija en matrimonio". Fue más una orden que una petición.

Como mujer y como madre, Murielle se había compadecido de las familias que el Príncipe había tocado con su lujuria. Sin embargo, en el fondo, se había convencido a sí misma de que esas cosas solo les sucedían a otras personas, no a ella ni a Gilles. Estaba segura de que no los tocaría porque estaban aislados y vigilantes. Tonterías, se dijo ahora, tonterías y vanidad pensar que eran inmunes a la enfermedad del Príncipe. Pero aquí estaba ahora. La locura la había tocado, la enfermedad estaba sobre ella, y su hija se había ido.

"Le aseguro, señora, que a su hija no le faltará nada", recitó el Príncipe. "Ella será mi Reina, y yo su consorte leal". Caminó abruptamente hacia la puerta y anunció: "Estoy cansado y agotado de mi cacería, volveré por su hija esta noche cuando me sienta renovado".

El Príncipe salió de la cabaña con una floritura de su capa de caza. El hombre fornido de la puerta ofreció una reverencia mecánica mientras pasaba. Murielle miraba sin comprender, con la boca abierta, la respiración entrecortada y jadeos de pánico. El hombre corpulento le ofreció un guiño inquietante mientras cerraba la puerta, una gran sonrisa sin humor se extendió por su rostro, una sonrisa que era más hambrienta que amenazante.

Murielle salió de su letargo y corrió hacia la puerta. La abrió con un estruendo y miró a la asamblea fuera de su casa. El Príncipe estaba montando su caballo mientras un gran grupo de hombres charlaba entre ellos sobre sus monturas. Todos los hombres que acompañaban al Príncipe eran personajes grandes, corpulentos y amenazantes como el primero. Excepto uno.

Era mayor que el resto, más o menos de su edad. Aunque ligeramente desplomado sobre la silla de su caballo, su cuerpo tenía una apariencia de fuerza y poder. Llevaba el pelo hasta los hombros a la manera de un caballero del Viejo Rey, el estilo que había usado su padre. Su caballo era un corcel grande, oscuro y de aspecto rápido, con ojos ardientes y una constitución musculosa de excelente crianza. *Sí*, pensó, *no sé mucho, pero sí sé la apariencia de los caballeros verdaderos del Viejo Rey. Sus ojos se clavaron en los de él. ¿Entonces, qué estás haciendo con este grupo lamentable?*

El corazón de Murielle se ablandó mientras miraba los ojos

del caballero. La desesperación moraba en esos ojos, y la inundó, fundiéndose con su propia tristeza. Llevaba sobre los hombros una carga pesada, el peso del mundo, y quizás algo más. Aún no estaba roto, pero estaba muy cerca del punto de romperse. Sus ojos le suplicaron desesperadamente. *Por favor, sé que puedes detener esto.* Murielle sintió que se le llenaban los ojos de lágrimas mientras apelaba a él a través de la brecha. Una lágrima se deslizó por su mejilla. *Lo siento,* murmuró antes de conducir a su caballo y cabalgar tras sus asociados.

"¡Date prisa, Jean-Louis!" gritó el Príncipe, y esto provocó la risa escandalosa de los demás hombres.

Murielle cerró la puerta con el tambor de los cascos que se desvanecían y presionó la cabeza contra el marco áspero de madera. Suspiró profundamente. *Por los oídos de los Dioses.* Frotó su frente de un lado a otro contra la superficie gruesa. *¿Pourquoi? ¿Por qué, por qué, por qué?* Con la cabeza todavía pegada al marco de la puerta, volvió los ojos hacia el altar cerca de la puerta. "Ni siquiera pudiste protegernos de esto", le reprochó al dios. "¿de qué sirves?"

De todas las dificultades que habían soportado en sus vidas, nada se comparaba con esto. ¿Cómo se lo diría a Gilles? Eso era bastante difícil, pero ¿cómo se lo explicaría a Emmeline? Era solo una niña inocente de solo doce primaveras que no sabía nada del mundo.

Como si se lo hubieran ordenado. Emmeline irrumpió por la puerta trasera de la casa con una canasta en las manos. Miró ansiosamente alrededor de la habitación, luego sus ojos se posaron con entusiasmo sobre su madre. "¡Mamá, mamá! ¿Hablaste con él?"

Murielle se volvió lentamente para mirar a su hija, y sus ojos se desviaron inútilmente hacia la canasta que la niña sostenía. La sequía, ahora en su tercera temporada, había reducido de nuevo la cosecha a una mera sombra de su una vez gloriosa generosidad. La cosecha había disminuido mucho más allá del punto de producir lo suficiente para vender en el mercado, y ahora era incapaz de suministrar lo suficiente para alimentarlos durante el invierno. Murielle se volvió hacia el altar. *Primero la sequía y esta cosecha lamentable, y ahora nos has puesto este tormento nuevo.*

Volvió a mirar a su hija. Se le ocurrió que la niña parecía haber crecido de la noche a la mañana. El rostro de Emmeline se había adelgazado; casi había desaparecido la redondez regordeta de la infancia. Su cabello ahora tenía un brillo sedoso. Y su piel, bronceada por trabajar al sol, tenía cierto brillo. Murielle podía ver curvas en Emmeline donde antes no había ninguna.

Con una sorpresa repentina, Murielle se dio cuenta de que Emmeline se había soltado el cabello largo, así que le colgaba hasta la cintura. La falda de su hija estaba levantada casi hasta esa altura, y su blusa estaba abierta, ofreciendo un vistazo de la feminidad que se desarrollaba debajo.

"¿Dónde recogiste esto?" Preguntó Murielle, entrecerrando los ojos.

Emmeline hizo un movimiento impertinente con su cabello sedoso, el cabello largo y lustroso de una joven apenas tocado por el tiempo, y respondió: "Por el camino".

Murielle apretó los puños. "¡Niña!" siseó con los dientes apretados. "¡Cuántas veces te he dicho que no trabajes en el camino y si debes hacerlo, ata tu cabello y usa tus pantalones!"

"¡Mamá!" Emmeline comenzó a protestar.

"Niña, no te digo esas cosas simplemente para escuchar mi propia voz. ¡Tengo razones para lo que te digo que hagas!"

Emmeline resopló.

La mujer mayor gimió y señaló hacia el altar, "Recoges esta cosecha terrible que nos proporciona este dios ineficiente, vestida así, y ahora..."

Murielle se calló. *¿Y ahora qué?* Comenzó a caminar ansiosamente por la habitación, retorciéndose las manos. *¿Y ahora qué? ¿Qué le digo? ¿Qué su vida se terminó?*

"Mamá", prosiguió la niña, "es apenas después del amanecer, y ya es sofocante. ¡Los pantalones son demasiado calientes!"

Murielle abrió la boca para decir algo luego lo reconsideró, eligiendo el silencio como una mejor opción. Simplemente movió la cabeza en un arco pendular lento. Emmeline miró a su madre boquiabierta con una curiosa incredulidad. El sonido del silencio llenó lentamente la habitación.

Un grito fuerte rompió la tensión incómoda cuando el hombre de la casa irrumpió por la puerta trasera proclamando: "¡Familia, he aquí la cosecha abundante que Lord Aufeese nos ha proporcionado!" Madre e hija se volvieron para ver las mismas mazorcas de maíz marchitas, que adornaban la canasta de Emmeline, derramándose de su canasta. Gilles recogió cuatro de las mejores mazorcas y las colocó en un comedero poco profundo delante del altar. Luego, colocó las yemas de los dedos de su mano derecha en su frente, se arrodilló en veneración ante el altar y oró en voz alta. "*Merci beaucoup* por esta gran cosecha, O Niño Dorado de Mava, aunque no somos dignos de tu gran beneficio".

Su esposa resopló con disgusto. Su hija puso los ojos en blanco.

Gilles se puso de pie y se volvió rápidamente hacia Murielle: "¡No te burles del Niño Dorado! Debemos estar agradecidos por todo lo que nos da, sin importar cuán grande o pequeño sea." Murielle notó el tono leve de desesperación en esas tres últimas palabras mientras su esposo defendía al dios de la cosecha. Todavía le asombraba que incluso en su frustración, Gilles permaneciera fiel a su dios.

Gilles continuó regañando: "No nos corresponde a nosotros conocer las intenciones de los dioses, porque sus caminos están más allá de nuestra comprensión. Debemos tener fe en el conocimiento de que lo que hacen es siempre para nuestro beneficio".

Murielle resopló de nuevo. *¿Y exactamente cómo nos beneficia la lujuria del Príncipe?*

Gilles señaló salvajemente con el dedo en dirección de Emmeline: "Estoy tan decepcionado de que tu falta de fe haya comenzado a infectar a nuestra pequeña. Ya ha perdido el hábito de la oración diaria y se niega a hacer ofrendas a Lord Aufeese".

Emmeline resopló indignada ante la acusación. Algunos días se olvidaba de orar al dios, pero hizo una ofrenda justo ayer, o tal vez fue hace unos días. No podía recordar. De todos modos, no era tan cínica sobre los dioses como lo era su madre. Aunque pensaba que era una pérdida de tiempo hacer ofrendas a un dios que no parecía estar escuchando sus oraciones. Las lluvias caían cada vez más retiradas, mientras que los cultivos continuaban sufriendo a pesar de las oraciones constantes de su padre. Lord Aufeese nunca traía la lluvia necesaria, ni les daba nada que pudieran utilizar para ayudar a mantener la granja próspera. Había una creencia profunda dentro de Emmeline —creciendo como un brote de maíz en suelo fértil— de que su padre perdía su tiempo orando a un dios sordo. Es decir, si estuviera allí para escuchar las oraciones.

Un rubor había subido lentamente por el rostro de Murielle. Era una condición que Emmeline había visto a menudo en su madre cuando estaba muy enojada con su padre. Su ira parecía surgir con mayor rapidez y frecuencia en las últimas estaciones. Muy a menudo, su madre y su padre discutían beligerantemente sobre los temas de la religión y la fe. Más específicamente, discutían sobre la fe de él en los dioses y la fe de ella de que no existían tales cosas.

"Bien", estalló Murielle finalmente, "¿te gustaría saber lo

que tu fe nos ha traído ahora?" La saliva voló de sus labios mientras desataba su furia. "Déjame decirte lo que *tú* dios ha dejado que le suceda a su servidor más fiel". Le contó a Gilles todo el encuentro, y la mandíbula de Emmeline cayó cuando la historia comenzó a desarrollarse.

CAPÍTULO DOS

"P-p-p-pero", farfulló Emmeline, "no quiero casarme con nadie". Sacudió la cabeza de un lado a otro y sacudió los brazos inútilmente. "E-e-e-él solo dijo", balbuceó de nuevo, "¡e-e-e-él solo dijo q-q-q-que me mostraría el mar!"

Murielle asintió con una afirmación sombría. "¿Así que eso es lo que te dijo?"

"*Oui*, mamá, *oui*" escupió, "*Oui*. Dijo que me mostraría *la mer*. Eso es todo. *Oui*"

Un gemido bajo atrajo su atención hacia Gilles que se hundía lentamente de rodillas, con el rostro enterrado entre las manos. "¡No, no, no mi niña pequeña!" sollozó.

Con un grito fuerte y agonizante, Gilles apartó las manos de su rostro y sin mirar a su esposa y a su hija se arrastró de rodillas hacia el altar, nubes de polvo se arremolinaron a su alrededor desde el suelo de tierra mientras avanzaba. "¡Oh, gran Niño Dorado, por favor escucha mi oración!" Gilles presionó las yemas de los dedos de su mano derecha firmemente en su frente y comenzó a murmurar de forma inaudible.

Murielle puso los ojos en blanco y suspiró profundamente

con disgusto. "Sí Gilles, eso ayudará mucho". escupió sarcásticamente. "El dios que no puede traer la lluvia nos librará de esto".

"¡Mamá!"

"¿No estás de acuerdo, niña?" gruñó sin mirar a su hija.

"N-n-n-no", tartamudeó, "pero debe haber un malentendido con el Príncipe".

"No hay ningún malentendido, Emmeline", se volvió de nuevo hacia ella. "El Príncipe tiene la intención de que seas su esposa". Se detuvo un momento, viendo a su marido aun murmurando sus oraciones tontas. Luego añadió con un suspiro bajo, "Lo que sea que eso signifique para él en su mente enferma y retorcida".

Emmeline sacudió la cabeza y volvió a sacudir los brazos. "¿Qué... qué quieres decir, mamá? ¡Nosotros... nosotros le diremos que ha habido... un... un... mal... malentendido!"

"¡Emmeline solo tú estás malentendiendo!" Murielle se retorció las manos y comenzó a caminar en un círculo apretado. Emmeline abrió la boca para hablar, pero Murielle la interrumpió. "Jul..." Murielle se detuvo brevemente y tomó aliento. "Muchos viajeros me han contado historias del Príncipe".

Emmeline miró a su madre sin comprender.

Murielle tragó saliva. "Déjame contarte solo una historia".

Emmeline resopló y se agitó el cabello.

"En un viaje de caza en el oeste", continuó Murielle sin cesar, "el Príncipe se encontró con una granja de inquilinos pequeña y aislada. La pareja allí solo tenía un hijo, una hija. Una hija muy joven. Tenía más o menos la edad que tienes ahora, bonita, y poseía una cabeza con cabello largo rojo ardiente. Jocelyn era su nombre. Cuando el Príncipe la vio, inmediatamente pidió su mano en matrimonio. Los padres de Jocelyn estaban encantados con la perspectiva y permitieron que el Príncipe se la llevara de regreso a Darloque".

"Algunas personas recuerdan haberla visto entrar en la ciudad y en el castillo —el cabello rojo la marcaba fácilmente— pero entonces, ya no se le vio".

Emmeline frunció el ceño. "¿Qué quieres decir con 'no se le vio' mamá?"

"Nunca más la volvieron a ver, al menos no en Darloque. Después de un tiempo largo sin noticias de su hija, el padre de Jocelyn hizo el viaje a Darloque y preguntó en el castillo sobre su estado. Después de una espera larga, el propio Príncipe saludó al campesino. 'No tengo idea de dónde está su hija "perra ladrona"', le dijo al hombre. Continuó diciendo que pocos días después de haberla traído al castillo había regresado de un viaje de caza para encontrarse con que había desaparecido y, faltaban varias piezas de oro y plata, así como un cofre pequeño con las joyas de su madre difunta".

"El campesino estaba fuera de sí. Respondió que su hija nunca haría tal cosa. Añadió que no había regresado a casa, que era demasiado joven para estar sola y ¿a dónde habría ido?"

"El Príncipe se enfureció, gritando y maldiciendo. Después de gritarle al hombre que había cometido un grave error al confiar en la hija de un sirviente, el Príncipe ordenó a sus guardias que expulsaran al campesino del castillo. Levantándose del polvo, el campesino deambuló por la ciudad, buscando a su hija y llorando a cualquiera que escuchara sobre su hija desaparecida y el trato que había recibido a manos del Príncipe. Incluso fue tan lejos como para volver al castillo e intentar obtener una audiencia con el Viejo Rey. Los guardias permanecieron en silencio, ignorando sus súplicas. Después de algún tiempo de esto, uno de los guardias sin decir una palabra, colocó la punta de su lanza sobre el pecho del hombre. El campesino cesó sus gritos y se marchó con el paso lento de la derrota".

"Fue bastante tiempo después, quizás la siguiente estación, cuando un grupo de viajeros de Darloque afirmó haber visto a

Jocelyn en el pueblo sureño lejano de Alzenay. Dijeron que la vieron en... en... en una parte mala del pueblo. El cabello rojo ardiente era inconfundible. También dijeron que estaba... bueno... en mal estado. Ninguno de ellos creía que la joven pudiera haber llegado sola a ese lugar. Sin duda el Príncipe la había enviado allí".

Emmeline miró con tristeza a su madre, con la boca abierta. "¿Jocelyn alguna vez regresó a casa?" preguntó en voz baja.

Murielle inhaló profundamente y lanzó un suspiro largo. "Cuando escuchó la historia, el campesino viajó a Alzenay tan rápido como pudo. Preguntó por el pueblo y finalmente encontró a una mujer que recordaba a la chica del cabello rojo ardiente. Le dijo que la chica había sido... que... que... un grupo de soldados, mercenarios, se la habían llevado. Pero eso había sido casi media temporada antes. Cuando el campesino le preguntó a dónde habían ido los mercenarios, ella lo hizo callar y le dijo que podía encontrarle otra chica de cabello rojo mucho más bonita que esa. Hizo a la mujer a un lado y continuó con su búsqueda frenética. Pero nunca encontró a Jocelyn".

Murielle soltó un suspiro largo y cansado. "He dicho demasiado", murmuró en voz baja.

La boca de Emmeline se había secado. Se pasó la lengua por los labios. "Qué haremos ahora", dijo con un susurro ronco.

¿Qué haremos ahora? Se preguntó Murielle. *Mantente alerta*, escuchó a la voz de su padre insistir. Necesitaba calmarse y aclarar su mente. *Todo problema tiene su solución*, siempre le había dicho su padre, *y uno simplemente tiene que descubrirla*. Murielle sabía que con juicio podría encontrar la solución.

Gilles todavía estaba de rodillas ante el altar de Lord Aufeese, con los dedos en la frente, murmurando palabras de oración inaudibles. Cuando Murielle lo conoció, su devoción por los dioses —Lord Aufeese en particular— parecía pintoresca y se sumaba a su encanto rústico. Ahora, tantas temporadas después, su devoción se había vuelto molesta. Parecía pensar que Lord Aufeese, el hijo dorado de Mava, podía resolver cualquier cosa, a pesar de que cada vez estaba más claro que no lo haría, o no podía.

Si es que existe, añadió Murielle. En toda su vida, nunca había visto ninguna señal de que los dioses fueran algo más que ilusiones creadas por los antiguos y apoyadas por las masas supersticiosas que buscaban un camino fácil para salir de sus problemas. En ninguno de los templos omnipresentes de los diversos dioses que había visitado, había visto alguna vez a uno de los dioses. Desde que había venido para estar con Gilles, había visitado el Templo de Aufeese en Darloque más veces de las que podía contar. El edificio en sí era impresionante: una fachada enorme de diseño intricado con columnas inmensas de piedra que se elevaban hacia el cielo y una gran vidriera con todos los colores del arcoíris. En el interior, una estatua imponente de mármol blanco del propio Niño Dorado estaba detrás del altar. Diariamente, los fieles se postraban ante el altar debajo de esta gran estatua de Lord Aufeese. Los sacerdotes merodeaban, ayudando a los fieles en sus devociones: ayudando con sacrificios, instruyendo a los novicios en las oraciones y haciendo lo que los hombres buenos de religión deberían de hacer.

Sin embargo, a pesar de sus sentimientos hacia los dioses y la religión en general, no podía encontrar ningún defecto en los sacerdotes buenos que había conocido en los templos. El recuerdo del primer viaje de Emmeline al Templo de Aufeese en Darloque surgió en su mente sin invitación. Ella todavía era joven y nunca había estado lejos de la granja. El Sumo Sacerdote les dio una bienvenida cálida y se acercó primero a la niña. Parecía amable, un hombre mayor con mechas grises en su cabello largo y en su barba. Se puso en cuclillas ante Emmeline, sus ojos al nivel de los suyos, mientras ella intentaba esconderse detrás de las faldas de Murielle. Habló con la voz suave de un hombre que poseía una vasta experiencia con niños pequeños.

"Que niña tan bonita", exclamó, guiñando un ojo a Murielle y Gilles. "¿Alguna vez has estado en el Templo de Aufeese antes?"

Asomándose por detrás de Murielle, sacudió la cabeza nerviosamente.

"Creo que si Lord Aufeese estuviera aquí ahora estaría celoso porque eres muy bonita".

Eso provocó una sonrisa de la niña, pero todavía se escondía detrás de su madre.

"Me dejas que te muestre el altar", preguntó el Sacerdote amablemente, extendiendo la mano hacia ella. "No creo que a Lord Aufeese le importe si lo ves".

Emmeline miró nerviosamente de su madre a su padre, luego sus ojos se volvieron hacia el sacerdote. Los ojos azules del sacerdote se iluminaron y le guiño un ojo. "Creo que también puede haber algunos higos confitados allí".

Emmeline esbozó una sonrisa enorme, salió de detrás de las faldas protectoras de su madre y tomó la mano del sacerdote. La llevó hasta el altar, contándole sobre el templo y la estatua mientras caminaban de la mano. Se lanzó a una historia muy usada de Lord Aufeese y sus hazañas con las Liebres Salvajes mientras Emmeline estaba con él ante el altar, paralizada por cada una de sus palabras. Por fin, metió la mano en la túnica y sacó la golosina prometida, un higo confitado enorme. Sus ojos se iluminaron de alegría cuando lo alcanzó.

El Sacerdote extendió la otra mano, deteniendo a la niña. "Recuerda siempre que Lord Aufeese te ama", dijo, señalándola. "Él siempre quiere lo mejor para ti, y siempre te está cuidando", agregó, inclinando sus ojos azules brillantes hacia la estatua detrás del altar.

Asintió muy seriamente, con los ojos paralizados en el higo. Con una gran floritura le dio el premio a Emmeline. "¿Volverás a visitarme de nuevo?"

Vaciló brevemente luego esbozó otra sonrisa enorme, asintiendo furiosamente mientras agarraba el higo con un agarre fuerte.

"¡Bien!" ¡Estoy deseando que llegue!" Con eso, la dejó correr alegremente de regreso a sus padres, agarrando el higo en su puño pequeño.

Murielle nunca había conocido a un sacerdote del Templo que no fuera un buen hombre. Incluso fuera de los confines del Templo, cada uno era amable y generoso. *Hombres buenos*, pensó, *perdiendo el tiempo sirviendo una fantasía*. Una fantasía de hecho. Gilles también era un buen hombre, y su fe y sus oraciones habían fracasado. Durante mucho tiempo había esperado que algún día solo un poco de su fe entraría en su corazón, pero su fe solo lo había endurecido. Murielle se había establecido finalmente en la creencia de que todas las cosas eran aleatorias y generadas por alguna máquina monstruosa del universo —imparcial e insensible, incapaz de dejarse influir para moverse en cualquier dirección por las súplicas débiles de las víctimas encerradas en sus engranajes.

Emmeline esperó a que su madre dijera algo, cualquier cosa. Quería desesperadamente que le dijera que esto era una especie de broma, un engaño elaborado perpetrado contra ella para enseñarle una lección por no obedecer a sus padres. El dolor profundo en los ojos de su madre le dijo que este no era el caso. No había ninguna broma que contar, ningún engaño que revelar. Las oraciones murmuradas de su padre ofrecidas en un tono febril también le dijeron esto. Era un hombre religioso, un hombre piadoso, que tomaba muy en serio sus obligación con los dioses. Pero cuando oró con esa intensidad, Emmeline supo que la situación era particularmente grave. Y la asustó. Pronto, el silencio temeroso de su madre y los murmullos febriles de su padre fueron demasiado para ella. Emmeline tenía que hablar, tenía que decir algo, cualquier cosa que pudiera romper el hechizo que se había apoderado de su hogar. Pero antes de que pudiera decir una palabra, su padre se puso de pie de un salto con un grito.

"¡Oh, benditas sean las muchas camadas de Mava, lo tengo!"

Murielle y Emmeline despertaron de sus ensoñaciones y se volvieron hacia Gilles. "¿*Que*?" preguntaron al unísono.

Gilles levantó las manos hacia las vigas con otro grito, sorprendiendo a las dos palomas grises que Murielle había estado tratando de ahuyentar de la casa durante los últimos días. "¡Oh, muchas gracias Lord Aufeese! ¡Oh, gracias, hijo dorado de Mava! ¡Has salvado a la hija de este pobre hombre de un destino terrible!"

"¡Gilles!" gritó Murielle, "En el nombre de Mava, ¿por qué estás gritando así?"

"Porque", exclamó, mirándola con ojos locos y distantes, "Lord Aufeese, el Niño Dorado, el dios del que te burlas, ¡me ha bendecido con su gran conocimiento! ¡Me ha dado la respuesta a nuestro dilema!"

Emmeline le ofreció a su padre una mirada desdeñosa que rápidamente se volvió en una esperanzada. "¿Lo ha hecho?"

"Sí, mi niña dulce, lo ha hecho", respondió. Cruzó la habitación hacia ella y tomó su rostro suavemente entre sus manos. "¡De hecho, lo ha hecho!"

Murielle miró a su marido y cruzó los brazos sobre su pecho. Su expresión era más dudosa que la de Emmeline. "*S'il vous plait*, ¿qué te ha dicho tu gran dios dorado que debemos hacer?"

Gilles giró sobre sus talones para ver a su esposa y la señaló con el dedo. "Lord Aufeese te ama a pesar de tus burlas", dijo con un brillo loco en los ojos. La miró, pero de repente Murielle dudó que la viera.

¿Y por qué, pensó para sí misma, *si me ama tanto, el gran dios mismo no nos entrega su mensaje en carne y hueso?* Le parecía que la solución a un problema tan grave requería la visita del propio Niño Dorado. En su vida, Murielle nunca había visto ni uno solo de los dioses. Por supuesto, había escuchado historias de personas que habían tenido encuentros con los dioses. Incluso algunos de sus amigos de la infancia habían afirmado haber visto a los dioses. Una amiga incluso se había jactado de haber hablado personalmente con un dios. Pero eran niños y, ¿qué sabían? El padre de Murielle era un caballero, por lo que su hogar de la infancia contenía un altar superficial al dios de la guerra. De niña, había decidido orar en ese altar. Todos los días trataba de rezar. Pronto se centró en una petición al dios de la guerra: deseo conocerte. Todos los días se sentía decepcionada cuando no recibía respuesta.

Luego conoció a Gilles, el hijo de un sirviente liberado, quien oraba fervientemente a Lord Aufeese. Aun albergando serias dudas, Murielle ofreció oraciones a este dios, pensando que tal vez había ofrecido su lealtad al dios equivocado. Nunca lo vio. Gilles tampoco lo había visto nunca. Sin embargo, él rezaba, y su fe se hizo más fuerte mientras que la de ella se marchitó y murió y su corazón se enfrió.

Ahora lo que quería era que el gran Niño Dorado de Mava se mostrara. *Entra por esa puerta ahora mismo*, pensó con pesar, *y creeré de una vez por todas; prometo que creeré.* En su mente podía verlo irrumpir en la habitación, rompiendo la puerta de sus bisagras. Se apretaba a través de la puerta y se paraba frente a ellos. Lord Aufeese no podía enderezarse en toda su altura, porque las vigas bajas se lo impedían. Sin embargo, por encima de ellos, extendía sus patas delanteras como si quisiera juntarlas en un abrazo profundo. Con voz resonante les anunciaba a todos: "Yo, Lord Aufeese, ¡estoy aquí! ¡Están bajo mi protección y ningún daño puede llegar a ustedes!"

Murielle abrió los ojos, y todo lo que vio fue el rostro radiante de Gilles y ese brillo loco en sus ojos. Su corazón se hundió, pero no mucho. No tener fe en algo significa no decepcionarse cuando no se hace realidad. Los dioses eran mitos, cuentos de hadas contados a los niños.

Gilles estaba hablando de nuevo. "Pero tenemos poco tiempo. Para que tenga éxito, debemos realizar nuestra tarea antes de que la carroza del sol haya abandonado el cielo".

"Bueno", resopló Murielle.

Ignorándola, Gilles expuso el plan. Murielle asintió lentamente mientras asimilaba lo que su marido decía. Nunca había escuchado un plan de Gilles tan bien pensado. Cualquiera que fuera la locura que se había apoderado de él, era una locura inteligente.

Emmeline tendría que huir. Partiría sola al este hacia Ocosse, viajando a través del país, evitando los caminos y a cualquiera que pudiera estar buscándola. Una vez al otro lado de la frontera, debía encontrar una taberna llamada The Wild Hare. La taberna era fácil de encontrar. Estaba ubicada en el cruce de las dos rutas comerciales principales. Una vez allí, esperaría a que Gilles y Murielle se unieran a ella. Mientras tanto, Gilles viajaría a Darloque y buscaría una audiencia con el Viejo Rey, suplicando protección contra las intenciones lascivas del Príncipe. Para entonces, el Príncipe estaría de camino a la granja para recoger a Emmeline. Murielle se quedaría atrás y retrasaría al Príncipe y luego, después de un tiempo suficiente, dejaría escapar que Emmeline, negándose a casarse con el Príncipe, había huido hacia el sur. Gilles, después de convencer al Viejo Rey para que lo ayudara, recogería a Murielle en su casa y luego seguirían a Emmeline hacia

Ocosse y The Wild Hare, donde entrarían en la protección de la guardia del Viejo Rey.

Murielle reflexionó sobre lo que acababa de decir Gilles. El plan no era perfecto. El éxito dependía en gran medida de la misericordia y, de hecho, de la disponibilidad del Viejo Rey. Pero indudablemente, cuando al Viejo Rey se le presentara otra historia de la misantropía de su hijo, intervendría a su favor. La esencia del plan era buena. Una vez que Emmeline cruzara la frontera hacia Ocosse, el Príncipe no podría tocarla sin arriesgar la paz que existía tentativamente entre los dos reinos. Como mínimo, su treta le daría a Emmeline tiempo para cruzar la frontera. Murielle sintió que el plan era lo suficientemente bueno para funcionar, pero necesitaba un cambio para que fuera perfecto.

"Debería ser yo quien vaya al Viejo Rey", dijo sin más. Gilles la miró fijamente con esa misma mirada distante, viéndola, pero no viéndola. "Porque él escucharía las súplicas de una mujer antes de lo que escucharía las de un hombre". Así que, estaba bien razonado que Murielle debería ser la que apelara a él.

Gilles estuvo de acuerdo, pero su asentimiento fue lento y distraído. Emmeline huiría a The Wild Hare, Murielle viajaría a Darloque para presentar la petición al Viejo Rey, mientras que Gilles se quedaría en la casa y enviaría al Príncipe en la dirección equivocada cuando regresara. Mientras Gilles y Murielle se movían para hacer los preparativos, Emmeline, sin embargo, simplemente se quedó inmóvil mirándolos sin comprender.

"Emmeline, debemos empacar algo de comida y agua, y luego te diré como llegar a The Wild Hare", dijo Gilles mecánicamente mientras se volvía hacia la despensa.

Emmeline no respondió.

"¿Emmeline?" Murielle miró a su hija mientras Gilles se

ocupaba de recoger comida y colocarla en un trozo pequeño de tela.

"¿Emmeline?"

La niña comenzó a sacudir la cabeza. *"Non, non, non, ce n'est possible".*

Murielle la tomó de los hombros como si fuera a sacudirla. "Emmeline, debes tratar de entender el problema que tenemos aquí. Por favor..."

"¡Non! No mamá", gritó, apartándose de repente del agarre de su madre. "¡*Tú* no entiendes! ¡No me casaré con nadie!"

Emmeline hizo una pausa breve, luego cruzó enfáticamente los brazos sobre su pecho como si el asunto estuviera resuelto. "Y no huiré". Otra pausa breve, luego: "¡Soy libre; no soy esclava de ningún hombre!"

Murielle había escuchado a Gilles pronunciar esa frase innumerables veces en su matrimonio, pero le sorprendió escucharla de su hija, especialmente ahora.

Gilles dejó caer un baguette pequeño que rodó por el suelo y se detuvo a los pies de Murielle. Lo recogió y lo sacudió metódicamente mientras hablaba.

"No tienes más remedio que huir", dijo, dando vuelta al pan en sus manos.

"Non, non". dijo la niña con menos fiereza. Volvió a sacudir débilmente la cabeza de lado a lado. *"Non".*

Gilles vino de donde estaba empacando suministros y tomó a su hija en sus brazos. Ella le permitió abrazarla, pero continuó sacudiendo la cabeza contra su pecho.

"Debes entender", dijo suavemente, con la calidez familiar volviendo a su voz. Ahuecó su mano áspera y callosa bajo su mentón e inclinó suavemente su rostro hacia el suyo. "Lord Aufeese me ha mostrado el camino. Estás en grave peligro aquí, pero el Niño Dorado me ha mostrado lo que debemos hacer para mantenerte a salvo".

Emmeline se apartó un poco de él. Una mirada de terquedad profunda se instaló lentamente en el rostro de la niña como una piedra. Era una mirada que Gilles había visto muchas veces en el rostro de su madre.

"Además", dijo, sonriéndole, "mi padre siempre me dijo que el mayor regalo que poseía un hombre libre era el derecho de elegir si quedarse y luchar o huir y luchar otro día". El rostro de Emmeline se iluminó cuando agregó, "Y es verdaderamente un hombre sabio el que puede elegir correctamente".

Gilles acarició suavemente el cabello suave de la niña, sus ojos clavados en los suyos, su rostro abierto y completamente absorto en las palabras que decía. El corazón acelerado de Emmeline comenzó a ralentizarse y se calmó mientras lo miraba a los ojos. Sabía lo que tenía que hacer. Todavía no entendía porque había que temer al Príncipe, pero sabía que su padre creía que estaba en peligro. Él creía que estaba en peligro, así que haría lo que él quisiera. Sin importar que él afirmara que su idea venía del dios de la cosecha. Si él creía que su plan la mantendría fuera de peligro, entonces seguiría su palabra. Seguiría el plan y todo estaría bien. Ahora estaba bastante segura de eso.

Emmeline presionó la cabeza contra su pecho mientras los brazos fuertes de su padre la atraían en un abrazo. Sintió su fuerza, su fuerza sólida de campesino. Eran los brazos de un hombre que vivía constantemente en la vida del trabajo manual honesto. Inhaló su olor almizclado y sudoroso. Este no era el olor de un trabajador, sino el olor reconfortante del amor. El olor fuerte de su padre la consolaba de una manera que nada más podía. Era la única persona que siempre tenía tiempo para ella, sin importar lo desgastado que pudiera estar del trabajo agotador del día. Era un constante en su vida, una roca firme, un bastión de protección.

Emmeline recordó la vez que él y su madre la habían

llevado al Templo de Aufeese por primera vez. El Sumo Sacerdote había sido amable con ella. Estaba viejo, su rostro arrugado, pero con ojos sonrientes hundidos en esas arrugas. Su cabello era largo y canoso. Pensó que él era precisamente como debería de verse un abuelo. Le habló en tono suave y gentil, como imaginaba que debería haberlo hecho un abuelo. Cuando la llevó al altar y le mostró la estatua del niño dorado, lo escuchó, fascinada por su voz. No fueron tanto las palabras que pronunció como el tono de su voz lo que captó su atención. De hecho, más tarde, no podía recordar una palabra de lo que había dicho. Solo recordaba esa voz suave y tranquilizadora que la inundaba, llevándola lejos. Le había dado un higo confitado, recordaba. Con una gran floritura lo sacó de su túnica y se lo presentó. Sabía que se suponía que los abuelos siempre tenían premios para sus nietos. En ese momento quería quedarse con él allí para siempre. Quería subirse a su regazo, escuchar su voz, y comer higos. Había sostenido el dulce en su mano y lo había mirado a los ojos de nuevo. Se sintió segura.

Así era como se sentía con su padre, pero con más intensidad. Anhelaba su seguridad. Emmeline no quería este asunto con el Príncipe. Quería arrastrarse al regazo de su padre, escuchar el sonido de su voz, sentir sus manos fuertes de campesino acariciar su cabello y que le dijera que todo estaría bien. Más que eso, quería que él lo solucionara. No quería tener que hacer nada más que sentarse en su regazo y dejar que él arreglara todo. ¿Es eso tan difícil? pensó. ¿Por qué debo huir cuando debería poder sentarme en el regazo de mi padre mientras él lo arregla? Ciertamente, su padre tenía el poder de hacerlo. No había necesidad de involucrar a los dioses. No había necesidad de huir. Si pudiera sentarse en el regazo de su padre, escuchar su voz y sentir sus brazos fuertes alrededor de ella, entonces todo estaría bien.

Pero otra voz llegaba a la cabeza de Emmeline —una voz

más fuerte, una voz mayor y extraña. Era la voz de la adulta en la que se estaba convirtiendo. *No seas tonta*, dijo, *eso no hará que este problema desaparezca*. Porque en el fondo de su ser sabía que su padre tenía razón. Sabía que tenía que huir. Quedarse y discutir con el Príncipe era una tontería. Todos esos hombres, esos hombres de aspecto feroz que cabalgaban con él, podían apoderarse de ella por la fuerza y llevársela solo los dioses sabían a dónde. Tratar de esconderse en los brazos de su padre era simplemente infantil. No podía protegerla de esto simplemente sosteniéndola en su regazo —no ahora, no nunca. De hecho, sería prudente huir a Ocosse. Aun así, anhelaba acurrucarse y deseaba que los hombres malos se fueran. Pero la voz adulta cada vez más presente —cada vez más molesta— le dijo que era un plan sabio. Sí, de hecho, era la mejor medida que podía seguir para protegerse a sí misma y a las personas que más amaba. Sí, de hecho, era muy sabio. La voz mayor ganó, y Emmeline miró a los ojos de su padre, esos ojos azules brillantes que habían sido un gran consuelo para ella durante todos sus años.

"*Oui*, papá" dijo, "Si, a veces es prudente huir. Y ahora es prudente que yo huya".

Gilles le sonrió ampliamente, sus ojos azules brillantes se llenaron de lágrimas.

"Y quizás", agregó Emmeline, "lucharemos otro día".

CAPÍTULO TRES

EMMELINE SE MOVÍA con una determinación sombría, aunque los fantasmas de la duda aún la perseguían. Terminó de empacar un poco de pan y queso dentro del paquete pequeño que su padre había comenzado, y luego llenó un cántaro con agua. Mientras llenaba el cántaro del cubo, sintió que la voz chillona de la niña brotaba de nuevo dentro de ella. Emmeline reprimió esa voz, aunque con mucha dificultad. *¿Por qué debe ser tan difícil*, pensó mientras buscaba un poco de carne seca, *mantener la voz de la razón?* Desde la temporada anterior, le resultaba cada vez más difícil mantener la mente concentrada en las tareas a realizar. Esto no la molestaba mucho, pero era terriblemente molesto comenzar una tarea una y otra vez antes de finalmente completarla porque su mente estaba vagando.

¿Y hacia dónde exactamente había estado vagando su mente? A ninguna parte. No pensaba en nada que pudiera considerarse una idea concreta. Nada en absoluto. Se escabullía meditando en pensamientos que más tarde no podía recordar, volviendo a sí misma un poco más tarde, no más sabia que cuando se había ido y dolorosamente atrasada en alguna tarea.

Los sueños eran igualmente molestos. Se despertaba por la mañana, la bruma tenue de algún sueño disipándose a su alrededor, etérea e intocable, el recuerdo agonizantemente fuera de su alcance. Las más inquietantes eran las noches ocasionales cuando se despertaba repentinamente en la oscuridad. Los sueños que la despertaban en esos momentos eran más enfáticos y urgentes, pero igualmente intocables e incompresibles. Despertaba bañada en sudor, una agitación poderosa desde lo más profundo de su interior desvaneciéndose rápidamente a medida que recuperaba la conciencia. Su piel picaba de una manera que no era del todo desagradable, pero al mismo tiempo vergonzosamente incómoda. Una sensación extraña de vergüenza, mejor dicho, de culpa, crecía en ella cuando se daba cuenta de la respiración lenta y profunda de sus padres en la cama junto a la suya. Después de despertar de esos sueños, se sentía como cuando, de pequeña, la sorprendían sacando dulces de la despensa a escondidas, sin embargo, estos sueños engendraban una culpa mayor que esos crímenes infantiles simples. Aunque nunca podía recordarlos, estas brumas tenues de sueños todavía estimulaban sus sentimientos más arcanos.

"Emmeline, por favor dime, ¿cuánto tiempo planeas irte?"

"*¿Que?*" Emmeline miró el montón de carne seca amontonada en su paquete. "Por los oídos de los dioses", maldijo entre dientes y echó puñados de carne de regreso en la despensa.

Gilles sonrió, pero Murielle frunció el ceño con preocupación. El plan era bueno, pero muchas cosas aún podían salir mal. *Ningún buen plan es realmente perfecto,* siempre había dicho su padre. Si Emmeline cometía un error tonto....

"Pequeña", dijo, "esa es suficiente comida, ponte tus pantalones ahora". Observó como la niña puso distraídamente el paquete en su cama y comenzó a cambiarse lentamente. "Date prisa, niña. "¡Apúrate, Apúrate!"

Murielle volvió su mirada hacia las camas talladas que

estaban una al lado de la otra en un extremo de la habitación, una para Emmeline y otra más grande que Gilles y ella compartían. La mayoría de los hombres libres de su estatus no tenían camas, solo jergones colocados en el suelo a la hora de acostarse y guardados durante las horas de vigilia. *Por los oídos de los dioses*, pensó, *muchos nobles ni siquiera tienen camas tan finas como estas.* Gilles era un verdadero mago con la madera. De hecho, muchos de los que habían visto sus artesanías afirmaban que sin duda el dios de la madera lo había dotado con el dominio de la carpintería. ¿Entonces, por qué Gilles era un campesino? Las camas eran obras maestras. El altar junto a la puerta con su escultura en relieve de madera era una obra de arte tan fina como cualquiera que hubiera visto en el Templo de Aufeese. ¿Por qué Gilles desperdiciaría tal regalo?

Pero ese era Gilles. Le encantaba labrar la tierra, trabajar la tierra y cosechar el producto de su trabajo. Nunca parecía realmente vivo hasta después de haber trabajado vigorosamente bajo el sol abrasador o bajo la lluvia torrencial. Incluso cuando su trabajo no rendía nada, parecía más vivo que cuando estaba en reposo. La carpintería, sin embargo, era fácil para él. Murielle lo había visto trabajar, tallando intrincadamente remolinos orgánicos e imágenes de animales en las piezas de madera que había traído a casa del mercado, que se convirtieron en las cabeceras, los pies y los marcos de sus camas. No parecía ser más difícil que ahuyentar a las moscas en una tarde de verano. Era simplemente natural. Trabajaba la madera simplemente porque podía. Trabajaba la tierra porque lo amaba.

Por fin, Emmeline se había cambiado y estaba lista para emprender su viaje. Con una mirada furiosa de Murielle, la niña, malhumorada, se recogió el cabello largo y lo ató en un moño. Gilles le trajo el cántaro de agua pequeño. Emmeline lo deslizó dentro del paquete y luego colgó el paquete sobre su hombro. Gilles tomó su rostro suavemente entre sus manos y la miró a los ojos, sin decir nada.

Murielle golpeó con el pie con impaciencia. "Gilles debemos apurarnos".

"Lo sé, lo sé", respondió.

Gilles tomó la mano de su hija y la condujo hacia la puerta trasera que se abría al corral. Se detuvo un momento, luego Murielle se unió a su lado. Cambió de un pie a otro nerviosamente. Ahora no estaba tan ansiosa porque Emmeline se fuera huyendo.

Gilles volvió a tomar el rostro de su hija entre sus manos. "Lamento mucho que tengas que hacer este viaje sola. Estarás a salvo. Créelo". Se detuvo un momento cerrando los ojos, tratando de ordenar sus pensamientos. "Lord Aufeese me lo ha prometido. Estarás a salvo; él te protegerá".

Murielle miró hacia otro lado. Emmeline miró dubitativa a su padre.

Volvió a abrir los ojos y miró a su hija. "Debes creer eso si crees en algo".

Emmeline tomó las manos de su padre entre las suyas. "Sí", respondió mirándolo a los ojos. Si él lo creía, ella se esforzaría mucho para creerlo.

Ante esto, Murielle intervino. "Gilles, si tiene que irse, realmente tiene que irse ahora. El día pasa rápido".

"*Oui*... sí, lo hace", miró como si despertara de un trance. Volvió a tomar la mano de Emmeline y la condujo al corral. "Ahora debes darte prisa. Haz lo que te he dicho. Viaja hacia el este, evita el camino principal y mantente fuera de la vista".

Gilles miró hacia el sol que se elevaba rápidamente en el cielo. Hizo un gesto a Murielle para que tomara su otra mano. Inclinó la cabeza y ofreció una oración.

"O, gran Lord Aufeese, O gran Niño Dorado de Mava, escucha mi oración. Te ruego que vengas con tu magnificencia para proteger a mi hija". Entonces volviendo su rostro hacia el sol ardiente, dijo: "Oh, Grandioso, verdadero dueño del sol escucha la súplica de tu servidor humilde; que seamos elegidos entre los dignos para recibir tu beneficencia".

Gilles tomó a su hija entre sus brazos por última vez, y luego, a regañadientes, la dejó ir. Emmeline se volvió hacia su madre y la abrazó. Murielle le susurró al oído luego la reprendió entre lágrimas para que se apresurara en su camino. Emmeline se despidió por última vez, prometió verlos pronto, luego dio la vuelta en la esquina del establo y desapareció de su vista.

Al acercarse a un lado del establo, un ruido fuerte la hizo detenerse. Era Jacques, su mula, que le rebuznaba desde la puerta del establo. Fue hacia él y le rascó la oreja. "¡Oh, Jacques, sabes que me voy y pensaste que no me despediría!"

Emmeline dejó su paquete y atravesó una puerta lateral. Reapareció un momento después y le ofreció a la mula un puñado de avena, que devoró con avidez. Se limpió las manos en los pantalones y volvió a rascarle las orejas. Acariciando suavemente su nariz, la miró a los ojos y le habló con voz tranquila.

"Jacques, hoy están sucediendo cosas muy graves", dijo con seriedad. "¡Nada de tu terquedad hoy! Te estoy poniendo a cargo del establo; asegúrate de que todos se comporten bien".

La mula devolvió la mirada seria de Emmeline, asintiendo con la cabeza de acuerdo con esos términos, y regresó a la sombra fresca del establo. Emmeline miró alrededor del establo. Todos los animales se habían retirado a zonas sombreadas para encontrar alivio del calor ya creciente de la mañana. Todos menos uno. Una gallo rojo brillante se pavoneaba arrogante-mente por el corral polvoriento.

"Cocque", gritó Emmeline, "¡Hoy estás demasiado engreído! ¡Nadie se preocupa por ti con este calor!"

El gallo cacareaba y se pavoneaba por el corral polvoriento deteniéndose de vez en cuando para acicalar sus plumas brillantes. Pero ni siquiera el apuesto Cocque podía tentar a las gallinas a salir de su refugio en el corral. Y así, se pavoneaba, sin ser afectado por su indiferencia hacia él.

"¡Cocque, yo creo que te pavoneas porque no sabes hacer otra cosa!"

Emmeline observó al pájaro apuesto dar otra vuelta en el corral, luego dejó caer su paquete y lo persiguió. El gallo cacareaba frenéticamente mientras corría fuera de su alcance. Emmeline se detuvo en el polvo que se levantó a la deriva por la persecución, con las manos en las rodillas y jadeando. Limpió el sudor resbaladizo de su frente con el dorso de la mano y miró a Cocque. Un poco más apagado por el polvo que habían levantado, se pavoneaba jadeando. Su lengua roja se balanceaba de un lado a otro en su pico abierto. Pronto se detuvo y se arregló las plumas que habían sido tan injustamente alborotadas por la persecución injustificada.

"¡Tu", jadeó Emmeline, "eres tan... un pájaro... vanidoso!"

Cocque cacaraqueo de acuerdo.

Emmeline recobró el aliento. El polvo se había asentado de nuevo en el corral. Miró hacia el sol ascendente, recordando su viaje importante, y se dio cuenta de que estaba perdiendo un tiempo precioso. Miró alrededor, presa del pánico, repentinamente asustada de que su madre y su padre la hubieran visto persiguiendo al gallo en lugar de continuar su viaje.

"He sido una tonta" dijo, sacudiendo oía cabeza.

Cocque cacaraqueo de acuerdo.

"¡No necesito tu ayuda, gallo tonto!"

Emmeline se acercó y recogió el paquete de donde lo había dejado caer en el polvo. Lo sacudió con movimientos rápidos y volvió a mirar el sol.

"Debo tomar este viaje en serio", reflexionó en voz alta. "Es muy importante que siga el plan de mi padre".

Con determinación, se echó el paquete al hombro y caminó hacia el borde del campo de maíz.

"Si debo ir al este, entonces iré al este".

No había viento, lo que había permitido que el polvo se asentara por completo en el corral sereno y vació, excepto por Cocque que había reanudado su pavoneo, esperando todavía en vano atraer a las gallinas. El suelo al otro extremo del patio relucía en el calor ya opresivo. Emmeline miró por última vez el corral, giró y desapareció entre el maíz.

———

Cuando Murielle se movió hacia la puerta trasera para comenzar con la siguiente fase del plan, Gilles la agarró del brazo, con una mirada desconcertada en el rostro.

"¿A dónde vas Murielle?"

Murielle miró a su marido con detenimiento. "Al establo. Para ensillar el caballo, para que pueda cabalgar hasta Darloque y salvar a nuestra hija".

Gilles lanzó un suspiro profundo. "La visión fue muy específica", murmuró.

Murielle lanzó su propio suspiro. "Estuvimos de acuerdo. Yo debería ir a Darloque porque las lágrimas de una mujer conmoverán más al Viejo Rey que las súplicas de un hombre".

"La visión fue muy específica", dijo de nuevo. "Yo voy a cabalgar hasta Darloque".

"Pero puedo hacerlo mejor, Gilles". Murielle giró para irse y Gilles volvió a agarrar su brazo.

"La visión fue muy específica", dijo una vez más y comenzó a caminar hacia la puerta. Casi llegaba a la puerta cuando Murielle lo agarró del brazo.

"Porque tienes que ser tan testarudo", dijo, con la impaciencia aparente en la voz.

"Mujer..." comenzó, luego se calló. Sabía que estaba empezando a enojarse ahora, ya que se negó a llamarla por su nombre. Respiró profundo y comenzó de nuevo.

"Lord Aufeese me ha dado una visión en la que yo viajo al Viejo Rey y yo puedo convencerlo de detener las intenciones lujuriosas que su hijo intenta con nuestra hija". Levantó la mano para detener su protesta sobre la viabilidad del Niño Dorado. Después de años de críticas ácidas de Murielle a su dios y su fe, este fue un gesto automático. No era más consciente de ello que de su propio latido del corazón. "Aunque te burlas del dios de la cosecha y de su visión, es incuestionable e inalterable. Yo mismo voy a hacer esta parte. Lord Aufeese me abrirá el camino, siempre lo ha hecho".

Murielle se enfureció. "¡Estúpido, hombre estúpido! Si solo vieras la razón, te darías cuenta de que soy la opción más lógica para ver al Viejo Rey".

"Ese es exactamente el punto", replicó, con la furia elevándose en su voz, "¡No veo la lógica! ¡No veo la razón! ¡Vivo por mi fe en mi dios, y él guía todas mis decisiones!"

Murielle apretó los puños con furia. "¡Tu dios te falla!" gritó con los dientes apretados. "¡Una y otra y otra vez, tu dios te falla! ¡Todos los dioses te fallan! Voló saliva de sus labios en su furia repentina y voraz. "¡Cuando verás que tu dios no hace nada para ayudarte; ninguno de los dioses lo hace! ¡No hay absolutamente nadie para ayudarte!" Echó la cabeza hacia atrás, gritando con furia. "¡Estamos completamente solos en este mundo y nadie nos salvará jamás!"

Se llevó los puños al pecho y soltó un grito violento y gutural hacia las vigas, lo que llevó a las palomas a un frenesí. Gilles se echó hacia atrás con los ojos muy abiertos, estremeciéndose ante este ataque sin precedentes de su esposa normalmente pacífica, aunque obstinada. Su propia rabia había desaparecido, sofocada por la locura que rugía ante él. Ella dejó caer la cabeza y rompió en sollozos ahogados. Se quedó indefenso un momento, luego la tomó entre sus brazos. Temblaba violentamente, con los puños todavía frente a ella. Gilles no dijo nada porque no se le ocurrió nada que decir. Simplemente la sostuvo y acarició su cabello largo mientras ella se atragantaba con sollozos. *El cabello de Murielle y de Emmeline son tan parecidos*, pensó ociosamente. Poco a poco, Murielle se dejó sujetar. Dejó caer las manos hacia los costados y abrió los puños lentamente. Mientras su llanto se ralentizaba, envolvió los brazos alrededor de su marido. Gilles continuó sosteniéndola, aún inseguro de qué más debía hacer.

"*Sois calme*", susurró, más para sí que para ella.

Murielle se apartó de Gilles un poco, todavía rodeándolo con los brazos. Lo miró a los ojos. Los suyos estaban húmedos, rojos y afligidos. Él miró hacia abajo y vio que el frente de su túnica estaba empapado con sus lágrimas.

"*Je suis désolé*", susurró, frotando la parte húmeda con la punta de los dedos. Continuó cepillando su túnica con la mano como si eso fuera a secarla, aunque tuvo poco efecto.

Gilles no sabía qué decir. Solo podía quedarse allí junto a la puerta y acariciar suavemente su cabello mientras ella recostaba la cabeza sobre su pecho. Pronto Gilles se relajó un poco. Podía sentir el latido suave del corazón de Murielle en su pecho y podía oír su respiración interrumpida solo por un sollozo ocasional. Antes de que se diera cuenta, la estaba meciendo suavemente en sus brazos de un lado a otro. En ese momento pensó que podía sentir su alma tocando la suya.

"*Je suis désolé*", susurró de nuevo. "Lo siento. No sé..." se calló.

Gilles sabía lo que debía hacer, aunque iba en contra de todo lo creía que era correcto. Lord Aufeese le había dado una visión de cómo salvar a su hija. Estaba seguro de que la visión de un dios debía seguirse implícitamente. Pero aquí estaba su esposa, completamente angustiada por todo el asunto con su hija. Ciertamente, esto era difícil para ella. Era bastante difícil para él. Había rezado todos los días desde que había notado por primera vez los primeros pasos como mujer de Emmeline para que ella se librara de esta indignidad. A medida que pasaba el tiempo y las historias se volvían más inquietantes, rezaba cada vez con más urgencia. Había escuchado historias en el mercado de Darloque, historias que iban más allá de lo simplemente perturbador, historias que apestaban a enfermedad, horror y locura. Todos los días el terror crecía dentro de él, y aún oraba. Rezaba a Lord Aufeese para que librara a su hija más allá de esta edad peligrosa y la llevara a salvo a su madurez, donde el Príncipe ya no sería una amenaza para ella.

Gilles estaba seguro de una cosa. Estaba tan seguro de esto como de que el sol saldría por el este. Ese era el trato. Aunque Lord Aufeese nunca le había hablado del asunto ni cara a cara ni en una visión, sabía que la sequía había llegado a cambio de la seguridad de su hija. Cada día que su hija evitaba la mirada del Príncipe Henri era otro día sin lluvia. Otro día de paz era otro día de lucha en la granja. Se había preguntado por qué el Niño Dorado lo estaba haciendo elegir. De cualquier manera, era la muerte. No podía imaginar las humillaciones que el Príncipe podría traer a su hija, en cambio prefería pensar en ese camino simplemente como la muerte. Ella podría evitar las insinuaciones deshonrosas del Príncipe, pero se moriría de hambre en el proceso.

Y él también moriría de cualquier manera. Sin importar cómo muriera su hija, Gilles moriría de pena. Cuando la comadrona le mostró a Emmeline por primera vez, Murielle parecía algo avergonzada de no haberle dado un varón heredero. Cuando vio la piel rosada y arrugada de su hija y sus puños pequeños apretados contra su cabecita, se olvidó por completo del legado de un varón heredero. Luego abrió los ojos, esos ojos marrón brillantes, los mismos ojos que su madre, y se enamoró. Esa era su niñita en los brazos de la comadrona. Sería su favorita sin importar que otros niños vinieran después de ella, hombres o mujeres. Emmeline no lloró, solo miró alrededor con esos ojos marrones, pareciendo asimilar el gran mundo en el que acababa de entrar.

"¿Le gustaría abrazarla, *Monsieur*?"

Gilles apenas se dio cuenta de que la comadrona había hablado. "*Certainement*", respondió distraídamente, todavía clavado en esos ojos marrones diminutos. Alcanzó a su hija recién nacida, completamente ajeno a todo lo demás en la habitación.

Emmeline estaba envuelta en un manto viejo desgastado. Gilles la tomó suavemente entre sus brazos, con cuidado de sostener su cabeza —era un padre nuevo, pero no ignoraba totalmente a los bebés— mientras esos ojos marrones buscaban los suyos. Aun así, no lloró, sino que solo hizo el más suave de los sonidos de arrullo. La sostuvo en silencio.

"¿No estás disgustado?" preguntó Murielle débilmente desde el jergón.

Gilles permaneció en silencio durante mucho tiempo. Acarició la cabeza de la niña, jugando con sus dedos de las manos y de los pies. Se rio suavemente cuando ella atrapó uno de sus dedos en un puño pequeño.

"No tendría otro", respondió después de un tiempo.

Si ese era el trato que Lord Aufeese le había dado, entonces que así fuera. Los dioses trabajan de formas que estaban más allá del entendimiento de los hombres. Lo que hacía que todo esto fuera soportable para Gilles era su fe profunda y consumada en su dios. A pesar de que ahora no podía comprender, o nunca esperaría comprender sus motivos divinos en la menor manera, Gilles creía en el fondo de su ser que Lord Aufeese no tenía más que las mejores intenciones para él y su familia. Al final, sabía en cada fibra de su ser que solo algo bueno podría venir de todo este sufrimiento.

Gilles enganchó su dedo bajo la barbilla de su esposa y levantó sus ojos hacia los suyos. "No, querida", comenzó, "yo soy quien lo siente. Debí de haberte escuchado en primer lugar". Suspiró y continuó, esperando desesperadamente estar tomando la decisión correcta. "Tienes razón, y lo sé. El Viejo Rey —que viva mucho tiempo— escuchará más las súplicas de una madre que de otro hombre. Los dioses han dado a las mujeres ese don para mover los corazones de los hombres con lágrimas cuando ninguna otra cosa puede moverlos. Tú lo moverás a la acción donde yo no puedo".

El rostro húmedo de Murielle le sonrió.

Gilles lanzó un suspiro nervioso. Ofreció una oración silenciosa de que Lord Aufeese no fue específico en quién debía cabalgar a Darloque. *Quizás*, pensó con una esperanza melancólica, *él solo estaba haciendo una sugerencia.*

Tomó a su esposa en sus brazos fuertes y la abrazó. Murielle soltó un gruñido ante su abrazo fuerte.

"Ve. Vete ahora, antes de que lo reconsidere", dijo. "Rezaré para que este sea el camino correcto".

Murielle se alejó de su marido para sacar agua del barril y luego atravesó rápidamente la puerta trasera y entró en el corral polvoriento. Gilles la siguió y entrecerró los ojos a la luz brillante. Las sombras desaparecían rápidamente en el patio estéril, encogiéndose parecía, en el mismo calor del día creciente. El día pasaba rápido.

Gilles siguió a su esposa a través del corral, observando cómo sus pies levantaban remolinos de polvo que flotaban lentamente en el aire quieto y luego se asentaban casualmente en el suelo, mientras se dirigía hacia el establo. Murielle caminó rápidamente y con determinación.

Gilles se deslizó un poco detrás del paso rápido de su esposa, mientras ella abría la puerta del establo y entraba en la oscuridad interior. Una vez dentro del establo, pareció que sus ojos tardaron una eternidad en adaptarse a la penumbra. Todavía estaba fresco aquí. Se estremeció levemente mientras esperaba que sus ojos se recuperaran del golpe breve pero intenso que les había dado el sol. Poco a poco, pudo distinguir la sombra de Murielle trabajando diligentemente para preparar al caballo. Al parecer, no había perdido el tiempo, porque la brida ya estaba puesta y se movía con la montura. Gilles se acercó a Murielle y ajustó bien la montura después de que ella la colocó en el lomo del caballo. Trató de tomarle la mano, pero ella se la sacudió y se apartó de él, comprobando el ajuste de la montura y la brida. Él le ofreció el frasco de agua. Lo tomó mecánicamente, deteniéndose un momento cuando sus miradas se encontraron y lo colgó en la montura.

Gilles intentó hablar, pero no pudo. La realidad de la situación le pesaba mucho más ahora. Todo lo que había ocurrido esta mañana se derrumbó con una fuerza brutal. Más que con la partida de su hija, la partida inminente de su esposa lo hizo más real para él. Gilles miró la silla colocada en el lomo del caballo. Siempre le había impresionado la fuerza de Murielle. Y, mientras que la mayoría de las mujeres se contentaban con dejar que un hombre ensillara el caballo y luego las ayudarán a montar, Murielle prefería hacerlo ella misma.

Gilles lo había descubierto cuando fueron a montar un día poco después de conocerse. Se movió para ensillar al caballo para ella, como lo había hecho para las damas en innumerables ocasiones. Murielle lo apartó cortésmente y procedió a ensillar al caballo ella misma. Gilles todavía estaba tratando de recuperarse de esta desviación del privilegio femenino mientras cabalgaban a través del prado cuando de repente ella le guiñó un ojo y puso a su caballo al galope. Corrió a través del prado, mostrando gran habilidad en equitación mientras controlaba su montura a través de formaciones estrechas. Entonces Murielle se dirigió a un bosquecillo pequeño de árboles, zigzagueando a través de ellos a una velocidad que un Gilles más joven e imprudente nunca habría intentado. Cuando regresó, tanto ella como el caballo estaban sin aliento. Gilles sabía que esta demostración extravagante pequeña estaba destinada claramente a impresionar. *Ahora*, pensó, *si ella sabe cocinar tan bien como cabalga, entonces tendré que casarme con ella.*

Gilles tomó la mano de Murielle y la miró a los ojos con amor. Solo podía ver sus ojos en la penumbra, brillaban con intensidad, pero detrás de esa intensidad podía ver que estaban cansados y preocupados. A lo largo de los años, había aprendido a interpretar bien sus emociones. Por más que lo intentara, Murielle no podía ocultarle nada. Gilles se dio cuenta de repente de los sonidos del establo: el cacareo de las gallinas, el mugido de su vaca lechera, la respiración y el movimiento impaciente del caballo. Era consciente de la respiración de Murielle y del sonido de sus pies moviéndose inquietos en la paja. Sin decir una palabra más, la ayudó a revisar de nuevo la correa y luego condujo al caballo hacia el corral.

Ambos entrecerraron los ojos y trataron de protegerlos del resplandor, y jadearon al regresar al calor opresivo. Gilles condujo al caballo hasta el centro del corral y se detuvo. Murielle metió el pie en el estribo y se subió a la silla con facilidad. Gilles la miró, sin saber qué decir a continuación, consciente de que el tiempo pasaba rápidamente. En su lugar, se dirigió al caballo.

"Cheval, lleva a mi esposa bien a Darloque. Tiene asuntos importantes allí para salvar a nuestra hija".

Murielle le sonrió con tristeza a Gilles.

"Vete ahora Cheval. Viaja con las bendiciones de los dioses".

Murielle se inclinó y besó a Gilles. *"Je t'aime"*, dijo en voz baja. "Yo también te amo", respondió.

Sin decir otra palabra, Murielle puso al caballo al galope con una patada y lo condujo al camino principal. Gilles permaneció en el corral hasta que los cascos se desvanecieron en la distancia. Se quedó mirando el polvo volver al suelo lentamente. En los campos alrededor del corral, los tallos de maíz secos permanecían mudos en el aire muerto que se calentaba rápidamente mientras la carroza del sol se elevaba cada vez más en el cielo. Gilles pensó por un momento que las Liebres Salvajes habían traído al sol más cerca de la tierra de lo que lo habían hecho en su vida. Sin duda, este verano era el más caluroso y seco que podía recordar. *Ah*, pensó, *haber vivido en la época cuando Aufeese conducía la carroza recta y fielmente.* Pero esa no fue su época y no servía de mucho desear algo que nunca podría ser. Cada hombre debe manejar el destino que se le da y manejarlo lo mejor que pueda. Su reflexión en el silencio sepulcral se rompió cuando el cacareo de Cocque flotó por el corral. Sin duda, el gallo intentaba sacar a las gallinas de las zonas frías sombreadas. Sacudiendo la cabeza con diversión, Gilles caminó de regreso a la casa.

Ahora Gilles tendría que esperar el regreso inevitable del Príncipe. Esta era la tarea más difícil de todas las de su plan. Esperar le daría mucho tiempo para pensar. Demasiado tiempo, quizás. No tenía idea de lo que debía decirle al Príncipe a su regreso, pero tenía tiempo para prepararse. Caminaba ansiosamente por la gran habitación de la casa. El tiempo pasaba lentamente y la carroza del sol se elevaba cada vez más alto en el cielo.

CAPÍTULO CUATRO

Murielle giró hacia el camino principal a Darloque y dio una patada a Cheval para que galopara más rápido. Los tallos de maíz se elevaban sobre ella a ambos lados del camino, oscureciendo la vista del paisaje circundante. El camino se elevaba en una pendiente gradual llevándola por encima de los cultivos hasta un pequeño promontorio. No se atrevió a detenerse ni siquiera por un segundo para contemplar el campo que se extendía alrededor, y continuó bajando con rapidez por la pendiente suave que había debajo de la línea de cultivo. Aunque no se detuvo, una mirada ligera a la izquierda y luego a la derecha reveló el paisaje verde alrededor. Este no era el verde exuberante y fresco de la primavera, ni tampoco el marrón irregular que esperaba ver este verano descarado. En cambio, el verde oscuro de las tierras de cultivo de verano devolvió su mirada. El marrón salpicaba la escena, pero el verde oscuro luchaba valientemente, revelando una obstinación que solo proviene de las plantas impulsadas no solo a prosperar, sino también decididas a vencer al sol tiránico.

Murielle continuó por el camino principal a un galope

rápido. El camino estaba vacío y todo estaba en silencio, excepto por el tamborileo de los cascos del caballo sobre la tierra compacta. Cheval estaba en su elemento, y después de una primavera larga como caballo de arado, caballo de tiro y caballo de trabajo en general, estaba muy feliz de correr. Después de una lucha breve con los músculos rígidos, había recuperado su habilidad y ahora galopaba con apenas un aliento pesado en absoluto. Murielle también estaba en su elemento. Aflojó las riendas y dejó que el caballo abriera el paso. Mientras corrían, el viento seco y rancio soplaba su cabello hacia atrás y agitaba sus faldas detrás de ella. En la granja el aire polvoriento era opresivo. Aquí el mismo aire rancio en el mismo calor del verano era refrescante. Inhaló y pensó que era lo mejor que había respirado. Sí, había pasado demasiado tiempo desde que había cabalgado así. Por unos minutos olvidó las circunstancias terribles que la habían obligado a emprender este viaje y disfrutó del viaje en sí. Murielle se llenó de la relación simbiótica pura entre el hombre, la bestia y la naturaleza.

Perdida en sus pensamientos, se encontró rápidamente con una bifurcación en el camino en lo alto de una pendiente pequeña. Condujo a Cheval con fuerza hacia la izquierda por un camino estrecho lo suficientemente ancho para el caballo. Tiró ligeramente de las riendas para frenar al animal, pero aun así mantuvo un buen galope. Este era el Camino Recto a Darloque. El camino en el que había estado era un camino amplio de acarreo que serpenteaba alrededor de las colinas cada vez más empinadas para dar a los vagones grandes con cargas pesadas un camino más fácil hacia la ciudad. Era un camino más largo, pero más fácil para las caravanas grandes de vagones pesados. El camino en el que se encontraba ahora era el Camino Recto, pero estaba construido sobre laderas empinadas y, a veces, subidas montañosas. Además de ser empinado y peligroso para los vagones pesados, era demasiado estrecho para que viajara cualquier cosa que no fuera el vagón más pequeño. Sin embargo, un solo caballo o peatón podría hacer el viaje a la ciudad mucho más rápido que por el camino de acarreo, siempre que el caballo o el caminante tuvieran la energía suficiente para subir las colinas empinadas. *El que viaja rápidamente por el Camino Recto*, recordó el viejo dicho, *pasa fácilmente al que lo evita*. Murielle se precipitó por este camino a gran velocidad, muy consciente de que, si se encontraba sobre una colina o alrededor de una curva a otro viajero, no tendría a dónde ir. Ese era un riesgo que tenía que tomar porque estaba segura de que un grupo tan grande como el del Príncipe no habría tomado este camino, sino que se habría quedado en el camino principal de acarreo, y ella podría acelerar por este camino y llegar a Darloque mucho antes que ellos, a pesar de su comienzo tardío.

Murielle palmeó al caballo en el cuello. "Cheval se mis ojos y—". Levantó la vista justo a tiempo para ver la rama baja que colgaba y pudo evitar por poco que el caballo la golpeara. Sin embargo, le arrancó algunos mechones de cabello de la cabeza. Frotando el punto en su cuero cabelludo, dijo: "Muy bien. Tú vigilarás el camino y yo vigilaré todo lo que está por encima de él". Se lanzó por el Camino Recto hacia un bosque cada vez más denso. Las ramas la azotaban mientras volaba por las colinas escarpadas y empinadas. Aparte de lastimarle levemente los hombros, le hicieron poco daño. Estaría adolorida más tarde, pero ese era un precio pequeño que pagar por el bien de su hija. Poco a poco, a medida que Cheval y ella se acostumbraban a las incertidumbres del camino, lo dejó tener más rienda y él aceleró el paso. El sol ardiente desapareció de la vista mientras el dosel del bosque se hacía más denso, y un escalofrío atravesó a Murielle. Se estremeció justo cuando una rama delgada de sauce le golpeó el hombro derecho con un pinchazo agudo. Tocó el lugar con la otra mano e inmediatamente sintió que el verdugón se elevaba por debajo de su blusa. Cheval, con la energía avivada por la sombra fresca, cargó por una ladera empinada sin darse cuenta de su dolor.

A pesar del dolor en su hombro, su nerviosismo por lo que podría quedar oculto en la siguiente subida y la sensación de urgencia por llegar a Darloque rápidamente, Murielle sintió que la inundaba una euforia. No había montado así en muchos años. *Demasiados años*, pensó. No había cabalgado así desde que su padre estaba vivo. Aunque Gilles había estado bastante impresionado con su habilidad de equitación cuando estaban cortejando, claramente no era tan hábil montando como ella. Era un jinete competente y podía manejar a un caballo bastante bien, pero parecía tomar la equitación como un medio para ir de un lugar a otro. Un caballo era una herramienta, y montar a caballo no le producía más alegría que caminar o montar en una carroza. Pero para Murielle, había una gran emoción en la conducción misma. Era la comunicación sin palabras entre el jinete y el caballo; un movimiento ligero del jinete le decía al caballo más de lo que dos seres humanos podían decirse entre sí con mil palabras. El caballo también hablaba con un lenguaje sutil propio que solo el jinete experimentado podía entender. Era esta comunicación por la que vivía. Era esta comunicación entre el hombre y la bestia lo que había echado de menos durante tanto tiempo. Y el ritmo rápido también se sentía bien.

Si hubiera vivido, la madre de Murielle habría querido convertir a su hija en una dama joven de la corte. Libre de tales restricciones, Richard de Conquil había puesto a su hija en la silla de montar incluso antes de que pudiera caminar. Algunos decían que era su deseo firme de tener un hijo y su insistencia en convertir a Murielle en ese hijo lo que impulsaba sus aspiraciones para su hija única. Richard negaba estas acusaciones con vehemencia. "No tendré", decía de manera simple y uniforme cuando era confrontado, "una hija que dependa de un hombre o de un templo para sobrevivir". Porque creía que la elección de una mujer de matrimonio o un convento —las dos únicas opciones válidas para una mujer en la sociedad actual— era la elección de un tipo de esclavitud sobre otro.

Richard de Conquil había impulsado a su hija desde una edad temprana a ser autosuficiente. La equitación fue la primera lección de su educación. "Si puedes aprender a manejar a un caballo", dijo mirando profundamente en sus ojos jóvenes y oscuros, "puedes aprender a manejar cualquier cosa que se te presente en la vida". Insistió en que aprendiera a guiar al caballo sin usar las riendas. "¿*Pourquoi*, papá", preguntó, "no es para eso que están las riendas?"

"Hay razones para todo", dijo con una mirada sombría en los ojos, "pero no siempre podemos verlas".

Murielle lo miró curiosa.

"Confía en mí cuando digo que necesitarás saber esto más tarde".

"*Oui*, papá".

Richard la subió a la silla y luego se subió detrás de ella. Abrazándola, tomó las riendas y empujó al caballo para que caminara tranquilamente. Mientras cabalgaban por la pradera, Murielle pensaba cada vez más en lo tonta que era esta idea de su padre.

"Ahora", dijo poniendo las riendas en el pomo, "mira mi pierna izquierda". Miró hacia abajo y vio cuando presionaba el muslo izquierdo contra el costado del caballo. Lentamente, el caballo comenzó a girar a la izquierda. Richard soltó la pierna y el caballo se enderezó. Murielle jadeó asombrada y se volvió para mirar a su padre, quien sonrió con una sonrisa infantil.

"¡Hazlo otra vez!" Gritó.

Esta vez, Richard presionó el muslo derecho contra el

animal y giró hacia la derecha. Mantuvo la presión hasta que se dieron la vuelta y regresaron por donde habían venido.

"Ahora", dijo con la misma sonrisa infantil, "¿te importaría hacerlo a toda velocidad?"

Murielle giró hacia su padre y sonrió. Richard tomó las riendas. Con un grito, puso al caballo al galope. El caballo corrió a través de los pastos abiertos, con los cascos tamborileando sobre el césped suave. Richard volvió a dejar las riendas sobre el pomo, luego presionó la pierna contra el costado del caballo, y se inclinó lentamente hacia la derecha. Presionó la otra pierna y el caballo se ladeó hacia la izquierda. Alternó esto varias veces haciendo que el caballo diera vueltas alrededor de la pradera. "Ahora, mira esto", le susurró al oído mientras conducía al caballo hacia un bosquecillo de árboles. El caballo se abalanzó sobre un gran roble a galope tendido. Murielle jadeó, luego instintivamente se cubrió los ojos cuando parecía seguro que se dirigían a una colisión terrible. Entonces sintió que la pierna de su padre empujaba con fuerza el costado del animal y los sintió inclinarse bruscamente hacia la derecha. Lo sintió presionar fuertemente contra el otro lado del caballo y se dirigieron a la izquierda. Murielle bajó las manos y abrió los ojos para ver cómo se enroscaban entre los árboles mientras su padre dirigía con solo alternar la presión de sus piernas. Murielle gritó de alegría. Era el sentimiento más estimulante que había tenido en su vida. Atravesaron una maleza ligera y entraron en otro prado. Richard pateó el caballo para que galopara con más fuerza. Murielle observó como la hierba y las flores pequeñas del campo pasaban volando, y el bosquecillo quedaba muy atrás. Cerró los ojos y aspiró el aire. Ahora se sentía tan libre. Extendió sus brazos. Estaba volando. Detrás de ella, Richard extendió los brazos y voló con ella.

Murielle apenas fue consciente de que Cheval había bajado la cabeza. Salió de su ensoñación a tiempo para ver la gran rama caída colgando sobre el Camino Recto suspendida por la red de ramas de árboles a ambos lados del sendero. La extremidad amplia colgaba a la altura del pecho y era lo suficientemente gruesa como para derribarla del caballo e infligir daños graves. Apenas tuvo tiempo de darse cuenta del peligro, pero en un instante, se arrojó sobre el costado del caballo, sosteniéndose con fuerza contra su cuello mientras pasaban por debajo de la extremidad. Murielle se enderezó rápidamente, jadeando nerviosamente mientras lo hacía. Este roce estrecho con el peligro tuvo un efecto inmediato: su adrenalina disminuyó y el miedo nervioso se hizo más presente. *En el nombre de Mava ¿qué estoy haciendo?* se preguntó. Poco a poco, redujo la velocidad del caballo de su galope precipitado hasta que Cheval corrió un poco más rápido que un galope. Su mente comenzó a acelerarse mientras el caballo comenzaba a disminuir. Las dudas y la incertidumbre la desgarraron. *Un desliz*, pensó, *un movimiento en falso, y todo está perdido*. Hizo una mueca al pensarlo. *Emmeline está perdida.*

Los árboles se abrieron a la izquierda para revelar un gran lago reluciente atrapado entre dos filas de crestas montañosas que devoraban el horizonte sur. Cheval, ahora apenas trotando, comenzó a dirigirse hacia el agua azul.

"Así que eso es lo que quieres ahora, Cheval, ¿no es así?" preguntó con voz temblorosa. "Estoy de acuerdo. También necesito un poco de agua y tal vez un momento para calmar mi corazón acelerado". El caballo redujo la velocidad a una caminata, dejando la sombra fresca del camino y entrando en el resplandor cálido de la orilla del lago. El calor dejó sin aliento a Murielle. Pudo sentir a Cheval tomar un aliento agudo y repentino cuando salieron al sol. La sombra del camino había borrado su mente del calor del verano y ahora la golpeaba como un viejo enemigo olvidado, esperando el momento apropiado para atacar.

"Pero solo un momento", lo regañó mientras desmontaba con gracia y conducía al caballo hasta la orilla del agua. El lago se encontraba con la orilla arenosa con apenas una onda. Aflojó las riendas y permitió que Cheval bebiera un trago. Comenzó a tomar agua con grandes tragos ruidosos. "¡*Non!*" dijo con severidad, acariciando su cuello. "¡No tan rápido o te enfermarás!" Inmediatamente redujo su tragar rápido. Murielle metió la mano en su paquete atado a la silla y sacó un pastel de maíz. Se volvió hacia el lago y miró a través de su superficie amplia, admirando la vista. El agua plana reflejaba perfectamente las dos cimas de las montañas situadas en la orilla opuesta y distante. El verde intenso trepaba en las rocas grises escarpadas que, a su vez, trepaban abruptamente hacia las capas de nieve blanca y brillante. Masticó pensativamente mientras admiraba los picos prístinos. La carroza del sol se cernía sobre ellos con furia ardiente, pero parecía no tener ningún efecto sobre las delicadas cimas nevadas.

Nieve. Era difícil imaginar cualquier lugar en el que la nieve pudiera existir bajo ese sol abrasador. Una gota de sudor pasó por su sien y por su mejilla como un recordatorio del calor. Si tan solo tuviera un poco de nieve ahora para aliviar un poco este calor. Murielle tuvo que reírse de sí misma. ¿Cuántas veces había deseado el calor del verano en medio de un invierno gélido? Un recuerdo floreció en su cabeza, llevándola de regreso a un invierno particularmente frío hace mucho tiempo.

———

El aire se había calmado al anochecer. Hacía frío, más que cualquier otra noche de invierno, y el aire se sentía espeso y húmedo. Nubes densas y oscuras se habían movido antes del anochecer, oscureciendo el sol en su pendiente descendente hacia el oeste. Los sirvientes de la casa y ella dormían en un círculo irregular alrededor del fuego en el salón, ya que se había vuelto demasiado frío para que los braseros mantuvieran las habitaciones calientes. Murielle recordaba estar acostada boca arriba en el jergón sobrecargado, con el brazo de su niñera Angélique envuelto protectoramente alrededor de ella, ambas cubiertas con un manto grueso de piel. Observó como el humo se elevaba en círculos lentos a través del agujero en el techo alto preguntándose si alguna vez se quedaría dormida. Cerró los ojos, pero solo por un momento y los abrió de nuevo para encontrar un arroyo tenue gris que se elevaba perezosamente hacia el techo alto. Murielle giró la cabeza para encontrar las brasas agonizantes apenas ardiendo en la penumbra. Regresó al agujero negro en el techo de piedra. Algunas estrellas brillaban intensamente, centelleando en el aire claro de la madrugada.

Todavía estaba oscuro dentro de la casa solariega. Podía escuchar cerca a los sirvientes respirar tranquilamente. En algún lugar de la habitación dormía su padre. Supuso que sería un poco antes del amanecer y del comienzo del trabajo del día. Murielle se salió con cuidado de los brazos de Angélique y de la prenda de piel. La niñera se agitó levemente, acercando sus brazos vacíos hacia ella y tembló un poco, pero no se despertó. Murielle se estremeció en respuesta y ajustó el manto sobre su niñera. Hacía frío, un frío mordaz, y el calor que Angélique le había proporcionado se estaba evaporando rápidamente. El aliento de Murielle salía en nubes blancas grandes, arremolinándose y flotando hacia arriba. Lo observó durante un momento, el vapor ascendía lentamente y se disipaba en la penumbra de la madrugada. Agarró el hierro cercano y revivió las brasas. Un fuego pequeño estalló en el foso sobre el cual extendió sus manos para calentarlas del frío punzante del hierro congelado. Un sonido como hojas de maíz secas resonó ligeramente por el pasillo mientras se frotaba las manos secas y agrietadas.

Miró alrededor de la habitación: sombras pequeñas bailaban en las paredes de las llamas rojizas diminutas. La madera que Étienne había pasado la mayor parte de la semana partiendo yacía ordenada en pilas contra la pared cercana. La pila contra la pared era solo una fracción de la madera que Étienne había partido, el resto estaba en el cobertizo junto a la cocina. Étienne era un hombre corpulento de una energía aparentemente ilimitada que se embarcaba en una tarea con alegría y no cesaba hasta haber hecho el doble de lo que se le pedía. Como resultado, ahora tenían suficiente madera para pasar el invierno y quizás hasta bien entrado el siguiente.

Murielle se acercó silenciosamente a la pila, seleccionó algunas piezas de tamaño razonable y las llevó de regreso al fuego, que estaba perdiendo su fuerza rápidamente. Uno a uno, colocó los trozos de madera sobre el fuego, ordenándolos como Étienne le había enseñado, mientras lanzaba miradas nerviosas por encima del hombro en busca de cualquier señal de que Angélique se hubiera despertado. No lo había hecho. Murielle se sentó y observó las llamas consumir la madera lentamente, aumentando en intensidad y arrojando una luz aún más fuerte sobre la habitación. Mientras se frotaba las manos heladas frente al fuego creciente, un estremecimiento violento la atravesó mientras se calentaba lentamente del frío. Pinchó la madera ardiente con el hierro una vez más y luego miró alrededor de la habitación. Ahora el fuego era lo suficientemente grande como para arrojar luz naranja a través del salón, iluminando todo. Angélique había bajado un poco el manto de piel en respuesta al fuego renovado. Étienne resopló en sueños y se alejó del fuego, mientras tiraba de su propia capa. La luz danzaba en el techo alto y miró con interés el anillo oscuro alrededor del agujero hecho por años de fuegos en ese salón. El humo se elevaba en nubes oscuras hasta el agujero negro, oscureciendo las pocas estrellas que había visto allí previamente. No podía ver otra luz en el agujero, por lo que razonó que aún faltaba un tiempo para el amanecer.

Ahora estoy completamente despierta, pensó Murielle al mismo tiempo, *así que, ¿qué debo hacer?* Una Murielle más joven habría molestado a su niñera hasta que se despertará y le cantara para dormir o la llevara lejos de los demás y la entretuviera. Pero ya no era esa Murielle, la bebé Murielle que necesitaba ser engatusada para dormir o que le dieran golosinas para comportarse. Ahora era mayor y capaz de entretenerse sola si era necesario, al menos la mayor parte del tiempo. Pero lo más importante, es que estaba asumiendo las responsabilidades que le había impuesto su padre.

Había quehaceres que hacer y, si ya estaba despierta, era mejor que se pusiera a trabajar. Murielle encontró una vela, la puso en un candelabro y la encendió. Luego juntando su capa a su alrededor con la mano libre, Murielle caminó hacia la puerta, arrastrando los pies a través de los juncos esparcidos por el suelo mientras la llama de la vela le mostraba el camino. Se apretó la capa sobre los hombros mientras dejaba el calor del fuego y se acercaba a la puerta.

Sus primeros pasos en el patio fueron normales. Sus botas rasparon los adoquines como siempre lo habían hecho. Incluso sintió la piedra levantada que Étienne siempre estaba demasiado ocupado para reparar. Se tambaleó levemente cuando puso su peso sobre ella. Se detuvo para balancearse un poco y siguió adelante. Sin embargo, unos cuantos pasos después, sintió un crujido bajo los pies cuando los adoquines dieron paso a algo completamente diferente. Sorprendida, Murielle saltó hacia atrás y sintió una salpicadura fría de polvo ligero en las piernas. Bajó la vela, con la curiosidad encendida en su mente. La luz se posó sobre sus huellas en un polvo blanco profundo en el suelo. Jadeó, y con su mano libre tomó tentativamente un poco de polvo, mirando atentamente mientras se filtraba entre sus dedos. Murielle sostuvo la vela en alto y contempló la cubierta blanca en el suelo por todo el patio. Corrió hacia la puerta, esparciendo las cosas a medida que avanzaba. Pudo soltar el pestillo con la mano libre y abrir la puerta pesada. Salió corriendo y se hundió en la nieve.

Innumerables estrellas iluminaban el campo con su brillo claro y suave. El horizonte oriental teñido de gris aún no era lo suficiente brillante para difundir su luz. Por todas partes, hasta donde Murielle podía ver, el país estaba cubierto de una capa blanca y profunda. El camino que conducía a la puerta estaba tan cubierto que no podía distinguirlo del paisaje circundante. Sin embargo, podía seguir la pendiente de la colina hacia abajo, hasta donde el camino emergía del bosque de abajo. En la oscuridad previa al amanecer, los árboles se perdían y solo la materia blanca apilada en sus ramas se destacaba contra el cielo negro.

Era tranquilo y pacifico aquí. No soplaba viento y la llama de la vela no parpadeaba nada. Todo estaba en silencio, excepto por su aliento ocasional que brotaba de su boca y se disipaba perezosamente en el aire helado. Murielle miró de nuevo las estrellas, su resplandor brillante en el cielo negro eclipsaba la luz de la vela que sostenía en la mano. Conocía algunas de las constelaciones. Inmediatamente vio a Lord Aufeese en la cosecha, cabalgando bajo en el cielo, porque su estación había terminado. Allí estaban las Hermanas. Después de buscar un poco, encontró a los Tres Héroes. Buscó a otros, pero solo encontró dos más que conocía.

Murielle volvió a mirar las huellas que había dejado en la nieve. En la puerta, comenzaban como pequeñas impresiones ordenadas en el polvo, pero se volvían más irregulares a medida que avanzaban hacia la nieve más profunda. Miró a su alrededor y encontró una línea de huellas que conducían hacia el sur a través de donde pensaba que debía estar el camino y bajaban hacia el bosque. No eran humanas. Se estremeció levemente, pero no por el frío. Después de un momento, se dio cuenta de un sonido nuevo. Miró a su alrededor y se dio cuenta de inmediato de que era el castañeteo de sus propios dientes lo que estaba escuchando.

"Debo volver adentro", se dijo en voz alta mientras veía la vela temblar en su puño. Sin embargo, se quedó, mirando las huellas extrañas en el polvo blanco. "Los dioses están en marcha en esta noche clara", habría dicho Étienne. Cerró los ojos; imaginó su voz tan claramente que saltó pensando que realmente la había escuchado. Cambió la vela de mano, se apretó más la capa y caminó con dificultad hacia la puerta. Una vez dentro del patio, tiró de la puerta y la cerró sólidamente, con un par de buenos empujones para asegurarse de que era rápido, y se dirigió hacia el establo. La nieve era más fina en el patio y caminar sobre los adoquines duros la hizo darse cuenta de lo fríos que estaban sus pies por estar de pie en la nieve profunda. Sus botas eran lo suficientemente calientes, pero simplemente no eran rivales para la nieve.

Murielle abrió la puerta del establo e inmediatamente una vaca comenzó a mugir. Otra la siguió, y luego otra, hasta que hubo un coro pequeño resonando dentro del establo. Era más cálido aquí; el calor de los cuerpos acurrucados lo hacía casi cómodo. Si no fuera por el olor, estaría feliz de dormir aquí cada noche de invierno. Tiró de la puerta y se aflojó un poco la capa. Al entrar en el establo la luz de la vela reflejó docenas de ojos expectantes en la oscuridad. Vacas, ovejas, pollos, y otros en la colección de animales la observaban, esperando por lo que haría a continuación, ya que era antes de lo que estaban acostumbrados a ver a nadie. El mugido se detuvo después de un tiempo, y todos los ojos se volvieron hacia ella curiosos y esperando. Murielle caminó silenciosamente más allá de los puestos, la paja se le pegaba en los pies mojados mientras caminaba.

Se detuvo ante una vaca y le dio una palmadita en el cuello con la mano libre. La calidez de su cuerpo se sentía bien en su piel helada. La vaca estiró el cuello para meter la nariz bajo su mano y le dio un buen masaje en el hocico.

"Sé que es temprano", explicó, "pero estoy segura de que darás leche tan bien ahora como lo harías a la hora normal".

Pasó junto a cada vaca, acariciándolas por turno. No se olvidó de las ovejas y recibió un balido de satisfacción de cada una de las que acarició al pasar. Tampoco descuidó a las cabras. Las gallinas estaban sentadas en sus nidos protegiendo sus huevos y solo le dieron a Murielle la más casual de las miradas ahora que estaban seguras de que no tenía alimento. Los gallos, cada vez más esperanzados, la miraban ansiosos desde sus gallineros mientras los pasaba uno por uno. Una última palmada para cada uno de los burros y Murielle llegó a su destino en el establo.

Estaba ante otra puerta, la entrada a lo que Étienne llamaba su "corte". Murielle abrió la puerta y entró, sosteniendo la vela frente a ella. El calor de los cuerpos de los animales terminaba aquí, así que se apretó la capa para protegerse del frío. La "corte" de Étienne era en realidad un almacén en la parte trasera del establo. Al otro lado de una pared colgaba una fila larga de herramientas que usaba en la operación diaria de la granja. Palas, picos, martillos y cosas similares colgaban en filas ordenadas sobre clavijas de madera. Una guadaña larga colgaba amenazadoramente en la pared al lado de estas. Más abajo había una mesa con un rollo grueso de cuerda y junto a ella había una rueda rota del carro de mulas que Étienne estaba reparando. En el suelo había pilas ordenadas de sacos de grano. En el otro extremo del almacén, Murielle encontró lo que buscaba. Varios cubos de madera estaban apilados uno encima del otro. Tomó el más alto, lo invirtió y miró dentro inclinando la vela para poder ver mejor.

"Este cubo será suficiente para ordeñar esta mañana" se dijo a sí misma.

Se dio la vuelta para irse cuando la luz de la vela cayó sobre el lugar donde Étienne celebraba la "corte". Había una tabla en la esquina opuesta junto a una silla sencilla de madera. Había una mesa aquí con varias ramas de acebo y ramas pequeñas de hoja perenne. Aquí era donde Étienne normalmente dormía, pero en los últimos años padre le había dado permiso para dormir en la casa solariega cuando hacía demasiado frío. Aquí no había chimenea ni brasero. Padre no lo permitiría. Dijo que había visto demasiados establos arder en llamas porque los tontos prendían fuego donde había forraje en abundancia.

Cuando Murielle se dio la vuelta con su vela, la luz se posó sobre el altar. Murielle no podía recordar haber visto antes este altar en particular, por lo que debía ser una adición bastante reciente a la "corte". Acercó más la vela y jadeó al contemplar los detalles delicados tallados en la madera. La sección principal del altar era una escultura del dios de la madera que sostenía su lanza larga mientras que estaba parado con un pie apoyado sobre un tronco. Murielle había visto a Étienne posar de esta manera muchas veces, y pensaba en ella como la pose típica de un leñador. El dios estaba ante una escultura en relieve de una escena de bosque. Sosteniendo la vela más cerca, examinó el detalle de la escultura. Étienne había tallado casi una docena de árboles diferentes, cada uno en gran detalle hasta la textura de la corteza y las hojas individuales. Pensó que era un trabajo en madera increíble. No podía pensar en un mejor discípulo del dios de la madera que Étienne.

Volvió su atención a la talla del dios mismo. Era muy realista; la escultura parecía lista para saltar sobre ella. Acercó la vela al altar tanto como se atrevió. No quería gotear cera ni cometer el pecado terrible de quemarla. No importaba la ira de

Étienne, el dios mismo debería estar más enojado de que una semejanza tan grande fuera deformada o destruida.

La expresión del rostro del dios era desconcertante. Murielle la examinó una y otra vez, consciente de la vela, pero aun así, la expresión del dios la confundía. El dios de la madera era conocido como un hombre alegre con una personalidad bulliciosa. En los cuentos, entregaba mensajes morales serios con una risa cordial y nunca tenía una condena para nadie, ni siquiera para sus peores enemigos. Pero la mirada que Étienne había tallado en el rostro aquí era seria, si no sombría. No lo entendía. Había visto otras esculturas del dios en Darloque. Su rostro allí era tan alegre como aparecía en los cuentos. Seguramente Étienne no podría haberlo olvidado.

En la base del altar estaba el comedero poco profundo en el cual colocar la ofrenda y a ambos lados había velas. Tomó un trozo de paja del suelo, lo encendió con su propia vela y procedió a encender a dos en el altar. Padre veía poco daño en las velas del establo, aunque no confiaba en ellas por completo. Admitía que la gente no podía andar en la oscuridad, pero advertía a su familia y a sus sirvientes constantemente —poniendo demasiado los ojos en blanco— sobre los peligros del fuego en un establo. Las velas se encendieron, iluminando el altar y revelando aún más la belleza de la escultura. El rostro del dios de la madera parecía aún más sombrío que antes. Murielle apagó la llama de la paja y la colocó sobre la mesa donde no pudiera hacer daño. También colocó allí su propia vela y volvió a mirar el altar. Étienne había colocado un saco de grano debajo del altar para usarlo como reclinatorio. Se arrodilló sobre él, e inclinando la cabeza, se tocó la frente con la punta de los dedos de la mano derecha. Después de haber presentado sus respetos, volvió a mirar la escultura. Étienne era más alto que ella, así que tenía que mirar hacia arriba. *¿Pourquoi*, pensó, *por qué te ves tan triste?*

Saltó cuando la puerta se abrió de golpe con un estruendo fuerte, revelando una figura grande y oscura enmarcada en la entrada, la luz previa al amanecer entrando en el establo desde detrás de él.

———

Un chapoteo fuerte sacó a Murielle de su ensoñación. Las ondas cortaban a través del agua desde un punto central solo a corta distancia de la orilla. Miró de cerca el agua y pensó que podía discernir una forma deslizándose bajo la superficie; algo moviéndose fuera de la vista. De repente, todo se sentía mal. Todo este esfuerzo estaba simplemente mal. No debería estar aquí de camino a ver al Viejo Rey. Debería estar en su granja. Por un momento se sintió como vanidad pura y obstinada el estar en este camino y era sumamente importante que estuviera en casa protegiéndola, protegiendo a su familia. *Je suis mal faire*, pensó. Todo esto estaba mal.

Cheval empujó su brazo. Descansado y renovado estaba listo para continuar el viaje. Murielle sacudió la cabeza. Miró al caballo como si nunca lo hubiera visto. Tan repentinamente como se apoderó de ella el sentimiento de que algo estaba mal, desapareció.

"Tienes razón, mi buen caballo", dijo, alborotando su melena. Sus oídos se animaron cuando se dio cuenta de que estaba lista para montar de nuevo. "*Non, non, non*, estoy en el camino correcto; estoy en el único camino que puede salvar a mi hija del mal. El mejor camino". Cheval la miró con curiosidad. La empujo de nuevo, esta vez con más fuerza, ansioso por volver a cabalgar.

Apretó las riendas y montó el caballo. Guiándolo de nuevo hacia el sendero, se inclinó y le habló al oído. "Cabalga de verdad ahora, y no te detengas hasta que lleguemos a la ciudad".

Con eso, pateó al caballo a galope y desapareció por el sendero, dejando solo una nube de polvo que se disipaba lentamente en el aire caliente y seco.

CAPÍTULO CINCO

Emmeline se abrió paso a través del campo, siguiendo las filas de maíz hacia el este. Los tallos de maíz se elevaban muy por encima de su cabeza, aunque ofrecían poca protección del sol que se elevaba rápidamente frente a ella. Caminó penosamente por la hilera, las plantas crujían secamente mientras pasaba. Sin embargo, no podía evitar maravillarse de ellas. Parecía que no había pasado mucho tiempo desde que había llegado la primavera, y ella y sus padres se levantaban en las mañanas aún frescas para arar los campos. Ella y madre con Cheval, y padre con Jacques, removiendo la tierra fértil para prepararla para estas mismas plantas.

¿Pero hace cuánto tiempo sembraron esa cosecha? Parecía como si fuera hace solo un día que estaba trabajando en cada hilera, poniendo semillas en el suelo y cubriéndolas con tierra rica y oscura. Podía recordar levantarse por la mañana, necesitando todavía una capa debido al frío, y contemplar el campo mientras el sol salía sobre las plantas pequeñas que se desprendían del suelo. Ahora era verano, hacía un calor opresivo, y las plantas se elevaban por encima de su cabeza. Muy por encima de su cabeza.

¿A dónde se había ido el tiempo? Al parecer, hace poco tiempo, los tres estaban acurrucados junto al fuego esperando que comenzara el invierno. Al menos así parecía. Últimamente, el tiempo pasaba más rápido para Emmeline. Cuando era pequeña, la primavera y el verano duraban para siempre. Veía los primeros brotes verdes en los árboles y la hierba comenzaba a cambiar del marrón enfermizo del invierno a un verde exuberante. Lentamente, el verde se arrastraba por los campos y se extendía sobre los árboles mientras pasaba el tiempo ocupada en las tareas sencillas que sus padres le asignaban. Los días se hacían más cálidos lentamente y su deseo de alejarse de sus tareas y escaparse a jugar más también crecía.

Pero el verde tomaba una eternidad en extenderse por la tierra en aquellos días. Nunca era lo suficientemente rápido para adaptarse a Emmeline. Del mismo modo, los cultivos nunca crecían lo suficientemente rápido. El maíz tardaba una eternidad para crecer lo suficientemente alto para que ella se perdiera en él. Por supuesto, en aquel entonces no tenía que ser tan alto para perderse en él, pero una vez que era lo suficientemente alto, pasaba días y días corriendo a través de las filas, escondiéndose de perseguidores imaginarios y al acecho de invasores extranjeros. Por supuesto, las gallinas eran una gran presa, ya que las imaginaba como los invasores extranjeros y a sí misma como el caballero joven y audaz empeñado en salvar a su país del ataque. Se volvió bastante buena en los ataques furtivos, sorprendiendo a las gallinas desprevenidas que soltaban cacareos furiosos cuando las atacaban por detrás y las tomaban prisioneras.

"¡Ajá! ¡Eres mía señora gallina!" gritaba triunfante cuando se había apoderado del intruso, "¡Harías bien en mantenerte fuera de mi país!"

Pasaba los días de verano en un sinfín de invasiones y repulsiones. Los únicos descansos llegaban cuando madre o padre la encontraban descuidando sus quehaceres y la reprendían. A regañadientes los hacía, advirtiendo a las gallinas que tenían un corto aplazamiento en su país. Todos los días, las Liebres Salvajes llevaban lentamente el sol hacia el oeste, y la noche caía sutilmente. Se quedaba en los campos atacando y capturando a los soldados extranjeros hasta que madre la llamaba para que entrara a la casa. "No has hecho nada en todo el día excepto jugar en ese campo", era regañada desde la puerta de la casa, "entra ahora y come lo que te he preparado". Emmeline nunca tenía hambre en lo más mínimo, pero se encontraba devorando porciones dobles antes de colapsar en su cama.

Y así, pasaron los días de verano hasta que los tallos del maíz se volvieron demasiado marrones y marchitos para esconderse en su interior. A medida que maduraba el verano, llegaba más y más trabajo. Sus días estaban llenos con la cosecha, aunque parecían tan interminables como el verano ocioso. El verano significaba cosechar maíz. Más tarde, cuando llegaba el otoño, llegaba la recolección de otros cultivos de su temporada que ayudarían a sostenerlos durante el invierno y, con suerte, dejarían un poco más para vender. Los frijoles y otras legumbres, los cereales y algunas frutas en buena medida, eran recogidos y guardados. Pero disfrutaba de este trabajo. Al lado de sus padres, cantar canciones de trabajo y hacer juegos de las tareas lo hacía más divertido que el trabajo en sí. Parecía una eternidad antes de que llegara el invierno, y estuviera acurrucada junto al fuego esperando la primavera una vez más.

Un crujido en algún lugar profundo de las filas de maíz llamó la atención de Emmeline. Se detuvo, movió el paquete sobre su hombro y escuchó, con la cabeza ladeada. Se dio la vuelta lentamente varias veces, incapaz de determinar exactamente de dónde venía el sonido. No se repitió, pero siguió dudando. Varias veces abrió la boca para gritar, pero no salió nada. "¿Quién está ahí?" Finalmente preguntó con una voz débil. No hubo otro sonido excepto el de su propia respiración. Ningún otro sonido en el calor muerto y silencioso.

Emmeline reanudó su viaje hacia el este por la fila de maíz, pero a un ritmo más lento que antes. Escuchó atentamente otro sonido sobre el batir de las hojas de maíz marchitas mientras se rozaban contra sus hombros. No hubo más sonido, lo que la inquietó aún más. Todo el asunto con el Príncipe la había puesto nerviosa. No había conocido ni visto al Príncipe antes de hoy. ¿Cómo podía querer casarse con ella? Recordó la historia de su madre sobre Jocelyn. La chica había ido a casarse con el Príncipe y luego desapareció. Pero seguramente había una explicación razonable. Madre siempre estaba pregonando la razón sobre todo lo demás. Nunca sucedía nada que no tuviera una explicación racional. La razón es la verdad. *Vérité avant tout*, había dicho una y otra vez: *la verdad, ante todo*. La razón revelaría la verdad. Era tarea de la mente racional discernir la verdad de la superstición primitiva.

Pensó en cuando el Príncipe la había saludado esta mañana. Estaba disgustada por la mala cosecha que estaban teniendo con el maíz. Emmeline había comenzado cerca de la casa, pero al no encontrar nada que valiera la pena recoger, se fue alejando más y más hasta que encontró algunas mazorcas razonablemente adecuadas junto al camino. Las plantas estaban terriblemente afectadas por la sequía y era dudoso que sobrevivieran mucho tiempo más sin lluvia, lo que parecía cada vez menos probable a medida que avanzaban los días. Así que tomó los frutos pobres que dieron, tan tristes como estaban. Se dio cuenta del golpeteo de los cascos mucho antes de ver a los caballos, pero no les prestó atención. Vivían junto a un camino muy transitado, el camino principal a Darloque, por lo que era bastante común ver a muchos transeúntes viajando por el en el transcurso del día. El sol aún no había salido y ya hacía un calor incómodo, por lo que se había aflojado la blusa y subido la falda para aliviarse del calor matutino. Ridículo. En el este, el resplandor anaranjado del horizonte despejado apenas comenzaba a tornarse amarillo. La carroza del sol aún no había salido, pero el cielo brillante le dijo que muy pronto las Liebres Salvajes comenzarían su ascenso hacia el cielo con la carroza del sol.

Cuando el Príncipe se dirigió a ella, su corazón se aceleró a pesar de sus recelos. Era un hombre apuesto, con el cabello corto al estilo que los soldados usan hoy en día. La barba incipiente de su rostro acentuaba una mandíbula cuadrada fuerte. Sus hombros anchos y cuadrados delataban los músculos ocultos bajo su túnica suelta de caza. Sus muslos gruesos y musculosos tensaban la tela de sus pantalones. Se sentaba erguido en la silla, pero no podía considerarse un hombre demasiado grande. Emmeline volvió a mirar su rostro. Sus ojos azul verde ardían con la intensidad de un hombre confiado que siempre consigue lo que desea. Esta última parte la sabía de algún lugar profundo dentro de ella. No podía decir cómo lo sabía, pero algo en ella podía sentir su necesidad. La necesidad de poseer, la necesidad de conquistar. Y en algún lugar de su interior sintió la necesidad de ser poseída, de ser conquistada.

Sin embargo, se mostró cautelosa. Otra parte de ella le aconsejaba precaución. Aunque era un extraño, y eso solo exigía precaución, su mirada ardiente y su postura confiada le advirtieron que se acercara con cautela. Había un peligro, pero no sabía qué era, solo sabía que estaba allí. Se sintió atraída por esos ojos azul verde penetrantes. *Buen día, señor*, le había dicho. Sabía que las palabras salían de su boca, pero le parecía que venían de otra persona que estaba muy lejos. Asimismo, sus respuestas a sus preguntas venían de lejos. Ni siquiera estaba segura de lo que estaba diciendo y no tenía idea de lo que ella misma estaba respondiendo. Solo podía concentrarse en su rostro y su mirada ardiente.

Entonces mencionó el mar. *La mer*. Salió de su estado de sueño. Había querido ir al mar desde que su padre le contaba historias cuando era pequeña. El dios del mar sonaba tan hermoso y peligroso como el mismo mar. Dado que la ciudad no tenía salida al mar, Darloque no tenía un templo dedicado a Lord Merinwar. Al no tener esculturas ni pinturas para formar su visión, creó la suya. Así que lo imaginaba grande y temeroso, con sus ojos oscuros hermosos llenos de peligro y malicia. Lo imaginaba como una figura imponente que atraía la mirada hacia él y, sin embargo, hacía que uno apartara la mirada de inmediato. Recordaba de algunas de las historias que cuando el dios del mar estaba disgustado con un mortal —lo cual era bastante frecuente— aparecía en toda su gloria terrible y furiosa para mostrar su disgusto al que lo había ofendido. Siempre terminaba mal para ese mortal. Emmeline siempre había sido de la opinión de que, si alguna vez iba al mar, Lord Merinwar seguramente no encontraría ninguna culpa en ella. Sin embargo, eso era cuando era una niña pequeña. Ahora era mayor y tales pensamientos le parecían infantiles. Aunque su fe en los dioses había menguado, su fascinación por *la mer* solo había aumentado.

Aunque parecía que seguiría siendo una campesina por el resto de su vida, apenas viajando más allá de su granja, albergaba un deseo profundo de visitar el mar. *Une fois*, se había dicho, una sola vez. Así que cuando el extraño apuesto que despertó sentimientos extraños en su interior mencionó *la mer*, descaradamente hizo a un lado todas las advertencias y se acercó a él, con la esperanza de que esta podría ser la única oportunidad para cumplir su deseo. Pero se habría ido con el mismísimo Señor de la Muerte solo para echar un vistazo al mar.

Mientras se acercaba al extraño, el sentimiento extraño dentro de ella se intensificó. Había una fuerza atrayéndola hacia él y destruyendo los últimos vestigios de su inquietud. Entonces, se acercó, arrastrada por la fuerza invisible, obligándola, obligándola a acercarse al extraño. Acarició la melena de su caballo y le preguntó por el mar. Pero ahora que estaba junto a él, mirándolo en el caballo, el mar era lo último en su mente. La sentía profundamente dentro de ella; era una necesidad primitiva, como una gran criatura pesada que avanzaba lenta y decididamente hacia su hogar. Una necesidad de estar cerca del extraño, una necesidad de mirarlo a los ojos, una necesidad de estar dentro de esos ojos. Pero era más que eso. Cuánto más, no podía decir. No podía poner un nombre preciso a la necesidad. No obstante, allí estaba. *¿Está actuando el poder de Lady Blanchefleur?* finalmente se preguntó. Su madre le había hablado esa primavera sobre Lady Blanchefleur y sus poderes. A pesar de que no podía nombrar completamente la necesidad que sentía profundamente dentro de ella ahora, parecía notablemente similar a lo poco que le había dicho su madre.

"*Adieu, monsieur*", había dicho, "por favor, vuelva pronto". Podía recordar haber dicho. Le dolió mucho decirlo y le dolió aún más verlo irse. Sintió como si algo vital y necesario la hubiera abandonado y se hubiera ido con el extraño. Mientras lo veía irse reflexionaba sobre los sentimientos extraños nuevos que había en su interior, se dio la vuelta para descubrir que uno de los de su grupo se había quedado atrás. La apariencia desolada del hombre le quitó todos los sentimientos extraños en un instante. El hombre parecía atormentado. Esa era la única palabra que encajaba. No solo llevaba una carga pesada, esa carga lo abrumaba y le quitaba toda la vitalidad. Era un hombre miserable, un hombre afligido, un hombre tan agobiado por su carga que tenía poco más por lo que vivir. No sabía qué lo mantenía en marcha, pero era un fantasma de su antiguo yo vibrante. Parecía dispuesto a hablar con ella, pero no lo hizo. Abrió la boca, pero no salió ninguna palabra. Cuando bajó la cabeza y dirigió su caballo tras sus camaradas, comenzó a ir tras él. Emmeline quería acercarse a él; quería ayudarlo a aliviar su carga. El hombre parecía de una edad mayor que la de su padre por su apariencia, pero sospechaba que su carga lo había envejecido de manera antinatural.

De repente lo supo. Cómo lo supo, no estaba segura. Al igual que ella sabía de su miseria, el conocimiento le llegó de forma espontánea, el conocimiento se manifestó en su mente aparentemente de la nada. Sin embargo, sabía esto y más. Sabía que tenía una niña, una hija de su misma edad que lo necesitaba y necesitaba que volviera a estar completo. Era imperativo para ella que volviera a estar completo. Emmeline empezó a seguir al hombre; abrió la boca para hablar; *necesitaba* acercarse a él, aliviar su carga. Pero la imagen del desconocido apuesto y la imagen del mar volvieron a su mente como un toro en estampida. Esto y sus propias dudas conspiraron contra ella. Probablemente estaba equivocada sobre él. Además, el desconocido apuesto le había prometido llevarla al mar. Y esto le agradaba, la idea del extraño y ella juntos mirando el mar. Entonces el desconocido se había ido, y eran solo ella y el mar. Y eso también era agradable.

Un crujido repentino de hojas secas desde el interior de las hileras de maíz la sacó de sus pensamientos. Se volvió hacia las hileras, escuchando atentamente, con la cabeza inclinada hacia un lado y los ojos cautelosos. El sonido no se repitió, así que volvió distraída a sus propios pensamientos, imágenes del mar tocando en su cabeza.

Emmeline descubrió que se había detenido. Hacía calor. El sol estaba en su rostro. Sus pantalones se le pegaban, mojados y pegajosos por el sudor que había acumulado en esta caminata. Miró hacia atrás por donde había venido. La granja y el establo habían desaparecido, perdidos en las filas altas de maíz. Todo lo que podía ver eran las filas de tallos de maíz que se extendían hasta el infinito. Una mirada hacia el este reveló lo mismo.

De repente, estaba enojada. Enojada consigo misma, enojada con sus padres. Toda la situación era ridícula. El Príncipe solo había prometido llevarla al mar. Nunca le había mencionado el matrimonio. No era tonta; sabía lo que había dicho. Nunca estaría de acuerdo con tal cosa. A pesar de los sentimientos que el desconocido apuesto había despertado en ella, no tenía intención de casarse con él. Ir con él al mar, sí. Matrimonio, no.

Pero la mirada en los ojos de su madre le dijo lo contrario. Su madre estaba asustada, realmente asustada. Sus ojos estaban muy abiertos, sus manos temblaban, su voz temblaba mientras le contaba a Emmeline lo que había sucedido. Nunca había visto a su madre tan asustada en toda su vida. Pensó ahora en cómo su madre se veía como un animal pequeño en una trampa sin salida y la muerte acercándose rápidamente.

Y la historia de la niña llamada Jocelyn. Sin duda, sus padres le habían contado historias que no eran ciertas. Niños hambrientos en otros países cuando ella no quería comer; el demonio la atraparía cuando no se iba a dormir. Todas las historias para conseguir que se comportara como ellos querían. Pero la mirada en los ojos de su madre cuando le contó la historia de esa pobre niña fue lo suficientemente convincente. Posiblemente la historia no era cierta, sus padres le habían advertido del rumor y su apetito salvaje. Pero la mirada horrorizada en el rostro de su madre mientras la contaba convenció a Emmeline de que al menos creía en la historia. Emmeline no entendía lo que le había sucedido a Jocelyn, y madre era reacia a dar más explicaciones. Pero entendía que el Príncipe se había llevado a Jocelyn y que Jocelyn había desaparecido.

Así que, el desconocido apuesto le había mentido. Le había prometido el mar y no tenía intención de llevarla allí. Suspiró profundamente. Se sintió aplastada y traicionada. ¿Por qué alguien prometería lo que no tiene intención de dar? Una persona debe vivir por su palabra. *La palabra de un hombre a veces es todo lo que tiene*, le había dicho su padre. *Vive honestamente o no vivas en absoluto*, también había dicho. Entonces, el desconocido apuesto era un hombre en quien no se podía confiar. Emmeline suspiró abatida. Había querido visitar el mar.

Los padres de Emmeline la frustraban con sus reglas e ideas anticuadas. ¿Pero perderlos por completo? *Non, ne jamais.* Nunca. A pesar de su comportamiento a veces tonto, los amaba más que nada y no querría perderlos si pudiera evitarlo. Que esa pobre niña de la historia perdiera a las personas que más amaba, probablemente la convirtió en la más miserable del mundo. Emmeline no quería que le pasara eso. Su sangre hirvió de pensarlo. Odiaba al desconocido apuesto, ese Príncipe, por lo que le había hecho a ella y por lo que le había hecho a esa pobre Jocelyn. Emmeline se había detenido de nuevo en la hilera de maíz. Se maldijo a sí misma. El tiempo era esencial. La carroza del sol se elevaba cada vez más alto y todavía estaba lejos de su destino. Ese Príncipe era un hombre peligroso que mentía y dividía familias. Era de suma importancia que llegara a The Wild Hare antes del atardecer. No podía perder a su familia por culpa de este Príncipe vil y falso.

Un crujido en algún lugar del maíz la sobresaltó. Este ruido estaba más cerca que el anterior. Giró mirando, escuchando. Su boca se secó. Intentó hablar, pero no salió nada. El crujido vino de nuevo. Esta vez sonó aún más cerca, pero no supo de qué dirección venía. El pánico comenzó a crecer dentro de ella.

Retrocedió lentamente por la fila hacia el este, con la cabeza zumbando. Se escuchó otro crujido y esta vez vio moverse la parte superior de una planta a solo cuatro filas de allí. El pánico se incrementó, se dio la vuelta y corrió por la fila. El crujido la siguió a través del maíz. Giró y vio plantas moviéndose detrás de ella; la cosa que la perseguía se acercaba más. El crujido llenó sus oídos, sabía que fuera lo que fuera estaba casi sobre ella. No tenía más velocidad. Corría tan rápido como podía. Las lágrimas brotaron en sus ojos y corrieron hacia sus oídos. Estaba perdida. Lo sabía. El perseguidor la tenía. No quería perder a su madre y a su padre. Adiós, adiós—

Y entonces desapareció. El crujido cesó como una vela que se apaga. Emmeline redujo la velocidad y finalmente se detuvo. Miró hacia atrás. No había nada más que maíz seco colgando desesperadamente de tallos enfermizos en filas ordenadas. Se inclinó, jadeando, vigilante, lista para correr de nuevo si el perseguidor regresaba. Se había ido. La sangre que palpitaba en sus oídos y su respiración jadeante era todo lo que podía escuchar. Ningún sonido, ningún movimiento vino del maíz.

Emmeline se dio vuelta. Estaba de pie en el borde del maizal mirando hacia los pastos claros cubiertos de hierba corta. Asomó cautelosamente la cabeza más allá de los últimos tallos para mirar a través de las hileras de maíz que se apiñaban ordenadamente contra el pasto. Las filas se extendían en líneas uniformes hasta donde alcanzaba la vista. La alfombra verde pulcra del campo contrastaba con el maíz detrás de ella. La hierba aquí era verde y estaba bien a pesar de la sequía.

Emmeline estaba resbaladiza por el sudor. Sus pantalones se le adherían como una segunda piel. Revisó su paquete. Si tan solo hubiera metido de contrabando una camisola o algo mejor que estos pantalones en su bolso, podría cambiarse y estar un poco más cómoda. A pesar del calor, Emmeline se soltó el cabello del moño y lo dejó caer por la espalda. Inmediatamente un sudor fresco brotó de su cuello. Odiaba el calor en su cuello, pero odiaba más tener el cabello recogido. Se había encariñado bastante con él y pensaba que se veía mejor con el cabello suelto.

Volvió a mirar al otro lado de la pradera. Ya no había animales pastando en ella. Todos estaban de regreso en el establo y era probable que permanecieran allí hasta que el hambre los obligara a salir a este calor. Se agachó y pasó los dedos por encima de la hierba, recortada pulcramente por los dientes de los animales hambrientos. Aquí y allá había parches pequeños de color marrón donde la hierba no estaba tan bien como el resto. Emmeline volvió a pasar su mano por la hierba suave. "Despreció todo este asunto", murmuró para sí misma.

A su padre no le gustaría si supiera que ella lo sabía, pero era bastante obvio que estaban en problemas mucho antes de que llegara el desconocido apuesto. Ella recogía las mismas cosechas que él, por lo que no podía evitar notar el producto lamentable. Cómo se las habían arreglado para llenar el almacén estas dos últimas temporadas era un misterio para Emmeline. Padre fingía que este no era el caso, y hacía un muy buen trabajo, pero al final uno no podía negar la evidencia ante sus propios ojos. Y rezaba a Lord Aufeese todos los días. A pesar de que estaba claro que el dios de la cosecha no lo escuchaba, seguía rezando. Día tras día rezaba por la lluvia y no llegaba ninguna. Rezaba pidiendo alivio y no llegaba ninguno. Rezaba pidiendo una señal de que todo estaría bien, y nunca llegaba ninguna.

Sumando esta miseria nueva a las ya presentes. Emmeline vio su rostro cuando madre le contó lo que había sucedido. Se había puesto blanco. El rostro profundamente bronceado del campesino había palidecido a un blanco cenizo por el terror. Había sido capaz de enmascarar su miedo por las cosechas y por el clima y, al menos, dar una apariencia de normalidad, pero no por esto. Era tan transparente como el lago, cuya agua era tan clara que se podía ver hasta el fondo fangoso. Por eso estaba aquí ahora, de pie en el borde de este campo acariciando la hierba seca. Había sido el miedo de su padre el que la había impresionado sobre la verdadera gravedad de la situación. Su capacidad para enmascarar su miedo en una crisis era probablemente su mayor atributo. Su esperanza inquebrantable ante la adversidad, su optimismo cuando parecía que todo estaba perdido, era lo que la mantenía tranquila. Aunque ella misma no estaba segura del resultado, el simple hecho de que *alguien* creyera que todo estaría bien, era un gran consuelo para ella. Por eso estaba aquí. Su padre creía que esto era lo correcto, y si padre creía que era la medida correcta, entonces iba a seguir adelante.

Se había detenido. ¿Pero era el camino correcto después de todo? Su rostro, el rostro de su padre en ese momento cuando madre les contó lo que había sucedido. El rostro fuerte y bronceado del campesino que ofrecía confianza durante los tiempos difíciles desapareció de repente. Su rostro delató su miedo verdadero. Un lago claro hasta el fondo. En ese momento vio su miedo; vio todo su miedo. No solo era el desconocido apuesto el que amenazaba con llevarse a su hija; eran la sequía, las cosechas y la desgracia general que había afectado a su familia durante algún tiempo. Había rezado y, sin embargo, no había llegado ningún alivio. Era fiel en sus sacrificios a Lord Aufeese y el dios no le había dado nada.

"Su fe es en vano", dijo en voz alta. "Creo que madre tiene razón, los dioses no existen".

Un nuevo sonido vino de inmediato. Emmeline se puso de pie rápidamente, se recogió el cabello detrás de la oreja y escuchó con la cabeza ladeada. Al principio no era claro; un sonido débil como un trueno distante rodando a través de la pradera. Levantó la vista. El sol le picaba los ojos, pero no podía ver ni una sola nube en el cielo. Sin embargo, el sonido era continuo, no como un trueno breve, sino como un estruendo creciente que sonaba más como...

"¡Golpes de cascos!" gritó fuerte.

El sonido creció en una marea creciente desde el oeste. Era el sonido de muchos jinetes. El sonido se hizo más claro y estaba segura de que eran los cascos de muchos caballos, al menos tantos como en el grupo del desconocido apuesto. *¡Decidieron venir a buscarme temprano!* El pánico aumentó rápidamente en ella de nuevo ante la idea de que podía terminar como Jocelyn, perdida y sola, en algún lugar lejos de su familia. Tenía que irse, tenía que huir.

El sonido se hizo más fuerte y claro. Miró a través del campo abierto. Se extendía en todas direcciones, abierto y vacío. Más allá, al otro lado de la pradera, en la distancia había otro campo de cultivos. The Wild Hare yacía en esa dirección. Pero el pánico se apoderó de ella y la mantuvo en el borde. La pradera era grande y abierta y la dejaría expuesta a sus enemigos, pero si podía llegar a The Wild Hare, estaría a salvo. Lo sabía; padre lo había dicho. El tamborileo de los cascos se hizo más fuerte y pudo contar el número de caballos. *Un, deux, trois,* contó en su cabeza.

¡CORRE! su mente gritó por fin, y salió disparada a través de la pradera abierta. Se impulsó a sí misma sin piedad. Esta vez sabía lo que estaba detrás de ella. Si no podía escapar, nunca volvería a ver a sus padres. Se la llevarían lejos y nunca los volvería a ver. Sus pies tocaban el césped mientras corría por el campo. Podía escuchar sus propios jadeos, los latidos de su corazón y el tamborileo de los cascos cada vez más fuerte. *¡Por los oídos de los dioses, me han visto!* No se atrevió a mirar atrás. Sabía que, si veía a sus perseguidores, perdería el equilibrio, y seguramente la atraparían. Emmeline se impulsó a correr aún más rápido. La sangre palpitaba en sus oídos como nunca lo

había hecho, y su respiración salía entre sollozos y jadeos. "No quiero ir", gritó, "¡No quiero dejar mi casa!" El trueno de cascos en el césped ahogó los demás sonidos. Ahora pensó que podía oír la respiración de los caballos en sus oídos mientras galopaban por el campo tras ella. *Non, non, non,* ¡¡¡NOOOOOO!!!

CAPÍTULO SEIS

Extrañamente, Emmeline se encontró pensando en la última vez que padre la había llevado a Darloque con él. Fue después de la última cosecha buena que habían recolectado antes de que llegara la sequía. Cuando habían llenado el almacén con suficiente comida para que durara hasta la próxima cosecha, cargaron el resto en el carro y se dirigieron a la ciudad. Padre le había dado la tarea de tirar el carro a Jacques. Era más capaz de jalar cargas pesadas que Cheval y, además, a su padre le gustaba el burro a pesar de su disposición a menudo obstinada.

Había muchos viajeros en el camino ese día. Una multitud de caballos, carrozas y humanos atascaban el camino principal hacia Darloque. Los días del mercado habían llegado y la ciudad se llenaría de campesinos que vendían los frutos de su trabajo estacional. Además, otros vendedores estarían allí para vender sus productos a los campesinos que solo venían a la ciudad una vez por temporada. Después de haber vendido o intercambiado todas las cosechas y de haber comprado la mercancía que necesitaban para la granja, a padre siempre le sobraba un poco para comprar un regalo pequeño para cada una, su esposa y su hija. Emmeline soñaba con lo que podía recibir.

El viaje era lento, pero hacía buen tiempo. La carroza del sol estaba en una posición agradable este día ya que se elevaba cada vez más alto en el cielo. Soplaba una brisa suave desde el oeste trayendo consigo un rastro de lluvia procedente de las nubes reunidas a lo largo del horizonte. Los árboles dejaban caer perezosamente sus hojas multicolores que se deslizaban hacia el camino. El chirriar lento de pies, cascos y ruedas sobre el camino polvoriento se mezclaba con las innumerables voces que participaban en una conversación agradable. Desde algún lugar por detrás flotaba el sonido del balido de las ovejas. Las vacas mugían, los caballos resoplaban y las gallinas cacareaban. En algún lugar un bebé lloraba.

Antes de que Emmeline y su padre se dieran cuenta, habían llegado a su destino finalmente.

"Darloque", dijo el padre de Emmeline. "La Ciudad de la Luz—"

"*La Cité Éternelle*", terminó Emmeline, "La Ciudad Eterna".

Un muro enorme de piedra se elevaba a una altura vertiginosa y se extendía en cada dirección hasta donde alcanzaba la vista. El camino conducía directamente hasta y a través de las puertas monumentales de madera reforzadas con hierro grueso, abiertas de par en par hoy con motivo del mercado. A ambos lados había docenas de guardias intimidantes, todos con lanzas largas y amenazantes. No detenían a nadie, no interrogaban a nadie, simplemente se quedaban en las puertas, mudos y serios.

"Todo es para lucirse", el padre de Emmeline le susurró, inclinándose sobre el cuello del burro, "para que todos sepan que no tolerarán ningún comportamiento malo durante el mercado".

Mientras pasaban por la abertura, Emmeline se quedó mirando dos blasones grandes, cada uno en lo alto del centro de cada puerta. Ambos blasones mostraban el perfil de Lord Portiscule. *Que el gran Guardián proteja esta ciudad para siempre*, decía la inscripción en cada blasón.

La muralla de la ciudad era gruesa e impenetrable. Ningún ejército había asediado a Darloque y ninguno jamás lo haría. Emmeline había escuchado a sus padres decir esto muchas veces. Pasaron por un segundo par de puertas, menos sustancial que el primero, pero aún grandes e imponentes. Estaba oscuro aquí en el puente levadizo, y a Emmeline le tomó un momento para que sus ojos se ajustaran. Sorprendió a los otros viajeros mirando boquiabiertos la entrada masiva, señalando la mampostería antigua enorme que formaba la muralla y las puertas fuertemente fortificadas por las que pasaban. Finalmente, una tercera puerta —una telaraña de barras de hierro entrecruzadas suspendidas por cadenas de hierro gruesas, colgando muy por encima de ellos, listas para cerrarse de golpe en un momento dado —y caminaron más allá de la muralla interior hacia las calles de la ciudad bañadas por la luz dorada del sol.

Innumerables personas llenaban las calles de Darloque. Viviendo en una granja pequeña, a medio día de viaje de la ciudad, Emmeline se había acostumbrado a su existencia bastante solitaria. Concedido, su granja estaba en el camino principal a Darloque, así que veían una cantidad buena de transeúntes y viajeros regulares. Así que, a pesar de su crianza en el campo, Emmeline se consideraba algo mundana y su viaje de temporada a la ciudad la hacía sentir un poco superior a la gente poco sofisticada del interior del país que nunca veía a otros seres humanos hasta que llegaban aquí al mercado. Sin embargo, estar rodeada de tanta gente en un mismo espacio era un poco inquietante.

El camino principal continuaba a través de las puertas de la ciudad donde se transformaba en adoquines. Las piedras, desgastadas con el tiempo por innumerables pies humanos y patas de animales, se sintieron ásperas en los pies de Emmeline, adoloridos por la larga marcha a Darloque. La calle serpenteaba a través de la ciudad, dando varios giros, estrechándose aquí y ensanchándose allá, hasta que atravesaba las puertas del oeste y entraba en las tierras más allá. En el centro de la ciudad estaba el cruce donde el camino principal este/oeste se cruzaba con el camino norte/sur. Este camino avanzaba en cualquier dirección, serpenteando su propio camino adoquinado a través de la ciudad hasta las puertas del norte y del sur. Cuatro puertas para cada uno de los cuatro puntos cardinales. Verdaderamente, se dice, que uno puede llegar a cualquier punto del mundo desde la encrucijada en el centro de Darloque.

El mercado comenzó originalmente hace mucho tiempo como una reunión pequeña de agricultores en la encrucijada. En la actualidad, sin embargo, no había un camino, calle o callejón en toda la ciudad que no estuviera llena de puestos. Aquellos que no podían encontrar un espacio para un puesto se habían transformado en vendedores ambulantes que vendían una variedad de mercancías en carrozas o cestas. Los individuos astutos con el tiempo descubrieron que podían mostrar sus productos a una audiencia más amplia y así aumentar las ventas llevando sus productos por la ciudad y gritando anuncios a la multitud. Hombres y mujeres deambulaban por las calles de la gran ciudad vendiendo desde alimentos y bebidas hasta bálsamos y remedios herbales hasta reliquias sagradas y recuerdos.

Emmeline miró con asombro mientras avanzaban por el camino principal, adentrándose más en la ciudad. "Padre", dijo en voz alta para hacerse oír entre la multitud. "hay tanta gente aquí y tanta ya instalada en la calle, que nunca encontraremos un lugar para instalar nuestro puesto".

"Paciencia, pequeña", respondió, dándole a Jacques un tirón pequeño. "Los dioses revelarán nuestro espacio en el momento adecuado".

El ambiente agradable del camino principal casi desapareció cuando doblaron por una calle lateral estrecha. Los edificios se elevaban a ambos lados de ellos, bloqueando el calor del sol en algunos lugares y enviando un escalofrío oscuro a través del cuerpo de Emmeline. A su alrededor, la gente fruncía el ceño. Las quejas de viajeros impacientes se extendían entre la multitud de personas y de animales que se abrían paso lentamente por la calle atascada. De vez en cuando, el estruendo era interrumpido por un grito de algún viajero descontento cuyo punto de ruptura había sido alcanzado. Las maldiciones se lanzaban sobre alguien o a algún animal por ser demasiado lento. Emmeline sintió que su propio estado de ánimo se erosionaba en la masa de impaciencia y mala voluntad que la rodeaba. Su padre siguió adelante, aparentemente imperturbable por los empujones y los gritos. Se preguntó cómo podía abrirse paso entre la multitud con su comportamiento maleducado y no dejarse abatir por él. Jacques había bajado las orejas en una muestra de irritación, pero su padre lo condujo. Emmeline estaba empezando a desear no haber venido nunca cuando salieron de la estrecha calle lateral a una calle amplia.

Los ojos de Emmeline se abrieron de asombro al contemplar la vista magnífica ante ella. "El Templo de Aufeese", susurró sin aliento.

Inmediatamente, el severo estado de ánimo de la multitud comenzó a mejorar, uno por uno, los viajeros irrumpieron en la luz del sol brillante y dorada. El sol oblicuo de la mañana brillaba desde el este sobre la fachada enorme de dos torres del templo del Niño Dorado. Todas las puertas de los portales triples se abrieron para recibir la afluencia de ofrendas de los que más se habían beneficiado de la gracia generosa de Lord Aufeese. No había nada que Emmeline pudiera decir excepto: "¡Hermoso!" Pero salió como un susurro bajo, apenas audible incluso para ella, como si hablar más fuerte pudiera romper el hechizo que el gran templo le había lanzado.

En lo alto de la fachada, el gran vitral redondo reflejaba la luz del sol en un glorioso arcoíris de azul, rojo y verde. Cautivando a Emmeline, levantando los ojos cada vez más, la fachada se elevaba cada vez más alto en el cielo, finalmente coronada con dos torres que desaparecían en cielo azul profundo de la mañana. Pensó que, si podía subir a la cima de una de esas torres, podría tocar la cúpula del cielo. Y quizás, si pudiera escalar en el momento adecuado, podría ser capaz de capturar a la carroza del sol y finalmente traer a las Liebres Salvajes a casa de su amo.

Se obsesionó con esta fantasía durante algún tiempo, luego bajó la mirada al detalle complejo de las esculturas que flanqueaban los portales. En cada una de las jambas había esculturas de hombres, tan realistas que parecían tan reales como la gente de la calle. Eran estatuas de hombres importantes. Emmeline sabía eso, aunque no podía recordar sus nombres o por qué se consideraban lo suficientemente importantes como para ser consagrados en el Templo de Aufeese, salvo uno.

La estatua de aspecto noble a la derecha del portal central era de Senus el Poeta. Fue el primer ser humano en comunicarse con el Niño Dorado, y compuso la mayor parte de los poemas que contaban la historia del dios. Aunque otros han tenido la suerte de ver e incluso hablar con el dios, fue Senus quien repetidamente se reunió con él y recibió un favor especial. Eventualmente, la gran belleza del dios le hizo quedar ciego, aunque otros contarían una historia diferente sobre la causa de su ceguera.

Sin embargo, Senus continuó alabando al Niño Dorado, diciendo lo afortunado que había sido de haber visto al dios, aunque causará su ceguera. *Contemplar esa belleza durante tan poco tiempo y ser capaz de mantener ese recuerdo conmigo, es una recompensa adecuada para una vida de oscuridad.* Fue después de su ceguera que Senus compuso sus poemas gloriosos alabando las hazañas de Aufeese. *Algunos podrían llamar a esta ceguera una maldición,* escribió, *En cambio, yo la llamo una bendición, un regalo que realmente me ha permitido ver la gloria pura del Niño Dorado.* Emmeline no estaba segura de qué pensar al respecto, pero sentía que, si miraba el tiempo suficiente la fachada hermosa de este templo, bien podría quedar ciega ella misma.

El traqueteo lento de la carroza sobre los adoquines hizo que Emmeline volviera en sí. Su padre condujo a Jacques a una línea de carrozas estacionadas en una zona amplia frente a la fachada oriental. Al detener la carroza, sacó un cubo de madera pequeño de la carroza, lo llenó con agua de una cisterna cercana y se la ofreció al animal trabajador que la tragó con avidez. Su padre alborotó la melena de Jacques diciendo: "Lo estaremos, pero solo por poco tiempo".

Emmeline miró esto tontamente hasta que su padre se volvió hacia ella con una mirada curiosa.

"*Venez*, pequeña", dijo. "Debemos hacer nuestra ofrenda para que el Niño Dorado esté complacido con nosotros".

Asintió lentamente. Su mirada se elevó por la fachada una vez más, pasando por el vitral espectacular y subiendo por las torres que se extendían siempre hacia el cielo. Con un suspiro, Emmeline sacó una canasta de maíz pequeña de la parte trasera de la carroza. Su padre, que llevaba una canasta más grande, se volvió hacia ella brevemente.

"Es espectacular". Sus ojos se elevaron lentamente por la fachada al igual que los de ella.

Su padre se volvió hacia la entrada y Emmeline lo siguió con su ofrenda pequeña en las manos. A medida que se acercaban, los ojos de Emmeline fueron atraídos de nuevo a la estatua de Senus en la jamba de la puerta central. El escultor había vestido al poeta con una capa de monje sencilla con una cuerda atada a la cintura. Sus pies estaban descalzos y su cabello casi rapado. Al igual que las otras estatuas que enmarcaban los portales, parecía notablemente realista, como si pudiera y quisiera salir de la columna en la que estaba tallada. Senus se asomaba un poco de la columna, con un pie delante del otro, con las manos extendidas frente a él en un gesto casi suplicante. Su cabeza estaba inclinada hacia atrás y su boca abierta, sus ojos miraban fijamente con la mirada vacía del hombre ciego. En general, la impresión era la de un hombre sorprendido en el acto de cantar. *Cantando sobre Lord Aufeese, sin duda*, pensó Emmeline. Era la más natural y realista de todas las esculturas aquí. Emmeline cerró los ojos y pudo escuchar a Senus cantando —cantando himnos del Niño Dorado.

Entraron a través del portal central en el templo, cuyo interior no era menos espectacular que el exterior. La nave se extendía indefinidamente, desapareciendo en la oscuridad. La luz se filtraba desde el gran vitral, creando un arcoíris espectacular que brillaba y danzaba en el suelo de piedra desgastada ante ellos. Las columnas se extendían en dos filas rectas a lo largo del templo, separando propiamente la nave de los dos pasillos laterales. Emmeline sonrió. *Si tan solo pudiera plantar hileras de maíz así de rectas.* La luz se filtraba débilmente desde los vitrales más pequeños a los lados, rompiendo la oscuridad con parches breves de luz multicolor. Sus ojos siguieron las columnas hacia arriba en la penumbra hasta los arcos que las coronaban. Los ojos de Emmeline subieron más allá del triforio a la bóveda majestuosa de crucería del techo a una altura increíble. Uno podía estar parado fuera del Templo de Aufeese todo el día y sorprenderse por el tamaño de la estructura, pero no era hasta que uno vislumbraba el interior que uno realmente veía su tamaño masivo verdadero.

Cuando los ojos de Emmeline finalmente se adaptaron a la penumbra fría del interior del templo, miró a su padre y lo vio tan asombrado como ella. Ajustó la cesta en sus manos y se aclaró la garganta.

"Increíble", dijo dócilmente.

Su padre no dijo nada por un momento, sus ojos muy abiertos por el asombro, como alguien que ve el templo por primera vez en lugar de alguien que lo ha visitado desde antes de que Emmeline naciera.

"*Magnifique*", respondió en un susurro apenas audible. Sacudió lentamente la cabeza de lado a lado, todavía mirando fijamente el arco distante del techo que colgaba imposiblemente alto sobre ellos.

"*Magnifique*", repitió, pero más fuerte esta vez. Se volvió hacia Emmeline y la miró, sonriendo. "He venido a este templo desde que era un niño, y todavía me sorprende. Cada vez que vengo aquí se siente como la primera vez". Se detuvo pensativo, consideró lo que dijo y añadió: "Y en cierto modo es como visitar por primera vez porque siempre veo algo nuevo, algún aspecto que nunca había notado antes".

Emmeline le devolvió la sonrisa a su padre.

"Vamos pequeña". Levantó su propia cesta y le hizo un gesto. "Debemos ir a hacer nuestra ofrenda, y cuando hayamos satisfecho al Niño Dorado, te mostraré algunos aspectos interesantes de este templo". Emmeline sonrió ampliamente y siguió a su padre hacia el altar.

Era una caminata larga hasta el altar, o eso parecía. Encantada por la arquitectura asombrosa, Emmeline avanzó lentamente, retrocediendo varios pasos de su padre. Tenía que trotar para alcanzarlo solo para retroceder de nuevo mientras se perdía en la belleza del templo. Después de caminar un rato, se dio cuenta de un sonido delante de ellos. Se dio cuenta con un sobresalto que no se había imaginado la voz de Senus cantando desde la fachada del templo, sino que había escuchado al coro cantando un cántico y un órgano compuesto para glorificar al Niño Dorado:

He aquí, la cosecha se ha recogido
El Niño Dorado brilla como el sol
Es justo agradecer al dios de la cosecha
Su belleza brilla sobre todos nosotros
Las cestas se desbordan con su recompensa generosa
Somos bendecidos cuando él brilla sobre nosotros
La cosecha que nos da nos alimenta
Su luz alimentará nuestras almas

Emmeline caminó con su padre de esta manera, absorta en la belleza de la arquitectura, embelesada por el coro de polifonía cadenciosa llenando el templo aparentemente imposible de llenar. No fue hasta que avanzaron la mitad de la nave hasta el altar, que se dio cuenta de que había otros allí. Aquí y allá, esparcidos por la nave y los pasillos laterales, la gente se reunía en comunión. Incluso la conversación más animada no lograba elevarse más alto que las voces del coro.

Sin embargo le pareció, cuando sus ojos finalmente se ajustaron a la luz tenue que se filtraba a través de la miríada de vidrios de colores, que debería haber más gente reunida aquí en el templo después de una cosecha gloriosa de cultivos. Dispersos aquí y allá solo había una docena de personas, charlando discretamente entre ellas.

El coro llegó al final del cántico y la ausencia de su multitud de voces dejó el templo en un manto espeluznante. Emmeline podía oír sus pisadas en el suelo de piedra desgastada haciendo eco a través del templo, sus pasos pequeños y ligeros burlándose de los pesados y sólidos de su padre. Era un sonido bastante lúgubre, seco y vacío, y absorbió rápidamente el buen ánimo que el templo creó en ella cuando lo había visto por primera vez desde la calle. Entonces fue consciente de las voces, el susurro de los acólitos que sostenían conversaciones secretas en los recovecos oscuros de los pasillos del templo. No podía oír sus palabras, sus susurros oscuros discretamente escondidos detrás la molestaban y la forma en que la miraban la incomodaba.

Para gran alivio de Emmeline, el coro comenzó un nuevo canto. Esta pieza musical la reconoció de inmediato. Era un canto simple, un órgano de dos voces, alabando la gran belleza del Niño Dorado y exaltando su gran benevolencia. Lo sabía bien, ya que era la primera canción que su padre le había enseñado a cantar. Se encontró tarareando mientras caminaba, sus pasos acelerando el ritmo al sentir que la calidez y la paz regresaban a ella, el eco triste de los pasos y las voces de susurros oscuros ahora desterrados a los lugares sombríos de donde habían venido. Su padre la miraba ahora, sonriendo uniformemente mientras ella tarareaba la melodía. No pudo evitar devolverle la sonrisa. Todo estaba bien mientras se acercaban al altar.

El Templo de Aufeese ofrecía tanto en cuanto a arquitectura hermosa y majestuosa que uno por lo general no se daba cuenta del altar hasta que uno estaba encima de él. Así fue con Emmeline; estaba tan cautivada con el templo que no vio a su padre detenerse. Siguió un par de pasos más allá de él hasta que un silbido agudo de su padre la hizo detenerse de forma incómoda. Una mazorca de maíz cayó de su canasta para rodar altivamente hasta la base del altar mismo. Sus ojos la siguieron hasta la base, dejando que la mazorca errante mirara hacia arriba y siempre hacia arriba a la gloria verdadera del templo.

El altar en sí era una forma tabular simple, pero tallado en el mármol blanco más puro. Las líneas eran limpias y exactas. Apenas podía creer que algún humano podía haberlo tallado. Los bordes estaban forrados con el oro más puro, acentuando las líneas limpias y emitiendo un resplandor nítido incluso en la luz tenue del templo. Sus ojos vagaron por la superficie, examinando cada ángulo agudo, deleitándose en la piedra ricamente tallada, apta para el servicio de un dios verdaderamente glorioso.

La belleza del templo y todo lo que contenía palidecía en comparación con el altar, y el altar palidecía en comparación con la gran estatua que estaba detrás de él. Esculpida en el mismo mármol blanco puro que el altar, la estatua inmensa del Niño Dorado hacía que la estatua de Senus pareciera el producto de un intento pobre de escultura de un niño. La mandíbula de Emmeline se abrió de asombro. La estatua de Lord Aufeese estaba de pie con un gesto abierto de bienvenida. Su cabeza inclinada ligeramente hacia abajo como para reconocer a sus humildes súbditos adorando en la base del altar. Sus ojos tenían una apariencia gentil para ellos. Su postura sugería calidez y bienvenida, su rostro mostraba paz. Sobre su cabeza, una corona de laurel forjada en oro puro descansaba ligeramente, realzando su mirada gentil con un aire de nobleza. Porque el dios mismo era gentil y noble, el más gentil y noble de todos los dioses. Su belleza era incomparable.

Aquí, en el transepto del gran templo y el techo abovedado que se elevaba por encima, la luz fluía alegremente a través de los vitrales, mientras el coro cantaba alegremente su canto sencillo de la gloria de Lord Aufeese, esta estatua inmensa de mármol se destacaba como un faro brillante para todos los que buscan el favor del dios. Emmeline sintió que podía creer; sintió que esto era real. Podía dejar de lado los comentarios negativos que su madre hacía sobre los dioses. Emmeline podía deshacerse de toda la negatividad. Los susurros oscuros se habían ido, desterrados para siempre, para nunca volver mientras permaneciera aquí en el altar, en presencia de este dios. Todo era paz, todo estaba bien.

"¡Saludos a los dos en este día hermoso!" Emmeline saltó y apenas reprimió un grito cuando el hombre de cabello rizado apareció de repente ante ella. "¡Que las bendiciones del Niño Dorado caigan sobre los dos!" Emmeline apretó la cesta con fuerza y se alejó del extraño. Llevaba las túnicas doradas de un Sumo Sacerdote, pero su barba apenas había crecido y para Emmeline parecía demasiado joven para ocupar tal cargo.

El Sumo Sacerdote se volvió hacia su padre. "Ah, Guy, ¿verdad? Sí, Guy, veo que has traído una ofrenda espléndida a Aufeese en este primer día del mercado".

"Gilles, Santo Padre es—" su padre comenzó en un tono tranquilo.

"Ah, sí, Guy, has traído una ofrenda espléndida. Lord Aufeese te bendecirá enormemente hoy a causa de ella". Los ojos del Sumo Sacerdote se iluminaron con entusiasmo juvenil mientras gesticulaba salvajemente.

"A decir verdad..." comenzó su padre.

"Y esta debe ser Murielle", gritó volviéndose hacia Emmeline. "¡Estoy tan contento de conocerte finalmente!" ¡Guy me ha hablado tanto de ti!"

"Bueno, Santo Padre, no—" Emmeline trató de explicar.

"Aquí, deja eso", dijo señalando con entusiasmo la cesta de maíz que sostenía. Cuando colocó la cesta a sus pies, tomó inmediatamente sus manos entre las suyas. Sus manos estaban frías y húmedas, y temblaban con la energía de su discurso entusiasta. Emmeline quería soltarse de inmediato, pero su agarre era firme y seguro.

"Debo decir, Guy", dijo guiñando un ojo a su padre que hizo que Emmeline se sintiera repentinamente incómoda, "que es mucho más joven de lo que pensé que sería". El Sumo Sacerdote le estrechó la mano con rudeza. "¡Estoy muy contento de conocerte finalmente, Murielle!" Emmeline deseaba que la soltara.

"No", dijo su padre pensativamente, "ella es..."

"Ah, sí ya veo", estalló el Sumo Sacerdote mientras guiñaba un ojo de nuevo, "Lo entiendo completamente".

"Bueno, sí... eh, no..."

"Nos has traído una ofrenda excelente, Guy", continuó el Sumo Sacerdote, cambiando de tema sin esfuerzo como si el padre de Emmeline no hubiera dicho nada. "Vengan ahora, arrodíllense y acepten la bendición de Lord Aufeese".

El Sumo Sacerdote colocó una mano húmeda en cada una de sus frentes. "O magnífico Lord Aufeese, por favor acepta la gran ofrenda que tus dos humildes siervos te han traído. Que les concedas una vida plena, prosperidad y alegría".

Apenas contuvo un suspiro de gran alivio cuando el Sumo Sacerdote finalmente retiró la mano de su frente. Emmeline pudo ver un mínimo de repulsión en los ojos de su padre. Su mirada hacia ella fue breve, luego sus ojos dirigieron su atención no al Sumo Sacerdote sino a la gran estatua de Lord Aufeese. Se levantó sin decir palabra, levantando su cesta con mucho cuidado, como si estuviera llena de objetos preciosos frágiles en lugar de maíz. Con gran solemnidad colocó su cesta al pie del altar. Emmeline lo siguió y colocó la suya junto a la de él.

Emmeline miró a las otras ofrendas alineadas al pie del altar. Había unas pocas cestas de maíz, trigo, cebada y otros alimentos básicos alrededor del altar en canastas pequeñas. De hecho, las canastas aquí eran todas más pequeñas que la que ella misma había puesto ante el altar. Pensó en las diversas personas que había visto deambular por el templo mientras entraban. Había mucha más gente aquí que cestas. Echó un vistazo más de cerca a la cesta pequeña de maíz junto a su propia cesta. Estaba llena de mazorcas secas y sin madurar, los desechos de la cosecha, del tipo que ni siquiera era apto como forraje para los animales.

Como si leyera su mente, el Sumo Sacerdote habló con tristeza, "La cosecha es abundante, pero las ofrendas son pobres".

Y la cosecha fue excelente este año, pensó Emmeline. Su familia había recogido más maíz del que jamás había visto. La canasta de su padre era grande y estaba llena de las mejores mazorcas que pudieron encontrar en la cosecha. Su propia cesta, una más grande que la temporada pasada porque ahora podía llevar más, rebosaba de su propia ofrenda dorada de mazorcas grandes y perfectas. *¿No debería Lord Aufeese sentirse insultado?* pensó. *¿Por qué debería quedarse allí, silenciosamente, dando la bienvenida con benevolencia a aquellos que lo han insultado con sus ofrendas patéticas?* La dejó perpleja que el dios de la cosecha no derribara inmediatamente a los que habían hecho esta ofrenda degradante. Pero él se mantuvo en silencio mientras ellos continuaban alegremente sus conversaciones despreocupadas en los recovecos oscuros de su templo.

"Pero tú, Guy", comenzó abruptamente el Sumo Sacerdote, "has traído al Niño Dorado una ofrenda excelente". Se volvió de repente hacia Emmeline como si la viera allí por primera vez. "Tú y tu *amie* han traído ofrendas excelentes". Le guiñó un ojo de nuevo a Emmeline. Ella luchó contra su repulsión.

"Esta es mi hija, en realidad," escupió Gilles. Emmeline no pudo evitar soltar un suspiro fuerte de frustración y alivio.

"Oh sí, por supuesto", el Sumo Sacerdote respondió distraído. Sus ojos se pusieron vidriosos y un manto oscuro cruzó su rostro. "Oh, sí, Guy, Lord Aufeese encuentra favor de tu ofrenda de hoy. No eres como los demás. Le das lo mejor al que te provee y guardas las sobras para tu propia mesa. No como los indignos que han presentado esas ofrendas lamentables hoy". Movió el brazo con aire soñador en dirección a las otras cestas.

"Oh no", continuó en su trance, su voz lenta y deliberada, "aquellos que han hecho estas ofrendas han ofendido al Niño Dorado y vivirán para lamentar su negligencia y su descuido. Lo harán. Oh sí, lo harán". Golpeó un puño en su palma abierta con un golpe fuerte que hizo saltar a Emmeline. Miró a su padre y lo vio mirando al suelo de piedra con tristeza como si tuviera algo de qué avergonzarse.

Una sonrisa volvió al rostro del Sumo Sacerdote joven y regresó a ellos. "Pero no tienes nada que temer, Guy, y tampoco tu *hija* aquí. Ambos son bendecidos este día". Volvió a colocar sus manos en cada una de sus frentes. Emmeline sintió que la repulsión estaba ganando la guerra contra su mente y comenzaba una campaña hacia su estómago. Pensó que, si realmente era bendecida, Lord Aufeese le quitaría la mano sudorosa de este hombre.

———

Emmeline podía sentir el aliento cálido y húmedo de un caballo que se posaba sobre su cuello mientras el estruendo de los cascos llenaba su mente de nuevo. No había escapatoria, no había esperanza, todo estaba perdido. El campo abierto se extendía a su alrededor por todos lados, sin ofrecer ningún lugar para esconderse. Mientras el pánico corría por su mente, el final del campo se veía más cerca. Pero se dio cuenta, con una maravilla curiosa cuando se hizo más claro, que se estaba acercando rápidamente a un campo vasto de trigo dorado. *Extraño*, pensó distraídamente en medio de su pánico, *no plantamos trigo esta temporada*. Sin embargo, era trigo, y la sensación creció dentro de ella, aliviando un poco su pánico, de que, si podía lograr llegar al trigo, estaría a salvo. No importaba que tan cerca estén sus perseguidores, estaría a salvo dentro del trigo. *Segura dentro del trigo, el trigo tiene seguridad.* Con un estallido final de velocidad —todo lo que le quedaba— cerró la brecha entre ella y el campo vasto de trigo que aparentemente se extendía hacia el infinito. Justo cuando el sonido de los cascos y el jadeo áspero de muchos caballos estaban a punto de volverla loca, dio un salto gigante y desesperado y cayó bruscamente en el campo de trigo, rodando violentamente antes de aterrizar en un montón en el suelo, con los tallos de trigo dorado aplastados debajo de ella.

Emmeline se quedó allí un rato antes de que su respiración se calmara lo suficiente para darse cuenta de que los caballos se habían ido. Rodó lentamente sobre su espalda, aplastando más trigo debajo de ella mientras lo hacía. Escuchó, y no había ningún sonido, ni siquiera el gorjeo de los pájaros. Por encima de ella el sol se elevaba constantemente en su pendiente pronunciada. No le parecía tan caliente ahora como antes. Ciertamente, era mucho menos opresivo. Extraño, considerando que acababa de atravesar una gran extensión de pasto abierto para llegar aquí. Más extraño aún era la calma que la rodeaba. No había respiración pesada de caballos jadeando. No había voces de soldados. Ningún sonido en absoluto. Los caballos no eran tan tranquilos, especialmente después de una buena carrera. Respiraban, resoplaban y golpeaban sus cascos impacientemente. Debería oírse el tintineo de las bridas y el crujido de las sillas de montar de cuero, pero no había sonido alguno. Esperó. Esperó lo que parecía una eternidad, pero todavía no había sonido. Seguramente algún caballo haría ruido o algún hombre delataría su posición. Los había sentido justo encima de ella, presionándola en su persecución. No podría haberlos perdido tan fácilmente. *Pero ciertamente, deben haberse ido*, pensó, aunque todavía estaba recelosa de levantarse sobre el trigo y echar un vistazo alrededor. Así que esperó.

Después de otro período de tiempo, todavía no había escuchado un sonido, pero aún tenía miedo de moverse. Emmeline cerró los ojos y sacudió la cabeza de un lado a otro haciendo un crujido pequeño mientras su cabeza se balanceaba hacia adelante y hacia atrás sobre el trigo triturado. *Ridículo*, pensó, deteniéndose. *Niña tonta, no están aquí. Te han perdido y han seguido adelante.* Suspiró profundamente y abrió los ojos para ver un par de ojos brillantes azul verde mirándola.

"¡Bueno, hola!" exclamó el dueño de los ojos brillantes azul verde.

Emmeline gritó.

CAPÍTULO SIETE

Gilles caminaba por la habitación vacía. Esta era realmente la parte más difícil del plan. Comenzó a pensar ociosamente en que no debería haber cedido ante Murielle y debería haber acudido personalmente a Darloque. Al menos tendría algo para ocupar su tiempo y mantener la mente concentrada. Consideró. Tampoco estaría la sensación que lo molestaba en lo profundo de su corazón de que esto no era lo correcto. Le molestaba aún más haber dejado que la obstinación de su esposa prevaleciera sobre su propio juicio.

Otra vez, añadió. Ella tenía su propia mente y desde que la conocía, no tenía miedo de discutir con él. Incluso cuando estaban cortejando, mostró su propia mente. Muchas mujeres, había observado, habían puesto un buen acto de complacencia antes de reprimir a sus maridos jóvenes. En algunos casos, era una invasión gradual, una extracción lenta del poder del hombre hasta que de repente despertaba un día para encontrarse desprovisto de cualquier capacidad de toma de decisiones en el hogar. Otros reprimieron con la ferocidad de un lobo antes de que los últimos ecos de los votos se apagaran y los últimos pétalos blancos cayeran.

Gilles se rio entre dientes. "Como si quisiera tenerla de otra manera".

En sus días había visto tantas mujeres que eran intimidadas por sus maridos. Las había visto en los caminos, en las calles de Darloque, en el mercado, en los campos. Eran fáciles de encontrar. Por lo general, seguían a unos buenos cuatro o cinco pasos detrás de sus maridos con una mirada de expectativa vigilante en sus rostros. Estaban felices de ir a donde sus maridos las llevaran. En el mercado uno nunca las veía discutir, discrepar, u ofrecer cualquier pensamiento contrario al de sus cónyuges dominantes. Era difícil hablar con esas mujeres, siempre buscaban en sus maridos la respuesta a alguna pregunta. Algunas incluso eran incapaces de decir lo que sus maridos esperaban, tan temerosas estaban de poder cruzar sus deseos a pesar de que sus deseos se habían fijado en piedra hace mucho tiempo.

No. Gilles había decidido hace mucho tiempo que cuando se casara, no aceptaría a una mujer así. Quería una con su propia mente, con sus propias opiniones. En este asunto estaba solo. Cuando era joven, sus amigos lo consideraban tonto al desear eso para sí mismo. La mayoría expresaba el deseo, mejor dicho, la expectativa, de casarse con una mujer que sirviera a todos sus caprichos y lo mirara como si fuera un dios. "La mujer con la que me case", alardeaba un joven que Gilles conocía a través de otro, "no tendrá otra mente más que la que yo le dé. Y si no—" concluía la declaración con el golpe fuerte de su puño en su palma vacía. Lo último que Gilles había oído era que el joven fanfarrón se había casado con una arpía de mujer terrible, y a menudo se le veía con un ojo morado.

Gilles se volvió a reír entre dientes. Sí, no tendría a Murielle de otra manera. Era obstinada y terca. Nunca se lo había ocultado. De hecho, había discutido con él el primer día en que se conocieron. Quizás eso fue lo que le hizo quererla. Era obstinada y terca, sí, pero también era abierta. No lo ocultaba, ni trataba de justificar su comportamiento con excusas banales.

La sonrisa se desvaneció de sus labios cuando su ritmo se redujo hasta detenerse. Curiosamente, la manera de Murielle lo frustraba tanto como lo complacía. Por cada vez que podía pensar en que su testarudez le agradaba, había otro momento en el que le irritaba. Seguramente era bueno que expresara sus propias opiniones. Y sin duda, muchas veces su visión de cierta situación era mejor que la suya, y estaba agradecido por su insistencia.

Un ejemplo surgió en su mente. Durante una cosecha particular, hace mucho tiempo, antes de que Emmeline naciera, Murielle dejó de recoger maíz de repente y miró fijamente al cielo azul claro, quieta y silenciosa como un animal atrapado en un olor. Gilles la observó durante unos momentos, luego dejó de recoger para preguntarle qué estaba haciendo en nombre de Mava. Antes de que pudiera preguntar, habló: "Se acerca una tormenta". Dijo esto y nada más, sin dejar de mirar al cielo, sin parpadear.

Murielle sacudió la cabeza de repente y, mirando el maíz con una expresión curiosa, reanudó la recolección a un ritmo acelerado. Gilles miró al cielo despejado y le preguntó a Murielle si estaba loca. Ella lo ignoró, recolectando las mazorcas rápida y hábilmente como Gilles nunca la había visto hacer. Comenzó a discutir con su esposa, pero lo ignoró y continuó su recolección rápida. Trató de convencerla de que no se avecinaba ninguna tormenta, pero no lo escuchó. Gilles renunció a su argumento y continuaron recogiendo maíz hasta bien entrada la noche usando linternas para guiar su trabajo. Cuando pusieron lo último de su cosecha en el almacén, grandes gotas de lluvia comenzaron a golpear el suelo. Gilles miró hacia arriba confundido y luego a su esposa. Murielle sonrió débilmente.

Los dos, exhaustos por un día y una noche de trabajo, se acurrucaron juntos en la casa oscura mientras la tormenta sacudía las vigas. Ambos deseaban dormir desesperadamente, pero la violencia de la tormenta los hizo demasiado temerosos para arriesgarse. La tormenta rugió durante la noche sin pausa ni titubeos. No fue hasta que el primer destello de la luz del sol de la mañana brilló a través de una abertura en el techo de paja que se dieron cuenta de que la tormenta había terminado. Tentativamente, con cautela, ambos se dirigieron hacia la puerta para ver por primera vez el daño causado por la tormenta.

El paisaje que vieron no era el que había estado allí el día anterior. El terreno alrededor de la casa estaba abierto hasta donde alcanzaba la vista. Los tallos de maíz que habían estado allí el día anterior estaban colocados planos o removidos completamente. A lo largo de la tierra empapada del corral paja, madera y basura estaban esparcidas. Riachuelos de agua se abrieron camino alrededor de la destrucción, convergiendo en arroyos más grandes que serpenteaban hacia los campos. La violencia les hizo callar. No había nada que decir, nada que pudiera decirse.

Pero Gilles tuvo una idea. *Una señal*, se dijo a sí mismo, *Murielle recibió una señal de los dioses*. Dejó que este pensamiento rodara en su cabeza mientras revisaban los restos de su granja. El establo estaba destruido. Los pocos animales que no yacían muertos en el suelo empapado vagaban con indiferencia por el corral. El almacén, sin embargo, aún estaba intacto, y el contenido ileso.

"Recibiste una señal de los dioses", dijo Gilles finalmente.

Murielle lo atacó con una violencia de mucho mayor intensidad que la de la tormenta. Negó con vehemencia haber tenido tal visión, insistiendo en cambio que sus sentidos humanos habían detectado el cambio del clima por adelantado. Gilles continuó insistiendo en que había recibido una visión hasta que la amenaza de violencia corporal lo convenció de que cesara. Durante años después, Murielle negó cualquier implicación divina en su predicción meteorológica. Pero Gilles sabía mejor.

Murielle nunca lo había aceptado. Y Gilles estaba celoso. Si bien se abstuvo de burlarse abiertamente, su desprecio por las costumbres y tradiciones asociadas con la adoración de Lord Aufeese dejó en claro su creencia —o la falta de ella. Su desconfianza en el Niño Dorado y en los dioses en general se había convertido en un ateísmo absoluto. Sin embargo, había recibido una visión. Y Gilles, el siervo paciente y fiel de Lord Aufeese, no había recibido nada. Rezaba a menudo y hacía ofrendas abundantes, pero Murielle, su esposa infiel e impenitente, había recibido un regalo de los dioses.

Gilles dejó de caminar en el altar pequeño de madera junto a la puerta. Pero hoy podía animarse. La visión que anhelaba finalmente había llegado, hoy, frente a este mismo altar. Debería haber sido un día feliz para él. Sin embargo, las circunstancias que la rodeaban sofocaban la alegría que debería estar sintiendo.

Era tan ordinaria la forma en la que le había llegado la visión. Había pensado que cuando recibiera su visión sería algo más espectacular. Había estado arrodillado ante el altar y rezando mientras Murielle y Emmeline discutían sobre la situación. Gilles se arrodilló en el suelo de tierra, con la mano presionada firmemente contra la frente, repitiendo las mismas palabras una y otra vez. *Por favor, Lord Aufeese, escucha mi oración.* Estaba tan agotado por la noticia que no podía expresar su petición con palabras o ni siquiera tener un pensamiento coherente. Repitió las únicas palabras que pudo formar en la vorágine de su mente.

Poco a poco el sonido de las voces se desvaneció. Se sintió momentáneamente como si se estuviera cayendo, no rápidamente, más como flotando en una corriente de aire como lo haría un pájaro. Abrió los ojos y se dio cuenta de que ya no estaba en su casa. Ahora estaba de pie —no arrodillado— en un campo de maíz. ¿Era este su propio campo de maíz? No podía estar seguro. El sol se elevaba alto y caliente en el cielo azul pálido. Las hileras de tallos de maíz permanecían quietas y silenciosas en el calor que Gilles no podía sentir. La quietud se rompió con el tamborileo de los pies que se acercaban sobre la tierra. En la fila siguiente vio a Emmeline pasar corriendo. Estaba vestida con pantalones y su cabello estaba recogido en un moño. Llevaba un paquete en una mano. Pasó corriendo, sin darse cuenta de que su padre estaba en la fila siguiente.

"Esa era Emmeline", se encontró diciendo en voz alta.

Sí, lo era, contestó una voz que parecía venir de todas partes, pero de igual manera, de la nada. Gilles no se sorprendió al escuchar la voz. Sonaba como su propia voz, pero de alguna manera sabía que no era la suya.

"¿A dónde va?"

Se va al este.

"¿Por qué se va al este?"

Es la única forma.

"¿La única forma de qué? ¿Qué hay en el este?"

La taberna llamada The Wild Hare y seguridad. Estará a salvo en el este en The Wild Hare.

Gilles se encontró flotando de nuevo, a la deriva en una corriente invisible. Una niebla gris lo rodeaba. No lo molestaba, al contrario, la encontraba bastante reconfortante. Era suave y cálida, acariciándolo tiernamente. Se encontró de nuevo dentro de la casa. Al principio, pensó que la visión había terminado, pero vio a Murielle y se dio cuenta de que todavía estaba bajo la influencia de esta visión extraña. Murielle estaba sola y paseaba por el suelo. No reconoció su presencia. En su rostro tenía una expresión de consternación. Dejó de caminar y se acercó a una ventana. Miró hacia afuera brevemente y luego reanudó su paseo.

"Esa es Murielle", dijo en voz alta. Ella no lo escuchó y continuó caminando.

Sí, lo es, escuchó a su propia voz decir desde muy lejos, pero justo dentro de su cabeza.

"¿Qué está haciendo?"

Está esperando.

"¿A quién está esperando?" Se escuchó a sí mismo hacer la pregunta, aunque ya sabía la respuesta.

Está esperando al que vendrá, al que debe venir.

Hubo un golpe fuerte en la puerta y Murielle detuvo su paseo con una mirada horrorizada en el rostro. Gilles contuvo la respiración, temeroso de ver a quién debía venir. Pero antes de que pudiera ver a su esposa abrir la puerta, se encontró flotando nuevamente sobre la reconfortante niebla gris.

Pronto salió de la niebla y se encontró al lado de un camino estrecho. Miró alrededor a los árboles que se elevaban hacia el cielo azul pálido, oscureciendo el sol brillante de verano. Las sombras cayeron a través del camino bañándolo en verde frescor. Volvió a escuchar el tamborileo de pies. Esta vez fue el sonido rápido y duro de los cascos de un caballo. Sabía dónde estaba. Estaba en el Camino Recto, el camino a Darloque. Un caballo y un jinete corrieron alrededor de una curva, lo pasaron sin mirarlo, y corrieron hacia una colina fuera de la vista.

"Esos eran Gilles y Cheval", dijo como si señalara algo muy común.

Sí, lo eran.

"¿A dónde va?" preguntó simplemente. Parecía natural en

esta visión referirse a sí mismo en tercera persona. El hombre que pasaba parecía otro.

A Darloque.

"¿Por qué va a Darloque?"

Para ver al Viejo Rey.

"¿Qué puede hacer él?"

Puede hacer mucho. Puede salvarla.

"¿Cómo puede hacer eso?"

Él puedo. Él lo hará. Es todo lo que necesitas saber.

Gilles quería preguntar más, pero tenía una sensación fuerte de que el tiempo de la visión había terminado. Antes de que pudiera considerar más, la niebla gris lo rodeó de nuevo. Estaba flotando una vez más, y cuando abrió los ojos, se encontró de nuevo dentro de la casa, arrodillado frente al altar. Murielle y Emmeline seguían discutiendo. Le pareció un sonido de lo más agradable.

Por desgracia, la alegría que sintió al levantarse del suelo no duró mucho. Pero fue solo ahora que Gilles se dio cuenta de que la visión que había tenido esta mañana era la visión que había estado anhelando toda su vida. Había estado tan feliz de haber encontrado una salida de este asunto terrible con el Príncipe que se había perdido por completo que esta era una visión del Niño Dorado.

Pensó ahora, su caminar olvidado, que la visión era extraña a su manera. En realidad, no vio al Niño Dorado. Y la voz que escuchó era la suya. Pero sintió que la visión era de Lord Aufeese, y era él quien le había hablado. Tenía que ser del Niño Dorado.

Fe, pensó, *tengo fe en que fue Lord Aufeese quien me habló.* Fue esa misma fe la que le permitió creer que Murielle tuvo una visión y esa visión —no el cambio del viento— le dijo de la tormenta inminente.

Le había parecido extraño en aquel entonces, pero lo había

descartado rápidamente. Ahora, con mucho tiempo en sus manos, reflexionó sobre lo que había dejado de lado hace mucho tiempo. Murielle era una chica de ciudad. Sus modales, vestimenta y estilo eran todos los de la ciudad. ¿Qué sabía ella de la granja? ¿Cómo podría saber lo que presagiaba el cambio del viento? Pero Murielle tenía una mente racional y científica. Para ella no había milagros, ni señales, ni visiones. Para ella, todo en la naturaleza tenía una explicación lógica y, en el caso de lo inexplicable, le correspondía al hombre buscar la razón. Todo podía ser determinado por la lógica y la razón. Ciertamente, esa mente racional suya había pasado tiempo analizando el clima.

Suficiente de eso, se regañó mientras reanudaba su paseo, *te preocupas demasiado por esto. En cualquier caso, no fue la ciencia la que la ayudó, sino la ayuda no solicitada de un dios.* Sabía esto, lo sabía y lo creía. Poseía la fe que a ella le faltaba.

Era la falta de fe de Murielle lo que más lo perturbaba hoy en día. Ya ni siquiera podía fingir que simplemente no estaba interesada en los dioses. Su hostilidad abierta hacia cualquier cosa relacionada con los dioses revelaba sus sentimientos verdaderos. Su arrebato de hoy estaba muy retrasado. Hacía mucho tiempo que había dejado de intentar ocultar cómo ponía los ojos en blanco cuando hablaba de Lord Aufeese —aunque lo había visto mucho antes de que ella pensara que lo había hecho. Sin embargo, durante algún tiempo había estado dejando escapar comentarios despectivos aquí y allá. Al principio, la había reprendido cuando hablaba mal del Niño Dorado, pero se había vuelto perezoso en su castigo y, como resultado, con el tiempo se había vuelto menos temerosa de ofenderlo. Eso era muy evidente por su comportamiento de hoy.

Sin embargo, su diatriba de hoy había hecho más que ofenderlo. Lo había herido. Lo había cortado como una espada, rápida y violentamente. Sabía que el arma estaba allí, pero se había negado a creer que fuera capaz de usarla, capaz de usarla en él de todos modos. Lo había cortado tan profundamente que todavía lo sentía incluso ahora. Le había perdonado ese daño grave porque eso es lo que le habían enseñado a hacer. Sin embargo, todavía le dolía. Le resultaba difícil deshacerse del sentimiento.

La peor parte de esta tarea en el esfuerzo por salvar a Emmeline era la espera. Esperar le daba tiempo para pensar, demasiado tiempo. Y le daba tiempo para pensar en cosas que era mejor dejar en paz. Pero esos pensamientos llegaron a la mente sin ser invitados, derribando puertas, irrumpiendo en las habitaciones, y anunciándose en voz alta a los presentes. El dolor que sentía no era menos desagradable que cualquier otro pensamiento no deseado. Finalmente, cedió y dejó que el dolor se saliera con la suya.

Je suis desolé, le había dicho. Se había sentido avergonzada; lo había visto en sus ojos. Sabía que sinceramente deseaba no haber dicho lo que había dicho. Pagaría cualquier precio para retractarse de las palabras, para deshacer los efectos de su furia y frustración desenfrenadas. Pero había otra mirada en sus ojos: alivio. Lo vio allí debajo de la vergüenza. En cierto modo, de una manera extraña, parecía estar contenta de ese episodio catártico. Era la liberación de todo lo que había estado pensando durante mucho tiempo, pensamientos que se acumulaban, hervían y rabiaban dentro de ella, buscando la liberación. Este fue el catalizador: cuando vio que su hija única estaba en peligro —peligro mortal, se recordó Gilles— los pensamientos resultaron ser demasiado para contener. Todos los sentimientos que había estado reprimiendo, todas las cosas que nunca había dicho, se derramaron finalmente en un gran torrente de rabia, y sí, de odio.

Gilles vio todo esto en los ojos de su esposa. No necesitaba una visión de Lord Aufeese para ver esto. Había estado con ella durante tanto tiempo que podía leer cada expresión de su rostro. Sabía lo que estaba pensando incluso antes de que ella lo supiera. Había visto cómo su paciencia con él se deterioraba, y en lo profundo de su mente sabía que este día llegaría. Gilles se detuvo y se pasó las manos por la cabeza calva. Realmente deseaba que ella tuviera más fe. *¿Más fe?* se preguntó. Deseaba que tuviera algo de fe.

Un golpe urgente trajo de vuelta a Gilles a su granja pequeña. Miró hacia el altar de Lord Aufeese con la imagen de madera tallada del dios de pie sobre el cuenco de la ofrenda rebosante de los frutos tristes de su cosecha amarga. Se acercó al altar y pasó la mano por la estatuilla. Podía ver los defectos: la cabeza que no estaba del todo bien, los pies que eran un poco demasiado grandes. Y, ¿esa era la expresión exacta que había esperado lograr en el rostro del dios? Todavía podía hacerlo mejor. Había mucho margen de mejora. Quizás tallaría un nueva imagen y eliminaría esos defectos molestos.

El golpe llegó de nuevo, más fuerte, más urgente. Gilles lo ignoró y continuó pasando la mano por la estatuilla. Pero siempre habría defectos. En el fondo lo sabía. No importaba cuántas veces lo tallara, siempre habría defectos, siempre los encontraría y siempre lo regañarían. El dios mismo tenía defectos después de todo, pero sus defectos no eran los defectos de Gilles. Gilles era humano y sus imperfecciones superaban con creces las pocas imperfecciones triviales de un dios.

Pero Gilles no podía seguir ignorando las fallas de su estatua. Comenzó a pensar —y no por primera vez, pero ciertamente con más claridad que antes— que tal vez había dedicado su vida al dios equivocado. Tal vez había tomado el camino equivocado por completo. Había hecho una elección cuando era más joven. Cuando había llegado a una encrucijada en su vida con dos caminos claros, distintos y viables, había hecho una elección. Tal vez había tomado el camino equivocado. Se le ocurrió que, si hubiera tomado el otro camino, elegido la otra opción, ninguno de los eventos actuales estarían ocurriendo. Su familia no estaría al borde de la ruina, su esposa no estaría fuera en la tarea de un tonto y, lo más importante, su hija no estaría en grave peligro.

"Por favor, dime que he hecho la elección correcta", suplicó al altar, su mano cayendo todavía sobre su superficie pulida. No hubo respuesta. La estatua solo miraba hacia el espacio muda e indiferente.

Los golpes en la puerta fueron aún más fuertes esta vez, sacudiendo el marco de la puerta y causando que algunas hebras de paja cayeran del techo. Las palomas revolotearon brevemente antes de volver a posarse sobre una viga.

"¿Quién podría ser en un momento como este?" escupió Gilles y luego maldijo entre dientes. Los viajeros viendo su casa desde el camino principal siempre se detenían para descansar y refrescarse. Murielle siempre era la anfitriona amable, especialmente para aquellos que pasaban regularmente. Aunque Gilles era quien le recordaba la máxima de la hospitalidad, en el fondo siempre le molestaba tener que desempeñar el papel de anfitriona amable de otro huésped cansado. *Non*, pensó, *he hecho mi elección y debo lidiar con lo que venga.*

"Sea lo que sea", terminó en voz alta.

Con eso, quitó su mano del altar y abrió la puerta de un tirón para ver quién podría estar molestándolo en un momento como este con tal crisis en marcha. Abrió la puerta para ver un par de ojos azul verde brillantes mirándolo.

"¡Bueno, hola!" exclamó el visitante.

CAPÍTULO OCHO

Emmeline gritó de nuevo y se arrastró de regreso a través del trigo, arañando el suelo con las manos, pateando débilmente con los pies, tratando de poner la mayor distancia posible entre ella y el dueño de esos ojos vívidos azul verde. Dejó un rastro aplanado de trigo mientras se adentraba en el campo. El rastro que dejó le diría a su perseguidor exactamente dónde encontrarla, pero su fuerza finalmente la abandonó y se desplomó en el suelo, indiferente. Su respiración se convirtió en un jadeo rápido, sus ojos se llenaron de pánico. No podía pensar en nada; el miedo ciego la había despojado incluso de la idea de que iba a morir en este campo de trigo. Yacía sobre tallos de trigo aplanados, mirando hacia los otros tallos que se erguían a su alrededor, pero no era consciente de ellos. Sus oídos estaban llenos del latido de su corazón y de la aceleración de su respiración, pero escuchó el crujido de algún lugar lejano. Inclinó la cabeza hacia arriba y creyó ver algunos tallos de trigo moverse. Luego otra vez. Entonces estuvo segura del movimiento. El crujido se hizo más fuerte, pero aún silenciado por su pánico extremo.

El Príncipe finalmente la había atrapado. El Príncipe apuesto la había atrapado y se la iba a llevar lejos de su casa. Nunca volvería a ver a mamá y a papá. No entendía cómo un hombre tan apuesto podía hacer algo tan terrible y doloroso. ¿No eran buenas todas las cosas hermosas? Como lo veía en su mente inmadura, la belleza externa era el espejo del alma. La belleza exterior reflejaba el bien interior. Era un crimen contra la naturaleza que una persona de belleza indudable pudiera ser tan fea por dentro.

Los tallos de trigo crujían ruidosamente mientras su perseguidor se acercaba. Emmeline todavía no podía verlo, solo el trigo cercano que se movía suavemente. Se congeló. La huida había agotado su energía; no podía moverse más aunque quisiera. *Esto es todo*, pensó. *Me ha atrapado, y me voy para siempre.* Con un último gran crujido, el trigo más cercano a ella se separó y el dueño de los ojos azul verde entró en el área abierta de trigo aplanado que Emmeline había creado.

"¡Bueno, ahí estás!" gritó su perseguidor.

Emmeline se sentó y gritó de nuevo. Había pensado que no tenía el aliento para hacerlo, pero el grito llegó de todos modos: largo, fuerte y penetrante.

"¡En efecto!" dijo, luciendo ofendido, "Eso es bastante grosero de tu parte. ¿Acaso tu madre y tu padre no te han enseñado modales?"

El grito disminuyó lentamente a medida que los ojos de Emmeline se ensanchaban cada vez más. No era el Príncipe detrás de ella en el trigo. Era...

"Lord Aufeese", dijo con un susurro ronco.

"Y debe ser un placer para ti conocerme", respondió mientras extendía una pata delicada.

Emmeline miró la pata tontamente. No estaba segura de si debía tomarla en su mano, arrodillarse ante ella, o cualquier otra cosa. Esto era demasiado para asimilarlo. Hace solo unos momentos, había estado huyendo del Príncipe y ahora estaba en un campo de trigo cara a cara con uno de los dioses. Lord Aufeese retiró la pata con un encogimiento de hombros. La miró como si considerará algún aspecto de su apariencia y luego la limpió enérgicamente con la lengua.

"¡Oh, no!" Emmeline exclamó mientras se ponía de rodillas. "¡El Príncipe!"

"¿Quién?" preguntó Aufeese, inclinando la cabeza hacia un lado, con las orejas torcidas.

"¡El Príncipe!" dijo con los dientes apretados. "Me estaba persiguiendo, tratando de alejarme de mi familia. Me persiguió por ese prado y casi me había atrapado cuando aterricé en este campo de trigo". Miró a Lord Aufeese. "¡Abajo! ¡Abajo! ¡Debes agacharte antes de que te vea!"

El dios continuó mirando a Emmeline con curiosidad hasta que una expresión de comprensión apareció en su rostro. Se llevó las patas a la boca y soltó una risita aguda de niña.

"¡Oh, sí! ¡En efecto!" Se rio de nuevo. "¡Te refieres a Henri!"

"Sí, es él", siseó. "Y si no te agachas, te verá, y me encontrará"

Lord Aufeese se alisó el pelaje dorado detrás de la oreja con una pata delantera y se rio de nuevo con esa misma risa molesta.

"¿Por qué te ríes?" siseó Emmeline otra vez. "¡Agáchate ahora antes de que te vea!"

"Oh, niña humana", dijo Aufeese, sin dejar de reír, "ese no era Henri".

"¿Qué quieres decir? ¡Lo escuché! ¡Me persiguió hasta este campo de trigo!"

"¡En efecto!" El Niño Dorado continuó riéndose con su risa de niña, que Emmeline encontraba cada vez más irritante. "Ese no era Henri persiguiéndote".

Emmeline miró al dios. Una mirada de preocupación cruzó su rostro. Esto no era nada gracioso. "Si ese no era el Príncipe, entonces, ¿quién era?"

Aufeese se rio aún más con las patas presionando delicadamente sus labios. Trató de hablar, pero no pudo formar las palabras debido a su risa.

"¿Quién era entonces? ¡Dime!"

"¡Era yo!" Aufeese chilló de risa, colocando una pata delicada en su pecho.

"¿¡Qué!?" gritó Emmeline con incredulidad. "¿Qué quieres decir?"

"Nadie te perseguía", se rio. "¡Te hice oír esos ruidos para que vinieras aquí más rápido!"

"¡Qué!" casi gritó, el miedo que había sentido hace unos momentos se desvaneció.

"Bueno, debes admitir que te estabas moviendo muy lenta", dijo Aufeese, su risa volviendo a la risa chillona. "Claramente necesitabas un pequeño empujón".

El miedo de Emmeline se había evaporado completamente. La rabia estalló en ella como una llama. Había heredado el temperamento de su madre y lo había utilizado con mayor frecuencia durante las dos últimas temporadas de cultivo. Se puso de pie. "¡No puedo creer tu descaro!" gruñó.

Emmeline se dio cuenta de repente de que ahora estaba mirando hacia abajo a Lord Aufeese. Estaba sentado en cuclillas, con la cabeza en alto, pero la parte superior de su cabeza ni siquiera se acercaba a sus hombros. Emmeline no era una niña alta en ningún sentido, y estaba acostumbrada a mirar hacia arriba a sus padres, y a la mayoría de la gente para el caso. Mirar hacia abajo a alguien era bastante inusual, pero mirar hacia abajo a un dios, este dios en particular, le quitó el aliento y la dejó un poco inquieta. "Eres bajito", dijo abruptamente.

"¡En efecto!" respondió Lord Aufeese, la sonrisa se desvanecía de sus labios mientras sus orejas se posaban en su cuello. "¡Bueno, puede que estés enojada por mi engaño, pero eso no es motivo para insultar!" Estiró el cuello y bajó una oreja entre las patas. Lo consideró cuidadosamente y le dio un par de lamidas antes de soltarla.

Emmeline sintió una punzada leve de arrepentimiento por su arrebato. Era un dios contra el que se había enfurecido después de todo. Su ceño fruncido y su mirada azul verde la atravesaron, y tuvo que apartarse. Miró el círculo de trigo aplanado que había hecho cuando se estrelló contra el campo. Lo lamentó aún más. Era un desperdicio de una cosecha buena y especialmente durante esta sequía. Su padre la castigaría por el desperdicio. Su remordimiento aumentó cuando se dio cuenta de la magnitud del daño.

Emmeline se volvió hacia Lord Aufeese. Todavía estaba frunciendo el ceño, pero ahora estaba estirando el cuello de nuevo tratando de llegar a su hombro izquierdo. Se dio cuenta de que Emmeline lo miraba fijamente. Su sonrisa volvió y sus ojos se volvieron amables de nuevo, sus orejas nuevamente erguidas y atentas. Sus ojos brillantes azul verde eran convincentes, por lo que encontró una lucha para mantener su ira, pero también había heredado la terquedad de su madre y luchó con fuerza para permanecer enojada.

Lord Aufeese parecía un conejo ordinario, sus ojos azul verde, su pelaje dorado y su tamaño más grande de lo normal eran las únicas cualidades que traicionaban su naturaleza divina. A la luz brillante del sol cercano al mediodía, su pelaje brillaba con un brillo dorado absolutamente surrealista. Sus orejas eran relativamente cortas en comparación con el resto de su cuerpo, pero aumentaban su altura general casi a la de ella. Su cabeza era amplia y redondeada y su cuerpo era igual, dándole un aspecto bien alimentado pero compacto y muscular. Su cuerpo contenía todo lo que era hermoso en los conejos salvajes que Emmeline había visto, y esa belleza era amplificada aún más por sus cualidades divinas.

Se sentó en cuclillas, sus patas delanteras sostenidas frente a él cerca de su pecho, su cabeza ligeramente inclinada hacia un lado como un conejo salvaje examinando con curiosidad a un extraño. No parpadeó. La miró y sonrió, en silencio. Emmeline vio cómo su nariz se retorcía mientras respiraba y vio cómo sus bigotes se movían de vez en cuando. Se acicalaba como lo haría un conejo normal, pero quizás con un poco más de frecuencia que un conejo normal. Justo cuando consideraba esto, el Niño Dorado estiró una pata trasera, esparció los dedos de los pies y los limpió vigorosamente. La vio mirándolo y bajó la pata, una sonrisa regresó a sus labios.

"Es solo que..." comenzó, tratando de ordenar sus pensamientos, "Es solo que... *je ne sais pas*... Esperaba que fueras... um... más alto".

Aufeese comenzó a fruncir el ceño. Sus fosas nasales se inflamaron ligeramente mientras respiraba y sus orejas se inclinaron lentamente hacia atrás.

"Es decir", comenzó de nuevo antes de que pudiera decir algo, "de todas las historias que mi papá me ha contado, siempre te imaginé como un gigante".

"Oh, dios", dijo, agitando una pata hacia ella con desdén, sus orejas enrojeciendo a un carmesí brillante debajo de su pelaje dorado. "Ahora, no todos podemos ser gigantes. Cada uno de nosotros está hecho a un tamaño adecuado que se adapta a nuestras necesidades. Pero no lo olvides", dijo el Niño Dorado volviéndose serio de nuevo, "no es nuestra estatura lo que nos define, sino nuestras acciones".

Emmeline sonrió por dentro. Era fácil para uno descartar la importancia de la altura cuando uno carecía de esa misma cualidad. Pero no se atrevió a decir esto.

Se había levantado una brisa ligera causando que el trigo en pie se balancera muy lentamente. Miró hacia el campo, observando cómo el trigo se movía en sus propios remolinos y corrientes. Se imaginó que así debería de ser el mar. Y ahora esto era lo más cerca que estaría del mar. Parecía hace mucho tiempo, una eternidad desde que un Príncipe apuesto y encantador le la había prometido un viaje al mar. Esa había sido una mentira supuso. O tal vez no. Tal vez habría podido pararse a la orilla del mar y contemplar su magnificencia, viendo lo que esas personas en las historias habían visto. Tal vez podría ver eso, pero nunca podría volver a casa.

Extendió la mano hacia algo del trigo que se balanceaba al borde del gran círculo de destrucción. Las cabezas estaban grandes y maduras, doradas con un toque de verde todavía en ellas. Listas para la cosecha. Las cabezas eran grandes, más grandes de lo que jamás había visto y más grandes de lo que deberían estar considerando la falta de lluvia en esta temporada de crecimiento.

Emmeline estaba maravillada con esto cuando Aufeese habló. "Sí, el trigo está listo para la cosecha". Juntó las patas. "¡Y que cosecha será! ¡Gloriosa, simplemente gloriosa!" Se alisó un poco del pelaje erizado con sus patas.

¿Pero quién recibirá los frutos de esta cosecha? pensó. *¿Quién debería darse un festín con este grano mientras mi familia bien puede morir de hambre?* Emmeline se enojó de nuevo, hundiéndose más profundamente en ese pozo de ira heredado de su madre. *¿Quién ha sido más piadoso que mi padre? ¿Quién podría merecer más esta recompensa que mi padre, que le ha dado todo a este dios?*

Emmeline miró alrededor del gran campo de trigo dorado que ni ella ni su padre ni su madre probarían jamás. El trigo la saludó, tentadoramente, burlándose de ella. ¿O lo hizo? Los remolinos y las corrientes fluían, llamándola como el agua fría del lago la llamaba en un día perezoso de verano cuando todas las tareas están terminadas y no quedaba nada por hacer. El trigo la saludó seductoramente, atrayendo a Emmeline, invitándola a compartir su abrazo dorado. Estaba segura de que si caminaba hasta el borde del trigo ondulante podría sumergirse y nadar en un gran océano dorado más refrescante que cualquier lago o mar.

Su cabeza giró de repente rompiendo el hechizo. Esto no estaba bien. El área de trigo aplanado era bastante grande. *Yo no hice esto*, pensó, *esto es demasiado grande para que yo lo haya hecho. Y luego, ¿qué está pasando aquí?*

Un silbido agudo la sacó de sus pensamientos. Emmeline miró alrededor presa del pánico. Era un sonido largo y continuo, como nada que hubiera escuchado antes. Había perdido todo sentido de orientación. Cuando miró a su alrededor todo lo que vio fue trigo, un océano infinito de trigo. El campo de maíz del que había salido había desaparecido y no se podía ver nada en ninguna dirección, excepto trigo ondeando en el horizonte en todas direcciones. La carroza del sol cabalgaba en el centro del cielo, por lo que no podía decir de qué dirección había venido ni en qué dirección debía ir. El silbido agudo continuó, llenando su mente, enloqueciendo con su sonido.

"¡En efecto! ¡En efecto!" gritó Aufeese, aplaudiendo con las patas delanteras con entusiasmo y rebotando en cuclillas. "¡Es hora! ¡Oh, alegría!"

"¡Qué es ese ruido terrible!" gritó Emmeline. "¡Haz que se detenga!"

"Oh, niña tonta", dijo el Niño Dorado mientras se examinaba una oreja. "¿Qué temes? En efecto".

El dios de la cosecha se volvió y se acercó a un fogón pequeño de piedra. Los ojos de Emmeline se agrandaron porque no había estado allí hace un momento. El fogón estaba a un lado del área enorme de trigo aplastado. Era pequeño, tal vez solo lo suficientemente grande como para hornear dos hogazas de pan a la vez. La madera ardía en el interior, enviando un humo gris escaso que se elevaba directamente al aire, sin que lo molestara la brisa que agitaba el mar de trigo. La parte superior del fogón era plana y sobre esta superficie plana había una olla extraña con vapor saliendo de un pico a un costado. El silbido agudo salía de la olla.

Lord Aufeese se volvió y caminó hacia el fogón. "Niña tonta", repitió, mirándola por encima del hombro. "Es hora del té".

El asombró de Emmeline creció. De repente, las orejas del dios se dispararon alarmadas y su cuerpo se puso rígido. Lord Aufeese, rápidamente, torpemente, maniobró hasta el otro lado del fogón de modo que se interponía entre ellos. Una sonrisa volvió a su rostro y luego estiró la cabeza tratando de llegar a su hombro izquierdo. Volvió a mirarla y fingió que no había pasado nada, pero Emmeline aun así lo había visto. Aun así, estaba más preocupada por la olla extraña chillante sobre el fogón que había aparecido hace unos momentos.

"¿T?" preguntó Emmeline, no entendiendo lo que Lord Aufeese. había dicho.

"Sí, té".

"*Je ne comprends pas*"

"En efecto. Seguramente bromeas", cacareó mientras alcanzaba la olla. "Tus padres ciertamente te han servido té".

El fogón era pequeño, pero el dios diminuto tuvo que estirar la pata para agarrar el mango de madera directamente frente al pico que chillaba. El silbido agudo empezó a apagarse en cuanto retiró la olla del fogón y la trasladó a una mesa de piedra más corta, más adecuada a la estatura pequeña del dios. En esa mesa había una olla similar, pero esta estaba hecha de plata fina. Emmeline miró la segunda olla maravillada.

"Sí, lo sé. Debería estar hecha de oro, pero fue un regalo". El dios se detuvo. "En efecto".

El Niño Dorado tomó una bola pequeña de plata perforada que colgaba de una cadena de plata fina y la separó. Colocó algo oscuro que parecían hojas en una mitad y volvió a montar la bola. El dios quitó la tapa de la olla de plata y colocó la bola curiosa de plata dentro. Luego tomó la olla chillante y vertió su contenido en la olla de plata. Vertió agua humeante en ella. Simple agua humeante. Lord Aufeese trabajó en esta tarea con el aire casual de alguien que ha realizado tal tarea con bastante frecuencia, pero Emmeline nunca había visto tal operación. Cuando pareció satisfecho de haber vertido suficiente en la olla de plata, Aufeese dejó la olla chillante y tomó la cadena de plata, balanceando la bola en el agua humeante una, dos, tres, cuatro veces.

Emmeline encontró todo esto demasiado increíble para creerlo. Su padre le había contado muchos de los cuentos de los dioses, en particular de Lord Aufeese. La mayoría eran historias de los dioses y sus interacciones con el hombre. Pero nunca en ninguno de los cuentos de los dioses, ninguno de ellos, en particular Lord Aufeese, había hecho una actuación tan extraña.

El dios de la cosecha estaba de pie ante las dos ollas, el vapor se elevaba perezosamente de ellas y se disipaba en el aire. No dijo nada. Emmeline observó cómo sus fosas nasales se movían cuando respiraba. Dentro, fuera, dentro, fuera. Después de un minuto o dos de este silencio incómodo, comenzó a acicalarse de nuevo, aparentemente encontrando imperfecciones diminutas que solo él podía ver. Emmeline comenzó a preguntarse si debía decir algo, aunque solo fuera para romper el silencio.

Lord Aufeese levantó la vista de su aseo y vio a Emmeline mirándolo. Se aclaró la garganta y movió sus bigotes largos. Sus ojos se lanzaron momentáneamente hacia su izquierda mientras parecía querer estirarse sobre su hombro izquierdo, pero en cambio, soltó un suspiro breve y murmuró "En efecto", más para sí que para su invitada. Agarró la cadena de plata fina y después de dar a la bola una última remojada, pareció satisfecho de que había completado la tarea que fuera que se le había requerido. La dejó a un lado y luego colocó una tapa sobre la olla de plata que a su vez trasladó a una bandeja de plata con dos tazas de porcelana blanca y una variedad de otros artículos sobre ella.

"Ven ahora", dijo alegremente, "disfrutemos el té".

El Niño Dorado se deslizó hacia la derecha con la bandeja en sus patas. Mantuvo su hombro izquierdo siempre alejado de Emmeline mientras se acercaba a una mesa pequeña y dos sillas delicadas que ella sabía que no habían estado allí antes. Apartó los pensamientos sobre el hombro izquierdo del dios y se dirigió a los muebles tallados intrincadamente. Las sillas eran absolutamente encantadoras, pensó. Encantadoras era una descripción precisa para ellas. Su padre era particularmente bueno en la carpintería, pero nada de lo que había hecho se comparaba con la complejidad orgánica y arremolinada de esta mesa hermosa y estas sillas magníficas.

Lord Aufeese colocó la bandeja de plata con la olla extraña en la mesa. Nubes delgadas de vapor flotaban perezosamente en el aire, disipándose bajo el sol de verano.

"Ven, niña humana", dijo, "siéntate y toma el té antes de que se enfríe". Su sonrisa era amplia y placentera, sus ojos azul verde llamando. Su pelaje dorado brillaba a la luz del sol.

Emmeline vaciló. Volvió a mirar hacia el campo vasto de trigo. El trigo ondeaba y fluía en la quietud. *Tan parecido al mar*, pensó, *tan acogedor y tan confortante*. Se volvió hacia el dios de la cosecha de pie junto a los muebles ornamentados, sonriente y paciente, en medio de un claro imposiblemente grande dentro de este campo infinito de trigo. Aunque parecía preocupado de que el contenido de su olla extraña se enfriara, estaba perfectamente dispuesto a esperar hasta que ella estuviera lista para compartir su hospitalidad. Lo último de la ira de Emmeline se desvaneció mientras daba un paso arrastrando los pies por el suelo de piedra hacia el Niño Dorado.

Emmeline se acercó al pequeño escenario y se detuvo.

"Por favor", dijo el dios en tono cortés, "siéntate y te serviré".

Emmeline no estaba segura de lo que pretendía servir, pero asintió. Miró la bandeja de plata que Lord Aufeese había dejado sobre la mesa. En el centro estaba la olla de plata, humeando lentamente desde su pico extraño. Dos cucharas de plata y dos tazas pequeñas de porcelana blanca con asas delicadas estaban colocadas sobre platillos blancos pequeños, uno a cada lado de la olla. Alrededor de ellos había una serie pequeña de recipientes de plata tapados que contenían solo los dioses sabían qué.

"Por favor", dijo de nuevo, pero esta vez sonaba un poco impaciente, "sentémonos y tomemos el té. Será bastante espléndido".

Asintiendo, solo medio consciente de su entorno, Emmeline se sentó en la silla a la derecha de Aufeese. Manteniendo su hombro izquierdo siempre alejado de ella, el dios vertió el líquido oscuro de la olla de plata en la taza más cercana y la colocó, con platillo y todo, frente a ella. Luego llenó su taza y se sentó en la otra silla. Emmeline miró en silencio la taza humeante frente a ella. En su lado de la mesa, Lord Aufeese tomó uno de los recipientes de plata y vertió una cantidad pequeña de leche en su taza. Hizo un par de movimientos delicados con una cuchara de plata y la puso sobre el platillo. Aparentemente satisfecho de que su té fuera de su agrado tomó la taza, con su última garra —lo que sería el meñique de un humano— extendida recatadamente y tomó un sorbo de su taza. Suspiró satisfecho. Tomó otro sorbo recatado y luego miró a Emmeline que seguía mirando su taza sobre la mesa.

"¡En efecto!" dijo, inclinando la cabeza hacia un lado, "¿no es de tu agrado? Es mi mezcla personal: excepcionalmente fina".

Emmeline no dijo nada y continuó mirando su taza.

Los bigotes del Niño Dorado se torcieron. "Si no te gusta negro, entonces puedes añadir lo que quieras en él. Prometo que no me ofenderé. He visto algunos... elementos *únicos* añadidos a un té perfectamente bueno. En efecto".

Emmeline no respondió. Sus ojos no se movieron de la taza.

Lord Aufeese se movió en su silla, girándose un poco más a su izquierda. Tomó otro sorbo de su taza y sonrió.

"¿Qué te gusta en tu té?"

Nada.

Una mirada de tristeza cruzó el rostro del dios mientras cambiaba su mirada de Emmeline a su taza de té y luego de nuevo a Emmeline. Tomó otro sorbo de su propia taza. Chasqueó los labios con una mirada de curiosidad, como si tratara de detectar algo mal en el té que sabía que era perfecto.

"¿Te gusta la leche? ¿Te importa la miel? Algunos prefieren azúcar, pero yo no. En efecto".

Hurgó en los recipientes de la bandeja. "¡En efecto! Ya sé. ¿Quieres un poco de limón?"

Emmeline salió de su letargo y lo miró estupefacta. "¿*Le monde?*"

"¡Oh, sí! ¡*Le monde*, en efecto!" El Niño Dorado estalló en su risa aguda de niña. "¡No, no, niña tonta! ¡No *el mundo*, solo limón!" Se tapó la boca con recato mientras se reía.

Emmeline lo miró, desconcertada.

"¡En efecto!" dijo el dios a través de su risa. "Ese juego de palabras era simplemente demasiado ingenioso. ¡Oh, la estamos pasando de maravilla! ¡En efecto!" Tomó otro sorbo, su última garra se extendió tan delicadamente.

"Pero, ¡oh!" dijo Lord Aufeese, sus orejas chasquearon con

atención, "¡Hay algo que simplemente debo compartir contigo!" Se inclinó hacia Emmeline y comenzó a hablar en voz baja como alguien que comparte algunos chismes particularmente picantes.

"Vendrá un hombre, un narrador, que cuenta la historia del mundo. Cuenta las historias que otros han contado y también cuenta las suyas. Un día él morirá cuando otros mueran, pero continuará contando sus historias".

El Niño Dorado se reclinó en su silla, asintiendo a sabiendas, aparentemente seguro de que Emmeline sabía de lo que estaba hablando. Emmeline no tenía idea.

Aufeese tomó otro sorbo delicado de su té y exclamó, "Oh sí, realmente la estamos pasando de maravilla. ¡En efecto!"

Non, pensó Emmeline, *no la estamos pasando de maravilla.* Esto se estaba volviendo demasiado extraño para ella. *Quizás simplemente beberé este "té" o lo que sea, y todo comenzará a tener sentido de alguna manera.* Cogió la taza, aún caliente al tacto, y se la llevó a los labios, pero nunca tuvo la oportunidad de probarla.

Alto en el aire, ante ella, colgaba un arco de piedra. Piedra a piedra, se abría paso lentamente hacia un suelo de piedra que no había notado antes. A lo lejos, más allá del arco, el trigo continuaba ondeando en sus remolinos y corrientes. Emmeline miró a su alrededor. En cuatro direcciones, los arcos colgaban en el aire, sostenidos por nada: uno en cada punto de la brújula. Una sombra pasó sobre ella y vio con gran alarma que una bóveda de crucería se estaba formando sobre ellos, tapando el sol mientras tejía piedra por piedra para encontrarse con los arcos. *Non*, pensó. Se volvió hacia Lord Aufeese, sintiendo el pánico en su interior. Pero él se limitó a mirar con satisfacción su taza de té.

Piedra a piedra, la bóveda de crucería cerraba la brecha con los arcos que ahora llegaban al suelo. A través de cada uno de los arcos vio un corredor de piedra formándose. Piedra a piedra, los muros construidos a partir del suelo de piedra se tejían constantemente para encontrarse con techos abovedados largos que se abrían camino hacia abajo. El sol ahora se había ido por completo cuando el salón en el que se sentaban se completó. Sin embargo, todavía estaba bastante brillante. Emmeline vio múltiples antorchas colocadas en apliques dorados adornados espaciados regularmente en las paredes de cada pasillo. Sin embargo, más brillante que cualquiera de las antorchas, era el resplandor dorado que emanaba de Lord Aufeese. El brillo de su pelaje era brillante pero no cegador. Era hermoso y radiante dentro del salón oscuro de piedra. Y aunque ya no podía verlo, sabía que el trigo estaba allí fuera de los muros, fluyendo y arremolinándose, ondeando en sus corrientes sutiles.

"*¡Non!*" Emmeline gritó mientras se levantaba abruptamente. Se levantó demasiado rápido y la silla retumbó en el suelo de piedra. Incluso con las precipitaciones esparcidas, el sonido fue bastante fuerte en el gran salón. Se golpeó el muslo contra la mesa cuando su taza de té se le cayó de las manos y se hizo añicos en la superficie, derramando té sin probar por todas partes. La bandeja de plata se deslizó a través de la mesa, derramando el contenido de los contenedores y derramando algunos. Lord Aufeese agarró su propia taza de té antes de que se derramara algo de su té y la acercó a él, protectoramente, como uno podría sostener una joya preciosa. El platillo de Emmeline rodó por la mesa y luego fuera del borde. Lo vio mientras caía lentamente, tardando una eternidad en viajar por el espacio corto, dando vueltas una y otra vez, luego rompiéndose en el suelo con un sonido brillante que parecía resonar para siempre en todo el pasillo.

Y entonces desapareció. El sol volvió a brillar sobre ella, el peso de la luz del sol era una carga tan pesada como antes. El trigo había regresado, pero ya no la saludaba. El aire estaba quieto y el trigo permanecía en silencio, mudo y sin pretensiones.

La mesa permaneció y la silla de Emmeline yacía en el suelo dentro del círculo pequeño de trigo aplastado. Lord Aufeese todavía estaba sentado frente a ella agarrando su taza de té con un agarre protector y mirándola con una mirada que podría haber sido de asombro u horror.

"No", dijo de nuevo, su voz sonaba demasiado fuerte en el aire quieto. Pero no le importaba. "No, no la estamos pasando de maravilla".

Y ahí estaba, dicho en voz alta, y no podía ser retirado. Las palabras le dieron poder. Las palabras eran como un encantamiento mágico que rompe los últimos restos del hechizo de una vez por todas. Su rabia brotó de nuevo, extendiéndose a través de ella como un fuego fatuo.

"¿No lo estamos?" respondió el dios con incredulidad. "Pero estamos tomando té y conversando placenteramente".

"No, no la estamos pasando de maravilla", repitió. Su voz se hizo más fuerte, más segura. "¡Y no entiendo por qué estamos tomando "té" cuando mis padres están tan angustiados!"

Lord Aufeese se sorprendió ante este estallido de ira repentino. "Bueno... Ahh... Hmm..." Sus orejas se inclinaron ligeramente y miró su taza con tristeza. "En efecto".

Emmeline agarró un puñado de tallos de trigo y los sacudió ante él. "¡Solo mira estos! ¡Llenos y maduros, sin embargo, no hemos tenido lluvia en mucho tiempo!"

Lord Aufeese se movió en la silla hacia su izquierda ligeramente.

Sacudió los tallos de nuevo. "¡Estos son perfectos, sin embargo, las cosechas de mi padre se marchitan en los campos!"

"Bueno", respondió el dios altivamente, "este trigo es para un propósito superior que simplemente no comprendes".

"Por los oídos de los dioses, no lo entiendo", gritó Emmeline. "¡No entiendo cómo puedes descuidar a un hombre como mi padre, que es un hombre tan fiel a ti como jamás encontrarás!"

"En efecto. Cierto, en efecto. Pero sigues—"

"Mi padre te reza todos los días, varias veces al día. Recuerdo cuando talló ese altar en nuestra casa. Madre pensó que era una pérdida de tiempo, pero dedicó mucho tiempo en él, trabajando muchas noches después de días largos en el campo. ¡Lo recuerdo! Quería que fuera perfecto. Perfecto como tú".

"Bueno, sí. Un altar fino y creo que es bastante bueno. En efecto".

"Pero no eres perfecto, ¿verdad?" Emmeline continuó como si Aufeese no hubiera hablado. "Yo sé la verdad que mi padre se niega a admitir".

Lord Aufeese volvió a moverse ligeramente hacia su izquierda. La mirada altiva volvió a su rostro. "No podrías saber nada, niña humana".

"Sé que tú, el Niño Dorado, el hijo favorito de Mava, llevas una marca negra en tu hombro izquierdo. ¡Mava la puso ahí justo fuera de tu alcance como castigo por tu vanidad!"

Los ojos azul verde de Lord Aufeese se entrecerraron, sus orejas estaban planas sobre su espalda y sus fosas nasales se ensancharon con enojo. "¡Niña insolente!"

"Todo el mundo sabe que está ahí, y que Mava la puso ahí porque estás tan obsesionado con tu propia belleza. ¡Todos lo saben! ¡Ja! Todo el mundo ha escuchado la historia de cómo la obtuviste" Emmeline se detuvo el tiempo suficiente para respirar. "Solo los creyentes tontos como mi padre lo ignoran. Y lo he visto ahora por mí misma, así que lo sé. ¡Lo sé!"

Lord Aufeese hervía de rabia. Sus labios se separaron ligeramente para revelar un atisbo de incisivos blancos afilados. "Eres terrible, niña terrible", siseó. "Por qué debería—"

"*¿Qué?*" preguntó Emmeline con altivez propia. "¿Qué vas a hacer? ¿Cegarme como hiciste con Senus?"

El Niño Dorado, el hijo favorito de Mava, Lord Aufeese, se encogió de repente ante esto. Sus ojos se suavizaron y se agrandaron, sus orejas se levantaron levemente. "¡No!" gritó. Agarró la taza con las patas delanteras con fuerza debajo de su barbilla. "¡No!"

"*Oui*" dijo Emmeline, su voz elevándose de nuevo, "Todos conocen esa historia también".

Lord Aufeese se sentó rígido en su silla, sus ojos azul verde muy abiertos y su boca abierta levemente. Sus orejas cayeron flácidamente.

Su cabeza se inclinó hacia abajo. "Yo nunca..." dijo en voz baja hacia su taza de té.

"¡Oh, sí lo hiciste!" Emmeline respondió bruscamente. "Todo el mundo conoce la historia de cómo Senus se quedó contigo, escribiendo tu historia, hasta que un día vio esa marca infernal tuya y habló de ella. Y en tu arrogancia, lo cegaste simplemente porque vio tu defecto. ¡Esa marca infernal!"

"Infernal, en efecto".

Hubo un momento de silencio largo. Una eternidad mientras Lord Aufeese miraba su taza de té fijamente y Emmeline lanzaba humo a través de la mesa frente a él.

"He terminado contigo", dijo sin más.

Antes de que Lord Aufeese pudiera responder, Emmeline se volvió y se alejó de la mesa. Encontró su paquete al borde del trigo aplastado. Se echó el bulto al hombro y se adentró en el trigo hacia el este, atando su cabello en un moño mientras lo hacía. Lord Aufeese la vio marcharse. Se sentó, sosteniendo su taza de té con tristeza y la vio hacerse más pequeña en la distancia.

Con un sobresalto, el Niño Dorado saltó y trotó hasta el borde del trigo aplastado. "¡No! ¡Espera!! le gritó. "¡Debes regresar!" Se paró de puntillas para verla mejor mientras desaparecía en la distancia dorada. "Tengo que..." se fue reduciendo.

Se acicalo un poco de pelaje revuelto en la parte posterior de su pata y luego estiró el cuello tratando de llegar a esa marca negra maldita. Miró su taza de té vacía aún agarrada entre sus patas. Con las orejas caídas con tristeza, dejó escapar un suspiro de frustración y se volvió hacia la mesa pequeña. Se sirvió otra taza de té.

Estaba frío.

CAPÍTULO NUEVE

Murielle se acercó a las puertas sur de Darloque, con el sol en su descenso hacia el oeste desde el meridiano, manteniendo a Cheval a todo galope. Estaba sudoroso, con espuma y cansado, pero de muy buen humor. Murielle frenó al caballo mientras se acercaba a las puertas y, aunque casi exhausto, el animal parecía reacio a reducir la velocidad. El puñado de guardias la observó acercarse con interés lánguido. Mientras Murielle reducía la velocidad del caballo a un trote, se aferraron a sus armas con más fuerza más bien por costumbre que por cualquier amenaza percibida. *Así es con los soldados en tiempos de paz*, pensó Murielle ociosamente.

Suspiró. Padre se horrorizaría por el comportamiento laxo de estos guardias. Un par de rostros jóvenes estaban en el puesto. Estos muchachos ciertamente nunca habían experimentado una batalla real. Hizo un saludo militar muy apropiado mientras se acercaba a las puertas. Los guardias mayores se pusieron firmes y le devolvieron el saludo automáticamente, mientras que los más jóvenes respondieron con indiferencia. Estos guardias más jóvenes la miraron con curiosidad, obviamente preguntándose por qué una mujer simple de campo los saludaría. Murielle les sonrió, contenta de que su padre no estuviera allí para verlos. Contenta por ellos de cualquier manera.

Las puertas sur no eran tan masivas como las puertas grandes del este, pero aun así eran bastante impresionantes. Vigas grandes de roble reforzadas con hierro mantenían este extremo de la ciudad protegido de los ataques. Solo había un conjunto de puertas aquí, y dada la dificultad —más bien, imposibilidad— de mover un gran ejército por el Camino Recto y dado el hecho de que el castillo estaba en el extremo opuesto de la ciudad en la esquina noroeste, las puertas sur se consideraban generalmente seguras. Estos hechos y la paz de larga data ciertamente contribuyeron a la actitud indiferente de los guardias aquí.

Cheval caminó dócilmente a través de las puertas. Murielle notó que los guardias la habían olvidado rápidamente, entablando una conversación benigna. Sabiendo lo que sabía sobre guardias y soldados, estaba segura de que su charla se limitaba a la bebida, las mujeres o el juego. O quizás una combinación de las tres.

Murielle condujo a Cheval hacia un establo no lejos de las puertas. Los establos cerca de las puertas eran típicamente más caros que los más adentrados en la ciudad, pero sabía que el caballo estaba cansado de su carrera, a pesar de que él no parecía pensar así.

Acarició su cuello. "Lo has hecho bien amigo. Vayamos a este lugar para que puedas tomar agua y heno. Y tal vez un puñado de avena si puedo negociarlo".

El dueño del establo saludó afectuosamente a Murielle. "*Bonjour, madame,* bienvenida a mi establo humilde". Hizo un gesto con la mano hacia su establo en el que solo había unos pocos caballos. Un mozo de cuadra ofrecía un cubo de agua a una yegua alazán. Era un hombre mayor, corpulento, pero no lo que ella llamaría gordo. Su cabeza estaba afeitada al igual que su rostro, y cuando se giró para saludarla, vio que todo el lado derecho de su rostro estaba cubierto de cicatrices. Llevaba un parche en el ojo derecho. Su apariencia era espantosa, pero Murielle había visto suficientes desfiguraciones como resultado de las guerras para hacerla inmune a cualquier demostración de repugnancia.

"Buen señor, deseo mantener a mi caballo en su establo por un rato y recuperarlo antes de que termine el día", dijo Murielle rápidamente.

El mozo de cuadra asintió y le dio su tarifa habitual por un día de comida.

Murielle asintió. "Veo que no hay mucho negocio hoy, así que puedo esperar una mejor tarifa para mantener un caballo cansado que no le molestará durante todo el día". Murielle cortó las formalidades corteses y se lanzó directamente a la negociación. Estaba en una misión, sin tiempo para cortesías.

El mozo de cuadra respondió, listo para negociar. "Sin embargo, tengo gastos generales y cuando el negocio va lento, necesito el dinero cada vez más".

"Si desea rechazar el negocio cuando está en tal necesidad, ese es su privilegio", respondió con frialdad.

El mozo de cuadra la miró con curiosidad. "*Excusez-moi*, madame, pero siento que debería conocerla".

El rostro de Murielle permaneció plácido, pero por dentro se apretó. "*Non*", dijo con calma, sacudiendo la cabeza, "No lo creo. No he estado en la ciudad en mucho tiempo. No soy más que una campesina pobre que desea mantener a su caballo a un precio justo".

El mozo de cuadra asintió lentamente. Murielle vio una luz de reconocimiento en sus ojos. "*Oui*, ya veo". Estuvo en silencio durante un tiempo, demasiado tiempo para su gusto. Justo cuando el silencio se estaba volviendo incómodo, el mozo de cuadra volvió a hablar.

"*Oui,* una campesina pobre ciertamente querría un precio justo. Sin embargo, si es quien mis ojos creen que es, entonces no debería estar pidiendo un precio justo bajo esa condición". Cruzó los brazos sobre su ancho pecho y miró a Murielle.

"Seguramente sus ojos le engañan", respondió, su rostro plácido como una máscara ocultando una incomodidad creciente. No reconocía al mozo de cuadra en absoluto, pero seguramente él la conocía. "No soy más que una campesina *pobre,* y no tengo mucho dinero, por lo que simplemente pido un precio justo, sobre todo porque mi caballo no requerirá un día completo". La placidez de Murielle finalmente se rompió y miró críticamente al mozo de cuadra.

"*Non,* mis ojos..." El mozo de cuadra se detuvo y rápidamente cambió su enfoque. "*Non, non.* Le cobraré la mitad de mi tarifa normal para mantener a su caballo hoy. Pero si es quien mis ojos dicen que es, entonces considérelo como gratitud por una relación de negocios pasada. Si por alguna casualidad mis ojos me engañan", se encogió de hombros, "entonces disfrute de los beneficios del error tonto de un mozo de cuadra". Chasqueó los dedos y el chico se llevó al caballo hacia los establos.

Murielle no pudo encontrar las palabras para responder. Su rostro recobró una expresión impasible y miró al mozo de cuadra sin expresión. Finalmente, le entregó monedas con un bajo: "*Merci beaucoup*". Vio que el chico ya había quitado la silla de Cheval y le estaba dando un masaje.

Murielle giró y caminó solemnemente hacia la calle, pero el mozo de cuadra la llamó. En voz baja dijo: "La ciudad es diferente en estos tiempos oscuros de lo que recordará, mi *campesina pobre.* La precaución es aconsejable y la discreción más necesaria".

Con esas últimas palabras flotando en su cabeza, Murielle se volvió a la calle, dirigiéndose hacia el castillo. Una vez fuera de la vista de los establos, se maldijo a sí misma. "¡Tonta!" Al darse cuenta de que había hablado en voz alta, se maldijo de nuevo. Un hombre que caminaba en dirección opuesta la miró con extrañeza y aceleró el paso. Murielle se maldijo una tercera vez, esta vez solo en su cabeza.

"*Benditas sean las muchas camadas de Mava, maldijo, ¿por qué tenía que tratar de negociar con ese mozo de cuadra?* Murielle deseaba haber traído consigo un pañuelo para la cabeza o alguna otra prenda. No había pensado en ser reconocida. La crisis inminente había alejado ese pensamiento de su cabeza, y su mayor preocupación había sido que el Viejo Rey *no* la reconociera. Murielle se calmó. Necesitaba permanecer calmada. Necesitaría la cabeza despejada para entrar al castillo y con el Viejo Rey. Más preocupante: ¿la reconocerá el Viejo Rey? Si no lo hacía, entonces este viaje era en vano y Gilles tenía razón después de todo. *Y bien podría perder lo que es más preciado para mí en todo el mundo.*

Una anciana bajó por la calle tirando de un carro pequeño lleno de jarras de barro. Murielle supuso que las jarras estaban vacías por la manera fácil en que tiraba del carro por la calle adoquinada. La mujer tenía una expresión sombría, pero cuando pasó, le ofreció a Murielle una sonrisa pálida. A Murielle se le ocurrió de repente que solo había visto a cuatro personas desde que entró en la ciudad. Darloque era una ciudad grande e incluso dentro de las puertas del sur, las calles deberían estar llenas de actividad. Miró hacia atrás por la calle. La anciana había desaparecido y Murielle volvía a estar sola.

Darloque no era simplemente una ciudad vieja, era una ciudad antigua. La ciudad se mencionaba en algunos de los registros más antiguos que se conocen. E incluso en ellos a la ciudad se le llama antigua. Ni siquiera los eruditos más expertos sabían lo antiguo que era. "Esta ciudad siempre ha estado", dijeron con firmeza. Por lo tanto, la llamamos La Ciudad Eterna. La gente dijo: "Siempre ha estado y siempre estará". Murielle no estaba segura de esa evaluación. Había visto muchos cambios en su vida y la destrucción de muchas cosas que la gente había considerado inmutables. Las cosas cambiaban, la gente moría, las ciudades caían.

La gran ciudad amurallada de Darloque poseía cuatro puertas, una en cada punto de la brújula. Dado que las puertas del sur eran alimentadas por el Camino Recto, no era propicia para el tráfico pesado, el extremo sur de la ciudad no era un centro de actividad comercial. Viviendas pequeñas se alineaban en las calles intercaladas con negocios pequeños que proporcionaban lo necesario para las personas que vivían aquí. No era un barrio rico, pero ciertamente no era pobre. Uno podría sentirse razonablemente seguro caminando por estas calles. Murielle no había estado en esta parte de la ciudad en mucho tiempo, pero parecía que había más tabernas de las que recordaba y los edificios parecían un poco más sucios. Tal vez debería corregir "razonablemente seguro" por "cuestionable-mente seguro".

Justo entonces, pasó frente a una taberna de su lado de la calle. Desde la puerta abierta llegaban sonidos de alegría. Murielle frunció el ceño. Era demasiado temprano para que las personas decentes estuvieran ocupadas en una taberna. La voz de un hombre se elevó por encima del resto cuando rompió en una canción popular sobre regresar a casa después de un largo viaje. La había escuchado antes de los viajeros que se detenían en su granja de vez en cuando. Era una canción alegre, y por lo general la hacía sonreír cuando los invitados se la cantaban, pero ahora le dio un escalofrío. Más adelante en la calle escuchó voces jóvenes gritando. Dos chicos salieron de una calle lateral discutiendo. "¡Vete a casa ahora!" uno le gritó enojado al otro. Aún más adelante se encontró con un joven parado a la puerta de una vivienda, con un gran saco a sus pies. Una mujer joven abrió la puerta. Con un chillido, saltó a sus brazos. "¡Estoy tan feliz de que estés en casa!" lloró.

Si Gilles estuviera aquí, pensó, *pensaría que estos eventos eran señales.* "Señales de los dioses", dijo en voz alta, mirando a su alrededor para asegurarse de que nadie la había escuchado. *Coincidencia*, pensó Murielle. Su padre le había enseñado a ver el mundo como realmente era: racional y ordenado. Evitó la adoración supersticiosa de los dioses y, en cambio, siguió las doctrinas de la ciencia y la razón. Aunque era un caballero al servicio del Viejo Rey, era de una raza rara. Era un caballero educado. Leía a los maestros clásicos, Dulco, Sergius y Marcellus, así como a los pensadores modernos Lucien de Frévent, Geffroi de La Chapelle-d'Angillon, y Theodose de Boiscommun.

"Tonterías", dijo en voz alta, pensando en la propensión de Gilles de leer señales en la actividad cotidiana. Murielle se golpeó el muslo con el puño. Debía dejar de hablar para sí misma en voz alta. Si alguien pensaba que estaba loca, o simplemente peculiar, nunca entraría a ver al Viejo Rey.

En la casa de la infancia de Murielle, su padre conservaba las imágenes habituales del dios de la guerra. Después de todo, era un soldado. Había un altar junto a la puerta, utilizado más por los invitados que por el hombre de la casa. Un relieve de bronce de Bellicor colgaba de la pared del gran salón, y algunas otras piezas se colocaban en lugares visibles alrededor de la mansión. Afectaciones de un soldado piadoso al servicio del Viejo Rey.

Sin embargo, no eran gestos completamente vacíos. Richard conocía el poder de la imagen del dios de la guerra. Motivaba a los hombres, les daba enfoque en la guerra. Dulco lo dijo en sus escritos. Theodose de Boiscommun elaboró más sobre el tema en su famoso tratado "Sobre Dioses y Hombres". Boiscommun escribió que no eran los propios dioses los que le daban a un hombre valor, fuerza, o sabiduría, sino la creencia en los dioses lo que le daba el enfoque para encontrar esas cualidades dentro de sí mismo. Todas las buenas cualidades viven naturalmente en cada hombre, razonaba Boiscommun, escondidas bajo capas de irrealidad construida por la sociedad a través de la represión religiosa de la razón del hombre. Irónicamente, en una coyuntura crítica en la vida de un hombre, centrarse en un dios en particular le hace romper temporalmente a través de las capas de la irrealidad y encontrar la razón oculta en su interior. Boiscommun declaró además que, si se liberaba completamente de la opresión de la religión y sus ceremonias triviales, un hombre podría de una vez por todas deshacerse de toda la irrealidad y vivir una vida de razón, ya que ese es su estado natural. Si todos los hombres se liberaran de las cadenas de la opresión religiosa y abrazaran su verdadera naturaleza de razón, la sociedad se convertiría en el estado pacífico y ordenado que estaba destinada a ser.

Muchos pensaron que el concepto de Boiscommun de la "coyuntura crítica de la religión" provenía directamente de los escritos de Peter l'Agnostique. Peter, una figura controversial, vaciló a lo largo de su vida entre una creencia reacia en los dioses y una fe en la razón impía pura. Boiscommun, por su parte, llamó a Peter "una reliquia anticuada de religión débil" y "un cobarde con atuendo de filósofo". Pero incluso él pudo aceptar que el logro supremo de la razón de Peter era su declaración a menudo citada, *"Si les dieux n'existaient pas, il faudrait les inventer"*. "Si los dioses no existieran, sería necesario inventarlos" era una frase que guiaba el trato de Richard con los hombres, fuera o no consciente de ello.

Richard de Conquil predicaba tales ideas a su hija desde una edad temprana. No rezaban en su casa, ni en los templos.

Sin embargo, el asunto de la guerra llevó a Richard bastante a menudo al Templo de Bellicor. Murielle lo acompañó muchas veces. No encontraba el asunto de la guerra aburrido en absoluto. *Au contraire*, encontraba todo el asunto de estrategias, armas y tácticas bastante fascinante.

Un día, sin embargo, mientras se iban, vio a un caballero del grupo hacer una pausa. Se arrodilló ante el altar de mármol y comenzó a rezar. La gran estatua de mármol del dios de la guerra se alzaba detrás del altar proyectando una sombra densa sobre el caballero penitente. En la garra extendida de Bellicor, se extendía una espada sobre ellos. La mirada del dios era severa; la mirada de un guerrero a punto de entrar en batalla. Todo en él sugería fuerza: el peso de sus orejas, el corte de su línea de la mandíbula, sus patas traseras poderosas repletas de musculatura.

La estatua cautivó a Murielle. Era como si la viera por primera vez. Pero el caballero arrodillado ante la estatua la fascinaba aún más. Arrodillado, los ojos cerrados, las yemas de los dedos presionadas firmemente y en reverencia contra su frente, mientras hablaba en tono bajo, su voz apenas audible. Parecía verdaderamente arrepentido, pidiendo el favor del dios, o suplicando su perdón. No podía determinar cuál. Nunca había visto a su padre en tal posición, ni en su casa ni en el templo. Nunca había visto a su padre ni siquiera reconocer al dios. El caballero parecía en paz mientras se arrodillaba rezando. Algo en él sugería satisfacción y plenitud. Un sentimiento de necesidad se apoderó de ella. Murielle quería lo que el caballero tenía.

Comenzó a rezar en el altar superficial de su casa, cuando estaba segura de que nadie estaba mirando. Insegura de cómo orar al dios de la guerra, comenzó con simples alabanzas de su destreza en la guerra. Pronto le resultó difícil mantenerse al día. Arrodillarse sobre el suelo de piedra le lastimaba las rodillas.

Mantener las yemas de los dedos presionadas en la frente durante un período largo de tiempo era difícil de mantener. La peor parte era que su mente comenzaba a vagar después de solo unos momentos de oración. No tenía idea de cuánto tiempo se requería para rezarle a un dios, y agotó su provisión de alabanzas en poco tiempo. Segura de que uno necesitaba orar por un tiempo largo para apaciguar al dios, trató de idear alabanzas largas solo para desviarse del tema y comenzar a pensar en el clima, lo que llevaban las damas de la corte, la última historia de aventura circulando, y así sucesivamente.

Parecía que nunca lograría lo que el caballero en el templo había encontrado. Murielle se obsesionó con una idea después de que su padre y ella visitaron el Templo de Bellicor en otra ocasión. Mientras conversaba con sus compañeros caballeros, ella se quedó mirando la estatua de mármol muda detrás del altar. *Quiero conocerte*, pensó de repente. *Si puedo conocerte, la oración será más fácil, porque creeré*. Y así, rezó. Encontró fácil centrarse en esta simple oración, esta simple petición. El tiempo pasaba volando mientras se arrodillaba en el altar de la casa pidiendo conocer al dios de la guerra. Perdía la noción del tiempo y estuvo a punto de ser atrapada por su padre en varias ocasiones. Pero no le importaba si debía atraparla. Con su oración simple, Murielle comenzó a sentir algo de la paz que había visto en el caballero penitente.

"Quiero conocerte", dijo Murielle en voz alta. Afuera de las puertas del castillo, se encontró de pie ante una estatua colosal de Bellicor. Esta estatua era diferente a la del interior del templo. Se decía que esta, completamente de bronce, era tan antigua como la ciudad misma. Una vez, decían, la estatua de bronce relucía tan brillante como el sol, tan brillante como Lord Aufeese, pero ahora era de color opaco y oscuro, corrosión verde la manchaba aquí y allá a lo largo de las uniones. Se elevaba por encima de ella sobre un pedestal de piedra, bloqueando el sol. Bellicor, el Dios de la Guerra, vestido con una armadura de placas de estilo antiguo, montaba sobre un caballo de guerra enorme. Tenía la cabeza descubierta, sus orejas estaban alertas sobre su cabeza. Sostenía en alto una lanza larga en su pata derecha: una lanza de guerra, no una lanza de justas con una corona romo como se utiliza en los torneos, sino una lanza con una punta salvaje utilizada para los asuntos graves. En su izquierda, el dios sostenía cerca de su cuerpo un escudo redondo enorme del mismo estilo antiguo que la armadura.

Pero la expresión de Bellicor difería mucho de la de la estatua en el templo. Mientras que la expresión de la estatua de mármol irradiaba una ferocidad y una cualidad temible, la de bronce mostraba una nobleza tranquila. Mientras que la estatua de mármol expresaba "ay de los enemigos", la de bronce hablaba de "honor en la batalla". Aquí, elevándose por encima de Murielle, estaba el verdadero rostro de la caballería. Todos los códigos que su padre le había enseñado sobre la conducta digna de un caballero residían aquí en esta estatua.

Murielle cerró los ojos. Podía ver a su padre en las listas de justas detrás de su finca, montando su propio corcel. Sostenía una lanza romo, la culata plantada en el suelo a los pies del caballo mientras le explicaba las Leyes de la Caballería. "Un caballero debe luchar solo por una causa honorable. Nunca debe luchar egoístamente o por venganza. Debe defender a los indefensos, proteger a las viudas y a los huérfanos". Le dio a Murielle una sonrisa irónica y añadió: "También debe proteger el honor de las damas".

Murielle sonrío ante el recuerdo. La sonrisa se desvaneció de sus labios cuando volvió en sí en la base de la estatua. Un caballero vil había atacado a los indefensos y amenazado el honor de una dama. Caballeros de la calaña del Príncipe vagaban por la tierra atacando y saqueando a los débiles.

Mataban a hombres inocentes y violaban a mujeres indefensas, quitándoles lo que quisieran a quien pudieran arrebatárselo más fácil. La caballerosidad y el honor estaban muertos. Y el dios de la guerra había realizado un trabajo pobre de defender a los indefensos del ataque de la inmoralidad. Era tan ineficaz como el dios de la cosecha a quien Gilles rezaba tan ferviente-mente. Murielle sacudió la cabeza con enojo y se dirigió a las puertas del castillo.

Mientras Murielle había atravesado las calles desde el extremo sur de la ciudad, había notado un aumento gradual en la cantidad de tráfico peatonal. Ahora, mientras entraba por las puertas del castillo, muchas personas entraban con ella. Las puertas gruesas e imponentes, como las puertas de la ciudad, tenían cada una el blasón de Lord Portiscule, pidiendo al dios la protección del castillo. Los guardias se colocaban a ambos lados de las puertas, en el suelo y también sobre el parapeto alto de los muros de piedra sólida. Estos hombres parecían más duros y de comportamiento más serio que los guardias que había cono-cido en las puertas sur. No detenían a nadie, pero vigilaban a todos con sospecha. Mucha gente tenía asuntos en el castillo, pero detener a todos los que entraban al patio sería una pérdida de tiempo. En cambio, se colocaban aquí guardias con ojos agudos y experimentados para verificar cualquier comporta-miento sospechoso. Murielle mantuvo la mirada al frente, cami-nando con determinación. No habría ninguna ligereza aquí con estos guardias. Si les daba a estos hombres alguna razón para dudar de su inocuidad, su misión terminaría aquí.

Al otro lado de las puertas, el patio del castillo estaba lleno de vida. A pesar del calor abrasador, una gama de figuras vestidas con todas sus galas rodeaban el patio, conversando y socializando, todas dedicadas a los asuntos serios cortesanos. Murielle sintió de inmediato una punzada de timidez apuña-lándola. Había estado en las tareas normales de la granja cuando se le impuso este grave asunto. No había tenido tiempo de cambiarse, no había tenido tiempo de *pensar* en cambiarse su atuendo sencillo de campo para adaptarse a la etiqueta elegante de la corte del rey. Se preocupó por esto un momento y luego recordó algo que su padre le había dicho.

"Hay quienes", había dicho Richard de Conquil, "asistiendo a la corte están vestidos con la ropa más fina y rica que el dinero puede comprar. Estos son los menos importantes en la corte. Desean impresionar a otros y pretender que son importantes. Algunas de las personas de apariencia menos impresionante tienen verdadera importancia. Tienen verdadero poder. Es su nombre y sus conexiones lo que importa aquí. Sin eso, no eres nada".

Murielle asintió para sí. Por eso había luchado tanto con Gilles para venir aquí ella misma. Tenía un nombre y tenía conexiones. Con estos, conseguiría la admisión a lugares que estos peticionarios elegantes solo podían soñar con alcanzar.

Había guardias por todas partes. Esto le parecía extraño. Cuando era más joven y asistía a la corte, había muchos menos guardias de los que estaban presentes ahora, incluso durante el apogeo de la guerra con Ocosse. Las puertas principales del castillo estaban abiertas y algunas personas estaban dentro, conversando tranquilamente a la sombra fresca. El castillo se alzaba muy por encima de ella. Si tuviera tiempo, Murielle podría recorrer el perímetro del castillo y ver pasar los siglos en este edificio. La leyenda contaba que el propio Lord Daedemus construyó el castillo original hace mucho tiempo con sus propias patas como regalo para los humanos. En el lado oeste se podían ver partes de esa estructura original: piedras talladas en bruto desconocidas para cualquier cantera del reino.

La entrada en la que se encontraba Murielle era parte de la adición más reciente al castillo. Aquí era donde el Viejo Rey y su hijo mantenían sus residencias y celebraban la corte.

Murielle atravesó la puerta amplia y entró en el pasillo, y comenzó a temblar por el repentino descenso de temperatura. Los juncos se alineaban en el suelo y las brasas rojas enfurecidas brillaban en braseros espaciados a intervalos regulares que no rompían el frío en lo más mínimo. Era una maravilla cómo en un día tan abrasador incluso un solo brasero sería necesario. La estructura de piedra enorme del castillo parecía extraer todo el calor del aire.

Los ojos de Murielle se adaptaron lentamente a la penumbra. Distinguió la forma de los candelabros que cubrían las paredes, sus fuegos ardiendo perezosamente, humo negro flotando en una rotación lenta hacia el techo distante. Pronto aparecieron figuras en la habitación oscura: peticionarios al Viejo Rey. Aquí la ropa no era tan fina como en el patio. Mientras que la gente de afuera había venido para impresionar a los demás, la gente de aquí había venido a hacer una solicitud al Viejo Rey con la esperanza de que pudiera conceder una humilde petición.

Las puertas a ambos lados del pasillo conducían a otras habitaciones del castillo. Ocasionalmente, una persona o personas salían por una de estas puertas. Sin embargo, la puerta al final del pasillo era por la que había venido. Haciendo acopio de valor, Murielle se dirigió a propósito hacia la puerta al final del pasillo. Instantáneamente la gente empezó a notarlo. Se susurraban unos a otros. No necesitaba escuchar para saber lo que decían. Por su semblante mugriento, su ropa sucia y sudorosa, y la firme expresión de su mandíbula mientras caminaba intensamente hacia la puerta, la extraña mujer convocaba todo tipo de discusiones entre los solicitantes que esperaban por quién podría ser.

La puerta se abrió justo antes de que Murielle la alcanzara. No había hecho ningún intento de tocar ya que esto era lo que esperaba. Sin embargo, estaba sorprendida por el hombre que abrió la puerta. No era un *secretaire* ni un lacayo, sino un guardia fornido, y no era un guardia de palacio en absoluto.

El guardia estaba bloqueando la entrada con su cuerpo, su mirada silenciosa más poderosa que cualquier palabra brusca con la que pudiera haberla reprendido. No ofreció saludo, ni rechazo, ni palabras en absoluto. Su pelo rapado coronaba un rostro tosco que poseía una única cicatriz larga que corría irregularmente desde su sien, abajo de su mejilla y desaparecía en una barba retorcida. Con un guardia ordinario Murielle podía lidiar, pero este matón y la mirada pétrea que le ofrecían sus fríos ojos de hierro eran casi demasiado para soportar.

Murielle fijo su determinación con firmeza, levantó la barbilla que se había hundido un poco, e hizo su petición, que llegó con una voz que vaciló solo ligeramente, pero aún más de lo que le habría gustado.

"Estoy aquí para ver al V—" fue todo lo que salió antes de que el guardia finalmente hablara con una voz profunda, pesada con un acento bajo campestre.

"Nadie ve al Viejo Rey".

Murielle respondió con altivez con su respuesta bien ensayada al rechazo inicial esperado. "¡Soy Murielle, hija de Richard de Conquil, y exijo ver al Viejo Rey!"

El guardia se inclinó hacia adelante. Murielle luchó contra las náuseas violentas por el mal aliento que apestaba a cerveza y pudrición mientras hablaba con los dientes ennegrecidos.

"Nunca he oído hablar de él", dijo lenta y deliberadamente.

Murielle jadeó audiblemente y luego se atragantó con el hedor del olor corporal que desprendía el guardia, que afortunadamente se cortó cuando le cerró la puerta en la cara. Esos ojos fríos y duros no ofrecían ni rastro de reconocimiento del nombre que ella le había dado. ¿Qué guardia del castillo, o soldado del ejército, no conocía el nombre de Richard de Conquil? Ciertamente no era un guardia del castillo ni ningún soldado del Viejo Rey. Era de la talla de los hombres rudos, los matones, que habían acompañado al Príncipe en su visita fatídica a su casa.

La cabeza de Murielle dio vueltas en un torbellino de pensamientos maníacos. La única razón por la que había luchado tanto con Gilles para embarcarse en este viaje, en este plan desesperado, era por su nombre, que acababa de fallarle. Tenía que pensar, recuperar la razón y la mente. ¡*Mais réfléchis donc un peu!*

Era consciente de los susurros detrás de ella. Murielle giró la cabeza un poco para ver de reojo a los otros solicitantes hablando entre ellos. Podía oír lo que decían, sus oídos, entrenados por la vida en el campo, siendo más sensibles a los sonidos silenciosos de los grillos en la noche, el crujido del viento entre las hileras de maíz, el peso de pies depredadores sobre la hierba seca. Incluso si no pudiera escuchar sus palabras, sabría lo que estaban diciendo, sin embargo.

Murielle había descartado el nombre de Richard de Conquil. Estos otros solicitantes tenían una edad en la que habrían conocido a su padre o eran conscientes de su renombre. Estaban diciendo que si la hija de ese gran soldado, un pilar del ejército del Viejo Rey no podía entrar a ver al Viejo Rey, entonces sus peticiones tampoco serían escuchadas.

El torbellino en su cabeza se convirtió en una tormenta violenta, soplando sobre los pensamientos racionales y golpeándolos hasta hacerlos arder. Tenía que irse, ir a algún lugar para reensamblar sus pensamientos. Murielle caminó con determinación, con la cabeza en alto, hacia la entrada. La tormenta que azotaba en su cabeza quebró su razón contra sus esfuerzos inútiles de mantenerla unida, de modo que cuando alcanzó la entrada del pasillo, estaba corriendo, la cabeza colgando de desesperación.

Murielle irrumpió en la luz del sol brillante y el calor abrasador. Inmediatamente un sudor fresco estalló por todo su cuerpo. Su mente era una ruina, su razón un mero caparazón. Este no era el plan. El nombre de su padre había abierto tantas puertas en la ciudad hace tanto tiempo, y encontrar una puerta que no podía abrirse con esa llave en particular era simplemente insondable.

La respiración de Murielle se volvió rápida. La pared de aire caliente la golpeó, y toda la fuerza del sol cargó su peso sobre ella mientras se tambaleaba a ciegas hacia el patio. El calor no hizo nada para aliviar su pánico creciente. Le resultaba aún más difícil recuperar la razón perdida. Entonces, una voz resonó desde algún lugar detrás de ella.

"¡Bueno, bueno! ¡Por los oídos de los dioses, han pasado siglos desde que vi la forma de Guillaume de Marschal dentro de estos benditos muros!"

A pesar del calor, un escalofrío recorrió la columna vertebral de Murielle provocando que se le pusiera la piel de gallina y sus ojos se agrandaron bajo la luz del sol brillante. El pánico fresco se apoderó de ella. Habían pasado siglos desde que había escuchado ese nombre olvidado.

CAPÍTULO DIEZ

EMMELINE QUERÍA PONER la mayor distancia posible entre el Niño Dorado y ella. Caminó pisando fuerte a través del campo de trigo retumbando sobre dioses engreídos y sus formas volubles. El trigo pronto dio paso a los pastos y su estado de ánimo se calmó. Si hubiera echado una mirada atrás, habría visto el trigo dorado resplandeciente evaporarse hacia la nada.

Emmeline aceleró el paso en la festuca baja de los pastos mientras su mente regresaba a las circunstancias terribles que la habían llevado a embarcarse en este viaje fatídico. Caminaba, perdida en sus pensamientos, sin siquiera darse cuenta cuando los pastos abrieron camino a colinas bajas salpicadas de pinos jóvenes esporádicos y robles y nogales ocasionales. A medida que las colinas se elevaban, Emmeline podría haber reflexionado —si no estuviera tan ocupada con otros pensamientos— por qué estaba escalando una montaña en medio de las llanuras orientales. Fue mientras subía por los bosques más espesos de pinos más altos y nogales más viejos que un recuerdo le vino espontáneamente:

La última vez que el padre de Emmeline la había llevado al mercado había sido dos cosechas atrás. Su padre nunca le había dado una explicación adecuada de por qué no la había llevado con él desde entonces. Pero era algo completamente diferente. En el último mercado al que había asistido, se encontraron deambulando por los puestos de las calles de Darloque, todos los frutos de su trabajo vendidos después de un enérgico segundo día de comercio. Emmeline recordó a un hombre —que parecía vagamente familiar— comprando gran parte de lo que tenían para vender. Al igual que en los días de mercado anteriores, se quedaron en la ciudad durante el resto del festival y examinaron detenidamente a los vendedores, en busca de pequeños lujos en los que gastar sus monedas sobrantes.

Su padre se detuvo ante un vendedor de herramientas de carpintería y artesanías de madera. Una variedad de cinceles yacían sobre una mesa en filas ordenadas. Cogió un cincel pequeño festoneado que se utilizaba para trabajos de detalles finos y preguntó sobre él. Mientras el vendedor y él conversaban sobre carpintería, Emmeline miró alrededor en busca de algo más interesante. Al otro lado de la calle, un vendedor de armaduras había instalado dos carpas enormes para mostrar su mercancía. Dos hombres y una mujer joven estaban en una de las tiendas hablando con un grupo de jóvenes nobles sobre la armadura ornamentada de torneo en venta. Cada pieza de armadura en el puesto brillaba con el brillo del acero altamente pulido. Cinturones de cuero colgaban en filas uniformes en la parte trasera de la tienda. Incluso al otro lado de la calle, el aire estaba impregnado de olor a cuero y aceite. Emmeline miró hacia la calle adoquinada a la multitud de peatones ocupados inspeccionando las mercancías de los diversos vendedores que había allí. De vuelta en la tienda de carpintería, su padre y el tallador de madera habían pasado de una conversación placentera a negociaciones profundas. Una variedad de otras figuras se arremolinaban alrededor de la cabina.

Uno en particular llamó la atención de Emmeline. Era un tipo grande, vestido con una capa marrón, con capucha. Aunque ya había pasado la cosecha, todavía estaba lo suficientemente caliente como para hacer tal ropa poco práctica, si no totalmente incómoda. Caminaba lentamente alrededor de la cabina sosteniendo una lanza larga en una mano enguantada y recogiendo herramientas al azar con la otra. Examinaba cada herramienta de cerca, luego pasaba a otra. Antes de que se diera cuenta, el desconocido encapuchado estaba de pie junto a ella en una mesa llena de estatuillas pequeñas de madera.

"¿¡Vaya!? gritó, con una voz profunda pero ruidosa mientras tomaba una pequeña figura de madera. "¿No es esta una talla tan fina como la que mis ojos han visto en este mercado en muchas temporadas?"

El tipo se volvió hacia Emmeline, aunque ella todavía no podía distinguir un rostro bajo la capa.

"¿Qué piensas mi muchacha? ¿No es esta una pieza magnífica?" Dejó escapar una carcajada alegre.

Emmeline quería decirle que no tenía interés real en el tallado de madera. Pensó que encontraría una mejor conversación hablando con su padre.

Pero antes de que pudiera decir algo, el desconocido se inclinó al nivel de su oído. Emmeline notó su olor de inmediato. No era desagradable, mejor dicho, era bastante agradable. Familiar y reconfortante, como algo de hogar, no podía ubicarlo. Y fue totalmente inesperado por la apariencia de este desconocido encapuchado.

"Mi muchacha", susurró con voz suave y calmada, "soñar por encima de tu posición es una diversión agradable, pero llegar más allá no está exento de peligros".

De cerca, Emmeline vio que llevaba la capa tosca de un leñador. Su rostro permaneció oculto bajo la capucha, pero pensó que podía distinguir unos ojos marrones, profundos y amables. De inmediato pareció prudente, más bien *nécessaire*, que permaneciera en el puesto del tallador de madera. Miró fijamente al leñador, tratando de leer el rostro que no podía ver. Entonces, tan repentinamente como se apoderó de ella, el sentimiento pasó.

Emmeline se giró de repente y sin decir una palabra, caminó rápidamente por la calle, queriendo poner la mayor distancia posible entre el leñador y ella. Pasó junto a algunos puestos de poco interés para ella y algunos más que estaban tan llenos de gente que ni siquiera pudo determinar si la mercancía le interesaba. Solo una vez miró hacia atrás por encima del hombro, pero la tienda del tallador de madera y el leñador desconocido habían desaparecido detrás de la multitud.

En una esquina en la que los puestos se encontraban principalmente a la sombra fresca de los edificios circundantes, Emmeline notó una concentración mayor de nobles ocupados en curiosear y comprar. Aunque algunas personas de la clase baja se paseaban, era en gran medida la gente hermosa con sus mejores galas la que paseaba aquí. Y los puestos reflejaban los gustos de su clientela noble.

Emmeline estaba asimilando todos los artículos en venta: joyas de oro y plata, cristal fino y piedras preciosas. Luego vio algo en un puesto a poca distancia de la calle lateral. La ropa llenaba la tienda —la ropa más fina que había visto en su vida. Fue inmediatamente a una camisola de tal material fino que parecía aire. Contempló con anhelo una *pelice* exquisita con un broche de plata brillante. Luego se sintió atraída por un *bliaut* de una mujer hermosa con un *orfois* tan elaborado que no pudo evitar pasar las manos por la superficie bordada. Emmeline se detuvo ante una capa excepcionalmente fina hecha de *esscarlet* en azul verde profundo. La abrió para revelar un forro de piel de armiño más suave. Acarició la piel suave. Nunca había sentido algo así ni siquiera en un animal vivo.

Un ruido trajo a Emmeline de nuevo en sí. En las sombras profundas de la cabina, un anciano estaba sentado en un taburete pequeño. Instintivamente, Emmeline retiró las manos de la capa y miró hacia otro lado. El hombre hizo un chasquido y Emmeline volvió a mirarlo, pero con cautela. Permaneció sentado en el taburete, pero su rostro se abrió en una sonrisa amplia y amistosa. Sus ojos brillaron en la oscuridad. No pudo evitar devolverle la sonrisa. No dijo una palabra, pero asintió una vez con la cabeza y señaló la capa. Emmeline miró a su alrededor, segura de que no había sido su intención que tocara la prenda fina. Repitió su gesto hacia la capa. Le devolvió la sonrisa una vez más y, tentativamente, comenzó a acariciar la piel más suave que jamás había sentido. *¿No me vería bien en esto?* se preguntó. Volvió a mirar al hombre de ojos brillantes que seguía sonriendo.

Emmeline volvió a la camisola. La tela era como una gasa delgadísima. Y luego al *bliaut*. El bordado era el más detallado que jamás había visto. Patrones complejos de remolinos orgánicos rodeaban el cuello y las mangas. Mientras trazaba los patrones con los dedos suavemente, se dio cuenta de que el bordado era de hilo de oro. El detalle ornamentado la capturó tan a fondo que se perdió en él. *¡Creo que me vería mejor en este!* Se imaginó entrando en la corte del Viejo Rey con este *bliaut*, todos los ojos puestos en ella, la chica más hermosa allí. Las otras chicas estarían tan celosas porque no se verían ni la mitad de hermosas que ella—

"*¡Allez! ¡Allez!*" gritó una voz de algún lugar. La cabeza de Emmeline se sacudió bruscamente mientras miraba a su alrededor para encontrar el origen del disturbio. Sus ojos se posaron sobre el anciano de ojos brillantes que ahora miraba hacia abajo a sus manos que yacían flácidas en su regazo, la sonrisa desapareció de su rostro. "*¡Allez!*" la voz gritó de nuevo y luego una barra de fresno delgada golpeó con fuerza sus nudillos donde tocó el *bliaut*. Manos arrugadas y manchadas empujaron bruscamente a Emmeline mientras se llevaba sus propias manos punzantes hacia su cuerpo.

"*¡Allez!*" Un rostro apareció cerca del de Emmeline. Una nariz aguileña, más parecida a un pico, casi tocó la suya. Las líneas ásperas se grababan en una piel cetrina y flácida alrededor de los ojos color avellana agudo y los labios delgados fruncidos en un fruncido permanente. El cabello blanco resplandeciente, quizás el único rasgo agradable de la vieja bruja enmarcaba su rostro demacrado, luego caía en cascada sobre sus hombros delgados, llegando a un prolijo final más allá de su cintura.

"¡Eres tan sorda como tonta, inmundicia!"

Emmeline miró horrorizada a la mujer que le gritaba. No podía hablar. Todo lo que podía hacer era frotar sus manos donde la anciana las había golpeado.

"¡Dije que te vayas!" gritó de nuevo la mujer. "¡Cómo te atreves a poner tus manos campesinas sucias en estas prendas de vestir finas! ¡Vete!"

Emmeline se volvió hacia el hombre de ojos brillantes. Él evadió su mirada, el disgusto con su esposa y él mismo era evidente. Al no encontrar protección allí, se volvió hacia la anciana que le devolvió la mirada con una malevolencia inconcebible.

La anciana se volvió hacia el hombre en la cabina, golpeándolo salvajemente con la vara de fresno. "¿Y tú cómo pudiste dejar que esta porquería campesina tocara nuestras cosas finas?" No respondió a la mujer y siguió mirando fijamente a sus pies.

La anciana se tambaleó de nuevo hacia Emmeline. "Debes

de ser una simplona además de una campesina". Sacudió la cabeza con disgusto, su cabello blanco elegante fluía a su alrededor mientras se movía. "Es asombroso para mí encontrar a alguien incluso más simple que él", agregó, golpeando la vara de nuevo contra el hombre.

Emmeline siguió mirando a la anciana mientras se frotaba los nudillos doloridos. Podía sentir las ronchas elevándose en ellos. Nunca en su vida había sido tan abusada. El escozor de los nudillos era doloroso, pero no tan doloroso como la lengua mordaz de la mujer. Las palabras la hirieron hasta la médula. No era una inmundicia. No era una campesina, su familia vivía bastante bien, o eso creía. Quería decirle a la mujer estas cosas. Lentamente, como si despertara de un sueño profundo, volvió en sí cuando el impacto inicial desapareció. Quería decirle a la anciana que la ropa que hacía era increíblemente hermosa. Sabía que debía estar más allá de sus posibilidades, pero quería decirle a la mujer cuánto deseaba poder comprarla. Quería decirle a la mujer que esta ropa haría muy feliz a alguna chica.

Emmeline abrió la boca para decir estas cosas cuando una furia renovada recorrió el rostro de la anciana. "¡Simplona!" gritó, un rubor rojo brillante llenando su rostro pálido hasta la línea del cabello blanco. "¡Cómo te atreves a poner esas manos campesinas sucias en mis cosas hermosas!" ¡Vete ahora!"

Emmeline volvió a abrir la boca queriendo explicarse, pero antes de que pudiera pronunciar un sonido, las manos de la anciana avanzaron con una velocidad increíblemente juvenil que desafiaba su edad aparente y empujó a Emmeline hacia atrás con fuerza violenta. Emmeline se desplomó sobre los adoquines en medio de la calle. Una multitud pequeña había comenzado a reunirse cuando la anciana comenzó a gritarle a Emmeline. La multitud estaba compuesta en su mayoría por nobles, aunque algunas personas comunes miraban dócilmente desde la periferia. Algunos de los nobles empezaron a hablar entre ellos lo suficientemente alto como para que Emmeline los escuchara.

"Se lo merece", dijo uno.

"Qué descaro", dijo una mujer con tono alto. "Esa campesina simple pensando que podía tocar esa ropa".

"Obviamente no está bien de la cabeza", se rio un noble gordo con otro.

"El alguacil debería encerrarla", dijo nasalmente un hombre de perilla puntiaguda.

Las lágrimas brotaron de los ojos de Emmeline. Ya no era consciente del dolor en los nudillos ni del nuevo dolor en el codo y cadera en donde había aterrizado sobre los adoquines ásperos. Miró al hombre de los ojos brillantes por última vez. Todavía miraba fijamente a sus pies. Su cabeza iba y venía lentamente mientras se frotaba la nuca y dejaba escapar un suspiro de dolor. La anciana la miró fijamente desde su posición frente al puesto. Se quedó allí de pie, altiva, protectora, con las manos delgadas apretadas en puños firmemente puestos en sus caderas estrechas, y lista para atacar de nuevo si la campesina presuntuosa intentaba profanar su ropa fina una vez más. Emmeline miró a la multitud reunida a su alrededor, una multitud que había crecido considerablemente en el corto tiempo que había tenido lugar este intercambio. Inquietantemente silenciosa ahora, no encontraría ayuda allí. Algunos de los campesinos comunes de la periferia miraban fijamente y se movían incómodamente de pie, sin atreverse a acudir en su ayuda entre estos nobles. "Simplona", gritó una voz de hombre desde algún lugar de la multitud, rompiendo el silencio.

Algo se rompió dentro de ella. El labio de Emmeline comenzó a temblar y ríos de lágrimas comenzaron a fluir libremente por su rostro. Gateó para ponerse de pie, golpeando con fuerza su rodilla contra los adoquines mientras lo hacía. El dolor no importaba, no lo sentiría por algún tiempo. Se puso de pie, se abrió paso entre los espectadores indiferentes, y corrió. El destino no importaba. Corrió. Corrió por las calles de Darloque, las lágrimas fluían libremente, moviendo la boca de manera ineficaz, con ganas de gritar, pero incapaz de emitir ningún sonido. Corrió. Pudo haber sido una eternidad, o pudo haber sido solo unos minutos. No lo sabía y no le importaba. El tiempo era intrascendente. Al igual que la dirección. Giró un par de veces sin saber qué estaba haciendo ni a dónde iba, impulsada por el dolor y la necesidad primordial de escapar de él. Todo lo que sabía era el dolor, el dolor indeleble por la lengua abusiva de la anciana, los insultos de la multitud, las miradas pasivas de los plebeyos. Corrió. Corrió, tratando de escapar del dolor, pero no podía.

Después de un tiempo, que pareció una eternidad, medido en la quemadura ácida del odio desenfrenado de la anciana, Emmeline se detuvo y se tambaleó. No tenía más para dar. Su energía se agotó. Subió cojeando varios escalones de piedra hasta la entrada de un edificio grande. Instintivamente, como un animal herido busca refugio en un agujero oscuro, buscó refugio en un rincón sombreado de la entrada. Aquí podía esconderse de las miradas indiscretas. Cayó sobre la piedra fría en la oscuridad. No podía ver la calle desde su escondite y, por lo tanto, la calle no podía verla. Se sentó, sollozando, mirándose los pies, pero sin verlos. Pronto se encontró deslizándose por el muro hasta el suelo de piedra de la entrada, luego se acurrucó en un bola sobre un costado. Permaneció así durante algún tiempo sollozando y secándose los ojos con las mangas. El temblor comenzó primero, luego su labio comenzó a temblar de nuevo. Un gemido bajo comenzó en lo profundo de su ser, creciendo lentamente. Justo cuando las campanas comenzaron a sonar para las vísperas, soltó todo dentro de ella con un aullido profundo y fuerte.

Dos monjas, vestidas con los hábitos grises de su vocación,

encontraron a Emmeline en este estado fuera de la entrada este del templo. Suavemente, las dos ayudaron a Emmeline a ponerse de pie y llevaron a la niña sollozante al templo. Atravesaron la nave enorme, atravesaron el transepto, y salieron por la entrada norte que conducía al convento contiguo al templo. Una vez dentro, las monjas colocaron a Emmeline en un jergón vació. La monja mayor trajo un paño empapado con agua fría del pozo y comenzó a limpiar la frente y las mejillas de la niña en un esfuerzo por calmarla. Los sollozos de la niña disminuyeron y finalmente se detuvieron por completo.

La monja mayor se giró hacia la otra. "Seguramente alguien está buscando a esta niña. Ve ahora, encuentra a su familia y tráela aquí. Da la vuelta a toda la ciudad si es necesario, pero no vuelvas sin quien la reclame".

La otra monja, una novicia joven, hizo lo que le ordenaron, salió corriendo de la habitación con urgencia clara.

"Ahora, mi niña", comenzó la monja mayor, su voz suave, calmada y relajante. "¿Te importaría decirme qué te ha dejado tan alterada? Este comportamiento ciertamente no es solo el resultado de perderse durante los días de mercado. Estás a salvo en este lugar y mi novicia ha ido a buscar a tu familia. Dime, ¿han abusado de ti?"

Emmeline apartó la cabeza de la monja amable sin decir una palabra.

Sentada en el borde del jergón, la monja tragó saliva. En realidad, había pasado toda su vida dentro de los confines del convento, pero era consciente de las maneras del malvado mundo exterior. Tragó saliva de nuevo. A pesar de ser consciente de los males del mundo exterior, las palabras salieron con gran dificultad. "¿Alguien te ha tocado... inapropiadamente?"

Lágrimas frescas comenzaron a rodar por las mejillas de la niña. Enterró su rostro en el jergón.

La monja apretó los puños con fuerza; sus ojos se cerraron

contra la rabia que brotaba dentro de ella, la rabia contra los pecados tan frecuentes en el mundo maligno. Lentamente, se calmó, y pudo hablar de nuevo.

"Debes decirme querida, dime cómo fuiste... abusada. Dime para que la curación comience dentro de ti".

Emmeline sacudió la cabeza lentamente, su rostro permaneció enterrado en el jergón. Luchó contra los sollozos que brotaban de su interior. No quería hablar. Había agotado todas sus fuerzas corriendo y ahora solo quería esconderse en un lugar fresco y oscuro, lejos de toda la gente cruel y despiadada.

Pero esta monja, era diferente de los nobles burlones. Era una mujer amable, alguien que Emmeline sentía que merecía su confianza. Sintió que debería poder decirle a esta mujer cualquier cosa sin temor a ser condenada. Lentamente giró su rostro hacia la monja anciana y le contó su historia de aflicción. La monja anciana se tensó cuando comenzó, luego una mirada de gran alivio se extendió por su rostro cuando Emmeline terminó su relato.

La monja respiró hondo y lo soltó lentamente. "Mi niña", dijo, con la extraña mirada de alivio todavía en su rostro, "Lamento que te hayan hecho tanto daño. Claramente no pretendías hacer daño".

Emmeline sacudió la cabeza lentamente.

"Es una situación triste cuando la gente valora sus posesiones por encima del bienestar de otro ser humano".

Emmeline asintió.

"¿Sientes que puedes caminar, querida?" preguntó la monja. "Deseo mostrarte algo".

Emmeline asintió de nuevo y comenzó a levantarse del jergón. La monja anciana la ayudó a levantarse y la condujo lentamente hacia el templo. Se detuvieron ante el altar cerca del extremo oeste de la nave. La luz del sol de la tarde que se filtraba a través del rosetón enorme reveló un altar sencillo pero funcional hecho de piedra toscamente tallada. La luz difusa del rosetón y las ventanas de lanceta a ambos lados del triforio alto se combinaron para bañar las estatuas blancas brillantes detrás del altar sencillo en una paleta de colores gloriosa. A Emmeline le costaba creer que había suficiente mármol blanco en el mundo para haber tallado las estatuas masivas que se elevaban por encima de ella.

"Entre sus otros atributos, Las Hermanas enseñan a las mujeres fuerza e independencia", comenzó la monja, mirando las estatuas con devoción. "Aprendemos de ellas que una mujer puede realizar cualquier tarea que un hombre pueda realizar. Aprendemos que, en esta habilidad, en esta igualdad, hay una fuerza dentro de nosotras que no se puede romper".

La monja respiró hondo y continuó. "Cuando otros nos atacan, incluso otras mujeres, debemos aprovechar la fuerza de Las Hermanas para empoderarnos. Aquellos que desean quebrar a las mujeres, para evitar que mostremos nuestras propias voluntades, no pueden tener éxito si hemos buscado la fuerza de Las Hermanas".

Su cabeza cayó, pesada por la tristeza. "Es una pena cuando las mujeres atacan a otras mujeres, ya que muestra su debilidad. Las mujeres que atacan, en realidad, carecen de la fuerza de Las Hermanas en sus vidas. Sus ataques son, de hecho, intentos desesperados para obligarte a la sumisión y, por lo tanto, hacerte más débil que ellas. Así es como intentan empoderarse. Tristemente, sin embargo, esta estratagema no es más que un autoengaño lamentable, ya que solo se fortalecen brevemente antes de caer de nuevo en la desesperación".

Emmeline reflexionó sobre esto. Sus ojos siguieron las líneas del mármol blanco inmenso que se elevaba sobre ella. Las Hermanas Inseparables fueron llamadas; los únicos dioses que comparten un templo. Calapine, la diosa del acero se inclinaba sobre el altar con el martillo sostenido en alto en su garra enorme. Era una coneja fornida y de aspecto fuerte, su ceño fruncido era una advertencia más grande para los demás que su martillo. Felapine estaba a su lado, tan fuerte e imponente como su hermana. No tenía nada en sus patas porque ella era la excavadora, la diosa del hierro que extraía menas y minerales de la tierra en la que Calapine forjaba sus obras. Las dos diosas eran idénticas salvo por la oreja derecha de Felapine, que colgaba por un lado de su cabeza. El motivo de la deformidad se le escapó a Emmeline.

Un clamor fuerte surgió de la entrada este del templo cuando varios hombres sucios y de aspecto rudo entraron con gritos de obscenidades. Un par de ellos, que llevaban grandes sacos colgados de los hombros, se rezagaron detrás del grupo principal mientras que los demás caminaron con arrogancia por la nave larga hacia el altar.

La monja frunció el ceño. Se incorporó y giró para encarar al grupo que se acercaba. Dio medio paso, poniéndose frente a Emmeline y suavizando su hábito.

"*¡Bonjour, monsieurs!* ¡Bienvenidos, bienvenidos!" Su voz resonó a través del templo casi vació. "¿Cómo puedo yo, una humilde monja al servicio de Las Hermanas Inseparables, servirles hoy?"

Se acercó un hombre alto, de complexión robusta y no más limpio que el resto de su pandilla, pero aún no encorvado por la naturaleza de su profesión. No se quitó la gorra, ni ofreció una reverencia respetuosa a la monja.

"*Bonjour*, hermana. Si le complace", dijo con un tono de indiferencia, "hemos venido de las minas para hacer nuestra ofrenda a Las Hermanas".

La monja observó a un par de hombres que miraban a Emmeline con avidez. Se enderezó un poco más y volvió a suavizar su hábito.

"Vengan, traigan sus ofrendas al altar", dijo con una voz tan agradable como pudo reunir, sin embargo, las palabras salieron con cierta rigidez.

El líder de la pandilla minera hizo un gesto a los hombres que llevaban los sacos, quienes obedientemente los colocaron en la base del altar de piedra sin interrumpir, sin embargo, la conversación.

La monja echó un vistazo rápido a los sacos abiertos que contenían sus ofrendas humildes. Humildes era una palabra apropiada ya que los sacos solo contenían minerales comunes, nada de valor real. Era una ofrenda superficial hecha con la vana esperanza de apaciguar a los dioses que velaban por su trabajo.

Sus ojos volvieron a la pandilla ruda. Los hombres estaban esperando. Al parecer, esperaban algún tipo de bendición por su gran ofrenda. La monja esperaba que este fuera el caso. No le gustó la forma en que tres de los hombres en la parte posterior del grupo miraron a la chica detrás de ella. Uno de los tres hizo un movimiento con las manos que provocó grandes risas en todo el grupo. La monja captó esto y frunció el ceño.

"Mis *buenos* hombres", dijo finalmente la monja, rezando para que todo lo que quisieran fuera una bendición. "Inclinen sus cabezas y reciban la bendición de Las Hermanas". Todos inclinaron la cabeza. Algunos incluso dejaron de hablar, mientras que un par más hizo un buen espectáculo al presionar adecuadamente las yemas de los dedos contra la frente.

"Diosa del Hierro, Diosa del Acero, acepta la ofrenda *generosa* de estos hombres, protégelos en su trabajo, y vela por ellos en *todos* sus esfuerzos".

Algunos de los hombres miraron con cautela las estatuas que se cernían sobre ellos. El líder del grupo se quitó las yemas de los dedos de la frente y miró a la monja. Sus ojos destellaron brevemente hacia Emmeline y luego de vuelta. "Gracias, hermana", dijo después de un momento con el mismo tono indi-

ferente que antes. Una conversación baja y llena de obscenidades se reanudó en el fondo.

El líder se quedó en silencio, mirando a la monja. La
conversación se hizo más fuerte detrás de él. La monja se estaba
sintiendo más incómoda cuando el estruendo de las puertas de
entrada del este rompió el momento incómodo.

"¡Hermana, hermana!" gritó una voz. La monja levantó la
vista, reconociendo la voz de su novicia.

La monja joven llevaba a un hombre grande y calvo por la
nave hacia el altar. Por su complexión robusta, la monja mayor
supuso que era un campesino libre. La niña que estaba detrás
de la monja miró alrededor de ella con cautela. Al parecer,
reconociendo al hombre como alguien que conocía, salió
corriendo hacia él. El hombre corrió a su encuentro. Mientras
los dos se abrazaban en una tormenta de lágrimas de alegría, los
mineros miraron desconsolados el suelo de piedra. Uno soltó
una maldición en voz baja en un lenguaje inadecuado en
presencia de las monjas.

La monja mayor le dio al orador una mirada dura de
desprecio y se acercó a la pareja recién reunida. Estaban
tomándose de la mano mientras la monja los saludaba. Miró un
momento la mano grande y callosa de una vida de trabajo
manual, sosteniendo tiernamente la mano pequeña y suave de
la niña que la monja supuso era su hija.

"Estoy muy agradecido con ustedes, hermanas, por encontrar a mi Emmeline", chilló el hombre. "No hay palabras que
puedan expresar mi agradecimiento".

La monja hizo una reverencia cortés y se tocó ligeramente
la frente con la yema de los dedos. "Su gratitud es apreciada,
pero no necesaria, mi buen hombre libre. Como monjas al
servicio de Las Hermanas, es nuestro deber solemne prestar
ayuda a las mujeres en apuros, y lo hacemos tanto de buena
gana como con alegría".

"No obstante, estoy agradecido de que la hayan encontrado".

"Y para ser perfectamente honesta, mi buen hombre libre—"

"Gilles, por favor".

"Para ser completamente honesta, Gilles, fue ella quien nos encontró". La monja miró a su novicia. "Simplemente proporcionamos ayuda a una niña en apuros".

"Su humildad, mi querida hermana, es refrescante. Sin embargo, puede haber sucedido", dijo Gilles con un suspiro: "Estoy agradecido de que Emmeline haya encontrado a dos hermanas obedientes y no..."

Gilles se detuvo. La monja vio que los ojos del campesino se dirigían rápidamente a los mineros y luego a ella.

La monja se aclaró la garganta y se alisó el hábito.

"Bueno, entonces", dijo Gilles, "estoy agradecido con Las Hermanas por guiar a Emmeline a su templo para que sus siervas obedientes pudieran brindarle ayuda y consuelo". Levantó los ojos. "También estoy agradecido por Lord Aufeese, el glorioso Niño Dorado de Mava, guiándome en la dirección correcta para que pudiera ser encontrado por la sierva de Las Hermanas".

"Bendito sea Mava y sus muchas camadas, benditas sean Lady Calapine y Lady Felapine, bendito Lord Aufeese". La monja hizo una reverencia y se tocó la frente con las yemas de los dedos. La novicia siguió su ejemplo, al igual que Gilles. Emmeline hizo una reverencia superficial. Por el rabillo del ojo la monja observó al grupo de mineros deslizarse lentamente hacia la entrada. Se fueron sin decir una palabra y con apenas una mirada al grupo de penitentes. Emmeline miró las estatuas silenciosas que se cernían sobre ellos, preguntándose qué habían hecho para ayudarla.

———

Nada, pensó mientras subía el terreno empinado. *Fueron tan ineficaces para mí ese día como ese tonto conejo dorado lo ha sido para mí este día.*

Fueron las acciones amables de esa monja y su pupila, pensó mientras se apresuraba alrededor de un afloramiento rocoso. La brasa de rabia diminuta que aún ardía en su interior se encendió intensamente.

Si Las Hermanas realmente hubieran querido ayudarme, reflexionó, *Calapine habría aplastado a esa anciana perversa con su martillo, y Felapine habría arrojado piedras con su honda a los nobles burlones*. El pensamiento trajo una sonrisa salvaje breve a su rostro.

La monja habló de Las Hermanas dando fuerza a las mujeres. Qué fuerza había tenido en la calle ese día con Las Hermanas Inseparables acechando detrás de ella. Sí, Calapine habría aplastado a la anciana, Felapine habría apedreado a los nobles burlones, y el anciano amable le habría dado toda la ropa fina que quisiera como regalo por liberarlo de la tiranía de esa mujer perversa.

Emmeline sonrió. El sudor volvió a correr por su rostro mientras usaba el tronco de un árbol joven para elevarse sobre una cornisa pequeña. Se detuvo un momento, contemplando la pendiente de los árboles viejos de madera dura: fresnos, arces, robles. Los árboles enormes cubrían la ladera de la montaña con una sombra fresca. Hierbas bajas entremezcladas con hojas viejas de otoños pasados. Afloramientos rocosos grises sobresalían aquí y allá, y en algún lugar a lo lejos Emmeline podía oír el balbuceo de una cascada.

Ahora estaba increíblemente agradecida de que su madre la hubiera hecho ponerse pantalones, ya que escalar esta montaña habría sido extremadamente difícil en un vestido, aunque nunca lo admitiría ante ella. Tampoco admitiría que ponerse el cabello en un moño también había sido una buena idea. Emmeline se había recogido el pelo a regañadientes en una cola de caballo cuando la escalada se había vuelto ardua: era todo lo que podía llegar a admitir de que su madre tenía razón en ese punto.

Sucedieron dos cosas a la vez: la realización de que esta montaña no debería de estar aquí en las llanuras del este, y el sonido de un ruido rítmico que descendía de la montaña directamente frente a ella. ¡Bang, bam-bam! ¡Bang, bam- bam! ¡Bang, bam-bam! Un ruido metálico brillante seguido de dos golpes sordos y rápidos. El sonido se repitió varias veces, se detuvo brevemente y luego se reanudó. Emmeline escuchó durante algún tiempo este ciclo de sonido.

Miró hacia abajo de la montaña. Independientemente de si esta montaña debiese estar aquí o no, ella no quería volver por donde vino. Emmeline volvió a mirar hacia la montaña y escuchó de nuevo mientras el ruido hacía algunos ciclos más. Suspiró, luego respiró hondo y lo soltó. Subió la montaña. Lo que fuera que tenía por delante tenía que ser mejor que lo que había dejado atrás.

CAPÍTULO ONCE

Murielle giró lenta y rígidamente hacia el sonido de la voz. Un hombre mayor que vestía el uniforme de un guardia del castillo estaba en otra puerta en el patio. Su cabello gris le colgaba largo hasta los hombros, al estilo antiguo de un caballero del Viejo Rey.

"Bueno, bueno, bueno", dijo el caballero anciano, saliendo a la luz del día. "El tiempo ha hecho su trabajo para mis ojos y mis facultades, pero reconocería a la hija de mi buen amigo Richard de Conquil en cualquier lugar".

Murielle miró con curiosidad al anciano. Dio un paso cauteloso hacia él, entrecerrando los ojos a la luz salvaje del día.

"Pero veo que el reconocimiento no puede ser correspondido. ¡Por los oídos de los dioses! ¿Cómo puede ser que un anciano pueda tener una memoria más nítida que una mujer joven en sus—"

"¡Frédéric!" gritó Murielle. Corrió hacia el caballero anciano y lo abrazó con fuerza.

"Despacio, despacio, mi muchacha", jadeó. "Mi memoria

puede ser fuerte; sin embargo, mis huesos no lo son. ¡Ten más cuidado!"

Murielle aflojó su agarre. "¡Oh, esto es maravilloso! ¡Verte después de todo este tiempo!"

"Verte de nuevo, Murielle, trae tanta alegría al corazón débil de este anciano". Frédéric la miró a los ojos. "Tienes los ojos de tu padre. Mirarte es como volver a ver a mi viejo amigo".

"Las similitudes no se detienen en los ojos", se rio. "Se dice que comparto el temperamento de mi padre. Hay más de tu viejo amigo aquí de lo que podrías creer".

El caballero anciano se rio. "¡Si quieres decir que eres tan independiente como voluntariosa como él, entonces realmente eres la hija de tu padre!"

La risa del caballero anciano se desvaneció. Sus ojos miraron fijamente a la distancia.

"Richard, mi viejo amigo", dijo para nadie, "eras independiente y voluntarioso. Difícil y frustrante también. Oh, cómo a veces deseaba estrangularte, sin embargo, todavía eras mi amigo. Mi mejor amigo. ¡Oh, cómo extraño todavía tu compañía después de todo este tiempo!"

Una sola lágrima brotó en la esquina del ojo del caballero anciano y rodó lentamente por su mejilla arrugada quemada por el sol.

Se despertó de su ensueño, volviéndose hacia Murielle con una sonrisa amplia. "Ha pasado demasiado tiempo, querida, demasiado tiempo. ¿Cómo te ha ido? Espero que hayas estado viviendo bien. ¡Debes contármelo todo!"

Murielle le devolvió la sonrisa a Frédéric, "Oh, sí, me ha ido bastante bien".

"Ven", dijo Frédéric, llevando a Murielle a un banco desocupado recientemente a la sombra de un gran sicómoro. "Debes contarme todo lo que te ha pasado desde la última vez que te vi. ¡No dejes nada fuera!"

Mientras se sentaban a la sombra fresca, el propósito de viajar hasta el castillo se deslizó lentamente de la mente de Murielle, empujado por el torrente de nostalgia que fluía a través de ella. Pasó la mano por la corteza descascarada del tronco del árbol. Distraídamente, arrancó una astilla larga de la corteza manchada, exponiendo el marrón debajo de ella. Giró la corteza en sus manos, examinándola, pero sin verla realmente.

Los ojos de Murielle siguieron al tronco hacia arriba. Las flores de primavera, que ya habían desaparecido hace tiempo, habían sido reemplazadas por los frutos en desarrollo de este árbol. Bolas de semillas de color verde marrón, cada una suspendida de un tallo largo y delgado, colgaban de las ramas. A medida que el aire se enfriaba, alcanzaban la madurez, convirtiéndose en un marrón oscuro. Luego, a medida que avanzaba el invierno, cada bola caía de su tallo marchito al suelo nevado y se abría para revelar una multitud de nueces en su interior. A medida que estas se dispersaban por el suelo, arrastradas por los vientos fríos del norte, los pájaros —jilgueros, trepadores, cardenales— se congregaban debajo y alrededor de este árbol para recolectar una comida de invierno abundante.

Tiempo. El tiempo pasa. Es más que simple pasar. *Tempus fugit*, dicen los eruditos, el tiempo huye. Como si sintiera su introspección temporal, Frédéric suspiró mientras volvía sus propios ojos hacia el sicómoro.

"¿A dónde se ha ido el tiempo, mi niña? ¿A dónde se ha ido?" Sacudió la cabeza con pesar. "Ah, ahí voy, atrapado de nuevo en el pasado. Mis ojos, nublados por el recuerdo, te ven diferente de lo que eres aquí ahora. No eres una niña, ahora eres una mujer. Ya no eres la niña que recuerdo, hija de mi querido amigo, correteando por ahí con una muñeca o algún otro juguete apretado con fuerza en tus brazos pequeños, haciendo mil preguntas y sin esperar ni un momento por las respuestas.

"Tú, lo veo ahora, mi visión despejada brevemente de las brumas del recuerdo, una mujer ahora, con tu propio paquete pequeño y precoz corriendo bajo sus pies, sin duda haciendo sus propias preguntas innumerables y, sin embargo, todavía demasiado absorta en el asunto serio del juego para esperar siquiera una respuesta. Tú, con otro hombre en tu mundo para reemplazar al primero que conociste: maestro, consejero, padre. Ese hombre, desaparecido hace mucho tiempo, fue reemplazado por otro. Un hombre que no está por encima de ti, sino a tu lado. Compañero, amante, esposo, un hombre que aprecias mucho, pero no del mismo modo que al que reemplazó".

Murielle dejó que ola tras ola de recuerdos la inundaran. Sí, era como Frédéric lo imaginaba. Emmeline siempre había estado bajo los pies, haciendo preguntas y nunca esperando las respuestas, sino que elegía inventar las suyas. Murielle sonrió pensando en su hija precoz, mucho más parecida a ella de lo que había querido creer. Richard de Conquil se habría reído mucho de su nieta.

En cuanto al propio Richard de Conquil. Hace mucho tiempo, Murielle nunca podía haber creído que pudiera encontrar a alguien que reemplazara a su padre. Él la adoraba y ella lo idolatraba. Frédéric tenía razón. De niña, Murielle había hecho cadenas de preguntas interminables sin esperar las respuestas. Pero su padre podía recordar sus preguntas y contestarlas todas más tarde, cuando estaba lista para escuchar. Siempre tenía las respuestas y siempre tenía tiempo para Murielle. En una época en la que los niños eran entregados a los sirvientes para ser criados, Richard de Conquil prefería hacer él mismo la mayoría de las tareas paternas. Parecía prudente contratar a una niñera para que ayudara a cuidarla y que enseñara a Murielle sobre "asuntos femeninos", como él decía. Angélique la ayudó en ese sentido, pero Murielle la encontró frustrante en cualquier otro asunto. Así que, se acercó a su padre. Nunca hubo ningún asunto tan apremiante en la agenda apretada de Richard para que no se detuviera a atender una de las necesidades de su hija. Llevó a Murielle con él a las reuniones de estado. Solo asistió a unos pocos procedimientos oficiales sin su hija. Y ay de aquel que se atrevía a cuestionar a Richard de Conquil sobre su derecho a estar allí.

La madre de Murielle había muerto al dar a luz, por lo que Richard de Conquil era el único padre que había conocido. Sabía extraordinariamente poco sobre la mujer que había muerto dándole vida. Nunca se decía nada sobre ella. Al principio, cuando Murielle había comenzado a tener tales pensamientos, razonó que su padre simplemente estaba demasiado afligido por su muerte para hablar de ella. Mantuvo esa idea durante mucho tiempo. Pero luego, en ocasiones raras, particularmente cuando había bebido demasiado, hablaba de ella. No mucho, por supuesto, pero lo suficiente para que Murielle se percatara de sus sentimientos por su difunta esposa.

"Tu madre..." dijo con enojo en una de esas ocasiones y no dijo más. Fue el tono de su voz y el fuego en sus ojos los que le hablaron más a Murielle que las dos palabras. Durante un tiempo, pretendió que simplemente estaba enojado con ella por dejarlo. Lo intentó de todos modos. Pero no podía escapar al recuerdo de su rostro en ese momento. Sus ojos sombríos, inyectados de sangre por el exceso de bebida, se aclararon por un momento, sus labios temblaron y luego se fruncieron. "Tu madre..." fue todo lo que dijo. Dos palabras. Pero la forma en que lo dijo y la furia que había florecido en sus ojos de repente llevaron a Murielle a creer que no todo había estado bien en el reino de su matrimonio. Fue en otra ocasión, después de un día excepcionalmente bueno en las listas, que Murielle escuchó lo suficiente como para finalmente convencerla de que la esposa de su padre, su madre, había sido una fuente de gran conflicto en su matrimonio.

En una pared de su casa solariega colgaba el retrato de una mujer. Nada rodeaba este retrato; colgaba solo como el altar superficial al dios de la guerra colgaba solo en una pared en otra habitación. Y cumplía una función similar a ese altar. Murielle había aprendido que Richard de Conquil era un hombre de apariencias. No es que fuera un hombre vanidoso que solo buscaba impresionar a los demás, *au contraire*, no tenía ningún deseo de impresionar a los demás. Sin embargo, como estudioso de la condición humana, entendía las pasiones y las compulsiones irracionales que a veces gobernaban a los hombres. Como entendía que en su época los soldados no confiarían ni seguirían a un hombre con poca fe en el dios de la guerra, entendía que los hombres pensarían mal de alguien que no llorara apropiadamente a su difunta esposa, quien murió mientras daba a luz a su hijo. Richard de Conquil entendía que las percepciones de los hombres sobre él afectaban su capacidad para liderar. Con ese fin, el único retrato colgaba solo en una pared, un testamento del amor que sentía por su esposa y madre de su hija.

Richard había estado bebiendo en celebración de su progreso, ya que la habilidad de Murielle con la lanza había mejorado enormemente. Se volvió hacia ese retrato, tambaleándose levemente por los efectos de su celebración y levantó su copa. "¡Salud!" gritó. "¡Por tu hija que ha logrado lo que tú no pudiste! Ella ha roto las cadenas; ¡ha ganado su libertad de la opresión de esta *grande société* que esclavizó tu mente y tu vida miserable!"

La copa de Murielle se deslizó de sus labios. Nunca había oído a su padre hablar así de su esposa. Miró el retrato. Para ella, en ese momento, era como si nunca lo hubiera visto antes. Murielle nunca había conocido a su madre, nunca la había visto, y su madre nunca había visto a Murielle. Se decía que el parto había sido difícil. Hubo mucha sangre. La mujer había perdido el conocimiento sin ver el fruto de su labor antes de que Lord Noirceur se la llevara.

El retrato solitario era la única imagen que Murielle tenía de esa mujer, esa extraña. Lo había visto varias veces en su corta vida, ligeramente curiosa por esta mujer desconocida. Pero en ese momento, al ver a su padre balancearse enojado ante él, Murielle estaba segura de que conocía las pasiones en esa mujer que el artista había capturado tan bien. El cabello oscuro, casi negro azabache de la mujer colgaba suelto, cayendo en cascada sobre sus hombros, casi tocando sus rodillas. Colgaba sin restricciones, no como una mujer casada debería llevarlo, sino como lo haría una doncella. Bordados ornamentados adornaban las mangas y el cuello de su vestido de seda. Un vestido costoso, pensó Murielle. Entonces, atraída a los ojos de la mujer, oscuros y fríos, colocados sobre los pómulos altos y altivos, se estremeció. Allí no había severidad, solo ensimismamiento.

Nadie le había hablado nunca a Murielle de la mujer que la había traído al mundo. Ninguno de los sirvientes le hablaba de la mujer. Las preguntas directas fueron ignoradas. Había asumido, ingenuamente, que era por respeto y por un dolor abrumador que no hablarían de ella. Mirando a su padre vacilando ante la figura distante del retrato, Murielle se dio cuenta de que era por miedo a la ira de Richard de Conquil que permanecían en silencio. Al mirar ese retrato, Murielle sintió que finalmente conocía a esa mujer a la que podría haber llamado madre en otra vida.

"Tu madre no habría aprobado el camino por el que tu padre te llevó". Frédéric continuó con la mirada vacía en la distancia, el velo del pasado cubriendo completamente sus ojos.

Murielle le lanzó al soldado anciano una mirada dura. Tenía la habilidad de acceder a sus pensamientos.

"*La gentille femme*. Ese era el rol de la mujer en la *grande société*". Frédéric se volvió y miró a Murielle con una sonrisa pálida. Se rio un poco. "Nunca lo habría aprobado". Se detuvo durante un tiempo considerable antes de reanudar, hablando más a sus pies que a Murielle. "Debo admitir que estuve de acuerdo con tu madre. En ese momento, pensé que lo que te había enseñado solo podría traer angustia". Frédéric sonrió para sí mismo. "Pero no sabía todo, al parecer".

Frédéric salió de su ensueño y apretó las manos cálidamente sobre sus hombros. "¡Basta del pasado! ¡Me deprime! ¿Qué te trae a la ciudad después de tanto tiempo de ausencia?"

Murielle estaba perdida en su propio *rêverie*, el velo del pasado ahora cubriendo sus ojos. Sabiendo que la mujer a la que podría haber llamado madre había muerto en el parto, puso a Murielle más ansiosa cuando supo que ella misma estaba embarazada. Sus temores, sin embargo, fueron en vano. De hecho, la partera pasó más tiempo calmándola que recibiendo al bebé. Después de aplicar compresas frías, habló palabras calmantes en el oído de Murielle mientras sostenía su mano, trabajando para mantener la calma solo para encontrar que el bebé ya había llegado. Murielle apenas era consciente del hecho.

"Bueno", gritó la anciana, "¡Nunca había visto a una madre primeriza dar a luz tan rápido y tan fácilmente! ¡Verdaderamente has sido bendecida por Mava, la gran madre misma!"

Murielle sostuvo a su hija, el dolor, el miedo y el cansancio desaparecieron por el amor que sentía por ese bulto pequeño que sostenía contra su pecho. Y Gilles estaba allí, sonriéndole mientras yacía en el jergón. Le devolvió la sonrisa. El amor que sentía por él en ese momento no podría haber sido mayor.

Frédéric la sacudió de regreso al presente. "Algo te preocupa, querida mía. ¿Te traen asuntos graves a la ciudad?"

Un asunto grave de hecho. *El asunto más grave de todos*, pensó. Y entonces, los ojos de Murielle se abrieron de par en par porque de repente vio lo que había estado frente a ella todo este tiempo. Frédéric era un guardia del castillo. Un guardia del castillo y ex caballero al servicio del Viejo Rey. Si alguien podía darle acceso al Viejo Rey, era Frédéric.

"Sí, Frédéric, mi asunto es grave". Murielle tragó saliva. "He venido a suplicar al Viejo Rey. ¡Debes llevarme a él! ¡Debes!"

Murielle se volvió hacia el caballero anciano y lo agarró por los hombros con un fuerte apretón. Frédéric apartó sus manos de él y sacudió la cabeza con tristeza. Lo miró extrañada porque su expresión había cambiado a una de tristeza desesperada. Tan triste como había estado recordando a su buen amigo Richard, ahora parecía absolutamente melancólico e inconsolable.

"Ay, mi niña, eso no es posible". Frédéric sacudió la cabeza. "Mucho ha cambiado desde la última vez que estuviste aquí. El reino no es lo que fue una vez. El Viejo Rey ha estado enfermo, terriblemente enfermo. Ha sido una enfermedad prolongada, que lo ha ido debilitando poco a poco, día a día. Y a medida que se ha debilitado, el Príncipe Henry se ha hecho más fuerte. Lentamente le ha arrebatado el poder a su padre. Ha expulsado a los partidarios de su padre y los ha reemplazado por sus propios lacayos".

Frédéric pasó las manos por su propio uniforme. "Yo, una vez caballero y consejero de confianza del Viejo Rey, fui relegado a la posición de guardia del castillo. Una posición que es una simple broma. Llevo el uniforme, pero no se me permite el acceso a las partes importantes del castillo. Henri y sus "consejeros" me separaron del Viejo Rey". Se inclinó cerca de Murielle y bajó la voz. "Pero tengo una influencia que ellos no conocen. Los sirvientes leales a mí me dicen que está lejos de estar bien. Su respiración está fatigada; no puede levantarse de la cama. Más recientemente, ni siquiera ha podido despertar de un sueño mortal. Me temo que el Oscuro aguarda entre bastidores por él. Pero más terrible que su inminente muerte es la pérdida de su poder ante ella".

Murielle caminó una corta distancia y giró la cabeza hacia el cielo. *Todo en vano,* pensó, *este viaje ha sido en vano.*

Frédéric se levantó rígidamente y se acercó a Murielle. "Pero no desesperes", dijo, con un susurro ronco en su oído. "Algunos de nosotros no hemos abandonado a nuestro rey. Simplemente esperamos, reuniendo pruebas contra el Príncipe Henri. Esperamos a que la verdad sea revelada. ¡Esperamos a que una señal sea relevada, por los oídos de los dioses, esperamos una señal que condenará al hijo rebelde!"

Murielle bajó la cabeza abatida y exasperada. Su plan brillante le había fallado. Su razón estaba gastada, no podía pensar más. Todas las enseñanzas de su padre fueron en vano. Se retorció las manos mientras pasaban dos guardias del castillo, entablando una conversación ligera. Se detuvieron a poca distancia de Frédéric y de ella, y pudieron escuchar sus palabras.

"Tuve una experiencia muy peculiar esta mañana", dijo el primer guardia al segundo.

"¿Peculiar?" respondió su compañero.

"Sí, peculiar. Bueno, quizás esa no es la palabra que deseo usar. Extraña puede ser una mejor palabra para describirla. O quizás simplemente rara—"

"En cualquier caso, esta experiencia peculiar, extraña o rara que tuviste—".

"Sí, bueno fue inusual".

"Así que ahora es inusual", respondió el oyente con una mirada de molestia. "Ve al punto".

"Bueno, fue que esta mañana tuve un... un... desmayo, supongo que uno podría llamarlo". El primer guardia soltó esto con vacilación.

"¿Un *desmayo*?"

"Si, un desmayo".

"¿Cómo se desmaya una mujer?"

"Sí, así como se desmaya una mujer". El primer guardia se detuvo y añadió: "Así como tu esposa se desmayó cuando me vio y se dio cuenta de que no podía tener otro".

El segundo levantó el puño. "Estás a punto de desmayarte de nuevo, amigo mío".

"Paz, paz". El primero levantó las manos. "Te contaré mi historia. Tal como fueron las cosas, estaba haciendo mis rondas cerca de las habitaciones del Viejo Rey cuando me sentí débil. Me senté en una silla cercana, luego todo estaba negro".

"Peculiar, de hecho".

"Pero esa no fue la parte extraña—"

"Ahora volvemos a lo extraño", suspiró el segundo.

"Tal vez fue simplemente inusual".

"Sigue con ello".

"Bueno, de la oscuridad surgió la forma de un hombre. Podía verlo claramente, tal como te veo ahora".

"Curioso", respondió el segundo.

"Tal vez esa es justo la palabra para describir esta experiencia", dijo el primero pensativo: "Curiosa".

"Sigue con ello".

"Bueno, detrás del hombre había otra figura, pero no podía distinguir el rostro de este segundo hombre, si fuera un hombre, claro. Era tan indistinto como una montaña en la niebla. En ese momento, me habló".

"¿El hombre?"

"No, la figura indistinta detrás de él era la que me hablaba". El primero se detuvo por un momento, sumido en sus pensamientos. "Lo que era inusual era que la figura indistinta hablaba con mi propia voz".

"Peculiar", respondió el segundo. "¿Quieres decir que era aguda y muy molesta?"

El primero levantó el puño. "Tú, amigo mío, estás muy cerca de desmayarte".

"Paz", respondió el segundo, sacudiendo la cabeza. "Continua con tu cuento curioso. ¿Qué te dijo la figura indistinta?"

"Dijo, y recuerdo las palabras exactas: "Este hombre, que está ante ti, vendrá a ver al Viejo Rey este mismo día. Lo llevarás al Viejo Rey de inmediato, sin dudarlo".

"Muy extraño", dijo el segundo. "¿Qué más dijo?"

"Eso y nada más. Me desperté después de eso y seguí con mis rondas".

"Peculiar". El segundo frunció el ceño con consternación. "¿Recuerdas la apariencia de este hombre que viste?"

"Oh, definitivamente. Su imagen está grabada en mi mente. Siento que podría pasar toda una vida y aún lo conocería. Incluso como un hombre viejo y débil, si no tuviera mis sentidos, al menos aún lo reconocería".

El segundo se rio. "Viejo y débil. ¡Esas condiciones están en ti ahora!"

El primero levantó el puño.

"Paz. Entonces, describe a este tipo inusual".

"Oh, no había nada inusual en él en absoluto. De hecho, tenía una apariencia bastante ordinaria. Era un tipo grande, no gordo, pero sólido y musculoso. Tenía el semblante de un hombre que ha trabajado todos sus días. Un campesino tal vez. Sus manos eran grandes y fuertes, su cabeza calva y sus ojos eran de un color marrón amable. Parecía un buen hombre pacifico. Creo que lo llevaría al Viejo Rey incluso si no me viera obligado a hacerlo".

"¿Obligado?"

"Pues sí", dijo el primero, frunciendo el ceño. "Esa es la parte más inusual de toda esta historia. Siento un impulso intenso por llevar a este hombre al Viejo Rey, sin voluntad propia. No podría resistirme, aunque mi vida dependiera de ello. Y, además, siento, mejor dicho *sé*, por razones que no puedo asegurar, que cuando llevé a este hombre, el Viejo Rey se despertará instantáneamente y saludará a este hombre afectuosamente como no lo ha hecho con nadie más en muchos días".

"Muy extraña, de hecho, esta historia tuya". El segundo comenzó a caminar. "Vamos, bajemos a la taberna. Te invitaré un trago por un cuento tan peculiar y entretenido".

"Espero que seas tan generoso como tu esposa. Siempre me compra lo mejor cuando estamos en la taberna".

El segundo levantó el puño.

"Paz".

El caballero anciano siguió a la pareja con la mirada mientras se perdían de vista. "Qué cosas dice la gente hoy en día", dijo, sacudiendo la cabeza. "¿Qué te parece ese cuento absurdo, Murielle?"

Giró la cabeza hacia ella y fue recibido por una vista horrible. Murielle estaba temblando, su rostro pálido y comenzaba a convertirse en un tono azul pálido. No respiraba. Su boca trabajaba como un pez en la orilla de un río. No había respiración, ni palabras.

Frédéric le tendió las manos. "¡Murielle! ¿Cuál es el problema? ¿Te ha sobrevenido una enfermedad? ¿Un ataque? Por los oídos de los dioses, ¿qué ocurre?"

La boca de Murielle todavía se movía débilmente, su color cambiaba a un azul claro. En ese momento, Frédéric se dio cuenta de un sonido que emanaba de la garganta de Murielle. Comenzó a mover la cabeza de un lado a otro. El sonido se hizo más fuerte y el rostro de Murielle se puso más azul hasta que de repente—

"¡Error! gritó. Tomó un respiro tembloroso, luego otro. "¡Error!" jadeó de nuevo, esta vez con más claridad.

"¿Qué dices?" preguntó Frédéric, aliviado de que el rostro de Murielle, aunque todavía pálido, ya no tuviera ningún tono azul.

"Error, error, error, todo un error", gritó mientras balanceaba su cabeza en arcos rápidos.

"No entiendo".

Murielle lo miró, pero sus ojos no lo vieron. "¡Todo esto es un error! ¡Todo esto es un error!"

Frédéric tomó sus manos entre las suyas. "¿Qué es un error, todo un error, querida mía?"

Murielle lo miró a los ojos como si lo viera por primera vez. "Oh, he cometido un terrible error. ¡Terrible! ¡Terrible!"

"Pero ¿cuál es el problema, querida?"

Murielle se apartó el cabello del rostro, tomando dos respiraciones profundas pero entrecortadas mientras lo hacía. "Nunca debí haber venido. Nunca estuve destinada a venir".

"Querida mía, no lo entiendo".

"¡Debo irme! ¡Debo regresar a casa e intentar reparar mi error!" Murielle comenzó a caminar rápidamente hacia las puertas del castillo. Frédéric hizo todo lo posible para seguirle el ritmo.

"¡No entiendo!" dijo exasperado. "¿Qué pasa? ¿Por qué debes volver a casa?"

Cuando Murielle llegó a las puertas, echó a correr y Frédéric tuvo que detenerse porque no tenía la energía para seguir más lejos. "¡Debes volver y visitarme de nuevo, Murielle!" le gritó mientras ella se abría paso entre la multitud cada vez más espesa.

Murielle se detuvo el tiempo suficiente para volverse y llamarlo entre la multitud. ¡Lo haré Frédéric, lo haré si puedo!"

"Siempre me encontrarás aquí, mi señora", dijo con una

reverencia formal, "donde uno encuentra a cualquier súbdito leal del Viejo Rey".

"¡Lo haré, lo haré!" prometió Murielle y, de alguna manera, se sintió segura de que mantendría esa promesa.

Murielle echó a correr, corriendo de regreso por las calles de la Ciudad Eterna. Aunque se abrió paso entre multitudes más densas de las que había encontrado de camino al castillo, llegó al establo en poco tiempo. Corrió hacia el mozo de cuadra que estaba parado en la entrada.

"¡Necesito mi caballo de inmediato!" gritó con brusquedad.

El mozo de cuadra la miró con calma. "Lo sospechaba. Su caballo se ha estado volviendo loco aquí, destrozando el establo, frenético por salir de este lugar. Sabe que algo está en marcha".

Murielle le arrojó al mozo de cuadra una bolsa pequeña de monedas. "Tome esto por la molestia y el daño. Ahora ensille mi caballo y tráigalo".

El mozo de cuadra dejó escapar una risita. "Espera listo por usted ahora". Llamó al chico del establo que trajo a Cheval ensillado y listo para montar. "Cesó su comportamiento destructivo tan pronto como le mostré su silla".

Murielle montó y condujo a Cheval hacia la calle. El mozo de cuadra la detuvo y le arrojó la bolsa, así como las monedas que le había dado antes. "Se las devuelvo, porque si es quien creo que es, entonces considere mi servicio como un pago minúsculo de una gran deuda que tengo con usted".

Murielle lo miró y no dijo nada. Después de un momento de silencio, asintió con la cabeza al hombre y puso a Cheval a galope. El mozo de cuadra la vio desaparecer calle abajo y hacia las puertas. Mucho había pasado para cambiar la apariencia del mozo de cuadra, así que no le sorprendió que Murielle no lo reconociera. Pero él la reconoció. Étienne, como comisario de Richard de Conquil, la había reconocido de inmediato a pesar del intervalo de tiempo largo desde la última vez que vio a Murielle. O Guillaume de Marschal para el caso.

Cheval corrió de vuelta por el Camino Recto a un ritmo que Murielle nunca hubiera creído posible para el caballo. Galopó como si el mismo demonio estuviera detrás de él. Murielle miró hacia atrás para comprobar una vez, con resultados casi desastrosos. Cheval era imprudente. No reducía la velocidad ni un poco por las curvas ciegas o las extremidades colgantes. Durante un tiempo, Murielle se preguntó qué poseía al caballo, intentando frenarlo en vano. Finalmente, se resolvió a sí misma a la locura del animal y aguantó el paseo.

En mucho menos tiempo del que les había llevado llegar a Darloque, Murielle y Cheval habían vuelto a su casa. Espuma densa volaba de los labios del caballo. Los costados resbaladizos y empapados de sudor, los ojos abiertos y salvajes, no parecía dispuesto ni capaz de detenerse. Temiendo que Cheval en su locura pudiera pasar rápidamente por la granja, Murielle agarró las riendas con fuerza en sus manos y jaló con todas su fuerzas y algo más. El caballo, despertando de su trance, se detuvo inmediatamente, dejando largas marcas de derrape en la tierra que conducía a la puerta abierta.

Murielle se arrojó de la silla y corrió hacia la granja, encontrándola vacía. Ni siquiera las palomas estaban allí. Al otro lado de la habitación abierta, la puerta del corral estaba completamente abierta. No gritó, porque ya sabía que no había nadie que escuchara su voz. Murielle salió por la otra puerta al corral vació donde sombras largas se extendían sobre la tierra. El establo solo contenía animales en reposo, escondidos del calor. Al salir del establo, Murielle caminó hasta el borde del maizal asolado por la sequía, buscando inútilmente a quien, en el fondo de su corazón, sabía que no encontraría.

Cheval se quedó en la puerta abierta de la granja mientras Murielle regresaba del corral. El caballo jadeaba pesadamente, goteando espuma sobre el suelo de tierra, con una mirada de dolor y desesperación en los ojos. Murielle se retorció las manos en su propia desesperación. ¿Dónde podría haber ido Gilles? No se habría ido —¿o sí? En su mente podía ver a su marido de camino a Darloque, convencido de que era el único destinado a ver al Viejo Rey. De igual manera, podía verlo corriendo tras Emmeline para escoltarla a un lugar seguro más allá de The Wild Hare.

Murielle dejó caer la cabeza entre las manos. La razón la había abandonado por completo. No podía pensar. El plan estaba torcido, como había oído decir a su padre, y no tenía idea de cómo volver a encarrilarlo. El Príncipe vendría pronto para recuperar a su novia. Murielle se estremeció ante este pensamiento. ¿Qué debería decirle? ¿Debería seguir con el plan? Y si Gilles hubiera cambiado el plan y enviaba al Príncipe directo a su esposo e hija. No podía pensar.

El jadeó pesado de Cheval llenó la habitación de ruido blanco. Murielle no podía pensar. "Razón, dulce razón, ¿por qué me has fallado ahora?" gritó a través de sus manos.

Se pasó las manos por el cabello, el jadeó pesado de Cheval resonó en su cabeza. Con los ojos cerrados fuertemente, gritó contra la naturaleza voluble de la razón. Cuando volvió a abrir los ojos, supo en un instante que era demasiado tarde, demasiado tarde. Sabía que Gilles no se había ido por las razones que había sospechado. El plan estaba más que torcido, fue borrado. Murielle abrió los ojos y, mirando al suelo, vio, vio.

Sangre.

CAPÍTULO DOCE

EMMELINE TREPÓ. A medida que el terreno se hacía cada vez más escarpado y rocoso, los bosques jóvenes y frondosos y los pinos ocasionales se habían convertido en un bosque de coníferas de pinos grandes y abetos maduros. Se metió entre los troncos, trepó por las rocas y se arrastró por los desprendimientos de rocas, todo al ritmo de los golpes interminables de algún lugar de la montaña. Bang, bam-bam. Bang, bam-bam. Había un ciclo rítmico en el sonido. Dieciséis series y luego una pausa breve. Emmeline tuvo mucho tiempo para marcar el patrón ya que la montaña parecía llegar al infinito. Cuando la decimosexta serie terminó, contuvo la respiración mientras contaba hasta cuatro y el ciclo se repitió de nuevo.

Emmeline continuó su ascenso. A pesar de lo molesto que era el sonido, el ritmo le permitió establecer un buen ritmo y le ayudó a dejar de pensar en su dilema. Fue durante la pausa normal en el ciclo mientras se secaba el sudor de la frente, que miró hacia la montaña y pensó que el suelo no se veía tan empinado como antes. Hizo una pausa mientras los golpes comenzaban un nuevo ciclo. *No, ahora no es tan empinado*, pensó. El suelo no era tan rocoso, y vio que los troncos enormes de los árboles estaban muy separados, pero el sol no llegaba al suelo aquí. Emmeline miró hacia arriba. Troncos de árboles que dos hombres adultos juntos no podían alcanzar, subían en el cielo. Grandes ramas verdes se extendían desde los troncos a una altura que hizo girar la cabeza de Emmeline. Las ramas se unían a las de los árboles vecinos para crear un gran dosel verde que proporcionaba un área fresca y sombreada muy por debajo de ellos.

Una cama gruesa de agujas crujía bajo sus pies mientras continuaba subiendo la montaña. Aquí y allá piñas grandes —algunas tan grandes como su cabeza— cubrían el suelo, presumiblemente caídas de los árboles enormes. Emmeline volvió a mirar hacia las ramas distantes y se estremeció. Si una de esas piñas gigantes cayera y la golpeara, bien podría morir.

El sonido fuerte había aumentado en intensidad mientras subía por la montaña, pero ahora parecía muy cerca. Emmeline miró un afloramiento pequeño cerca de ella y vio las piedras sueltas temblar con cada golpe. En ese momento, un puñado de ellas cayó a través de las agujas y por la montaña. *Terriblemente cerca*, pensó.

Luchó durante el último afloramiento grande y comenzó a caminar cuesta arriba a un ritmo pausado. "Benditas sean las muchas camadas de Mava", dijo Emmeline en voz alta. Pateó algunas de las piñas que encontró, viéndolas rodar tranquilamente por la montaña. Cambió su paquete de un hombro a otro. Fue cuando se encontró con una gran roca plana incrustada en el suelo que su estómago soltó un ruido sordo.

Emmeline miró al cielo. El dosel era tan espeso y verde que era imposible determinar el lugar del sol en el cielo. Independientemente de su posición, había pasado mucho tiempo desde que había comido. Las reglas de sus padres para la rutina matutina eran simples: despertarse, las tareas y luego comer. Y con la prisa loca de los acontecimientos de la mañana, Emmeline no había tomado su comida de la mañana. De repente se dio cuenta de que estaba hambrienta.

La superficie nivelada de la roca formaba una mesa perfecta sobre la cual extender su paquete. Emmeline dispuso el contenido de manera ordenada, arrastró un tronco caído para sentarse y comenzó su comida. Renunció a la oración que su padre ofrecía antes de cada comida, no porque estuviera ausente, sino simplemente porque tenía demasiada hambre como para esperar incluso el tiempo necesario para ofrecer la oración breve de agradecimiento. Devorando la comida como lo haría un animal hambriento, pronto se encontró disminuyendo el ritmo, masticando al ritmo de los golpes omnipresentes. En una de las pausas en el ciclo, Emmeline estaba tomando un sorbo de su petaca cuando escuchó una voz hablando.

Los golpes se reanudaron. Emmeline tragó con dificultad, sus ojos crecieron ampliamente. Contuvo la respiración hasta el siguiente descanso en el ciclo. La escuchó de nuevo, no las palabras en particular, pero definitivamente era alguien hablando en algún lugar de la montaña. En el siguiente descanso se corrigió a sí misma: en algún lugar *cercano* en la montaña. Emmeline comenzó a comer de nuevo, lenta y decididamente, en medida arrítmica al sonido de la montaña, dispuesta a no ahogarse.

En el siguiente descanso, Emmeline escuchó atentamente el sonido de la voz, con la esperanza de discernir las palabras del orador. Nada llegó a ella. Así que cuando los golpes se reanudaron, tomó un sorbo de su petaca, luego se levantó de su asiento y caminó lentamente por una pendiente ligera, dejando su paquete y los restos de su comida extendidos sobre la roca plana. Se arrastró lentamente, moviéndose de tronco en tronco, teniendo cuidado de permanecer fuera de la vista de quienquiera que estuviera más adelante. Poco después, se acercó a una elevación y, cuando los golpes tomaron su descanso acostumbrado, subió a una meseta amplia, en la cual fue recibida por una vista increíble.

Los troncos de los árboles de la montaña estaban más esparcidos aquí, permitiendo que la luz del sol en su ángulo empinado tocara el suelo desnudo y polvoriento. El aire en sí parecía brillar en la luz, danzando en la brisa tenue que giraba a través de la meseta. Emmeline pensó que el lugar debía estar lleno de algún tipo de magia hasta que giró a su derecha y vio la fragua enorme con su lecho inmenso de brasas enfurecidas derramando humo y turbulencia en el cielo.

En la pausa breve entre los ciclos de los golpes, Emmeline observó la escena de la meseta. Ante la fragua se encontraba una figura enorme cubierta de pelaje marrón oscuro, de espaldas a ella. Sus orejas largas inclinadas hacia atrás de su cabeza. La figura sostenía en alto una espada humeante en su garra, girándola, examinándola cuidadosamente antes de lanzarla descuidadamente en una gran pila de cuchillas en el suelo al lado de la fragua. La figura agarró una barra de acero con las tenazas que sostenía, hundió el acero frío en las brasas enfurecidas, luego sacó otra barra de acero rojo brillante de las brasas y, colocándola sobre un gran yunque, procedió a golpearla en ese ritmo demasiado familiar con un gran martillo de aspecto letal.

Emmeline saltó cuando el golpeteo se reanudó. En la meseta, el ruido era más que ensordecedor —lo sentía en los dientes. La figura marcó el ritmo. Un golpe en el acero, seguido por dos en el yunque. Dieciséis series y el trozo de acero se transformó en una espada. Emmeline contaba cómo había hecho todo el camino hasta la montaña. Con un gran movimiento fluido, la figura hundió la espada en un barril de agua, la sostuvo en alto para examinarla, la lanzó a la pila, enterró una barra de acero en las brasas enfurecidas, sacó una barra rojo brillante de las brasas y reanudó el martilleo.

Con la boca abierta, Emmeline salió al descubierto, observando el increíble proceso que ocurría ante sus ojos. Corrió detrás del tronco del árbol más cercano cuando se dio cuenta de que había estado parada al descubierto durante demasiado tiempo. Emmeline, haciendo una mueca con cada golpe del martillo, observó el ciclo repetirse una y otra vez con la misma fluidez rítmica. Calapine, la diosa del acero, continúo su trabajo a un ritmo perfecto, forjando acero en cuchillas y lanzándolas a una pila cada vez más mayor.

Desde su escondite, Emmeline miró alrededor de la meseta. *Ella debe estar aquí en algún lugar,* pensó, *se llaman las Hermanas Inseparables.* Entonces vio una abertura en la ladera de la montaña. Oyó grandes maldiciones emanando de ella. Era el lenguaje más sucio que había escuchado en su vida. Algunas de las palabras ni siquiera las conocía. En ese momento, una figura gigante emergió de la cueva, sacudiendo nubes grandes de polvo y suciedad de su enorme cuerpo peludo.

Los golpes se detuvieron. "¿De qué diablos te quejas ahora, Hermana?" chilló Calapine. "¡Será mejor que estés haciéndome más acero, maldita seas!"

Felapine, la diosa del hierro, ofreció un gesto obsceno a su hermana, luego lanzó una gran roca negra sin rasgos distintivos casi del tamaño de la cabeza de Emmeline a Calapine. Ella esquivó la roca y esta se estrelló contra el tronco de un árbol cercano.

"¡Cuidado, Hermana! ¡Casi me pegas!"

"Créeme, Hermana, si hubiera querido pegarte, lo habría hecho".

Calapine levantó su martillo. "Te pegaré y no fallaré, Hermana".

"No importa todo eso", chilló Felapine. "Todo lo que puedo

sacar de este agujero es esta pechblenda idiota. Es inútil. El hierro desapareció de este agujero".

Felapine tomó otra de las rocas negras sin rasgos distintivos que yacían en la entrada de la cueva y la examinó pensativamente. "Sin embargo, por inútil que sea la pechblenda, algún día causará a los humanos una gran cantidad de sufrimiento".

Calapine bombeó el fuelle bajo la fragua con el pie. *Su pie torcido*, notó Emmeline. La diosa del acero dejó las tenazas y el martillo, luego se limpió las patas con indiferencia en el delantal de herrero. Tomando su martillo de nuevo, se acercó cojeando hasta donde estaba su hermana a la entrada de la cueva.

"Encontrarás más hierro, Hermana", dijo con calma. "Tenemos demasiadas armas para producir en muy poco tiempo".

Felapine se enderezó, la oreja que no yacía plana a un lado de su cabeza se animó. "Ya te lo dije, el hierro ha desaparecido de este agujero".

Calapine frunció el ceño. "Debemos hacer más armas. Si no hay más hierro en ese agujero, entonces cavarás otro".

"No voy a cavar otro agujero, Hermana. Todo este esfuerzo es una tontería".

"Puede que sea así, Hermana". Los ojos de Calapine se entrecerraron. "Pero se nos ha dado una tarea y esto es lo que debemos hacer".

"¿Quién dice que debemos terminar esta tarea? ¡Bellicor! ¡Bahh!" Felapine sostuvo una pata delante de ella, sosteniendo un par de riendas imaginarias. Saltó alrededor de la meseta. "¡Escuchad! ¡Escuchad! ¡Soy yo, Lord Bellicor! ¡Te daré todas las tareas para realizar y no te diré el propósito mientras me siento en mi trasero y disfruto de mi propia gloria!"

"¡Silencio, Hermana!"

Felapine saltó en círculos alrededor de su hermana en su

caballo imaginario gritando una y otra vez: "¡Escuchad! ¡Escuchad! ¡Todos callados mientras me siento en mi trasero!"

"¡Silencio, Hermana!" gritó Calapine enojada. Pero sus bigotes temblorosos la traicionaron. En un momento se inclinó, rompiendo en carcajadas.

Felapine continuó brincando alrededor de su hermana, cantando su canción, pero su voz comenzó a vacilar.

"¡Hilarante, Hermana!" Calapine se paró de nuevo, las lágrimas cayendo de sus ojos mientras se carcajeaba. "¡Lo has capturado completamente!"

Felapine se detuvo a trompicones, se inclinó sobre sí misma y soltó una carcajada ante su propio humor. Después de un momento, Felapine se enderezó y se tambaleó hacia Calapine. Lanzando una pata alrededor de su hermana, se limpió los ojos con la otra pata mientras se reían al unísono.

Emmeline vio esta exhibición, sin saber qué pensar de ella. La falta de respeto de las Hermanas, mejor dicho, su burla descarada del dios de la guerra, perturbó a Emmeline de una forma que no podía explicarse completamente. Estaba segura de que este comportamiento no era del tipo que la monja del Templo de las Hermanas esperaba de sus dioses.

Las diosas se separaron con una palmada fuerte en la espalda. Felapine se acercó a un gran horno, se secó los ojos y emitió unas cuantas carcajadas entrecortadas. Se asomó a un gran caldero de piedra sentado sobre el horno humeante. Su única oreja buena se relajó un poco mientras fruncía el ceño. Bombeó el fuelle unas cuantas veces, luego, aparentemente satisfecha con lo que estaba sucediendo en el caldero, se volvió hacia su agujero.

Calapine había regresado a su fragua. Bombeó el fuelle mientras se reía para sí misma unas cuantas veces. Cogió una nueva barra de acero de las brasas y parecía dispuesta a convertirla en otra espada, sin embargo, sus ojos no estaban puestos en la tarea que tenía entre manos. Emmeline observó con curiosidad cómo Calapine sostenía el acero brillante sobre el yunque enorme. Los ojos de Calapine estaban puestos en su hermana mientras inspeccionaba el caldero. Sostuvo su martillo sobre el yunque como si estuviera lista para golpear, pero no dio el primer golpe para comenzar el ritmo de nuevo. Los ojos de Calapine siguieron a su hermana mientras cruzaba la meseta y regresaba al agujero enorme.

Los ojos de Emmeline permanecieron fijos sobre Calapine, observándola mientras dejaba el martillo en el suelo y la barra brillante de nuevo en las brasas. Limpiando deliberadamente sus patas en su delantal mientras avanzaba, la diosa se acercó cojeando a la parte trasera de la fragua y recogió un objeto. La fragua bloqueó la vista de Emmeline del objeto que sostenía Calapine, pero fuera lo que fuera, trajo una sonrisa al rostro de la diosa. Emmeline no se atrevió a moverse de su posición detrás del árbol para tratar de ver el objeto con mayor claridad. Por el momento, se contentaba simplemente con observar a la diosa del acero admirando este objeto que iluminaba su rostro —especialmente la marca blanca en su labio— con un resplandor dorado difuso.

Una nueva maldición desde el agujero en la ladera de la montaña la hizo mirar hacia arriba. Calapine movió el objeto rápidamente detrás de su espalda mientras su hermana emergía del agujero llevando una pila de piedras en las garras. Miró a su alrededor, vio a Calapine de pie detrás de la fragua y caminó hacia ella, quejándose mientras lo hacía.

Felapine dejó caer su carga sin contemplaciones en el suelo frente a la fragua. "¡Pechblenda es todo lo que puedo encontrar en ese agujero!" gritó. ¡Ya no hay más hierro!"

Calapine mantuvo el objeto detrás de su espalda, escondido de su hermana. Los labios de la diosa se fruncieron; sus bigotes se movieron con molestia. Abrió la boca para decir algo y luego se detuvo. Su ceño se volvió pensativo; sus ojos se hicieron distantes mientras miraba la pila oscura de piedras negras.

"La pechblenda comúnmente se encuentra entre los depósitos de plata, ¿no es así, Hermana?" dijo, inclinando ligeramente la cabeza.

Felapine miró las rocas y frunció el ceño. "Sí, así es, Hermana. Hay una buena cantidad de plata ahí abajo". Sus ojos volvieron a su hermana. "¿Por qué preguntas? La plata no es hierro y el hierro ha sido extraído".

Comenzó Calapine. "Oh, deseo envolver algunas de las asas con alambre de plata", soltó. Se volvió pensativa otra vez. "También deseo decorar las espadas con adornos de plata".

"¡Bahh! soltó Felapine. "¡Un desperdicio! ¡Esas espadas no se usarán el tiempo suficiente para que a alguien le importe lo bonitas que lucen!"

La mirada pensativa de Calapine se evaporó y volvió a fruncir el ceño. "No me digas cómo hacer armas, Hermana".

"Te diré si lo que planeas es estúpido y un desperdicio".

Las orejas de Calapine se inclinaron hacia atrás. "¡Yo soy la diosa del acero, yo hago las armas y las haré con cualquier metal que elija!".

Los bigotes de Felapine se movieron y su única oreja erguida se inclinó. "¡Yo soy la diosa del hierro, *yo* sacó los minerales y tú harás las armas con cualquier metal que *yo* te proporcione!" Se detuvo un momento, su oreja se elevó ligeramente. Su cabeza se inclinó ligeramente hacia la izquierda y luego hacia la derecha.

Los ojos de Calapine se volvieron cautelosos. Observó los ojos de su hermana mientras trataba de ver lo que Calapine sostenía detrás de su espalda.

"¿Qué hiciste con el último lote de plata que encontré para ti?" preguntó, entrecerrando los ojos.

La diosa del acero se enderezó y ajustó minuciosamente el objeto detrás de su espalda. "Lo usé en un arma, por supuesto".

"Qué arma, Hermana". Felapine volvió a inclinar la cabeza.

Calapine se puso nerviosa. "Bueno, umm... fue umm..."

"¿Si, Hermana?"

"¡El hacha de Fergu!" escupió.

"¿El hacha de Fergu?" Felapine ladeó la cabeza y se la rascó.

"Pues sí, Hermana. Ya sabes lo particular que es con sus armas".

"Ah, sí". Asintió Felapine. "Recuerdo esa". Agitó la pata como si tratara de sacudir el recuerdo del aire. "Te hizo volver a trabajar la plata al menos tres veces antes de que fuera de su agrado".

"Un maldito desperdicio de plata", respondió Calapine con un gruñido.

Felapine miró a su hermana con curiosidad por un momento antes de volver a hablar. "Muy bien", dijo con un gruñido, "sacaré plata para tus espadas, si eso es lo que deseas". Con eso, Felapine cruzó la meseta y desapareció por el agujero.

Todavía de pie detrás de la fragua, Calapine miró el objeto misterioso una vez más con una sonrisa encantadora antes de devolverlo a su escondite. Emmeline se encogió detrás de su escondite mientras la diosa del acero salía de detrás de la fragua y cojeaba hacia el montón de espadas.

Calapine miró por encima de las espadas, arrojadas descuidadamente en una pila irregular en el suelo. Seleccionando una al azar, sostuvo la hoja en alto, la giró inclinada en torno a la luz del sol y asintió lo que podría haber sido una afirmación. La lanzó de nuevo a la pila e hizo un conteo con su pata. Frunció el ceño y volvió a contar. Plantó las patas en sus caderas y agitó la cabeza con un gruñido.

"¡Hermana!" chilló. "¡Hermana!"

Una gran maldición brotó de nuevo del agujero y Felapine emergió con una carga de mineral de plata en sus patas. "¿Qué quieres ahora?"

"¡Necesito más hierro, Hermana! ¡No tengo suficientes espadas!"

"¿Qué? ¿Cuántas crees que necesitas?"

"Muchas más de las que tengo".

"Veo demasiadas en esa pila", chilló Felapine, señalando las cuchillas desafiladas en el suelo.

"¡No suficientes!" Calapine cruzó las patas sobre el pecho. "Y además de las espadas, necesito hierro para las hachas, armaduras, pomos, y—"

"¡No, no, no!" Felapine cruzó la distancia hasta el horno con unos pasos rápidos. "Te lo dije antes. ¡El hierro está agotado en este agujero! No hierro, no acero, no espadas. ¡*Fini*!"

"Entonces cava otro agujero", dijo Calapine sin más.

La diosa del hierro dejó caer la carga de mineral de plata en el suelo ante el horno con un fuerte golpe sordo. Una piedra rodó hacia Calapine, deteniéndose junto a su pie torcido. La pateó con rudeza de su camino. Se desplomó erráticamente por la meseta y se detuvo junto al árbol detrás del cual Emmeline se escondía.

"¡NO!" rugió Felapine. "Lo he dicho antes, y es tan cierto ahora como lo era cuando lo dije por primera vez. ¡Esto es una tontería y una completa pérdida de tiempo!" Miró al caldero y bombeó el fuelle con su pata, luego cargó varias piezas de plata en la gran olla de piedra.

Felapine escupió al fuego. "Ese maldito Bellicor, siempre pensando que puede enseñar a los humanos una gran lección noble. ¡Bahh! Nosotras hacemos el trabajo y ellos no aprenden nada. ¡Estoy disgustada con él y sus grandes tonterías!"

"Sin embargo, Hermana", respondió fríamente Calapine mientras sus orejas se inclinaban lentamente hacia atrás.

"Tenemos una tarea que realizar. No nos corresponde cuestionar las razones, solo cavar y forjar".

Felapine dejó caer otra pieza de mineral de plata en la olla y luego giró la cabeza lentamente. Sus ojos marrones oscuros, fríos y melancólicos, se encontraron con los de su imagen reflejada.

"Dije no", gruño suavemente por encima del hombro. "Y dejarás el asunto ahora, o esta plata volverá a la tierra".

Los propios ojos castaños oscuros de Calapine crecieron. Sus orejas se aplastaron contra la parte posterior de su cuello. Sus bigotes se movieron con agitación. Su pelaje marrón se erizó en la espalda.

"Derretirás esa plata", siseó, "y luego cavarás otro agujero para el hierro que necesito para hacer armas de acero".

Cuando su ojo derecho comenzó a temblar, las fosas nasales de Felapine se inflamaron con una respiración tensa y rápida. "Muy bien", dijo secamente, y con un movimiento rápido arrojó el contenido del caldero de piedra a la pila a sus pies. Recogió toda la carga con las patas y volvió pisoteando de regreso al agujero.

Emmeline miró nerviosa el trozo perdido de mineral de plata tan cerca de su escondite.

A pesar de su debilidad, Calapine cubrió rápidamente la distancia entre la fragua y el agujero y atrapó fácilmente a su hermana antes de que desapareciera dentro. Agarró a Felapine por el hombro con un agarre de hierro y la giró rápidamente para enfrentarla.

"¡Devuélvelas!" gritó en el rostro de Felapine, la saliva volando salvajemente.

La diosa del hierro dejó caer la carga a sus pies, luego se limpió el rostro con las patas. Su ojo siguió temblando, quizá aún más ferozmente que antes.

"No lo haré, Hermana". Felapine habló con sorprendente

calma en su voz, sin embargo, su ojo tembloroso traicionó su tensión interna verdadera. Miró fríamente la pata de su hermana en su hombro. "Quita tu pata".

El ceño se profundizó en el rostro de Calapine. "Devuelve el mineral al horno de fundición, Hermana". Habló con un tono suave que era todo menos tranquilo. Una tensión profunda resonó en su voz.

"Quita tu pata", repitió Felapine con suavidad. "O la quitaré por ti".

Lentamente, Calapine soltó el hombro de su hermana. Levantó el martillo en su pata derecha y bajó la cabeza hacia la pata libre con un fuerte golpe. Su ceño se profundizó aún más. "Recogerás este mineral de plata del suelo y lo pondrás en la fundición y luego cavarás otro agujero por el hierro".

Felapine se inclinó ligeramente hacia adelante, su ojo temblando maniáticamente. "¿Quién dice?" respondió, lenta y deliberadamente.

"Yo digo", respondió Calapine, levantando su martillo de nuevo. "Y también mi martillo".

Felapine se acercó a su hermana, su oreja se inclinó hacia atrás lentamente mientras fruncía el ceño. Su ojo derecho ralentizó lentamente su temblor. "Inténtalo, Hermana. Te daré de comer ese martillo".

"No le darás nada a nadie después de que te meta este martillo por el culo".

Las dos diosas estaban de pie *vis-à-vis*, nariz con nariz, bigote con bigote, cada una tensa y lista para golpear si la otra simplemente se estremecía.

Después de un tiempo de silencio cargado largo e indeterminable, durante el cual Emmeline comenzó a temer seriamente por su seguridad, Felapine soltó una carcajada, una carcajada aguda que sonaba más siniestra que alegre. Calapine se unió con su propio chillido perverso y dejó caer su martillo. Las dos diosas se abrazaron con rudeza.

"Oh, Hermana", suspiró Felapine cuando terminó de reírse. "¿Qué es otro gran agujero en esta gran montaña? Puedo encontrar fácilmente otra veta de hierro". Se golpeó un lado de la nariz mientras asentía.

Calapine se rio entre dientes en series bajas de gruñidos. "Odio esto tanto como tú". Miró la pila de mineral de plata. "Tengo mejores cosas que hacer que fabricar armas para hombres que pronto estarán muertos".

"Quizás, Hermana", dijo Felapine con una risa ronca, "ahora que hemos llegado a un acuerdo, Emmeline saldrá de detrás de ese árbol y podremos completar nuestra otra tarea".

Un hormigueo recorrió la espalda de Emmeline ante la mención de su nombre.

Calapine giró casualmente la cabeza de su martillo en la tierra. "Hmm", gruñó. "Ven, Emmeline", dijo con una mirada de soslayo al árbol detrás del cual se escondía la chica. "Sal ahora y déjanos hacer este asunto".

Detrás del árbol Emmeline comenzó a temblar. ¿Cómo sabían que se escondía aquí? ¿Cómo sabían su nombre? Se golpeó la frente con la palma. *¡Idiota!* murmuró entre dientes, *¡Son dioses! ¡Por supuesto que saben quién eres y dónde te escondes!*

Emmeline respiró hondo y tembloroso, y miró con cautela desde detrás del árbol. Calapine y Felapine la miraron expectantes. Se encogió detrás del árbol y se apoyó pesadamente en el tronco. Su corazón se aceleró y su respiración se volvió rápida. Tomando un respiro profundo y purificador, se recompuso. El trozo perdido de mineral de plata todavía yacía junto al tronco donde había llegado a descansar. Emmeline lo recogió y giró lentamente la piedra en bruto en sus manos. Su solidez le dio un enfoque. Respiró profundamente otra vez y miró hacia afuera una vez más. Las Hermanas todavía estaban de pie junto al agujero, mirándola. Calapine cruzó las patas delanteras sobre el delantal y golpeó su pie sano con impaciencia.

"Ven. Ahora". gruñó Felapine, sonando tan impaciente como parecía su hermana.

Emmeline salió de detrás del árbol lentamente, caminando hacia las Hermanas, con la cabeza baja, todavía girando el mineral en sus manos. No era una piedra particularmente bonita. Tenía un rostro que solo una madre podría amar. Se rio para sí misma ante su ingenio.

Emmeline se detuvo junto a otro árbol aún más grande a poca distancia de las diosas. Se sentía más segura de estar cerca de algo grande y sólido. El tronco era tan grande que diez Emmelines podrían haber sido capaces de unir las manos y rodearlo. Se levantaba majestuosamente, desapareciendo en el cielo por encima de la montaña. En lo alto, las ramas se extendían sobre ella, sin tocar ningún otro árbol. Unas cuantas piñas cubrían un lecho de agujas viejas. El árbol le daba una sensación de seguridad y el mineral de plata le daba un enfoque.

"Ya era hora", dijo Calapine, con el ceño fruncido que aún tenía en el rostro, sus patas delanteras todavía cruzadas imponentemente sobre su delantal de herrero.

"Bien", dijo Felapine con un suspiro de indiferencia.

"Bien", dijo Calapine.

Emmeline podía sentir el calor que emanaba de la fragua y del horno de fundición junto a ella. Emmeline comenzó a sudar por la combinación de calor y estrés. Excepto por el golpeteo enloquecedor del pie de Calapine en el suelo, el silencio incómodo continuó sin cesar durante algún tiempo. Emmeline miró fijamente a sus pies, marcadamente diminutos en comparación con las patas gigantes de conejo que tenía ante ella. Se quedó mirando la pata de Calapine, golpeando el suelo a un ritmo regular, pero sin romper el ritmo como lo había hecho con su martillo. Desesperada por que sucediera algo, cualquier cosa, dejó que sus ojos se desviaran de la roca en sus manos hacia la pierna torcida de Calapine. No era horrible, ni siquiera lo que ella llamaría feo. Estaba cubierta con el mismo pelaje marrón oscuro que cubría gran parte del cuerpo de la diosa. El único signo de una deformidad real era el ángulo extraño que tomaba en relación con la otra. Eso y la cojera pronunciada de Calapine cuando caminaba.

Emmeline dejó que sus ojos siguieran de la pierna hasta el cuerpo de la diosa. Su delantal de herrero ocultaba gran parte de su cuerpo peludo, pero uno solo tenía que ver a Felapine para saber que el pelaje marrón se volvía blanco cremoso en su vientre. Sus ojos se elevaron arriba, más y más alto, justo como había seguido los árboles increíblemente altos hacia el cielo. Las patas cruzadas sobre su pecho eran enormes, indudablemente diseñadas para las tareas del herrero y decididamente capaces de manejar el martillo enorme que descansaba a su lado. Su cabeza era grande, orejas erectas largas y gruesas; sus bigotes largos, rígidos y rectos, fácilmente podrían empalar a un humano. Un ceño fruncido permanente se grababa en su rostro.

Y ahí estaba la curiosidad de las Hermanas. Toda su cabeza estaba cubierta de pelaje marrón oscuro, a excepción de una mancha en el labio superior que era de un blanco puro. Los ojos de Emmeline se volvieron casualmente hacia Felapine. Poseía una mancha blanca idéntica en su labio superior. Emmeline trató de recordar la historia. Uno de los viajeros regulares que a menudo se detenían en su granja se la había contado. Julien era su nombre, pero Emmeline por su vida no podía recordar la historia. Algo sobre beber leche prohibida.

Felapine era idéntica a su hermana. Poseía los mismos rasgos que Calapine, salvo por la oreja derecha, que yacía plana contra el costado de su cabeza, colgando más allá de su hombro. Sus patas colgaban a su lado, tan grandes y amenazadoras como las de su hermana, ya que estaban diseñadas para excavar a través de la roca más dura que el suelo podía ofrecer. Las patas de Felapine estaban rectas e inmóviles en el suelo. Los ojos de Emmeline volvieron a sus propios pies. Y el golpeteo continuó.

Un nuevo sonido hizo que Emmeline mirara hacia arriba. Felapine miraba fijamente a su hermana. La diosa del hierro aclaró su garganta de nuevo.

"¡Dejarías de golpear tu maldito pie, Hermana!" Escupió un par de obscenidades más que causaron que Emmeline se sonrojara.

Calapine simplemente se volvió hacia su hermana, y mientras su ceño fruncido se profundizaba en su rostro, comenzó a golpear su pie con más intensidad. Emmeline podía sentir el suelo temblando bajo sus pies.

Felapine cerró sus patas en puños y soltó un torrente de obscenidades contra su hermana. Las que Emmeline conocía hicieron que se le saltaran los ojos; las que no la hicieron encogerse porque estaba segura de que de hecho eran palabras muy malas.

Calapine devolvió la virulencia de su hermana con medio ceño fruncido, media sonrisa, luego concluyó su golpeteo con un último golpe de su pie que sacudió el suelo con tanta fuerza que Emmeline dio un salto.

"¿Mejor, Hermana?" ronroneó Calapine, aunque con una sonrisa.

Otro torrente de obscenidades siguió; todas las palabras que Emmeline sabía y deseaba no saber. Calapine continuó sonriendo.

La diosa del acero cogió su martillo y lo golpeó con fuerza en su pata izquierda. "¿Has terminado, Hermana?"

"¡Terminaré, Hermana, cuando haya hundido tu maldito cráneo con ese martillo infernal tuyo!"

La sonrisa se convirtió rápidamente en un ceño fruncido.

"No pondrás una pata en mi martillo, Hermana", respondió fríamente.

Felapine se enderezó. Cruzó las patas sobre el pecho. Su oreja izquierda estaba erguida y alerta.

"Si deseo tocar ese martillo, Hermana, lo tocaré. Y no hay nada que puedas hacer para detenerme". Felapine se tronó el cuello con una mueca y agregó suavemente: "Perra".

"Si le pones una garra a este martillo—" los ojos de Calapine se agrandaron, "¿¡Cómo me llamaste!?"

Una sonrisa engreída se formó bajo la mancha blanca del labio superior de Felapine. "Perra".

Los ojos marrones de Calapine se saltaron en sus órbitas, el pelaje se erizó a lo largo de la cresta de su espalda. Comenzó a temblar por todas partes.

Felapine estiró lentamente su pata derecha y golpeó la cabeza del martillo con su garra índice. "Perra", repitió en el mismo tono suave.

El martillo de Calapine destelló en un arco amplio, una mera turbulencia borrosa en el aire caliente. La cabeza de Felapine se tambaleó, y Emmeline vio el martillo momentáneamente mientras conectaba con en el árbol junto a ella. El tronco explotó en una nube de pedazos, astillas y aserrín. Desde algún lugar lejano Emmeline escuchó el gemido del árbol y sintió el estruendo bajo sus pies cuando el tronco se derrumbó. Golpeó el suelo con un estruendo ensordecedor, sacudiéndola en el aire. Cuando el polvo se asentó, el árbol gigante yacía a menos de un brazo de ella. Emmeline miró el tronco enorme ahora a su lado y comenzó a temblar violentamente. El aserrín se arremolinó en el suelo como la nieve, cayendo en su cabello y cubriendo su ropa.

Las voces chillonas de las Hermanas llegaron a ella desde una distancia amortiguada, sus oídos todavía llenos de la desaparición violenta del árbol. Emmeline se quedó mirando el tronco gigantesco, todavía increíblemente enorme, incluso tumbado de lado. Su temblor no se detendría. El árbol, ese árbol increíblemente enorme, ahora yacía a mitad de la meseta, su tronco destrozado, roto y colgando a cierta distancia de la ladera de la montaña.

Emmeline se volvió hacia las diosas, incrédula. Este árbol bien podría haberla matado. No, no solo matarla, sino aplastarla hacia la nada. No habría quedado nada que Lord Noirceur pudiera llevar a la otra vida. Sin embargo, estas dos hermanas maleducadas discutían como si nada hubiera pasado. Como si no hubieran estado a punto de borrar a Emmeline por completo.

"Ve lo que has hecho hermana", resopló finalmente Felapine. "Tú y tu temperamento".

Emmeline miró fijamente el trozo de mineral de plata en sus manos que aún temblaban. Estaba sucio, cubierto de una capa fina de aserrín. Sacudió el polvo ofensivo de su superficie. Le había dado enfoque antes. Lo giró en sus manos, trazando las crestas y hendiduras con sus dedos, buscando ese enfoque de nuevo.

Los gritos comenzaron de nuevo entre las Hermanas, una discusión cargada de obscenidades. Emmeline giró la piedra una y otra vez en sus manos. Lentamente, el enfoque regresó. La solidez de la piedra calmó su miedo, aclaró su mente. Levantó la cabeza y gritó con una voz fuerte y resonante.

"¡PAREN!"

Las hermanas se callaron, con la boca congelada en medio de la discusión. Lentamente se volvieron para mirar a la niña humana. Inclinaron sus cabezas hacia la otra con asombro.

"¿Qué?" preguntaron al unísono.

"¡Paren esta pelea sin sentido!" gritó Emmeline.

"¿Por qué?" preguntó Calapine.

Emmeline ignoró la pregunta. "¡Ustedes dos casi me matan, y todo lo que les importa son sus deseos egoístas!"

"Bueno, no estás muerta, así que no veo tu problema", contestó Felapine asintiendo.

La mandíbula de Emmeline cayó. Agitó los brazos erráticamente hacia el tronco enorme que yacía a su lado.

"Usa tus palabras", dijo Felapine con un suspiro de frustración.

Calapine plantó las patas en sus caderas con un bufido. "Pareces creer", intervino, "que no puedo talar un árbol sin matar a alguien".

La boca de Emmeline se movió inútilmente; solo salían débiles chillidos. "¡Casi me matas!" escupió finalmente.

"Creo que lo has dicho antes", suspiró Felapine de nuevo mientras agitaba lentamente la cabeza. "No estás muerta".

Calapine se rascó la barbilla. "Tu problema es que estás obsesionada con cosas que no sucedieron".

Felapine asintió. "Sí, si te hubiéramos querido muerta, definitivamente estarías muerta ahora". Señaló a su hermana. "Ella es muy buena en ese tipo de cosas".

Calapine asintió con aire de suficiencia. "Definitivamente. Soy excepcionalmente buena en eso. Mejor que ella, de hecho".

Felapine miró de reojo a Calapine. "¡No lo creo!"

"Como con la mayoría de las cosas, Hermana, estás equivocada de nuevo".

Felapine se volvió hacia su hermana; su ojo comenzó de nuevo sus espasmos. "¡He matado *por mucho* a más humanos que tú!"

Calapine se erizó mientras levantaba su martillo. "Cualquiera puede lanzar piedras al azar en un campo de batalla y golpear algo. He matado a más humanos con este martillo que tú con esa honda ridícula y los miré a los ojos mientras los mataba".

"¡Mentirosa!" gruñó Felapine. "¡Puedo cargar mi honda y despachar a diez hombres en el tiempo que te lleva blandir ese martillo patético en uno solo!"

Calapine golpeó el martillo contra su pata libre. "¡La batalla de Chauvency! ¡Veinte hombres de un solo golpe!"

El ojo de Felapine tembló más rápido. "¡Ese fue un torneo, no una batalla, y aniquilar a los espectadores cuando ese maldito martillo se te resbala de las manos no cuenta!"

Calapine gruñó mientras levantaba el martillo para golpear de nuevo a su hermana.

"Solo inténtalo, perra".

"¡PAREN! ¡PAREN! ¡PAREN!"

Las diosas detuvieron su pelea y miraron a la niña humana.

Emmeline jadeó rápidamente, su pecho palpitando de frustración y rabia. Sus ojos se cerraron fuertemente; deseaba que estas dos diosas egoístas desaparecieran. Esto no era lo que imaginaba; esto no era lo que quería. La monja anciana estaba equivocada. Estas diosas solo querían derribar y destruir, no apoyar y edificar. No tenían interés en desarrollar fuerza en las mujeres, su única preocupación eran sus deseos egoístas. Emmeline lamentó haber querido verlas alguna vez.

Abrió los ojos lentamente. Todavía sostenía el mineral de plata en la mano. Lo giró, trazando las crestas con los dedos. La luz del sol, inclinada a través de los árboles, se reflejaba en las manchas brillantes de su superficie. Mineral de plata. Plata.

Emmeline levantó la cabeza para ver a la diosa del acero, su martillo aún levantado, listo para golpear a su hermana. De repente, vino a ella, claramente. No había hecho la conexión antes, pero era obvio ahora. Lo vio claramente.

"Hiciste el servicio de té de plata", dijo suavemente.

El martillo de Calapine se hundió un poco, "¿Qu-qu-qué?"

"Fuiste tú quien hizo el servicio de té de plata", dijo Emmeline con confianza.

Los ojos de Calapine se agrandaron y el martillo cayó al suelo con un golpe fuerte que sacudió el suelo.

"¿Qué servicio de té de plata?" preguntó Felapine, mirando sospechosamente a su hermana.

"No importa", dijo Calapine un poco demasiado alto. "La niña mortal no sabe lo que está diciendo".

"¿Qué servicio de té de plata?" preguntó de nuevo Felapine. "Dime niña".

"Olvídalo, hermana". Calapine se rio nerviosamente. "La niña no sabe nada".

Emmeline se volvió hacia la diosa del hierro. "Bueno, el servicio de té de plata que hizo para Lord Aufeese, por supuesto".

Felapine soltó una risa espantosa. "¡Lo sabía! ¡Lo sabía! ¡Aufeese y tú! ¡Lo sabía!"

"¡No sabes nada!" gritó Calapine, pero con un temblor ligero en la voz. "¡Y tampoco esta niña ridícula!"

Felapine soltó más risas y luego comenzó a hacer sonidos de besos descuidados a su hermana.

Calapine comenzó a temblar de ira. "¡Detén eso, Hermana!"

Felapine se pavoneó por la meseta, levantando la cola y sacudiendo su trasero mientras hacía más sonidos de besos descuidados.

Calapine frunció el ceño. "¡Para!"

"Lord Aufeese también le dio un regalo", continuó Emmeline. "No lo he visto, pero brilla con una luz dorada".

Calapine sacudió violentamente la cabeza. "¡No!"

"¿En serio?" gritó Felapine, dejando de pavonearse para concentrarse en la niña. "¿Dónde está? Quiero verlo".

"No", repitió Calapine. "Nadie me dio nada".

"Lo tiene escondido detrás de la fragua", declaró Emmeline con toda naturalidad.

"¡Quiero ver ese regalo!" gritó Felapine. Corrió en dirección a la fragua.

"¡No!" gritó Calapine, y a pesar de su pierna lisiada, derribó a su hermana antes de que pudiera llegar a la fragua. Ambas rodaron violentamente en la tierra, golpeando, pateando y arañando entre sí.

"¡Quiero verlo!"

"¡No, no lo harás!"

Emmeline giró una vez más el trozo de mineral de plata en sus manos y lo tiró a un lado. Cruzó la meseta rápidamente, pasó las fauces abiertas de la mina y caminó tranquilamente, con la cabeza en alto, por el lado opuesto de la montaña. Dejó a las Hermanas allí en la meseta mientras luchaban y se maldecían entre sí en el polvo.

CAPÍTULO TRECE

El caballo se tambaleó una vez más, lanzando a Henri hacia adelante en la silla. Maldijo en voz alta, frenó su montura y maldijo de nuevo. Todos los miembros de su grupo miraron hacia otro lado, cada uno encontrando algo más interesante que lo que sabían que estaba a punto de suceder. El Príncipe pasó la pierna por encima del lomo del caballo y saltó hacia abajo, levantando una nube de polvo en el camino seco. Caminó lentamente hacia atrás, observando cómo el polvo se desplazaba perezosamente por la carretera amplía norte/sur mientras deslizaba la mano sin apretar por la cuerda atada a la parte trasera de la silla. Cuando llegó al final, la apretó con fuerza y agarró al hombre atado a ella con un solo movimiento rápido. El hombre no tuvo más remedio que ponerse de pie, aunque no tenía ningún deseo de hacerlo.

"¡Por qué es tan difícil para ti mantener el ritmo!" gritó Henri en el rostro magullado y maltratado del hombre.

El hombre al que le grito se parecía poco al que había encontrado solo en la granja. El daño era espantoso. Todo su rostro estaba teñido de distintos tonos de rojo y púrpura. La nariz estaba rota y estaba en un ángulo de lo más antinatural. Ambos ojos estaban hinchados, el izquierdo completamente más que el derecho. La falta de dientes era evidente a través de sus labios rotos y sangrantes mientras jadeaba pesadamente. La sangre había dejado de fluir tan libremente como antes, coagulada brevemente por la suciedad que había recogido cuando cayó esta última vez.

"Dime, Gilles", dijo, agarrando firmemente la cuerda para enfatizar. "¿Por qué tienes que ser tan difícil? ¿Por qué tiene que ser así contigo?" Henri agarró la cuerda de nuevo. Mordió las muñecas hinchadas de Gilles, haciendo que fluyera sangre fresca de las heridas. "¡Hace demasiado calor para estos juegos tuyos!"

El Príncipe cerró los ojos, sacudiendo la cabeza. "Si tan solo", dijo. "Si tan solo me hubieras dado lo que quería en lugar de jugar conmigo. Tal vez..." se interrumpió.

Volvió a agarrar la cuerda, acercando el rostro de Gilles al suyo. "Cuanto antes lleguemos a The Wild Hare, más rápido se acabará para ti". Levantó la mano libre y agarró a Gilles por la nuca, acercándolo aún más, mirando fijamente al ojo que no estaba completamente hinchado y cerrado. "Si alargas esto, haré que el dolor persista. Y no solo para ti. *¿Comprends?*"

Una sola lágrima salió de ese ojo, brillando bajo la luz del sol salvaje, cortando a través de la sangre y la suciedad en el lado izquierdo del rostro de Gilles. No hizo ninguna otra afirmación, pero el Príncipe vio que entendía. Soltó al campesino con un fuerte empujón y volvió a su caballo, con su mano bailando juguetonamente por la cuerda mientras lo hacía. Retomando su montura, miró hacia atrás para asegurarse de que el hombre seguía de pie y luego se dirigió a su compañero.

"Es por eso por lo que son campesinos, Philippe. Tontos como postes. No lo suficientemente inteligentes para otra cosa que cavar en la tierra y alimentar a los animales. Los hombres de su calaña solo aprenden a respetar a través del miedo y la intimidación.

Philippe asintió con tristeza, sin dar otra afirmación.

Henri miró a su grupo. Nadie se atrevió a mirarlo.

"¡Muévanse hombres!" gritó enojado. "¡Tenemos mucho terreno que cubrir antes del anochecer!" Pateó a su caballo hacia adelante a una buena caminata y los demás siguieron su ejemplo.

Después de una buena distancia, Henri redujo la velocidad de su caballo y se quedó detrás del grupo. En ese momento, Philippe se unió a él en la retaguardia. Los demás hombres se relajaron un poco y comenzaron a entablar una conversación informal sobre los temas de las putas, la bebida y el juego. Y la preferencia por los tres en conjunto.

Philippe cabalgó en silencio junto al Príncipe. Conocía a Henri demasiado bien.

"No lo apruebas", dijo Henri por fin.

Philippe notó a un jinete a cierta distancia del camino acercándose a ellos en un caballo oscuro. "No me corresponde aprobar o desaprobar sus acciones, mi Príncipe", dijo con indiferencia. "Solo obedezco sus órdenes".

"Tonterías. Te conozco demasiado bien, Philippe. No apruebas todo esta empresa. Puedo leerlo en tu rostro". Henri miró a su teniente a los ojos. El cabello largo y rubio de Philippe se curvaba alrededor de su rostro triste haciéndolo lucir aún más largo y triste. El Príncipe se pasó una mano por su propio cabello rubio muy corto.

"Lo que pienso en privado no importa", dijo Philippe rotundamente. "Estoy aquí para servir a mi capitán y acatar sus órdenes como debería hacer un caballero leal al Viejo Rey". Sus ojos se posaron brevemente en el jinete que se acercaba. Todavía estaba a cierta distancia, pero Philippe podía discernir que estaba envuelto en una capa oscura con capucha.

Henri mantuvo los ojos fijos en su teniente.

"Tal vez", dijo Philippe distraídamente, "y digo *tal vez*, solo cuestiono la lógica de tal empresa". Sus ojos se movieron al frente de nuevo y luego de vuelta al Príncipe. "Tal vez simplemente cuestiono el momento de tal empresa".

Henri lo miró con detenimiento. "¿Lógica? ¿Momento? ¿Qué quieres decir con estas palabras?"

"Tal vez, y solo digo tal vez, *bien sûr*. Su padre es mayor y es solo cuestión de tiempo antes de su cita con Lord Noirceur. Por lo tanto, uno podría tener un uso más constructivo de su tiempo".

Henri consideró esto. "Quieres decir que debería estar haciendo preparativos para lo inevitable".

Los ojos de Philippe volvieron a girar hacia adelante. El jinete estaba lo bastante cerca como para distinguir la tela áspera tejida de la capa oscura: la tela miserable de la capa de un peregrino. Eso era todo lo que podía distinguir. El rostro todavía estaba oculto. Philippe se preguntó cómo un hombre podría usar semejante ropa con este calor brutal, pero los peregrinos eran generalmente un grupo extraño de todos modos.

"Uno podría tomarse el tiempo para consolidar su poder".

Henri rio. "Mi poder está asegurado. El único hijo y heredero del Viejo Rey tiene la certeza del trono".

Philippe no dijo nada.

"A menos que", dijo Henri con una nota de sospecha en su voz, "sabes de algún complot. ¿Tal vez?"

"No sé de ningún complot, mi Príncipe". Philippe miró al peregrino que se acercaba. La capucha de la capa cubría su rostro. Mangas largas cubrían las manos que sostenían las riendas. Nada visible para identificarlo como algo más que un peregrino religioso sin nombre.

"¿Y bien?" respondió Henri.

"Tengo ojos y oídos en las calles y en todo el campo, mi Príncipe. No hay informes de subversión en su contra".

El peregrino comenzó a pasar por la derecha del grupo. Los hombres a la cabeza del grupo no le prestaron atención, ya que estaban completamente involucrados en su conversación esencial. Philippe notó de repente que el caballo del peregrino era un animal mucho más grande de lo que debería tener cualquier peregrino pobre. Era un caballo sano, de pecho ancho y pesado, fácilmente con dieciocho manos de alto. Mantenía la cabeza baja, como haría un animal desgastado, pero su mirada de ojos muertos delataba su actitud verdadera. Philippe miró a Henri. El Príncipe estaba hablando, pero no escuchó las palabras. Philippe cabalgó a la derecha de Henri, lo que significaba que el peregrino pasaría cerca de él. Lentamente, sutilmente, Philippe soltó su mano derecha de las riendas, listo para desenvainar su espada.

Philippe se tensó mientras el peregrino se acercaba cada vez más. Henri continuó parloteando, sin inmutarse ni por el peregrino ni por la falta de respuesta de su compañero. Cuando el peregrino pasó a un brazo de distancia de él, Philippe dejó caer la mano y agarró la empuñadura de su espada. Todavía no podía ver la cara del peregrino a pesar de que el peregrino estaba sobre él.

Philippe lo escuchó. El sonido bajo, como una brisa otoñal fresca y débil, se desplazó a través del corto espacio entre el peregrino y él, pero al mismo tiempo resonó dentro de su cabeza como un trueno de una tormenta primaveral violenta. Tres idiomas a la vez en una sola declaración, en un solo sonido.

"*Verbi*".

"*Paroles*".

"*Palabras*".

Y el peregrino se fue, pasó detrás de ellos, viajando por la carretera a destinos desconocidos.

"¿Estás escuchando?" La voz de Henri llegó a él de repente.

"*Oui, oui*", respondió Philippe tembloroso, colocando su mano derecha de nuevo sobre las riendas. "Sí".

Henri sacudió la cabeza hoscamente.

Una compulsión súbita se apoderó de Philippe y no lo soltó. Temía que sus nervios lo traicionaran, que el Príncipe viera su incertidumbre y lo interrogara más antes de negar su pedido. Pero cuando abrió la boca, las palabras fluyeron con naturalidad, sonaban normales; la solicitud sonaba perfectamente plausible y razonable.

"Ese peregrino no le reconoció, mi Príncipe. Deme su permiso para perseguirlo y enseñarle buenos modales".

Perplejo, Henri miró a su alrededor, luego miró hacia atrás para ver al peregrino desaparecer en la distancia. "Por los oídos de los dioses, no lo hizo".

"Es este tipo de cosas a las que me refería antes", continuó Philippe, sorprendido por las palabras que salían de su boca. "Después del reinado largo de su padre, hay quienes pueden 'ignorarlo' durante su reinado. Debe consolidar su poder ahora y mostrar a todos en este reino que no será ignorado como un mero reemplazo de su padre".

Henri se tocó el labio pensativo. "Entiendo tu punto, Philippe. Él solo era un peregrino. Nadie importante, pero debe comenzar con alguien". Miró hacia atrás al campesino. "Como estoy ocupado de otra manera, ve y enséñale que no seré ignorado".

"Sí, mi Príncipe".

Philippe comenzó a controlar su caballo cuando Henri extendió la mano y agarró su brazo. "Sin embargo, sé rápido. Deseo llegar a The Wild Hare antes del atardecer, y te *necesitaré* allí".

"Sí, mi Príncipe".

Los ojos de Philippe se posaron en el campesino que caminaba penosamente detrás del caballo del Príncipe. El hombre mantenía la cabeza erguida, aun cuando la severidad de su trato y la plaga del sol deberían hacerla colgar con desesperación. Philippe se compadeció de él. Henri aún no lo había roto.

Poniendo a su caballo a galope, Philippe se apresuró a bajar por el camino polvoriento detrás del peregrino. Subió un poco y vio al peregrino a poca distancia, su caballo andaba con el mismo paso tranquilo con el que los había pasado antes. Philippe pateó más fuerte a su caballo. Su caballo, un caballo de guerra bien entrenado, era conocido como uno de los caballos más rápidos del reino, si no el más rápido. Algunos incluso decían que era el caballo más rápido jamás conocido por el hombre, aunque Philippe se resistiría a tal conversación. Sin embargo, el caballo de Philippe era muy veloz, pero no podía alcanzar al peregrino. Empujó a su caballo cada vez más rápido, y no se acercó más al caballo del peregrino con su andar tranquilo.

Frustrado por no poder alcanzar al peregrino, finalmente gritó con una voz fuerte y resonante. "¡Por los oídos de los dioses, y en el nombre del señor al que realmente sirvo! ¡Detente!"

El peregrino detuvo su caballo inmediatamente, y Philippe tuvo que tirar con fuerza de las riendas para evitar chocar con él. Los cascos de su caballo tallaron surcos profundos en la tierra mientras se deslizaba hasta detenerse a solo un pelo del caballo del peregrino. La mano de Philippe se posó automáticamente sobre su espada mientras el peregrino giraba lentamente su caballo para enfrentarse a su perseguidor. Philippe todavía no podía ver el rostro debajo de la capucha.

"En el nombre del señor al que realmente sirves", dijo lentamente el peregrino con una voz profunda y resonante. Era una voz llena de fuerza y poder. "*¿Cui tu servis?*"

El silencio se apoderó de Philippe mientras la ira lo inundaba por la arrogancia de este peregrino. ¿Quién era para dirigirse a él de esta manera?

"Te lo pregunto de nuevo, caballero", dijo el peregrino con mesura. "¿A quién sirves?"

Philippe sacudió la cabeza ante la pregunta. "Sirvo al justo y verdadero rey de Darloque".

La voz del peregrino se elevó en volumen y severidad. "Te lo pregunto una vez más, caballero. ¿A QUIÉN SIRVES?"

El peregrino se quitó la capa; se deslizó hacia el suelo, cayendo en un montón negro sobre el camino polvoriento.

Los ojos de Philippe se agrandaron, casi hasta el punto de sobresalir de su cabeza. Inmediatamente se tiró de su caballo, presionando su mano firmemente contra la frente mientras se hundía en el polvo.

"Perdóneme, mi Señor, ¡perdóneme!" gimió, las lágrimas fluyendo libremente por su rostro. "¡Le sirvió a usted y solo a usted! ¡Por favor, perdóneme, por favor!"

"Entonces, recupera tu montura y déjanos conversar como caballeros".

Lentamente, Philippe se levantó del camino y se subió débilmente en la silla. Pasaron unos minutos antes de que su corazón ralentizara los latidos en su pecho y pudiera ver al jinete que una vez había confundido con un peregrino simple. Levantó los ojos con renuencia al jinete que estaba frente a él.

Lord Bellicor, el dios de la guerra, estaba sentado alto en la silla del caballo inmenso de ojos muertos. Ojos severos, profundos y marrones, miraron a Philippe. Era grande y sólido: moraba una dureza bajo el pelaje corto y suave de su cuerpo, sugiriendo nada menos que una fuerza formidable. El pelaje de Lord Bellicor era de un blanco puro, excepto por las manchas rojas del color de la sangre que tocaban a través de su hocico, mezclándose con un rojo sólido en la parte superior de su cabeza cubierta con orejas largas de un rojo sólido. Las manchas rojas continuaban por su espalda hasta su cola blanca.

Philippe no dijo nada. No podía decir nada en absoluto; no tenía palabras. Observó al dios de la guerra, viéndolo ahora, por primera vez. Todos los años que pasó rezando, haciendo ofrendas, viviendo en devoción a él, y el dios de la guerra al fin se sentaba frente ante él. Todas las cosas que había querido decir, todas las cosas que había soñado decir. Esos pensamientos se habían ido ahora, lavados en la sombra de la gloria magnífica del dios de la guerra. Sus ojos se posaron en el cinturón en la cintura de Lord Bellicor. Un cinturón de cuero impresionante adornado exquisitamente en oro sostenía una vaina que a su vez contenía la espada que todos los guerreros soñaban con sostener algún día.

Lord Bellicor sacudió la cabeza lentamente. "No pienses en ello, caballero. Ningún humano podrá sostener a Viresdefeu salvó el que librará la batalla final, y su día aún no ha llegado".

Lord Bellicor condujo a su caballo en la dirección en la que habían estado viajando. Hizo un gesto hacia Philippe. "Vamos, caballero. Hay mucho que decir y poco tiempo".

Cabalgaron juntos a un ritmo pausado, lado a lado y, lentamente, Philippe comenzó a relajarse. Una calma se apoderó de él. Era como si estuviera cabalgando con otro caballero. Había un sentimiento de respeto mutuo: el respeto mutuo entre los caballeros honorables que los une a todos.

Lord Bellicor habló de nuevo. "El Príncipe Henri tiene un plan para recuperar los territorios perdidos ante Ocosse".

Philippe se sobresaltó por esto. "¿Los mismos territorios entregados en el tratado que su padre organizó?"

"El tratado que *tú* y su padre organizaron", corrigió Lord Bellicor. "No subestimes tu papel en ese acuerdo de paz vital. Fuiste tú quien propuso la entrega de las tierras en disputa para mantener la paz".

Philippe asintió con la cabeza a regañadientes. "Simplemente le hice una sugerencia al Viejo Rey".

"Recuerdo los eventos de manera diferente". El dios de la guerra mantuvo los ojos al frente mientras hablaba. "Cree lo que quieras, caballero, pero uno no se puede esconder de la verdad para siempre".

"La guerra por esos territorios duró demasiado y costó muchas vidas", dijo Philippe con un suspiro.

"*Vero*. Incluso el dios de la guerra conoce el desperdicio y la inutilidad de una guerra sin sentido".

"Pero un plan para recuperar los territorios no puede ser implementado mientras su padre esté vivo", respondió Philippe con una inclinación de cabeza. "El Viejo Rey no lo tolerará".

Lord Bellicor permaneció en silencio por un momento. "La hora de Henri se acerca rápidamente", dijo por fin.

Philippe bajó la cabeza. Sabía que el Viejo Rey no podía vivir para siempre, sin embargo, cada fibra de su ser lo negaba enérgicamente. Nada le dolía más que la idea de la muerte del Viejo Rey. Muchos otros lamentarían su muerte simplemente por la duración de su reino y su renombre por la benevolencia. Para Philippe, sin embargo, el Viejo Rey era un amigo querido. El Viejo Rey había tomado a Philippe cuando fue nombrado caballero. Más tarde, cuando la guerra con Ocosse había continuado sin un final a la vista, fue a Philippe a quien el Viejo Rey escuchó cuando no quería escuchar de compromiso. Fue Philippe quien insistió en que el tratado fuera construido para que el Viejo Rey no perdiera la cara.

Lord Bellicor detuvo a su caballo en el camino, y Philippe se detuvo junto a él. El sol violento en su ángulo abrupto occidental los golpeó a ambos. El dios de la guerra miró directamente a los ojos de su acompañante.

"He *escuchado* tus oraciones, Philippe", dijo, dirigiéndose a su acompañante por su nombre por primera vez. "El dios de la guerra no está exento de piedad por tu lucha".

Philippe bajó la cabeza con un suspiro, buscando las palabras. Levantó los ojos hacia los de Lord Bellicor. Abrió la boca para hablar cuando dos conejos marrones ordinarios saltaron de la hierba alta al borde del camino. Ambos se sentaron en cuclillas y sus cabezas se inclinaron ante Lord Bellicor. Él asintió apropiadamente, respondiendo el lenguaje silencioso del conejo común.

"*Vero*", les habló en voz alta. "Esta noticia es bien recibida".

Con una última sacudida de los conejos, giraron y desaparecieron entre la hierba alta. Philippe se volvió hacia el dios de la guerra, la pregunta formándose en su rostro. Sin embargo, antes de que pudiera hablar, una sombra pasó sobre él mientras un halcón se lanzaba desde el sol hacia la dirección en la que los conejos se habían ido. Los ojos del dios de la guerra se elevaron hacia el halcón que cayó del cielo con un graznido estrangulado y golpeó el suelo con un golpe sordo. Dos pares de orejas aparecieron sobre la hierba a cierta distancia. Los conejos miraron alrededor frenéticamente y luego miraron a Lord Bellicor. Se sumergieron y se sacudieron de nuevo. El dios de la guerra respondió con un solo asentimiento y los conejos desaparecieron de nuevo en la hierba.

Lord Bellicor se volvió hacia Philippe. "Aquellos bajo la protección del dios de la guerra no serán lastimados".

Philippe tragó saliva con fuerza. Su boca estaba increíblemente seca.

"A menos que", añadió el dios de la guerra, "se nieguen a seguir su guía".

Philippe miró el odre de agua que colgaba de su silla. Lord Bellicor le hizo señas para que bebiera. Cuando Philippe se hartó, el dios de la guerra continuó.

"*Tempus fugit*, caballero. El tiempo es corto y hay mucho

que decirte. Cabalga conmigo un momento más y luego regresa a tu grupo".

———

Philippe se encontró rápidamente con el Príncipe. Ralentizó su caballo al pasar junto al campesino, que mantenía un buen ritmo y todavía mantenía la cabeza en alto. El sol despiadado golpeaba al pobre hombre, resaltando sus heridas. La sangre seca en su rostro y en sus manos resaltaba en un carmesí sucio. *Henri no lo quebrara*, pensó Philippe. *No importa lo que le haga a este hombre, Henri no quebrara su espíritu*. Philippe se colocó junto al Príncipe. Los otros hombres delante de ellos lo miraron con curiosidad. Henri le ofreció una mirada estrecha.

"Te tomó bastante tiempo disciplinar a ese peregrino, Jean-Louis".

Philippe sonrió, desestimando el comentario. "Ya sabe lo devotos que pueden ser los peregrinos. Tomó un poco de tiempo extra hacerle entender que debe reconocer a su señor terrestre".

Henri siguió mirando a Philippe con detenimiento. Sus ojos se posaron en las manos de Philippe que sostenían las riendas. Los puños en ambas manos estaban arañados y ensangrentados. "¿Es eso?"

Philippe se rio. "Sí, mi Príncipe".

Henri levantó una ceja. "¿Cómo te va ahora?" preguntó Henri sin dejar de mirar a Philippe con detenimiento. Algunos de los hombres miraron hacia atrás con preocupación. No les gustó el tono de la conversación detrás de ellos.

Philippe continuó sonriendo. "Mi Príncipe, los sacerdotes nos dicen que nuestras acciones moldean nuestros corazones. Es a través de nuestras acciones que aprendemos a cambiar nuestros corazones y aprendemos la verdadera devoción. Es por eso por lo que a menudo nos dan tareas para realizar como penitencia por nuestras transgresiones".

"Ya veo". La mirada estrecha persistió.

"Fue mientras estaba disciplinando al peregrino que sentí cambiar mi corazón, mi Príncipe. He encontrado mi verdadera devoción, mi Príncipe".

Henri sonrió, dejó escapar una carcajada. "¡Muy bien, Philippe!" Todos los hombres delante de ellos voltearon y sonrieron con cautela.

"Sí, lo es, mi Príncipe".

Henri rio de nuevo. "¡Este asunto con el peregrino ha salido bastante bien entonces!"

"Sí, lo ha hecho, mi Príncipe. Sí, lo ha hecho". Philippe se unió a la risa del Príncipe. Los otros hombres se les unieron, todos agradecidos de que la tensión incómoda se haya disipado.

Continuaron cabalgando, los caballos levantaban polvo del camino en bocanadas pequeñas formando una gran nube detrás de ellos. El campesino mantenía el ritmo, con la cabeza todavía en alto. Philippe miró alrededor hacia la llanura amplia abierta, la hierba de matorral de pie directamente en el aire caliente y tranquilo. Buscó halcones o conejos salvajes, pero no apareció ninguno. La conversación en voz baja delante y el ritmo de los cascos sobre la tierra compacta eran los únicos sonidos. Miró hacia el sol, inclinado en su descenso hacia el oeste, las Liebres Salvajes ahora cargando con fuerza hacia el horizonte.

"Se hace tarde, mi Príncipe", dijo al fin Philippe. "No hemos logrado el ritmo que necesitábamos para llegar a nuestra cita".

Henri miró con indiferencia hacia el sol. Parecía despreocupado por el tiempo. "No temas, Philippe. Cumpliremos con nuestra cita. Me he asegurado de eso".

CAPÍTULO CATORCE

The Wild Hare bullía en una actividad que a Arnaud le parecía extraña porque aún no había anochecido. Por supuesto, la taberna al estar en el cruce de los dos caminos grandes —la carretera norte/sur de Darloque a Sassan y la carretera este/oeste de Ocosse a *La Mer d'Ouest*— significaba que siempre estaba llena de actividad. Sin embargo, había momentos en los que los negocios eran menos dinámicos y uno —especialmente un niño que tal vez no debería estar trabajando en una taberna en absoluto— podía encontrar un poco de descanso con un grupo pacífico de clientes.

El calor los hizo entrar, supuso Arnaud. The Wild Hare era una taberna antigua con muros gruesos de piedra en bruto y un techo alto de paja. Incluso en un día como hoy, cuando ni siquiera los clientes más viejos recordaban que hiciera tanto calor antes, la taberna permanecía bastante fría en su interior. Se convertía en un lugar cómodo para escapar del calor exterior y el aburrimiento en su propia casa. El sótano debajo del piso de madera permanecía absolutamente frío durante todo el año, proporcionando a los clientes un incentivo adicional de una bebida fría. O dos. O tres.

Ahí yacía la preocupación principal de Arnaud. La casa estaba llena; todo el mundo había estado bebiendo durante bastante tiempo, y todavía quedaba mucho para que anocheciera. Cuando caía la noche en cualquier día normal, la taberna se convertía en un manicomio. Arnaud rezó a cualquier dios que escuchara para que no se volviera más loco de lo que ya era.

Normalmente, una casa abarrotada no le preocuparía demasiado. Arnaud prácticamente había nacido en este lugar y había visto diez cosechas aquí hasta ahora. Había visto mucho, así que tenía mucha experiencia para un niño de su edad. Tal vez había visto más que un hombre que triplicaba su edad. Sin embargo, lo que sí le preocupaba era que Margaret había desaparecido y no había visto a su amo Chrétien en mucho tiempo. Por supuesto, no extrañaba terriblemente a su amo: era un patán abusivo que había golpeado a Arnaud innumerables veces por faltas menores y muchas más veces solo por si acaso. Margaret, sin embargo, era una moza buena —cuando no estaba charlando con los clientes masculinos. Así que aquí estaba, un niño, solo en una taberna ocupada ya llena y más clientes entrando por la puerta. Y aún no era de noche. *"J'aime ma vie"*, suspiró.

Afortunadamente para él, había un montón de barriles de cerveza apilados detrás de la barra. La demora en sacar un barril pesado del sótano sin duda complicaría las cosas. Los clientes eran generalmente agradables cuando la cerveza fluía fría y rápida, pero cualquier retraso y esa misma simpatía se evaporaba como la niebla matutina en un día soleado. Sí, pensó con un suspiro de satisfacción, las cosas iban bien hasta ahora. Una mesa grande de clientes seguía resolviendo sus discusiones comprando más rondas de cerveza. Tenían dinero; Arnaud lo había visto. Un juego de dardos en la esquina se volvía más descuidado a medida que los jugadores bebían más, pero todavía era amistoso, con palmadas fuertes en la espalda y felicitaciones por los lanzamientos bien colocados. Varios clientes bailaban con las melodías que tocaban los músicos. El violinista estaba en una forma particularmente buena hoy, dirigiendo a los otros músicos en un conjunto animado. Varios clientes cantaban junto a las melodías más populares y gritaban peticiones para otras repetidamente. Con suerte, el buen humor general duraría hasta bien entrada la noche.

Arnaud miró a través de la habitación oscura a una mesa pequeña junto a la puerta. Cualquier potencial para problemas se sentaba allí. Dos hombres corpulentos, un par que no parecía particularmente amistoso, se sentaba en silencio, pasando el rato con las dos copas de cerveza ligera que habían comprado sin pedir la cuenta. Arnaud conocía la manera de los hombres que esperaban algo, o a alguien. Admitía que no había nada de malo en esperar en una taberna fresca, fuera del calor, sin embargo, su instinto desarrollado finamente perfeccionado a lo largo del tiempo trabajando en este lugar le decía que algo no estaba bien acerca de este par. Esperaba que quien o lo que los dos hombres esperaban llegara pronto, y que se fueran sin interrupción.

"¡Muchacho! ¡Muchacho!" Los gritos de un hombre en la mesa grande sacaron a Arnaud de sus pensamientos.

El hombre se puso de pie y arrojó una bolsa de monedas. "¡Otra ronda de cerveza para mis amigos!" Gritos de alegría se elevaron a su alrededor.

Los jugadores de dardos pausaron su juego y se volvieron hacia Arnaud. "¡Más cerveza para nosotros también!" gritó uno.

Varios bailarines clamaron por cerveza y pronto toda la taberna se llenó de cánticos de: "¡Cerveza! ¡Cerveza! ¡Cerveza!" Todo al ritmo de los puños en las mesas. Arnaud notó que el par cerca de la puerta permanecía en silencio, viendo sombríamente hacia sus copas.

Arnaud refunfuñó mientras su ánimo pacífico se evaporaba. Realmente necesitaba a Margaret aquí ahora. Incluso recibiría con agrado la ayuda de Chrétien. Arnaud se maldijo a sí mismo, cogió una bandeja y empezó a llenarla de copas. Comenzó a llenarlas desde el grifo del primer barril cuando sintió que el extraño se acercaba sigilosamente a la barra repleta detrás de él.

Durante el tiempo que Arnaud había estado trabajando en The Wild Hare, había desarrollado un sentido innato sobre lo que estaba sucediendo a su alrededor. Tenía "ojos en la nuca" como habría dicho su madre, si la hubiera conocido. En un entorno difícil como la taberna, valía la pena estar alerta. Los condenados, malhechores y otros inútiles siempre buscaban una oportunidad para robar, escaparse sin pagar o empezar algún tipo de problema. Puede que no tuvieras los ojos puestos en todo, pero era necesario estar especialmente atento cuando alguien se acercaba por detrás.

Arnaud sintió que se acercaba a la barra y se acomodaba entre los demás clientes ahí. Escuchó al extraño apoyar algo contra la barra de madera. Arnaud dividió su atención entre las copas de cerveza y el extraño cuando comenzó a hablar.

"Sí, muchacho", dijo el extraño con un acento espeso. "Parece una buena maravilla aquí".

"Así es, forastero", respondió Arnaud sin más. Terminó de llenar una copa con cerveza, la puso en la bandeja balanceada en su mano izquierda y sostuvo una copa vacía bajo el grifo.

"Sí, muchacho, ¿siempre es así de genial?".

Arnaud frunció el ceño ante los intentos de conversación de este forastero mientras estaba ocupado. "Sí, forastero, como *siempre*. Ya que estamos ubicados en el cruce principal". Puso la copa llena en la bandeja y sostuvo otra vacía bajo el grifo.

"Sí, sí".

Arnaud pensó que la conversación había terminado. Puso una copa llena en la bandeja y sostuvo una vacía bajo el grifo. La bandeja se estaba volviendo pesada e incómoda de sostener, pero estaba decidido a servir la mesa grande en un solo viaje antes de que los cánticos de "¡Cerveza! ¡Cerveza! ¡Cerveza!" comenzaran de nuevo.

"Entonces, muchacho", comenzó de nuevo el forastero con su acento grueso, "dame una copa de la cosa negra".

Arnaud refunfuñó. Aparentemente el forastero no entendía que ya estaba ocupado con otro cliente. "Sí, *monsieur*. Tan pronto como sirva esa mesa grande, le serviré una cerveza negra". Otra copa llena fue a parar a la bandeja.

"No muchacho. *Ahora*". El forastero habló con calma, pero con fuerza.

Arnaud soltó un gruñido bajo. "Será solo un momento, *monsieur*, y luego le serviré una cerveza negra". Otra copa llena en la bandeja cada vez más pesada.

"¡No! ¡Cosa negra! ¡AHORA!" Toda pretensión de cortesía había desaparecido de la voz del forastero. Arnaud había estado en esta situación antes. Algunas personas creían que eran los clientes más importantes de la taberna. Era mejor dejarlos mantener esa creencia, especialmente cuando él todavía era un niño y, dicho eso, los clientes por lo general pesaban cinco piedras o más que él.

Colocando otra copa en la bandeja incómodamente equilibrada, Arnaud levantó la mano y tomó una copa del estante encima de él. El barril de cerveza negra estaba al otro lado del barril de cerveza. Pateó el grifo con el pie, haciendo que la bandeja se inclinara pesadamente hacia un lado. La enderezó y hundió la copa para que fluyera el líquido oscuro y espumoso. La copa se llenó hasta el borde, cerró el grifo de una patada, balanceó la bandeja de nuevo, y extendió la mano para colocar la copa en la barra sin mirar al forastero.

Inmediatamente los gritos de "¡Cerveza! ¡Cerveza! ¡Cerveza!" se reanudaron mientras los clientes golpeaban los puños en las mesas. Arnaud estaba seguro de que el par en la puerta seguía en silencio.

"Maldita sea, muchacho", dijo el forastero con calma por encima del estruendo. "No en esa copa. E*sa* copa".

Arnaud se enfureció. No necesitaba ver al forastero para saber a qué copa se refería. De vez en cuando, algún borracho *benêt* venía a la taberna y pedía que le sirviera una bebida en *esa copa* solo para ver si podía conseguirla. Cada taberna tenía esa misma copa reservada. Solo había un cliente que podía beber de ella; se mantenía limpia y lista para él en caso de que alguna vez bendijera la taberna con su presencia.

Arnaud giró para ver al forastero presuntuoso, la bandeja se inclinaba peligrosamente en su mano izquierda. Sus ojos se encontraron con los ojos marrones profundos del forastero; seguía señalando la gran copa con cresta en lo alto del estante. El forastero miró a Arnaud, sonriendo ampliamente.

"¡Por los oídos de los dioses! ¡Es... eres... tú!" La bandeja se inclinó con fuerza y se deslizó de la mano de Arnaud, golpeando el suelo con un fuerte estruendo y el ruido de las copas sobre las tablas. Una marea de cerveza espumosa atravesó el suelo detrás de la barra.

Chrétien salió corriendo de una puerta de detrás de la barra, ajustándose los pantalones y abrochándose el cinturón mientras llegaba. Margaret lo siguió, ajustándose el vestido, y gritando: "¿Qué pasó?"

Chrétien inmediatamente vio las copas y, en particular, la cerveza derramada en el suelo. "¡Maldito seas, muchacho! ¡Desperdiciando toda esta preciosa cerveza!" Cerró el puño y golpeó con fuerza a Arnaud en la oreja, derrumbándolo sobre el lío espumoso en el suelo.

Arnaud inmediatamente se puso de pie de un salto, sujetándose la oreja derecha. Señaló al forastero en la barra, tartamudeando emocionado. "¡Pero, pero, pero, Amo! ¡Es... es... ÉL"!

Chrétien se volvió para ver al forastero. El color desapareció de su rostro, sus rodillas se doblaron y agarró el borde de la barra para apoyarse.

"¡Lord Portiscule!" se las arregló sin aliento.

Toda la taberna se quedó en silencio mientras todos los ojos se posaban sobre el dios.

El conejo que estaba en la barra, tomó la lanza que había apoyado allí e hizo una reverencia ligera. Sin contar las orejas, Portiscule era al menos tan alto como Chrétien —que también era un hombre alto. La gran estatua de mármol de Lord Portiscule en su templo no daba indicios de las marcas negras y blancas de su pelaje. Las marcas en su cabeza parecían una máscara. El negro rodeaba ambos lados de su rostro desde la parte superior de su cabeza hasta cada lado de su mandíbula inferior. Las dos mitades se encontraban en la parte superior de su cabeza, donde el blanco de su nariz y bigotes terminaban en un punto. Sus orejas eran negro sólido. La mitad superior de su cuerpo y sus patas delanteras eran de un blanco puro, mientras que la mitad inferior de su cuerpo y las patas traseras eran de un negro sólido, dando la impresión de que llevaba pantalones negros. Las puntas de sus patas traseras terminaban en blanco, pareciendo medias cortas. Su complexión era sólida, su cabeza redondeada y su cuerpo parecían musculosos y rápidos. Su apariencia física no dejaba ninguna duda de que el guardián del palacio de Mava podía utilizar eficazmente la gran lanza que sostenía.

"¡Maldita sea!" gritó el guardián, sus orejas expandidas por la frustración. "¿Qué debe hacer un dios por aquí para conseguir una copa de cerveza negra?".

Chrétien golpeó a Arnaud en la oreja, derribándolo de nuevo. "¡Maldito seas, muchacho!" ¡Agarra esa copa para Lord Portiscule y llénala! ¡Ahora!"

Arnaud se levantó de nuevo. No le importaba el abuso de Chrétien, estando tan cautivado por la aparición del dios. Se subió al estante y bajó la copa gigante —más grande que su propia cabeza— y comenzó a llenarla del grifo. Arnaud colocó la copa cargada y pesada en la barra, el escudo del dios hacia Lord Portiscule.

"Puedo pagar. Tengo oro". Portiscule abrió su pata libre y varias monedas de oro retumbaron sobre la barra. Cogió una y giró su rostro para que coincidiera con su perfil en la moneda. "¡Tiene mi rostro en ella!" Comenzó a sonreír.

Chrétien miró las monedas de oro como un hombre hambriento podría ver a un pollo pavoneándose alrededor de un corral.

Portiscule levantó la copa fácilmente con su pata libre y asintió al tabernero y a su muchacho. "*Sláinte*".

Pero antes de que el guardián pudiera tomar un trago, una voz sonó desde la entrada: "Yo no aceptaría monedas de ese, tabernero. Porque es un granuja y un bribón, y sin duda se apoderó de esas monedas por algunos medios sin escrúpulos".

Las orejas de Portiscule se echaron hacia atrás. Bajó un poco la copa mientras apretaba su lanza con más fuerza. "¿Qué? ¿Quién diablos dice esto?"

Toda la habitación se quedó en silencio mientras entraba el orador. Otro conejo grande entró casualmente en la habitación. Era del mismo tamaño y complexión que Portiscule y estaba marcado de la misma manera. Sin embargo, dondequiera que el guardián era negro, este dios era color pizarra grisácea. En la luz tenue de la taberna, parecía azul.

Portiscule abrió las patas delanteras, empapando a un hombre detrás de él con la copa de cerveza negra. "¡Hermano!" Corrió y abrazó al otro dios.

Toda la taberna estalló en un rugido fuerte, Daedemus, el hermano "gemelo" de Portiscule había llegado. Todos conocían las historias. Siempre que Portiscule y Daedemus estaban juntos, las festividades duraban días. Arnaud sonrió ampliamente mientras miraba alrededor de la habitación, luego su rostro cayó ligeramente. El par de la puerta no se unió a la juerga. Arnaud pensó que parecían preocupados.

Portiscule miró con tristeza dentro de la copa y luego la golpeó en la barra. "Sí. Parece que he perdido mi cerveza negra. ¡Más, tabernero!"

Chrétien levantó el puño hacia Arnaud, quien inmediatamente llenó la copa y la colocó pesadamente sobre la barra. Portiscule apuró la copa de un trago y la golpeó contra la barra. Le hizo un gesto a Arnaud, quien felizmente la llenó de nuevo. Portiscule abrió la pata y arrojó más oro sobre la barra mientras la copa regresaba. Portiscule la vació de nuevo y la devolvió una vez más a la barra con un golpe.

"Hermano", habló Daedemus. "¿Solo te quedarás ahí y beberás? ¿No tendremos música, canto o baile?"

Portiscule limpió la espuma de su labio con el dorso de la pata. "Bueno, maldita sea, Hermano. Creo que lo tenemos todo cubierto. Esos muchachos de la esquina se encargarán de la música, yo canto y tú bailas".

"¡Eso estará muy bien, Hermano!"

"¡Muchachos!" gritó Portiscule, apuntando su lanza a los músicos. "Toquen una melodía, una giga o un tambor. No me importa cuál. Toquen y encontraré las palabras".

Los músicos miraron en silencio sus instrumentos. Sin duda, no había una audiencia más intimidante que Portiscule y Daedemus. Probablemente les gustaría más tocar para el rey más exigente de todas las tierras que arriesgarse a un mal repertorio para estos dos dioses.

Portiscule vació la copa rellenada y la golpeó de nuevo en la barra. Se limpió el labio con un suspiro. "Maldita sea. Parece que tendré que 'cebar la bomba' por así decirlo. Y como mi bomba está bien cebada ahora, comenzaré".

Una ola de risas recorrió la taberna.

Portiscule apoyó su lanza contra la barra y se dirigió al centro de la habitación. Irrumpió con "The Wild Rover" El laudista olvidó su nerviosismo primero y saltó a la melodía con una sonrisa. Pronto el baterista se unió, seguido por el flautista, y finalmente entró el violinista.

Para el tercer coro, toda la casa se había unido al canto. Al ver que la canción iba bien, Portiscule hizo un gesto a los músicos, luego agregó un nuevo verso seguido de un par más de conjuntos del coro. La canción terminó con un gran rugido.

"¡Maldita sea, después de eso, estoy seco!"

La habitación se llenó de risas mientras Portiscule vaciaba la copa de nuevo. Otro golpe de la copa vacía y más oro en la barra.

El guardián volvió al centro de la habitación y se dirigió a los músicos. "Sí, muchachos, ahora que están preparados, les daré una nueva. Salten cuando tengan la melodía".

Y cantó:

*Cuando no era más que un muchacho joven, le dije a mi
maná hasta luego,
Me expuse en ese camino solitario para encontrar
nuevas aventuras,
Viajé lejos y viajé extenso, viajé al norte y viajé al sur,
Viajé al este y viajé al oeste, para ver todo lo que
podía ver.*

"¡Ahora el coro, muchachos!"

¡OH! Denme otro trago, muchachos, denme otro trago,
Porque he viajado mil millas, así que denme otro trago.
Denme otro trago, muchachos, denme otro trago,
¡Mi garganta está seca de tantas millas, así que denme
otro trago!

Portiscule cantó dos versos más y luego cantó la canción una y otra vez hasta que todos la aprendieron. Cuando terminó, toda la taberna estalló en vítores.

Portiscule continuó cantando. Cantó canciones de beber y de pelear. Cantó canciones de irse de casa y de regresar a casa. Cantó canciones del camino largo y del camino rocoso. Cantó canciones de Finnegan y de Lannigan, y de Molly y de Jenny.

Daedemus, el arquitecto, el constructor del palacio de Mava, caminó hacia el centro de la habitación y levantó las patas delanteras. La taberna pronto se calmó.

"Mi hermano prometió que también bailaríamos".

Hubo algunos gritos de aprobación ante este anuncio.

"Gracias", dijo Daedemus con una reverencia. "Ahora", dijo dirigiéndose a los músicos, "toquen un número alegre, o una giga o una canción, ¡algo con lo que el Señor de la Danza pueda demostrar su talento!"

El violinista comenzó una canción rápida y los otros músicos al reconocerla, lo siguieron. Daedemus se acercó a Margaret, hizo una reverencia y extendió la pata derecha cortésmente. Margaret inmediatamente se sonrojó ante la oferta del gran arquitecto.

"¡Ahh!" gritó alguien en la multitud. "¡Miren a la vieja Maggie sonrojada! ¡Quién creería que habría algo que la hiciera sonrojar!"

Margaret frunció el ceño en dirección de él que hablaba.

"¡Cállate, eh! ¡Te golpearé las orejas como solía hacerlo tu madre vieja, lo haré!"

Margaret se volvió hacia Daedemus, con sus mejillas enrojecidas de nuevo, y tomó su pata. El gran arquitecto, el Señor de la Danza, la hizo girar por la habitación con la canción rápida, las garras de su patas traseras haciendo tictac sobre el suelo de madera. El ritmo era rápido, pero en las garras hábiles del dios, giraban y se movían por la habitación. La multitud se mantuvo aplaudiendo y pisoteando al ritmo de la canción. Portiscule golpeó su copa en la barra al ritmo de la música —cuando estaba vacía, claro.

Daedemus llevó a Margaret por la habitación con otra melodía un poco más lenta, luego bailó por turnos con todas las damas de la taberna. Margaret se apoyó con fuerza contra Chrétien, abanicándose y mirando soñadoramente a Daedemus mientras se abría paso por la habitación.

Cuando todas las damas habían bailado, la multitud se dividió en grupos a medida que el día avanzaba hacia la noche. La cerveza fluía libremente. Arnaud se encontró más ocupado incluso con la ayuda de Chrétien y Margaret que cuando estaba solo. Lord Portiscule insistió en comprar para toda la taberna, tanto como quisieran, lo que quisieran. Y tenía oro. El oro fluía tan libremente como la cerveza.

Sin embargo, Arnaud seguía volteando hacia el par de la puerta. Se sentaban en silencio, pareciendo cada vez más nerviosos a medida que se acercaba la noche. Continuaron cuidando sus copas de cerveza ligera. No habían participado en ninguna de las juergas, ninguno de los cantos, ninguno de los bailes. Arnaud no estaba menos preocupado que antes por ellos. Con el gran estado de ánimo creado por Portiscule y Daedemus, no entendía cómo los dos hombres podían evitar ser atraídos por el buen humor contagioso de los dos dioses.

Dos tipos estaban dividiendo los dardos, a punto de comenzar un nuevo juego cuando Portiscule se acercó a ellos.

"¡Dardos! ¡Maldita sea! ¡Amo un buen juego de dardos!"

Un tipo sonrió astutamente. "Ahh, ¿sí? Bueno, aquí solo jugamos por monedas".

Portiscule vació su copa e hizo señas a Arnaud. "¿¡Qué!? ¿No crees que tengo oro?" Abrió la pata y lanzó varias monedas al suelo. "¡No hay ninguna apuesta que no pueda cubrir!"

Daedemus apareció entre ellos de repente, sus orejas atentas. "¿Escuché a alguien hablar de una apuesta?"

"Tal vez lo hiciste", dijo el otro tipo sonriendo ampliamente.

"Te daré probabilidades", dijo Daedemus con una sonrisa confiada. "Dos a uno a que no puedes derrotar a mi hermano".

"Que sea tres a uno, y tienes una apuesta", respondió el primer tipo, la sonrisa astuta todavía en su rostro.

"Hecho", dijo Daedemus y estrecharon las manos. "De hecho", dijo, dirigiéndose a toda la taberna, "le daré las mismas probabilidades a cualquiera aquí que esté dispuesto a aceptarlas".

Un gran grito surgió cuando varios hombres se acercaron a Daedemus con puñados de monedas, ansiosos por aceptar esas probabilidades.

Arnaud le trajo a Portiscule la copa rellenada, sacudiendo la cabeza mientras se la entregaba al dios. *Como se alinearán los tontos para perder una apuesta*, pensó. Portiscule vació la copa y se la devolvió a Arnaud. *Sin embargo*, pensó de nuevo, *hubo una vez en la que Daedemus perdió, si recuerdo mis historias correctamente*. Sacudió la cabeza. Mejor no pensar en esas cosas.

"Sí, ahora, muchachos", dijo Portiscule con seriedad. "Estoy listo para comenzar el juego; sin embargo, tengo una condición".

Los dos tipos fruncieron el ceño, aparentemente sospechando de algún engaño. "¿Eh? ¿Qué condición, entonces?"

"Sí, sí, muchachos. Mantengan sus cabezas". Portiscule esbozó una sonrisa agradable. "Solo que prefiero usar mi propio dardo". Con una sonrisa el dios sacó su lanza, golpeando la culata en el suelo.

Los dos jugadores de dardos rompieron a reír a carcajadas mientras Portiscule cruzaba los ojos, estiraba las orejas, sacaba la lengua por un lado de la boca y apuntaba la lanza al tablero. Arnaud soltó una risita mientras regresaba con la copa espumosa. La lanza voló de la pata del guardián y golpeó la pared detrás del par sentados junto a la puerta, aterrizando junto a la oreja de uno. Estaba mirando sus cabellos cayendo a su manga cuando Daedemus apareció de repente en su otra oreja.

"Oh, debo disculparme de todo corazón por la terrible puntería de mi hermano", murmuró. "Verás, no puede golpear el costado de un granero cuando ha estado bebiendo".

El hombre miró a Portiscule. Sus ojos marrones intensos se encontraron con los suyos. El guardián miró ferozmente sobre el borde de su copa mientras bebía lentamente.

Miró a Daedemus. El dios sonrió agradablemente.

"Tal vez sería aconsejable que te muevas".

El hombre con la lanza junto a la cabeza se levantó y se trasladó a la siguiente silla vacía en la mesa.

Daedemus estaba en su oreja en un instante. "No lo suficientemente lejos, creo".

El hombre volvió a mirar a Portiscule. El dios le había devuelto la copa al niño, manteniendo esa mirada ferozmente intensa en el extraño mientras se limpiaba el labio lenta y deliberadamente con el dorso de la pata.

El hombre miró a su socio. Se levantaron abruptamente, cada uno derribando su silla con un estruendo, y huyeron de la taberna tan rápido como pudieron correr. Corrieron fuera hacia la luz del día profundamente inclinada, apresurándose hacia el establo mientras los sonidos de la juerga disminuían detrás de ellos. Después de pagarle al mozo de cuadra, el par montó sus caballos sin decir una palabra. Cuando habían girado hacia la carretera, uno se dirigió al otro.

"Al Príncipe no le gustará que hayamos abandonado nuestro puesto".

"Debemos informarle", respondió el segundo encogiéndose de hombros. "Dile lo que vimos".

"¿Crees que nos creerá?"

"No me importa. Prefiero lidiar con el Príncipe que recibir la lanza del guardián en mi cabeza". El segundo puso su caballo al galope.

El primero dio una patada a su caballo y alcanzó al otro. "Sí, si tanto quiere a esa chica, entonces deja que se encargue de esos dos dioses".

"Y *déjalo* recibir una lanza en la cabeza si así lo desea".

CAPÍTULO QUINCE

Su viaje por el otro lado de la montaña resultó fácil y sin incidentes. Escuchó la conmoción de la lucha de Las Hermanas durante algún tiempo mientras se quejaba de dioses groseros y perturbadores. Emmeline se dio cuenta demasiado tarde de que había dejado su paquete en la roca plana. Ciertamente no quería ver a Las Hermanas de nuevo para recuperarlo, convenciéndose de que estaría bien hasta que llegara a The Wild Hare. El hecho de que no tuviera dinero, ni comida, ni agua no le preocupaba mucho. Todavía estaba demasiado enojada con los dioses entrometidos que habían interferido con ella en este viaje.

Las colinas, con sus afloramientos aleatorios de roca gris y árboles jóvenes esparcidos de diversas maneras, gradualmente dieron paso a la llanura a la que Emmeline estaba acostumbrada. Mientras caminaba penosamente por la maleza de la pradera abierta, viendo su sombra larga precederla, echó un vistazo breve por encima del hombro para ver la gran montaña de Las Hermanas brillar en la luz oblicua y evaporarse en la nada. Emmeline se detuvo y se dio la vuelta, buscando inútilmente en la llanura amplia la gran montaña que nunca debería haber existido. Su corazón se hundió un poco. *¿Por qué?* No podía discernir.

Viajar a través de la pradera era bastante fácil. Mientras que Emmeline mantuviera su sombra apuntando directamente hacia ella, sabía que iba en la dirección correcta. *Bien sûr,* pensó, *si las Liebres Salvajes deciden tomar la carroza del sol en algún rumbo aleatorio lejos del oeste, entonces estoy en serios problemas.* Decidió no pensar en eso.

La sombra de Emmeline la llevó a un bosque. Se detuvo en el borde, acariciando el tronco de un tejo joven. Al principio, pensó que era extraño, pero se recordó a sí misma que nunca había viajado a través del país, y, por lo tanto, no sabía lo que existía fuera del curso del camino este principal. Pensó en intentar rodearlo, manteniéndose al descubierto donde pudiera ver su sombra y mejor mantener su dirección. Pero el bosque era ancho, y la carroza del sol perseguía rápidamente al horizonte. Se arriesgaba a quedarse sin luz del día al intentar rodear el bosque, y eso no era deseable. Volvió a acariciar el tejo. Parecía un árbol normal, y el bosque parecía un bosque normal.

Los árboles jóvenes espaciados estrechamente en el borde del bosque daban paso rápidamente a un crecimiento más grande y más antiguo de robles, arces y nogales. Unos pocos pinos luchaban por el espacio aquí y allá, pero el bosque estaba compuesto en gran parte de caducifolios. Dio unos pasos, mirando hacia los árboles más grandes mientras lo hacía. Eran árboles de aspecto ordinario, grandes como la mayoría de la gente los definiría, pero para Emmeline parecían bastante pequeños en comparación con los árboles inmensos de la montaña de Las Hermanas. Tejidos en el suelo entre los árboles, yacían senderos tenues dejados por animales salvajes alrededor de la madera. En un bosque como este, seguramente había ciervos, aves y conejos, con suerte solo conejos de la variedad ordinaria.

Después de un examen largo, Emmeline decidió que el bosque realmente era un bosque normal. Retrocedió unos pasos, marcando la dirección de su sombra en la hierba. Una vez que marcó hacia el este, comenzó a entrar en el bosque, asegurándose de continuar en línea recta lo mejor posible. Pronto descubrió un sendero amplio, presumiblemente hecho por ciervos y otros animales salvajes, siguiendo hacia el este.

El sendero estaba muy usado. Los animales, como los humanos, tendían a seguir senderos que muchos otros habían seguido antes que ellos. Cortado hasta la tierra desnuda del suelo del bosque, el sendero continuó recto la mayor parte, serpenteando alrededor de árboles grandes aquí y allá, y luego reanudó su camino hacia el este. Hierbas exuberantes florecían a la sombra del dosel de caducifolios. Algunos senderos de hierba aplastada salían del sendero principal a intervalos periódicos. Emmeline caminó lentamente por el sendero amplio al principio, desconfiando de cualquier animal del tipo carnívoro que pudiera estar acechando detrás de los árboles, luego se estableció en un ritmo constante a medida que se sintió más cómoda con la dirección del sendero y confiada de la ausencia de los animales carnívoros antes mencionados.

El sol desapareció detrás de un dosel de hojas tan espesas que ni siquiera un rayo de la luz occidental inclinada logró pasar. Emmeline seguía confiando en su dirección. El sendero mantenía su camino recto hacia el este mientras observaba el musgo que crecía en el lado norte de los caducifolios grandes. El ritmo de Emmeline aumentaba a medida que aumentaba su confianza, pero en el fondo deseaba salir del bosque lo más rápido posible. El viaje no había salido según lo planeado y no quería otra interrupción. Había comenzado a silbar una melodía cuando los dos conejos parados en medio del sendero la hicieron detenerse de repente.

Emmeline soltó un pequeño chillido. Pasó otro momento antes de que se diera cuenta de que no eran dioses, sino dos conejos salvajes ordinarios. El par estaba en cuclillas, con las orejas erguidas y las patas delanteras sostenidas cuidadosamente en sus pechos, aparentemente igual de sorprendidos de verla. Sin embargo, no huyeron de ella. Emmeline había aprendido que los conejos salvajes generalmente no temen a los humanos. En su vida había visto a unos cuantos pasar por la granja. *Se nos enseña a respetar a los conejos salvajes*, le había dicho su padre una vez, *porque son representantes corpóreos de los dioses*. Estaba prohibido interferir con los conejos salvajes. Uno tenía que permitirles el paso seguro cuando los encontraba. Se consideraba una bendición cuando un conejo salvaje comía de tu jardín. Cazar o matar a un conejo salvaje se castigaba con la muerte.

Los dos conejos comunes marrones y elegantes de pie ante Emmeline en el sendero la miraban fijamente. Voltearon el uno al otro, moviendo los bigotes, y se volvieron hacia ella. El de la derecha comenzó a sacudir la cabeza. Se volvió hacia su acompañante, quien sumergió la cabeza una vez, y luego una segunda vez. Emmeline frunció el ceño. Los conejos salvajes que Emmeline había visto antes no hicieron nada; pasaron despreocupadamente en su camino a su destino, sin prestar atención a su presencia por completo. Los dos conejos ante ella inclinaron sus cabezas con curiosidad en Emmeline, luego, con otra sacudida y un sumergimiento, los conejos salieron del camino, corriendo a través de la hierba intacta en dirección al norte.

La sombra fresca del bosque hizo que el viaje fuera placentero. La ausencia del sol abrasador levantó un poco el espíritu de Emmeline. La tierra compacta del sendero que se extendía ante ella, era suave y plana, lo que facilitó la caminata en todo el viaje. Pronto se olvidó de los conejos en el camino, de los dioses y del Príncipe. Emmeline comenzó a silbar de nuevo cuando se detuvo una vez más.

El sendero terminó abruptamente en una espesura. Una maleza densa se extendía a través del sendero en cualquier dirección hasta donde podía ver. Emmeline estaba ante él, parpadeando, confundida por la obstrucción. La hierba aplastada marcaba por donde habían pasado los animales a su alrededor, pero ninguno de los senderos estaba tan transitado como el sendero principal. Supuso que un ciervo simplemente habría saltado sobre la obstrucción. Emmeline saltó en su lugar, con la esperanza de obtener un vistazo del otro lado de la espesura, lo que resultó inútil. Intentó avanzar, pero con el follaje denso y las zarzas espinosas descubrió dolorosamente que solo los viajeros más pequeños podían pasar. Emmeline miró hacia arriba, pero el dosel verde profundo no le ofreció ninguna sugerencia. Consciente del día menguante, giró a la izquierda y siguió el borde de la espesura, con la esperanza de encontrar el sendero en el otro lado.

———

Eso fue hace algún tiempo. Emmeline se apoyó en el tronco de un abedulillo; un árbol por el que estaba segura había pasado al menos tres veces. La vez anterior había marcado la corteza con una piedra. Levantó la cabeza y miró la marca. Ahora caminaba en círculos. El musgo crecía en todos los lados de los árboles en esta parte oscura del bosque mientras el dosel espeso bloqueaba toda la luz excepto la más tenue, sin darle ninguna pista sobre la dirección. El pánico comenzó a crecer lentamente en ella, pero Emmeline luchó contra él. *No puedo perderme*, pensó. *Debe haber una respuesta en algún lugar.*

Emmeline se apartó de él y respiró hondo. Había llegado demasiado lejos y había experimentado demasiado para desmoronarse ahora. Pero estaba cansada. Este viaje largo y arduo se estaba volviendo demasiado para ella. Quería irse a casa. No quería al Príncipe; no quería a los dioses. Quería su casa. Quería a su madre y a su padre. Quería las cosechas, y a Cheval, e incluso a ese burro temperamental Jacques. Quería estar donde todo era, lo más importante, normal.

Un crujido llegó desde lejos detrás de ella. Emmeline bajó la cabeza con un suspiro. Estaba simplemente demasiado cansada y frustrada para lidiar con otro dios entrometido. Eso, por supuesto, era lo que tenía que ser. Ya había lidiado con suficientes de ellos.

Otro crujido. El sonido era bastante lejano, pero estaba segura de que estaba más cerca que el anterior. O quizás era su imaginación. No le importaba. Emmeline comenzó a caminar, ignorando caminos, pistas y senderos, en cambio tomó una nueva dirección a través del piso bajo cubierto de hierba del bosque. Caminó, manteniendo una línea tan recta como pudo. Ciertamente, este bosque no podía durar para siempre, y cuando encontrara el final, podría orientarse y llegar a The Wild Hare desde allí. Una vez en The Wild Hare, abrazaría a su padre y todo estaría bien.

Estableció un ritmo rápido, sus pies saltaban a través de la hierba espesa. La concentración era la clave. Había dejado que su mente divagara después de haber pasado la espesura. Si podía arar y plantar filas rectas por sí misma, ¿por qué no podía caminar en línea recta sin distracciones? Debía permanecer enfocada.

Otro crujido detrás de ella rompió momentáneamente su concentración. "Benditas sean las muchas camadas de Mava", maldijo en voz baja. El sonido estaba definitivamente más cerca. Todavía bastante detrás de ella, pero un poco más cerca. Tal vez era solo un animal salvaje.

Emmeline deseó no haber dejado que ese pensamiento entrara en su mente. Imágenes de lobos, osos y otras criaturas con dientes y apetitos igualmente salvajes, florecieron en su mente. Algunos de los viajeros que se detuvieron en su granja contaron historias fantásticas de criaturas horribles que cazaban y devoraban humanos. Leones y tigres acechaban humanos en llanuras distantes. Algunos decían que, si uno navegaba lo suficientemente lejos, había una tierra habitada por dragones gigantes. Estos reptiles feroces grandes devoraban a los humanos después de destrozarlos con sus garras y dientes afilados. Después de escuchar esas historias, Emmeline encontró difícil dormir. Su madre le dijo que esos eran solo cuentos contados por hombres simples, y no era razonable creer que tales criaturas pudieran existir. Su padre le dijo que los dioses no podían ni permitirían que tales criaturas existieran y atormentaran a los humanos bajo su cuidado.

Hoy Emmeline había descubierto dos falsedades contadas por su madre y por su padre. La primera era que la razón dominaba la vida. No era razonable que el Príncipe quisiera casarse con ella. No era razonable tener que huir del Príncipe que quiere casarse con ella. No era razonable perderse en el bosque por culpa del Príncipe. La segunda falsedad era que los dioses se preocupan por el bienestar de los seres humanos. Son vanidosos y egocéntricos, y mientras los leones, los tigres y los dragones no interrumpan su hora del té o se entrometan en sus disputas, entonces los dioses estarán lo suficientemente felices como para dejarlos hacer lo que les plazca. Si le dieran la opción de encontrarse con un dragón o con un dios en este bosque, Emmeline no podría decir con certeza cuál sería peor.

Por el momento, prefería no encontrarse con ninguno de los dos.

Hojas y ramas crujieron de nuevo por detrás. El sonido vino de algún lugar alto y aún más cerca que antes. Emmeline miró hacia atrás sobre su hombro, pero no vio nada en el dosel. Se decía que los dragones podían volar. Se decía que se posaban como pájaros mientras esperaban a su presa. Aumentó su ritmo.

Sabía que estaba siendo tonta. No existían tales cosas como dragones. Sin embargo, la luz en el bosque se había vuelto sutilmente más oscura y no deseaba estar en él cuando llegara la oscuridad total. Estuviera o no cerca de The Wild Hare, Emmeline quería salir de este bosque rápidamente.

El crujido llegó de nuevo, esta vez de un gran roble blanco detrás de ella. Emmeline se detuvo y giró. Sus ojos recorrieron cuidadosamente el tronco enorme y luego deambularon por todas las ramas, buscando a través de las hojas un atisbo de lo que había hecho el ruido. No pudo ver nada. Reanudó su curso a paso rápido, trazando cuidadosamente su dirección, concentrándose en la tarea que tenía entre manos. Todas las distracciones desaparecieron. Cuando escuchó algo grande aterrizar ligeramente en el suelo cubierto de hierba del bosque directamente detrás de ella, echó a correr.

No había pánico en Emmeline. Cansancio, frustración y enojo, sí. Pánico, no. La dirección dejó de ser importante. Todo lo que quería era alejarse de los dioses entrometidos y escapar de este bosque. Emmeline se empujó con fuerza con una energía que no sabía que tenía, esquivando árboles y parches de zarzas pequeños, saltando sobre troncos caídos, agachándose bajo las ramas bajas. En un punto se encontró una espesura, aunque no tan amplia y densa como la primera. Sin querer detenerse o demorarse en evadirla, saltó ciegamente a través de ella, la zarza espinosa rasgó su ropa, arañó su piel y tiró de su cabello. No fue consciente inmediatamente del dolor, aunque sí notó que la sangre le corría por el brazo derecho a través de las tiras de la manga.

El sonido de sus pisadas sobre el suelo de hierba del bosque resonaba en la cabeza de Emmeline. Se arriesgó a mirar atrás con la esperanza de no ver a nadie —especialmente a cualquier dios— siguiéndola. No vio a nadie, pero al mirar atrás, casi corrió hacia el rio ancho y veloz que se encontraba directamente en su camino.

Emmeline se detuvo con un chapoteo mientras se deslizaba por la orilla del río hacia el agua de un charco de marea pequeño en la orilla del río. "*¡Merde!*" maldijo en voz alta mientras subía de nuevo a la orilla. Miró hacia atrás y escuchó. No había ruido detrás de ella. Con suerte, quienquiera que la persiguiera finalmente entendió que no quería ser molestada. Satisfecha de estar sola, Emmeline se volvió para enfrentar su nuevo problema.

El rio, de al menos cien surcos de ancho, fluía rápidamente, formando crestas blancas que bañaban las orillas. El agua suave y plana en el centro indicaba una profundidad pronunciada. La brecha en el dosel frondoso sobre el rio mostraba un cielo azul gris, oscureciéndose a medida que las Liebres Salvajes se acercaban al horizonte. Si este rio era el que ella pensaba que era, entonces estaba muy al sur de donde debería estar. Volver al camino significaría llegar a The Wild Hare mucho después del anochecer. Viajar en la oscuridad la molestaba un poco, pero la preocupación de su padre cuando llegará y no la encontrará allí la preocupaba mucho. Se limpió el sudor de la frente con la manga hecha jirones, untando sangre en su frente en el proceso. Emmeline gruñó. Se agachó para lavarse la cara en el charco pequeño.

Levantándose, miró al río delante de ella. Emmeline pensó que era triste que las cosechas de su familia estuvieran muriendo por la sequía, y, sin embargo, este rio, alimentado por las montañas grandes del norte, fluía fuerte y rápido con agua más que suficiente para sus cosechas resecas. Al menos, Emmeline tenía orientación de nuevo. Simplemente necesitaba seguir el rio norte hasta que saliera del bosque y luego retroceder hasta The Wild Hare. Sí, llegaría mucho después de que la carroza del sol haya pasado más allá del horizonte. Sí, su padre estaría preocupado, pero esperaría. Padre esperaría el tiempo que fuera necesario, porque creía en *el plan*.

Emmeline siguió el río corriente arriba. La orilla cubierta de hierba era tan firme y fácil para caminar como el resto del bosque. Escuchando por su perseguidor misterioso, y luego satisfecha de que se había ido, Emmeline recuperó el ritmo. Quería, necesitaba, salir de este bosque lo más rápido posible. Caminar era generalmente fácil, ramas pequeñas caídas en su camino interrumpieron su ritmo, pero en general, mantuvo un ritmo rápido y constante. Fue cuando pisó un tronco de gran tamaño y una rama pequeña se rompió bajo su pie con un chasquido de percusión que escuchó las voces.

Venían de detrás de ella, pero no exactamente de la misma dirección que el perseguidor misterioso. Este no era él. Emmeline permaneció inmóvil mientras escuchaba atentamente. Las voces estaban demasiado lejos para distinguir las palabras. Se detuvo sin atreverse a moverse, sin atreverse a respirar. Emmeline escuchó. Dos voces distintas. No podía discernir las palabras, pero podía discernir las voces profundas masculinas.

Consciente de dónde pisaba, Emmeline aceleró el paso en la orilla del río. Quienquiera que fueran estas personas, seguramente no quería verlos ni que la vieran. Esperaba que no estuvieran viajando hacia el río. Sin embargo, las voces eran cada vez más fuertes y distintas. Comenzó a trotar, deseando seriamente superar a los dueños de la voces antes de que llegaran al río. La sangre de Emmeline se congeló ante las primeras palabras que pudo escuchar claramente: "Mi Príncipe".

Pasó un momento largo antes de que pudiera respirar de nuevo. Solo pensaba que había conocido el pánico antes. Emmeline tomó un respiró irregular e incómodo, tratando de permanecer lo más silenciosa posible. Las voces se acercaban, viniendo hacía el río. Con el corazón latiendo fuera de su pecho, miró arriba y abajo de la orilla. Al otro lado del río era la única salida. Buscó frenéticamente algún lugar por donde pudiera cruzar. No había ninguno. Emmeline sabía nadar, de hecho, nadaba muy bien, pero no era lo suficientemente fuerte para luchar contra la corriente de este gran río.

Gotas de sudor aparecieron en la frente de Emmeline. Se limpió la frente por costumbre antes de darse cuenta demasiado tarde de que la sangre todavía fluía libremente en su brazo. Gruñendo suavemente, se agachó en la orilla —una buena idea de todos modos, pensó— y sostuvo las manos en la corriente, lavándose silenciosamente el rostro y el brazo. Emmeline exhaló lentamente, escuchando las voces acercándose, y mirando el agua corriendo clara y rápida. De repente se dio cuenta alarmada de que alguien la estaba mirando. Había un rostro en el agua, y no era su propio reflejo. Se sentó con un grito más fuerte de lo que pretendía cuando una figura salió lentamente del río.

El conejo se elevó a la altura del pecho fuera del río y colocó las patas delanteras sobre la superficie del agua como ella podría colocar sus manos sobre una mesa. Debajo de la superficie, su lana larga fluía y fluía en la corriente, ondeando hipnóticamente en el agua clara. Por encima de la superficie, el conejo estaba perfectamente seco, su lana larga de angora blanca sobresalía de sus orejas, de su cabeza y de su cuerpo como una aureola. El rostro del conejo, sin embargo, era una máscara de lana negra, lo que dificultaba ver sus ojos.

"¡Saludos, joven humana!" Luego, después de una breve pausa: "Perdóname, Emmeline. Debo y me dirigiré a ti por tu nombre de pila".

Emmeline saltó ante la mención de su nombre, luego comenzó a mirar frenéticamente a su alrededor. "¡Shhh! ¡El Príncipe te escuchará y luego me atraparán!"

"Oh no", dijo el conejo con calma, "el Príncipe y su grupo no pueden oírnos ahora. Eso puede cambiar en unos momentos, pero por ahora, hablamos en privado".

Su voz era amable y calmante, pero Emmeline miró al conejo lanudo con incertidumbre.

El tono del conejo se volvió grave; sus ojos aún eran difíciles de discernir. "Puedo mantenerte oculta por el momento, pero si no actuamos rápido, eso *cambiará*".

Emmeline tragó saliva, pero no dijo nada.

"¿Me conoces?" preguntó el conejo, volviendo a su tono suave.

Emmeline sacudió tímidamente la cabeza.

"Me sorprendes", respondió alegremente. "Estaba seguro de que lo harías. Quizás conozcas a mis dos hermanas"

Emmeline sacudió la cabeza otra vez.

"Hmmm, dijo, tocando su mentón con una pata. "¿Mi hermano?"

Los ojos de Emmeline se iluminaron con el recuerdo. "¡Tu hermano es el dios del mar!"

"Ah, sí", asintió el conejo. "La reputación de mi hermano le precede. Todos conocen a Merinwar, el dios del mar. Sin embargo, la mayoría tiende a olvidar a su hermano".

La boca de Emmeline se torció mientras intentaba recordar el nombre del conejo.

"Fleuvenar a tu servicio", ofreció con una reverencia.

"¿Puedes llevarme a ver a tu hermano, el dios del mar?"

gritó Emmeline. Miró a su alrededor con cautela, aún sin saber si estaba realmente a salvo.

"Bueno", dijo Fleuvenar encogiéndose de hombros, "él no se preocupa particularmente por los humanos, así que no creo que sea una buena idea".

Emmeline frunció el ceño.

"Aunque", continuó Fleuvenar, "hay un humano con el que trabajará de cerca". Hizo una larga pausa. "Pero no creo que ese humano seas tú".

"Seguramente el dios del mar no encontraría culpa en mí", dijo Emmeline, esperanzada.

Fleuvenar se encogió de hombros de nuevo. "El hecho de que seas humana es la única culpa que requiere".

"Pero no le he hecho ningún daño", dijo Emmeline, sacudiendo la cabeza. "¡No le he hecho ningún daño a nadie!"

Una vez más, Fleuvenar se encogió de hombros. Sus ojos oscuros, ocultos tras la máscara de lana negra larga, no delataban nada.

Emmeline se estaba exasperando. Se había olvidado del Príncipe que se acercaba y estaba concentrada únicamente en el dios del mar. "¡Simplemente deseo visitar el mar! Nunca lo he visto. Seguramente el dios del mar me concedería ese único deseo".

El Conejo del Río se rio agradablemente. "Si solo deseas visitar el mar, entonces tengo el poder de concederte tu deseo. Este río sigue un curso sinuoso largo y finalmente desemboca en el mar. Con mucho gusto te llevaré al mar, y no necesitamos involucrar a mi hermano".

Emmeline se iluminó. "¿De verdad? ¿Lo harás?"

El Conejo del Río se inclinó levemente. "Sí, lo haré. Pero debemos darnos prisa. El Príncipe y su grupo se acercan incluso ahora, y si te ven, ya no puedo ayudarte".

"Sí", dijo Emmeline con una gran sonrisa. "Vayamos al mar. Aunque, ¿cómo voy a viajar? No puedo nadar en este río".

Fleuvenar le ofreció una sonrisa amistosa. "Sube a mi espalda. Te llevaré, y mientras te quedes conmigo estarás a salvo en el río".

Emmeline se volvió hacia el sonido del Príncipe y su grupo. Las voces, varias de ellas ahora, estaban muy cerca. El tiempo se acababa. Se volvió hacia el dios que esperaba pacientemente en el río. Miró hacia el cielo que oscurecía lentamente sobre el río.

"Sí, dijo, su voz apenas un susurro. "Vamos al mar".

———

"¿¡Bien!?" gritó el Príncipe. ¿Dónde está ella?"

"No lo sé, mi señor".

"¿Qué quieres decir con, 'no lo sé, mi señor'? Eres el mejor —o supuestamente el mejor— rastreador de la tierra. La rastreaste hasta este río. Ahora, ¿a dónde se ha ido?"

Gautier se rascó la cabeza. "No lo sé mi señor".

"¡Sigues diciendo eso!" El rostro del Príncipe se sonrojó de un carmesí brillante. "¿A dónde se ha ido?" dijo el Príncipe, gruñendo entre dientes.

"¡Yo... yo... yo... no sé, m-m-m-i señor!" tartamudeó el rastreador. Cuando vio al Príncipe alcanzar su espada, rápidamente se compuso y explicó: "Seguimos el rastro a través del bosque, lo perdimos, luego lo recogimos de nuevo cerca del río. En la orilla, el rastro giró hacia el norte, siguiendo el río a contracorriente. Y luego... bueno... el rastro simplemente termina".

"¿Termina?" El Príncipe Henri volvió a poner su espada en su vaina.

"Sí", dijo Gautier con un suspiro. "El rastro simplemente se detiene".

"La perdiste antes, ¿regresó por donde vino?"

"Eso es una *impossibilité*. Antes, recogí su rastro después de un espacio corto. Ahora no hay nada. Nada hasta donde puedo ver en ninguna dirección. ¿Regresar? No podría hacerlo sin que yo lo supiera. Podría intentar, pero conozco los trucos".

"Entonces debe haber cruzado el río nadando".

"Otra *impossibilité*, mi señor. Este río es demasiado ancho, profundo y veloz para que una niña lo atraviese nadando. Incluso yo, un nadador experimentado, tendría grandes dificultades para cruzarlo nadando. *Non*, si intentó cruzar el río nadando, entonces ella está—"

Un grito subió de algún lugar río abajo. El rastreador despegó por la orilla del río. Henri pateó su caballo en la misma dirección con Gilles a remolque. El pecho de Philippe se tensó, temeroso de haber encontrado a la chica. Después de un momento, él también pateó a su caballo en esa dirección. Siguiendo detrás del caballo del Príncipe, Philippe se remarcó, como después de la tortura que había soportado el campesino, todavía poseía la energía para mantener el ritmo del caballo. Con dificultad, sin embargo.

El Príncipe llegó primero a la fuente del grito. Otros salieron del bosque desde diferentes direcciones. Philippe vio a Gautier rodear al caballo de Henri justo cuando el Príncipe desmontaba. Los otros comenzaron a desmontar y a formar un semicírculo en la orilla del río mientras Philippe cabalgaba detrás de ellos. Saltó de su montura, corrió hacia la multitud y empujó bruscamente a un par de hombres fuera del camino mientras se forzaba por pasar.

Henri permaneció rígido en la orilla del río junto a un charco de marea. Philippe lo miró con curiosidad. El rostro del Príncipe estaba tenso, su mandíbula apretada, sus labios estirados. Sus ojos eran enormes, llenos de rabia. Philippe había visto esto antes, muchas veces de hecho. Lentamente, volvió los ojos hacia lo que el Príncipe estaba mirando. Dominic y Sébastien estaban arrodillados junto al charco de marea con miradas sombrías en sus rostros. Miraron hacia arriba al rostro feroz del Príncipe, claramente preocupados por cómo haría frente a su descubrimiento. Philippe no vio al principio lo que el par había encontrado que había provocado el grito. Tal vez no quería ver. Pero pronto sus ojos se volvieron hacia el charco de marea, el corte ancho en la orilla en la que el agua del río entraba y giraba a un ritmo mucho más lento que el rio rápido. Dominic habló, su voz apenas por encima de un susurro: "El Oscuro ha estado aquí".

Los ojos oscuros y ciegos de Emmeline miraban a Philippe desde debajo del agua del charco poco profundo. Su cabello largo castaño fluía alrededor de su cabeza como una aureola mientras sus brazos yacían rectos y quietos a los lados. Philippe no pudo evitar jadear en voz alta. Se cubrió la boca demasiado tarde para suprimir el sonido. Solo Dominic y otro hombre cuyo nombre Philippe no recordaba le prestaron atención. Todos los demás se centraban en el Príncipe.

Henri agitó el brazo frenéticamente hacia Dominic y Sébastien. "Sáquenla de ahí", rugió.

Los dos hicieron lo que se les ordenó y sacaron el cuerpo de la niña del agua y luego lo colocaron suavemente en la orilla cubierta de hierba. Todos los ojos permanecieron en el Príncipe. No habló durante mucho tiempo. Al instante, Henri se arrodilló y tomó el rostro pálido de la niña en su mano. Giró la cabeza de lado a lado, clínicamente, como si la examinara. No dijo nada, pero la mirada intensa permaneció en su rostro.

Todos se sobresaltaron cuando el Príncipe saltó a sus pies con un rugido y se abrió paso entre el grupo de hombres reunidos detrás de él. Regresó momentáneamente, arrastrando al campesino Gilles con él. El Príncipe lo arrojó bruscamente al suelo junto al cuerpo de la niña. Philippe no pudo evitar jadear en voz alta otra vez. No quería ver más. Quería irse, pero si no se quedaba, Henri lo castigaría más tarde más allá de toda medida.

"¡MIRA LO QUE HAS HECHO!" rugió el Príncipe. "¡Mira lo que me ha costado tu estupidez!"

El campesino se arrodilló en la orilla, cara a cara con su hija. El único ojo bueno se llenó de lágrimas mientras sus labios rotos temblaban de tristeza. Se acercó a su hija con las manos atadas, temblando violentamente mientras acariciaba su rostro húmedo. Un gemido bajo se le escapó cuando comenzó a temblar por todas partes.

Todos los hombres del Príncipe se movieron incómodos sobre sus pies. Philippe luchó valientemente por contener sus propias lágrimas y temblores. De todos los hombres aquí, solo él entendía la pérdida del campesino. Se obligó a no pensar en su propia dulce y amada Claire. Si se permitía hacer eso, seguramente perdería su autocontrol frágil.

El Príncipe tiró al campesino a sus pies y lo giró para mirarlo. Philippe ya no podía soportar ver. La expresión dolorosa del campesino en su rostro arruinado lo rompió.

"¿¡Ves lo que ha hecho tu estupidez!?" el Príncipe rugió en su rostro. "¿¡Lo ves!?"

El campesino solamente tembló y gimió.

El Príncipe se enfureció. "Era tan simple. Solo tenías que entregármela, y todo habría estado bien. Pero tenías que intentar engañarme, intentar esta tontería. ¡Y MIRA LO QUE HA COSTADO!"

El Príncipe agarró al campesino por la nuca y hundió su rostro en el rostro pálido y frío de su hija. "¿¡VES LO QUE HAS HECHO!?"

Tirando violentamente hacia arriba al campesino una vez

más, Henri lo giró de nuevo para enfrentarse a él. Esta vez, el Príncipe echó el brazo hacia atrás y le dio un puñetazo al rostro del campesino con un crujido fuerte. El campesino giró y aterrizó sobre el cuerpo de su hija, una vez más se encontró cara a cara con el rostro pálido de su hija y los ojos ciegos. La sangre fluía libremente de su rostro, el campesino comenzó a sollozar en voz alta.

Henri agarró al campesino una vez más y comenzó a arrastrarlo de regreso a través de la multitud.

"¿Mi señor?" preguntó Sébastien con cautela. "¿Qué haremos con el cuerpo?"

Henri se detuvo y giró, su rostro todavía era una máscara de rabia.

"¡No me importa! ¡Haz lo que quieras!" Se giró y arrastró al campesino a través del grupo de sus hombres.

Sébastien miró a la niña muerta. Su piel suave y tersa brillaba a la luz que se desvanecía. Levantó una ceja a Dominic. Dominic le devolvió la sonrisa con malicia.

CAPÍTULO DIECISÉIS

Murielle saltó cuando la puerta se abrió con un estruendo fuerte, revelando una figura grande y oscura enmarcada en la puerta por la luz del amanecer que entraba en el establo detrás de él.

"Tu padre no apreciaría verte rezando ante un altar de uno de los dioses, creo", dijo Étienne frunciendo el ceño.

La Murielle joven tartamudeó sin producir una palabra coherente.

Étienne entró en la habitación. "¿Y por qué te has atrevido a entrar en la corte de Étienne sin el señor Étienne presente?". El comisario puso las manos en las caderas. "Esta es una ofensa grave, mi muchachita".

Murielle luchó por levantarse del saco de pienso. Tartamudeó de nuevo, todavía incapaz de producir una palabra coherente.

"¿¡Bien!?" gritó el hombre grande, haciendo que el techo de paja temblara. "¿¡Qué tienes que decir en tu defensa!?"

Murielle no pudo pronunciar una palabra. Luchó por

levantarse y en cambio, cayó del saco de pienso, aterrizando de espaldas en el suelo.

Étienne gritó de nuevo, esta vez entre risas. Vio a Murielle caer como un pez en el suelo del establo, luchando por levantarse, pero fracasando miserablemente.

El comisario le tendió una mano grande y callosa. "Ven muchacha, déjame ayudarte". Se rio alegremente.

Murielle tomó su mano y Étienne la ayudó a ponerse de pie sin esfuerzo. Agachó la cabeza avergonzada, temerosa de algún castigo por violar el espacio personal del comisario.

Étienne se volvió a reír entre dientes. "Sin miedo, muchacha".

Manteniendo la cabeza baja, Murielle lo miró con incertidumbre. Étienne era un hombre grande y poderoso. Cualquier castigo que le infligiera sería ciertamente doloroso y memorable. La única respuesta de su padre sería que se lo había merecido.

Étienne sacudió la cabeza. "Solo bromeo contigo, mi muchacha". Levantó las manos en un gesto de paz. "Sin miedo".

Murielle levantó la cabeza con un suspiro de alivio. Miró al comisario de su padre enmarcado por la luz dorada de la mañana que brillaba a través del extremo abierto del establo. Era un hombre corpulento, más alto y ancho que su padre, o cualquier hombre que ella conociera, para el caso. Su cabello largo y desgreñado y su barba igualmente larga y desgreñada daban la impresión de un hombre salvaje. Su semblante y su tamaño se combinaban para hacerlo un tipo muy imponente. Sin embargo, su naturaleza afable, su corazón bondadoso y su espíritu jovial —solo visto por personas que lo conocía bien— contrarrestaban esa imagen. Murielle miró hacia el altar. Una representación verdadera de Lord Arbrinner, eso era Étienne.

"No tengo ningún problema contigo, mi muchacha", dijo Étienne con una sonrisa. "Eres mi buena amiga y eres bienvenida aquí en cualquier momento, esté o no presente. No permito ese privilegio a nadie más".

Murielle le sonrió tímidamente.

"Sin embargo", continuó, frunciendo el ceño mientras su tono se volvió serio, "no bromeo cuando digo que tu padre no aprobaría tus oraciones ante mi altar, o cualquier altar de hecho".

Murielle bajó los ojos y sacudió la cabeza lentamente. "No, no lo haría", susurró.

"Haré un trato contigo. No le diré que te vi orando ante mi altar si no le dices que te permito venir aquí y rezar ante él en cualquier momento que desees".

Murielle lo miró interrogante.

Étienne colocó un dedo en sus labios y miró a su alrededor como si buscara a alguien mirando. "Cualquier momento que desees".

El rostro de Murielle se puso serio. Asintió sombríamente y colocó un dedo en sus labios.

"De acuerdo", dijo él.

Ambos rompieron en sonrisas.

"Bueno, mi muchacha", dijo Étienne después de un momento, "¿te gustaría ayudarme a llevar a los animales a pastar antes de que ordeñemos las vacas?"

El rostro de Murielle se iluminó. "¡Sí! ¡Mucho!"

El rostro de Étienne irrumpió en una sonrisa amplia. "Ven entonces, vamos. Estoy bastante seguro de que todos están muy hambrientos".

El comisario caminó hacia la parte delantera del establo. Acababa de pasar por la entrada de su "corte" cuando se dio cuenta de que la chica no lo estaba siguiendo.

Murielle se quedó mirando el altar de Étienne. "¿Cómo lo haces?" preguntó.

"Supongo que no te refieres a cómo hacemos que los

animales pasten, pero no sé qué más podrías estar preguntando"

Murielle se movió incómoda, escogiendo su capa al azar. "Rezar", dijo finalmente.

Étienne retrocedió hacia la puerta. "¿Rezar?" repitió, rascándose la cabeza. "Bueno, uno solo... solo... reza".

"Pero ¿cómo?" Lo miró con esa expresión que tienen los niños cuando desean que les expliques algo demasiado complejo en una declaración breve.

"Bueno... ahh.. hmm..." El comisario se volvió a rascar la cabeza. "Uno solo reza, eso es todo".

"¿Cómo?"

"Bueno... umm... hay muchas oraciones comunes que usan los sacerdotes. Mi padre nunca me las enseñó. Simplemente me arrodillo ante el altar y digo lo que esté en mi mente".

"¿Cómo?"

Es por eso por lo que nunca he tenido hijos, pensó Étienne. "No tengo un plan. Le digo al dios lo que estoy pensando en ese momento".

"Muéstrame".

Étienne respiró profundo y lo soltó lentamente. Apartó a Murielle y se dejó caer lentamente sobre el saco de pienso. Los extremos se abultaron con el desplazamiento del pienso por su gran masa. Después de colocar las yemas de los dedos en la frente, cerró los ojos y respiró profundo.

"Ejem". Ordenó sus pensamientos por un momento y luego comenzó. "Lord Arbrinner, gracias por este hermoso día que nos has brindado. Bendícenos, cuídanos y protégenos de todo mal". Se volvió hacia Murielle y se encogió de hombres. "Solo así".

Murielle asintió con seriedad.

Era el turno de Étienne de hacer preguntas. "Sé que tu padre mantiene el altar de Bellicor en la casa solariega solo para fingir, pero al menos no te ha mostrado cómo orar con el mismo propósito".

Murielle sacudió la cabeza con seriedad.

Étienne miró hacia el altar con un suspiro.

"¿Por qué no está feliz?" preguntó Murielle de repente.

Étienne miró alrededor de la habitación y luego sus ojos volvieron a posarse en el altar. "¿Lord Arbrinner?"

"Sí", dijo con una voz triste. "Pensé que siempre estaba feliz".

El comisario soltó otro suspiro. "Lo estaba en un tiempo pasado".

"¿Por qué no lo está ahora?"

"Ya nadie cree".

"¿Por qué?"

"La mayoría de la gente en estos tiempos solo cree lo que puede ver".

"¿Por qué?"

Étienne miró a la niña de arriba a abajo. Miró por la puerta y luego de nuevo a Murielle. Se movió incómodamente en el saco de pienso. "No debería decirlo", respondió vacilante.

"¿Por qué?"

Levantándose rígidamente a sus pies, el comisario caminó hacia la puerta. "Vamos, tenemos que llevar a los animales a pastar".

Murielle se quedó quieta, mirando el altar. "Si le rezo a Lord Arbrinner, ¿eso lo hará feliz de nuevo?"

Étienne sonrió bruscamente. "Tal vez". Entonces su rostro se iluminó. "Sí, tal vez lo haga".

Murielle se arrodilló sobre el saco de pienso y presionó los dedos contra su frente. "Lord Arbrinner, no estés triste. Creo en ti, aunque no pueda verte". Hizo una pausa, miró al comisario de su padre y volvió a inclinar la cabeza. "Gracias por Étienne. Él es agradable".

Le sonrió. Él le devolvió la sonrisa.

Murielle parecía pensativa. "¿Puedo pedirle algo?"

"Desde luego, cualquier cosa que desees".

Inclinó la cabeza una vez más, presionando los dedos contra su frente. "Lord Arbrinner, deseo conocer a Lord Bellicor. Por favor dile. Gracias".

Étienne no pudo evitar sonreír con una sonrisa genuina ante la oración de una niña pequeña. Tan inocente y tan creyente. Hizo una oración silenciosa a Lord Arbrinner para que se aferrara a esa fe inocente hasta la edad adulta. Si pudiera aferrarse a esa fe inocente y más además de ella también pudieran hacerlo, entonces tal vez este mundo sombrío realmente podría cambiar para mejor.

"¿Fue suficientemente buena?" preguntó Murielle.

"Sí, lo fue", dijo. "Fue una oración muy buena, tan buena como jamás había escuchado". Se volvió de nuevo a la puerta. "Ahora vayamos a llevar a los animales a pastar, que sin duda estarán hambrientos ahora".

"¡Sí!" dijo, saltando del saco de pienso y corriendo tras el comisario.

Los dos regresaron al establo, el sol ya brillaba en un ángulo pronunciado a través de las puertas grandes al final. Su aliento llegó en nubes: una grande para Étienne, y una pequeña para Murielle. El comisario llegó al primer corral de animales y abrió la reja. Las ovejas lo miraron como si hubiera perdido el juicio. Murielle sostuvo la reja mientras Étienne intentaba animarlas a salir.

"¿Alguna vez has visto a uno de los dioses, Étienne?"

"No lo he hecho", dijo mientras empujaba una oveja particularmente obstinada a través de la reja. "Nadie lo ha hecho que yo sepa. Mi padre nunca vio a un dios, ni su padre, ni su padre antes que él".

Pasaron al siguiente corral. Afortunadamente, era más fácil trabajar con las cabras.

Murielle volvió a sujetar la reja. "Si nadie ha visto a los dioses, ¿entonces cómo creemos en ellos?"

"Tenemos los cuentos. Otros antes que nosotros los han visto".

"¿Cómo lo hizo Senus?"

"Sí, muchacha". Étienne vio a las cabras salir del establo. Sacudió la cabeza mientras la oveja estaba en la puerta mirándolo como si estuviera loco. "Senus fue el ser humano más afortunado en ese sentido. No solo conoció a Lord Aufeese, sino que fue capaz de vivir con él por un tiempo".

"Pero Lord Aufeese lo cegó".

Étienne se detuvo en el siguiente corral. Una vaca lo empujó con ánimo. "Ordeñaremos las vacas más tarde", dijo antes de responder la pregunta de la niña. "Con mucho gusto daría mi vista y más para conocer a Lord Arbrinner. Senus escribió: 'Contemplar esa belleza por tan poco tiempo y ser capaz de mantener ese recuerdo conmigo, es una recompensa adecuada para una vida en la oscuridad'. Creo eso con todo mi corazón, muchacha".

Murielle soltó la mano de la reja. "¿Es eso lo que se requiere para conocer a un dios?"

El comisario se sobresaltó al oír la voz de la niña, volviendo a la realidad de su ensueño. "Oh, sin duda no, muchacha", dijo mientras abría la reja para el ganado. "Hay muchas, muchas historias de hombres y mujeres que han tenido encuentros con los dioses. Senus fue solo uno, el más afortunado de todos, pero simplemente uno de muchos".

Murielle asintió sombríamente mientras volvía a sostener la reja. "Pero ha pasado mucho tiempo desde que alguien se encontró con un dios, ¿no es así?"

El ganado salió del establo. La oveja todavía estaba en la

puerta mirando a Étienne. Sacudió la cabeza y pasó a la reja siguiente. Los cerdos parecían compartir con las ovejas la misma creencia en cuanto a la cordura de Étienne. Entró en el corral y trató de animarlos, pero se negaron por completo. El comisario suspiró profundamente.

"Sí, muchacha, ha pasado mucho tiempo, pero las historias nos animan". Le dio un empujón a una cerda grande sin éxito.

Murielle apoyó la barbilla en uno de los peldaños de la reja. "¿Están muertos los dioses?"

Étienne dejó de empujar al cerdo y levantó la vista alarmado. "¡No digas tal cosa, muchacha! ¡Los dioses están vivos, por supuesto, pero ellos eligen a su debido tiempo cuándo revelarse y a quién!"

"Pero ¿cómo sabemos con certeza?"

El comisario dejó al cerdo y se enderezó. "Fe, muchacha, fe. Escuchamos las historias y creemos en los dioses. Vivimos con fe de que se revelarán a cada uno de nosotros un día a su debido tiempo. Cada uno puede orar para que un día conozcamos a un dios. Algunos lo harán, muchos no, y aquellos que conozcan a un dios puede que se les requiera un gran sacrificio por el privilegio".

"Como a Senus".

"Como a Senus".

La cerda grande en la que Étienne había estado trabajando decidió de repente que quería salir del corral. Los demás la siguieron, gimiendo alegremente todo el camino fuera del establo y hacia la luz del sol brillante. Las ovejas, al ver que los cerdos se iban, aparentemente decidieron que era hora de irse también.

"Lord Arbrinner trabajando", gritó Étienne, girando su rostro hacia arriba con exaltación.

Murielle miró a su alrededor frenéticamente. "¿Dónde? ¿Dónde?"

Étienne se rio de buena gana. "No muchacha, no muchacha. Esa es la otra parte". Se inclinó, colocó sus manos grandes en la reja, y acercó su rostro al de ella. Las nubes grandes de su aliento se combinaron con las de ella en el aire helado. "Los dioses trabajan en nuestras vidas sin que los veamos. Hacen que sucedan cosas que no vemos; sin nuestro conocimiento, hacen que las cosas sucedan para nuestro beneficio".

Murielle frunció el ceño. "¿Lord Arbrinner movió a los cerdos?"

"Sí, muchacha, eso creo. Recé por ello y me lo concedió".

Murielle continuó frunciendo el ceño. "No te escuché rezar".

"Una pieza más en el rompecabezas de la fe, muchacha. Las oraciones comienzan en el corazón de uno", dijo, señalando su pecho. "Uno no necesita decir una oración en voz alta para que un dios lo escuche. Por otra parte, uno puede pronunciar una oración tanto como quiera, pero si no se origina en el corazón, ningún dios la escuchará jamás".

"Entonces, la oración que dije en tu altar debió venir de mi corazón para que Lord Arbrinner la escuché".

"Sí, muchacha, sí. Si quieres que se haga realidad, debes creerlo con todo tu corazón".

Murielle asintió lentamente. Pensó en el altar de Lord Bellicor en la casa solariega. Esa era la fuente de su problema con sus oraciones al dios de la guerra. Sus oraciones no se originaron en su corazón. Étienne tenía razón. Una vez que aprendiera a orar de corazón, su deseo sería concedido.

"Vamos muchacha", dijo Étienne mientras caminaba hacia la puerta del establo. "Los animales están fuera del establo y en el patio. Debemos llevarlos a pastar y regresar antes de que tu padre se vaya".

Murielle refunfuñó mientras alcanzaba a Étienne. Había

olvidado que padre iba a volver al frente hoy. "¿Tiene que irse, Étienne?"

"Sí, muchacha, debe hacerlo. Dirige un ejército contra Ocosse y debe estar con ellos".

Murielle gruñó. "Odio tanto la guerra".

"No te preocupes, muchacha", dijo Étienne con una sonrisa mientras miraba alrededor del patio. Ovejas, cabras, vacas y cerdos olfateaban entre los montones de nieve blanca pura. "La nieve más profunda se extiende fuera de las puertas. Es una respuesta a otra oración".

Murielle miró al comisario con curiosidad.

"Aunque Richard debe regresar a su ejército, hoy no habrá batalla; la nieve profunda lo impide. Si la nieve continúa —y las nubes bajas y oscuras que se acercan desde el oeste dicen que así será— no habrá batalla en el futuro previsible".

Murielle sonrió.

———

Murielle saltó cuando la puerta se abrió con un estruendo fuerte, revelando una figura grande y oscura enmarcada en la entrada por la luz brillante de múltiples antorchas que entraban en la casa desde detrás de él.

Se sentó en el suelo, en la tierra, junto a la mancha de la sangre de Gilles como se había sentado desde que regresó a casa. La sangre, fresca y roja en la tierra cuando la descubrió por primera vez, ahora una mancha marrón oxidada descolorida. Murielle tenía tanto miedo de que se desvaneciera en nada. Quería que se quedara; era todo lo que tenía. Cheval se había quedado en la puerta, observando, esperando durante mucho tiempo antes de que finalmente se hubiera ido. Murielle estaba sentada, a veces meciéndose, a veces quieta, siempre rezando. Rezó hasta que pensó que no podía rezar más, y luego continuó rezando. Estaba segura de que tenía una abolladura permanente en la frente por los dedos presionados con tanta fuerza durante tanto tiempo. Rezó a todos los dioses de la lista —incluso a Lord Merinwar, que no era conocido por hacer nada por los humanos, excepto terminar rápidamente sus breves vidas— al menos tres veces y estaba trabajando en la cuarta ronda de oraciones cuando la puerta se abrió de golpe. Ni siquiera recordaba haberla cerrado. Cheval debió haberla cerrado cuando se fue. Siempre era un caballo muy educado.

La figura se precipitó hacia la habitación y se desplomó ante ella en un montón. No era Cheval, Murielle estaba segura, casi segura, en cualquier caso. El rostro de la figura era difícil de distinguir ya que era negro, azul, rojo y muchos otros colores del arcoíris. Murielle estaba segura de que no era el rostro de un caballo, sin importar el color. Entonces se dio cuenta de que alguien se estaba riendo. ¿Cheval? ¿Por qué se reiría? Debía ser una broma particularmente buena. Cheval nunca se reía de nada.

Se dio cuenta de que la risa provenía de los hombres que estaban en la puerta. Murielle sacudió la cabeza, despejándola de la niebla que había cubierto su mente. Volvió a mirar la figura que tenía ante ella. "¡Gilles!" gritó.

El rostro de Gilles era una ruina sangrienta y multicolor. "¡Por los oídos de los dioses! ¿¡Qué te ha pasado!?"

Esto provocó una risa intensificada de los hombres reunidos afuera. Uno de ellos entró tranquilamente en la habitación y se acercó a donde Murielle estaba sentada en el suelo de tierra. Ella volvió los ojos hacia el hombre. El Príncipe Henri se burló de ella.

"Créame, señora, no importa lo horrible que parezca su esposo ahora, le ha ido mucho mejor que a su hija". La risa de Henri ahogó la de los demás.

Murielle se quedó perpleja mientras veía a Henri

marcharse. No se molestó en cerrar la puerta. El sonido de muchos cascos desapareció en la distancia.

Murielle miró a Gilles. Habló, más para sí que para su esposo. "¿Qué quiso decir con e—"

Agarró a Gilles fuertemente por los hombros y lo sacudió violentamente. "¡¿Qué quiso decir con eso Gilles!?! ¿Qué quiso decir!? ¿Dónde está Emmeline!? ¿Dónde está Emmeline!?"

Gilles abrió un ojo, el único que podía abrir. Las lágrimas habrían brotado de ese ojo si tuviera más lágrimas que derramar. Comenzó a gemir, débil y bajo, como lo haría un hombre al que le queda muy poco. Extendió la mano, sus manos aún atadas por un trozo de cuerda, y suavemente tomó el rostro de su esposa. A Murielle no le importaba la sangre en ellas. Esas cosas ya no le importaban.

Gilles habló, su voz tan baja y débil que apenas pudo oírla al principio.

"Yo...yo... h-h-he f-f-f-allado".

"*Non*, Gilles, *non*", lloró Murielle mientras le ponía la cabeza en el regazo. "No nos has fallado. Yo soy quien nos falló. Si hubiera—"

"*Non, ma cherie,* Yo... yo... nos f-f-f-allé. Es... es... m-m-mi culpa".

"No, Gilles, no". Las lágrimas de Murielle corrieron por su rostro en una gran inundación. "No importa la culpa, ¿Dónde está nuestra hija? ¿Dónde está Emmeline?"

Gilles comenzó a lloriquear. La sangre corría espesa entre sus labios causando un ataque de tos. Cuando se calmó, habló de nuevo.

"F-f-f-ue m-m-mi plan, y no f-f-f-uncionó. Te f-f-f-allé y le f-f-f-allé a E-E-E-Emmeline sobre t-t-t-odo".

Murielle volvió a sacudir a su esposo. "¿Dónde está, Gilles!? ¿Dónde está!?"

La sacudida de Murielle provocó otro ataque de tos más violento. La sangre brotó de la boca de Gilles en coágulos grandes, salpicando la parte delantera del vestido de Murielle con sangre.

El rostro de Gilles se convirtió en una máscara de miseria patética. Lloriqueo y tosió de nuevo en un gran ataque de sangre, rociando aún más sangre en el vestido de Murielle, antes de que finalmente pudiera hablar de nuevo.

"Muerta", dijo con una voz que era más un paso de aire que un discurso real.

Hablaba tan bajo que Murielle no podía estar segura de lo que había dicho su esposo. Seguramente no podría ser lo que pensaba que había escuchado. Lo sacudió de nuevo. "¿¡Dónde está Emmeline, Gilles!? ¿¡Dónde está nuestra niña!?"

La cabeza de Gilles colgaba sobre el regazo de Murielle. Gimió y lloriqueó de nuevo, y luego, con una voz clara y fuerte, habló una última vez: "Muerta. Nuestra niña está muerta".

Murielle soltó un grito largo, miserable y gutural y sacudió el cuerpo sin vida de Gilles. "¡NO! ¡NO! ¡NO! ¡NOOOOOOOOOOOOOOOO!"

Las palomas volaron locamente alrededor de las vigas. Murielle gritó, lloró, volvió a gritar. Sostuvo a Gilles cerca de ella, acariciando su rostro arruinado y su cabeza golpeada. Murielle lloró y lloró y lloró.

En algún momento, Cheval apareció en la puerta luciendo tan y miserable como cualquier animal podría.

CAPÍTULO DIECISIETE

Aʟ sᴀʟɪʀ ᴅᴇ ʟᴀ ɢʀᴀɴᴊᴀ, los sonidos de la mujer llorando resonaban en el aire cálido de la noche, Philippe retrocedió lo más atrás que se atrevió del grupo. Perdió de vista a los demás, siguiendo el ruido de los cascos en el camino lleno de tierra. Sabía que una vez que llegaran a la Ciudad Eterna, Henri lo recordaría y esta oportunidad rara para él terminaría. Ofreció una oración silenciosa para que Henri se quedará en el camino principal en lugar de tomar el Camino Recto más directo. Dio las gracias cuando el grupo pasó por el Camino Recto sin girar. Philippe ahora podía dedicar tiempo a sus recuerdos.

———

"Llevas su marca; bendecido por el dios desde tu nacimiento, su propósito para ti espera ser revelado", le había dicho Laurent de Lois a Phillipe hace mucho tiempo. La mano de Henri se deslizó distraídamente hasta su pecho, en cuyo centro estaba la pequeña marca de nacimiento carmesí.

Aunque había pasado mucho tiempo desde la última vez

que vio al Sumo Sacerdote, su imagen estaba tan clara en la mente de Philippe como si lo hubiera visto por última vez esta mañana. Laurent de Lois era un hombre alto, con cabello pelirrojo largo y una barba pulcramente recortada, de aspecto nada impresionante, sin embargo, poseía una fuerza que desafiaba su estatura esbelta. Laurent había golpeado a Philippe muchas veces a lo largo de los años en su entrenamiento, y aunque luchaban con lanzas coronadas y espadas de entrenamiento desafiladas para minimizar las lesiones, Philippe, la mayoría de las veces, se había arrugado detrás de su escudo por el poder de los golpes de su maestro.

Eran sus ojos lo que Philippe recordaba más, y el encuentro con Lord Bellicor le trajo ese recuerdo. Los ojos marrón oscuro del dios, bastante pacíficos, estaban llenos de un cálculo atento. Como con Laurent de Lois, no era inquietante, solamente curioso. Conocía las respuestas de Philippe a sus declaraciones incluso antes de que Philippe las conociera, de la misma manera que Lord Bellicor parecía saber cómo sería toda su conversación incluso antes de que hubiera tenido lugar.

Muchos de los hermanos de la *Confrérie du Chêne* comentaban —cuando Laurent no podía escuchar— que se parecía tanto al dios como cualquier humano podía, dándole un derecho especial para el puesto de Sumo Sacerdote. Philippe no había estado del todo de acuerdo con esa evaluación, pero este día, después de haber conocido al dios de la guerra, de haberlo mirado, y de haber hablado con él largamente, encontró la comparación sorprendentemente más precisa de lo que los hermanos probablemente jamás habían imaginado.

Laurent de Lois era lo más cercano a un padre que Philippe había conocido. Su propio padre y su madre habían muerto en un accidente de carreta a la orilla del gran lago cuando Philippe era solo un bebé. El hermano Valentin, un buen monje y caballero, lo había encontrado y lo había traído de vuelta al monasterio. Se realizó una búsqueda y al no encontrar a nadie que reclamara al niño o a los padres, el consenso de los caballeros de la *Confrérie du Chêne* tuvo que criar al niño como uno de los suyos.

Philippe creció y prosperó en la adoración estudiosa de la orden del dios de la guerra y el entrenamiento riguroso como escudero. Philippe finalmente alcanzó la etapa adecuada en su entrenamiento cuando podría ser nombrado caballero. En aquellos días, solo el Viejo Rey nombraba caballeros a aquellos que habían cumplido con los requisitos. Philippe había decidido presentar una petición al rey en el gran Torneo de Eglinton organizado por Renaud, el nuevo Conde de Forcalquier. El Torneo de Eglinton estaba destinado a ser el torneo más grandioso jamás celebrado. Philippe sintió que, si fuera nombrado caballero en este torneo y luego competía bien, podría solo honrar a la *Confrérie du Chêne*. Laurent no podía encontrar ninguna falla en la lógica de Philippe, y aunque no había ninguna regla en contra de que un Caballero del Roble compitiera en un torneo, en general se desaconsejaba ya que tales competencias despertaban la vanidad y la fanfarronería. Sin embargo, Laurent sintió que, si algún caballero podía resistir esas tentaciones, era Philippe. Los demás caballeros del monasterio aprobaron la decisión por consenso.

Así que Philippe partió en un día cálido de primavera, la hierba verde alta de la pradera contigua ondeando con la brisa ligera y las pocas nubes blancas flotando perezosamente en un cielo azul brillante. Le dieron un corcel joven fresco, suficientes armas y armaduras para múltiples concursos y cartas de recomendación. Con el permiso de los Caballeros del Roble, Philippe tomó la hoja de roble como su heraldo. Pareció tardar una eternidad en llegar a Eglinton, pero finalmente subió la colina sobre la ciudad. Se detuvo para contemplar la panoplia de caballeros con su armadura espectacular. Estaba asombrado más allá de las palabras. Conoció al Viejo Rey, fue nombrado caballero, y aunque se desempeñó bien, no ganó ni un solo evento. Dos caballeros se dividieron la mayor parte de los honores: una figura misteriosa solo conocida como El Caballero Negro y otro que se hacía llamar Guillaume de Marschal. Sin embargo, el Viejo Rey quedó impresionado con la actuación de Philippe y así comenzó su amistad.

Philippe aprendió el arte de la guerra en los campos, luchando contra los ejércitos de Ocosse. Se demostró a sí mismo una y otra vez, avanzando rápidamente en los rangos. El Viejo Rey y él se acercaron cada vez más a medida que subió de rango. Finalmente, se le dio su mando propio.

Fue durante este tiempo que Philippe conoció al hijo del Viejo Rey, Henri. El Príncipe era bastante agradable con Philippe, al principio. Philippe era mayor, pero sus edades se acercaban lo suficiente como para que pudieran encontrar fácilmente puntos en común. Sin embargo, había cierto trasfondo en la actitud de Henri hacía él que molestaba a Phillipe. No podía definirlo, y no fue hasta que el Viejo Rey nombró a Henri capitán de los ejércitos para reemplazar al fallecido Richard de Conquil, que Philippe finalmente pudo ponerle nombre. *Jalousie.* Henri era capitán de los ejércitos, pero Philippe era el confidente más cercano del Viejo Rey. Henri envidiaba la relación estrecha de Philippe con el Viejo Rey. Sin embargo, Henri nunca tenía una palabra amable que decir acerca de su padre, y algunas de las cosas que decía a sus amigos hacía que Philippe se ruborizara de ira. Esto confundió a Philippe durante algún tiempo. Cuando Philippe finalmente convenció al Viejo Rey de la inutilidad de la guerra con Ocosse, Henri se enfureció. Cuando Philippe ayudó a forjar el tratado que entregó los territorios en disputa a Ocosse, Henri fue silencioso con él durante algún tiempo y se retiró a la compañía de sus amigos.

Otra cuestión era que los "amigos" de Henri eran algunos

de los individuos más simples e incultos que Philippe había conocido. No eran el tipo de hombres con los que un hombre de la posición de Henri debería asociarse. Eran de la clase que se deslizaba por callejones oscuros y húmedos, buscando infinitamente la próxima oportunidad de llenar su abismo sin fondo de aburrimiento. Bastante simple, Henri se rodeó de matones baratos y vacíos.

El Viejo Rey era completamente ajeno al comportamiento de su hijo. Creía que su hijo angelical no podía hacer nada malo. Philippe se encontraba en una posición incómoda. Sentía que no podía decir nada de lo que sabía sin avergonzar al Viejo Rey o incluso enfurecerlo. Sin embargo, reflexionó Philippe mientras cabalgaba en la oscuridad bajo los puntos brillantes de luz en los cielos, si le hubiera mostrado la verdad al Viejo Rey, ciertos eventos no habrían ocurrido. Se sacudió ese pensamiento. *El pasado no se puede deshacer*, había dicho Laurent muchas veces.

Un escalofrío recorrió a Philippe. En el largo tiempo que había pasado con el Príncipe, Philippe había visto su cambio de comportamiento excéntrico a inquietante y a perturbador. Miró por encima del hombro a una gran fortaleza de piedra, una reliquia de las guerras con Ocosse, su forma oscura se cernía en la noche y bloqueaba muchas de las estrellas. Fue allí donde Philippe fue testigo de cómo el Príncipe pasó de un comportamiento inquietante a uno verdaderamente perturbador. Después de que Henri había prometido casarse con la chica Jocelyn, Philippe lo vio hacer cosas mucho peores de lo que jamás hubiera imaginado que el Príncipe fuera capaz de hacer. Henri había venido a la fortaleza con su prometida y varios de sus socios cercanos para un banquete privado de compromiso, lejos de los ojos del público indiscreto. Philippe se había visto obligado a asistir, y fue, a pesar de que sabía lo que pasaría. Como resultado, Philippe no sabía nada.

Tembló violentamente, lo suficientemente fuerte como para forzar un relincho apagado de preocupación de su corcel. Palmeó el cuello del caballo y tembló de nuevo. No pensaría en eso. No podía pensar en eso. Se obligó a sacar los recuerdos de su mente. Philippe se había vuelto bastante hábil en eso durante el tiempo que había pasado con el Príncipe. En su lugar, volvió su mente al dios de la guerra. Lord Bellicor. El dios de la guerra. El recuerdo de su encuentro de esta tarde trajo una sonrisa pequeña a su rostro. Ninguno de los caballeros de la *Confrérie du Chêne* lo había visto nunca. Philippe era el primero. Dejó que su mente vagara en torno a esa reunión agradable durante el resto del viaje.

Por fin llegaron a las grandes murallas de Darloque. *La Ciudad Eterna*, pensó Philippe, *la ciudad que siempre ha sido y siempre será*. Alcanzó al resto del grupo cuando alguien llamó a los guardias. "¡Abran las puertas, el Príncipe Henri se acerca!" Los tres conjuntos de puertas se abrieron, uno por uno, y entraron en la ciudad. Cuando el último conjunto de puertas se cerró detrás de ellos, Henri reunió a sus hombres para un mensaje de despedida.

"Los acontecimientos no salieron como estaba planeado este día, hombres", dijo no con menos energía de la que había poseído en la mañana. "Es tarde. Vayan a descansar y reúnanse conmigo mañana por la noche en el antiguo salón de banquetes. La gran noticia que quería compartir hoy esperará hasta mañana".

El grupo estaba cansado, pero lleno de expectación. Philippe asintió solemnemente.

"Espero que hayas disfrutado de tu tiempo a solas, Jean-

Louis", dijo Henri, dirigiendo su atención a su teniente. Sus ojos ardían en la calle oscura. "También espero verte allí".

Philippe frunció el ceño por dentro, sin revelar nada en su rostro. Parecía ser extraordinariamente poco lo que podía esconder del Príncipe. Al menos, esperaba poder ocultar un solo secreto por un tiempo. "Como deseé, mi Príncipe", respondió asintiendo.

El grupo se separó, algunos se fueron solos, otros en parejas o de tres en tres. Philippe siguió una calle del norte hacia el castillo. Los apartamentos que tenía en Darloque estaban al este del castillo, lo suficientemente cerca como para ser convocado rápidamente si surgía la necesidad. *Y lo suficientemente cerca para que Henri pueda vigilarte*, pensó.

Ella lo estaba esperando, por supuesto. Sophie estaba sentada junto al fuego bajo, trabajando en su bordado. Philippe se acercó por detrás de su esposa y la vio empujar la aguja a través de la tela. Era una escena pastoral, un *cocque* y una gallina juntos de pie en una zona cubierta de hierba rodeada de unas flores de color azul y amarillo.

"Eso progresa muy bien", dijo, "pero te quedarás ciega haciendo ese trabajo con tan poca luz".

"Estoy bien", dijo Sophie sin levantar la vista de su trabajo.

Philippe observó en silencio mientras trabajaba, empujando la aguja a través de la tela, dejando atrás el hilo amarillo.

"¿Cómo fue la cacería?" preguntó sin perder una puntada.

Philippe vaciló, eligiendo cuidadosamente sus palabras. "Sin éxito", respondió por fin.

"Ahh".

"La sequía, supongo".

"Sí, la sequía lo hizo más difícil sin duda". se inclinó y la besó en la mejilla. "Eso es bastante bueno", dijo, examinando el bordado de su esposa más de cerca.

Philippe se dio cuenta de que la flor en la que estaba trabajando era en realidad un polluelo amarillo suave picoteando en la hierba entre el *cocque* y la gallina. El *cocque* y la gallina miraban al polluelo con ojos vigilantes y protectores.

Se enderezó y caminó hacia el dormitorio. "Ha sido un día largo, estoy exhausto. ¿Vendrás pronto a la cama?"

Sophie se detuvo a media puntada, la aguja y el hilo amarillo brillante colgando en el aire y miró a su esposo. Sonrió con la sonrisa pequeña dulce que lo había atraído hacia ella hace tanto tiempo. "Pronto. Deseo terminar esta parte antes de dormir".

"Muy bien".

Philippe se detuvo en la habitación de Claire y la observó. Yacía en su cama, durmiendo profundamente, su nariz arrugándose mientras dormía como hacía cuando estaba soñando. *¿Qué es lo que sueñas, ma petite fleur?* pensó con nostalgia.

Philippe se quitó la ropa sucia y sudorosa de su cuerpo y la depositó en un rincón de la habitación para que los sirvientes se ocuparan de ella más tarde. Fue a la palangana y se echó agua en el rostro, y se preguntó si sería capaz de dormir en absoluto, con los acontecimientos del día zumbando en su cerebro como un enjambre de avispas furiosas. Sin embargo, tan pronto como se acostó, cayó en un sueño profundo.

Philippe se sentó de repente en la cama, sus sueños efímeros se evaporaron rápidamente. La habitación estaba oscura. Tocó al otro lado de la cama y Sophie no estaba allí. Supuso que debía haber estado dormido solo unos momentos porque Sophie aún no se había acostado. Suspiró. La puerta se abrió y Sophie entró con una linterna.

"Ah. Finalmente despertaste, ya veo", dijo con una sonrisa triste mientras se sentaba en la cama junto a él.

"¿Desperté? ¿Finalmente? ¿Qué quieres decir con eso? Acabo de acostarme".

"Oh, no", dijo con la misma sonrisa triste y dejó la linterna en la mesita de noche. "Eso fue anoche. Dormiste toda la noche y todo el día. Es de noche otra vez. Debe haber sido un viaje agotador con el Príncipe para que hayas dormido tanto tiempo".

Philippe miró a su esposa con incredulidad, creyendo que se trataba de una broma suya.

"No, esposo", dijo, leyendo su pensamiento, "no es una broma. Has dormido todo el día".

Asimiló esto y se volvió a acostar. "Debo haber estado más exhausto de lo que creía".

"Quizás", respondió.

Philippe se volvió hacia su esposa. La sonrisa triste regresó. Sospechaba algo.

"Asustaste terriblemente a tu hija". Sophie frunció el ceño. "No es normal que duermas tanto tiempo y ha estado preocupada por ti todo el día".

Philippe sonrió mientras se recostaba. "La veré y le mostraré que estoy bien. Eso la consolará".

"Sí, eso servirá". Sophie apretó los labios con fuerza. Hizo una pausa larga y luego habló. "Todavía estoy bastante sorprendida de que el Príncipe te haya dejado en paz durante tanto tiempo".

Philippe se incorporó sobresaltado y luego se recostó con un gemido. "Voy a reunirme con él y con sus hombres esta noche. Tiene un anuncio importante".

Sophie no podía ocultar la mirada de disgusto. "Muy bien", respondió, y salió de la habitación.

Philippe se vistió con un uniforme limpio. En el salón principal Sophie estaba sentada trabajando en su bordado. Claire estaba sentada en un escritorio a poca distancia de ella, escribiendo pensativamente. Philippe había insistido desde el principio en que a su hija se le enseñaran a leer y a escribir. Aunque Sophie no podía hacer ninguna de las dos cosas, había aceptado la idea. No era raro que Philippe volviera a casa y se encontrará con Claire leyéndole a su madre una de las últimas historias de romance caballeresco.

Claire levantó la vista de su pergamino. Dejó caer la pluma al ver a su padre y corrió hacia él, abrazándolo con fuerza. "¡Padre! ¡Estoy tan contenta de que estés bien!"

Philippe la abrazó. "Por supuesto que estoy bien. ¿Cómo podría ser de otra manera?"

Claire lo miró con sus ojos marrones grandes exactamente como los de su madre. "Estaba tan preocupada. ¡Dormiste tanto!"

Philippe miró a su hija, su cabello rubio y sedoso colgaba hasta la cintura, una sola trenza en cada sien, como era la moda actual de las damas de la corte. Claire conocía todas las modas actuales de las damas de la corte. Este pensamiento entristeció un poco a Philippe, pero mantuvo la sonrisa.

"*Ma petite fleur*", dijo mientras acariciaba su cabello, "hice un viaje excepcionalmente largo con el Príncipe y estaba muy cansado después de eso". Philippe se detuvo un momento y luego añadió: "Además, la diosa de los sueños decidió visitarme con sueños muy extraños y maravillosos".

"¿De verdad?" La expresión de Claire se animó. Sus mejillas sonrosadas florecieron. "¿Qué sueños te dio la diosa?"

Philippe se quedó pensativo. "Bueno, soñé que no practicabas tu escritura y tenías que irte a vivir con una bruja". Philippe se tocó la barbilla. "Y luego el sueño se volvió muy malo".

Claire estaba atenta a sus palabras, absorta con la historia. "¡Oh no! ¡Qué terrible! ¿¡Cómo podría volverse peor!?"

"La bruja te trajo de regreso".

"¡Padre! ¡Eres un tonto!" gritó Claire con una gran sonrisa.

Philippe se rio. "Ahora vuelve a tu escritura. Debo reunirme con el Príncipe por asuntos importantes".

Claire se tambaleó hasta la mitad del escritorio, se dio la vuelta, y luego se acercó a su padre y lo abrazó de nuevo.

"Padre, ¿puedo ir contigo a la corte algún día?"

Philippe se puso rígido. Miró a su hija, en algún lugar de la extraña posición entre niña y mujer. Todavía era tan inocente. Anhelaba mantenerla así, evitar que Claire experimentara todo el mal que él había visto. La amaba tanto. Le dolía pensar que el mal podía tocarla. Reprimió un escalofrío.

"Algún día, lo prometo". Le dio un beso.

Claire lo apretó con fuerza y se dirigió hacia el escritorio, llevándose el corazón de Philippe con ella.

Philippe miró a Sophie. Permanecía concentrada en su bordado, la aguja con su cola amarilla parpadeando detrás de ella, trabajando diligentemente. Lo había oído, pero no dio ninguna señal. Besó a su esposa en la mejilla y luego se dirigió al establo donde el mozo de cuadra tenía listo a su corcel. Su esposa se había ocupado de sus necesidades.

El mozo de cuadra del establo del castillo tomó el corcel de Philippe con un bostezo, y Philippe se dirigió al antiguo salón de banquetes que Henri había tomado cuando el salón nuevo fue completado. Atravesó el laberinto de corredores oscuros en el corazón del castillo, el castillo construido por el propio Lord Daedemus después de que construyera el laberinto protector alrededor del palacio de Mava. Finalmente llegó a las puertas grandes de la entrada del antiguo salón. Por el sonido que emanaba detrás de ellas, las festividades estaban muy avanzadas. Philippe apoyó la mano en una puerta justo cuando Sébastien doblaba la esquina desde otra dirección.

"¡Ah! ¡Jean-Louis!" gritó borracho. "¡Temíamos que te perdieras la diversión!"

Philippe frunció el ceño, sin importarle si el borracho patán podía verlo con la luz baja o no. "Por supuesto que no, Sébastien. Mi Príncipe me llamó y vine".

"*Oui, oui*, así es".

Philippe pensó un momento. "¿Ya hizo el Príncipe su anuncio?"

Sébastien sonrió y puso un brazo alrededor de Philippe. "No, no, Jean-Louis". Su rostro se volvió claro por un momento. "No, no ha hecho su anuncio, pero está de muy buen humor".

Philippe intentó alejarse, pero Sébastien se mantuvo firme.

"El Príncipe está de buen humor, ¿y sabes lo que eso significa? ¿Eh, Jean-Louis?"

"Cuando el Príncipe está de buen humor, todos estamos de buen humor".

"¡*Exactement*, Jean-Louis! ¡*Exactement*!" Sébastien se rio larga y ruidosamente en el rostro de Philippe.

Philippe finalmente se liberó del agarre del borracho. *Llámame Jean-Louis una vez más,* murmuró para sí, *y te mataré con mis propias manos.*

"¿Qué fue eso, Jean-Louis?"

"Nada, Sébastien. Vayamos dentro".

"*Oui, oui*".

Philippe abrió las puertas para encontrar el antiguo salón lleno de gente. Colgaban antorchas de los candelabros a intervalos regulares en las paredes, proporcionando más que suficiente luz con la que podía ver toda la habitación. Se quedó en la puerta, con la boca ligeramente abierta, aturdido por la vista. En los viejos tiempos, el salón habría albergado cómodamente tal vez a quinientas personas durante una fiesta. Había al menos esa cantidad aquí ahora, y probablemente muchos más. La mayoría eran hombres que Philippe nunca había visto. Varias mujeres atrevidas y pintadas de una reputación decididamente mala también deambulaban por la habitación.

"Déjame pasar, Jean-Louis", chilló Sébastien mientras empujaba a Philippe. Observó a una mujer que había gritado su nombre y, con un grito, desapareció entre la multitud.

El salón era una cacofonía de voces. Un grupo de músicos tocaba en algún lugar del salón una canción ruidosa y estridente con letras obscenas. Consciente del ruido, Philippe cerró las puertas detrás de él. Philippe sabía que el Príncipe tenía socios que no conocía; sin embargo, no se había dado cuenta de que eran tantos. Miró alrededor del salón. Reconocía muy pocos rostros, pero los que conocía, particularmente los del grupo de caza, parecían conocer íntimamente a los demás. Philippe estaba horrorizado. ¿Quiénes eran estas personas y cómo podía no haberlas visto?

Una prostituta borracha de ojos vidriosos con toques llamativos de colorete brillante en las mejillas lo abordó.

"Dimeeee", arrastró las palabras, "teeee conozcoooo". Pasó un dedo seductoramente por la parte delantera de su túnica.

"No lo creo", respondió Philippe rotundamente. Empezó a buscar al Príncipe en el salón.

"Siii, lo hago. Eres Michel. Te rec... rec... reconocería en cualquier lugar". Comenzó a jugar con su cabello, luego eructó.

Philippe le apartó la mano con un manotazo. "Estás equivocada, ahora vete".

Vio al Príncipe sentado en el estrado al frente del salón, sentado en el mismo trono que el Viejo Rey había usado cuando este salón era el salón principal de banquetes. Henri estaba inclinado, hablando con alguien desde el estrado. Se recostó en la silla, luego se inclinó hacia su derecha y comenzó a hablar al oído de la persona sentada en la silla junto a él—

El corazón de Philippe se detuvo por completo y saltó a su garganta.

"Teee conozco, Miiiichel. T-t-te rec... rec... reconocería en cualquier lugar".

Los ojos de Philippe se agrandaron, hinchados en sus cuencas. Su boca se abrió, una gran caverna enorme. No emitió ningún sonido, no salió ningún aliento de él.

"Siii", la mujer pintada arrastró las palabras, "Michel, Michel, Michel". Pasó los dedos por su túnica hasta su cinturón.

Philippe comenzó a temblar, levemente al principio, luego gradualmente se convirtió en un violento seísmo, un ataque espasmódico. En una gran efusión convulsiva, ahogó una sola palabra.

"¡Claire!"

"¿¡*Que*!?" chilló la ramera mientras se balanceaba peligrosamente sobre sus talones y de alguna manera mantenía el equilibrio. Perdió el insulto en su discurso cuando sus ojos brillaron furiosos. "¿¡Quién es esa Claire, Michel? ¡Soy Marie! ¿¡Quién es Claire!?"

Philippe se adelantó, apartando bruscamente a la mujer pintada sin pensarlo. Solo era consciente de la joven en el estrado junto al Príncipe.

"¡Claire!" chilló la mujer. "¡Eresss tannn voluble, Michel! ¡Muy biennn entonces! ¡Quedateee con tu pre... pre...ciosa Claire!" La ramera giró y se topó con un hombre que pasaba. "Dimeee", arrastró las palabras, "Teee conozcooo".

Henri susurró al oído de la joven sentada junto a él. Era una joven notable; sin duda, solo había visto doce estaciones. Rubia y guapa con mejillas rosadas. Y de lado como la veía Philippe, una trenza en la sien, como estaba de moda en la actualidad con las damas de la corte.

Philippe se pasó una mano por el cabello y su respiración se volvió entrecortada. Su cabeza desprovista de pensamientos, llena solo de pánico puro y rabioso. Y entonces la joven giró, mirando alrededor del salón nerviosamente, claramente insegura sobre el procedimiento. Incluso desde el otro lado del salón, Philippe podía ver la timidez en sus ojos azules helados.

Ojos azules. El corazón de Philippe comenzó a ralentizarse, pero estaba lejos de un ritmo normal. Se cubrió la boca y la nariz con las manos, respirando con jadeos pesados y trató de recuperarse. *¡No es Claire! ¡No es Claire!* repitió una y otra vez. Necesitaba aire.

Huyó del salón, corriendo a ciegas por el laberinto de pasillos, girando en la oscuridad al azar. Subió corriendo un tramo de escaleras, subiendo los peldaños de dos en dos. Se resbaló una vez, golpeando su espinilla bruscamente, pero continuó su ascenso sin perder impulso. Finalmente se encontró en el techo de la torre norte con vistas a la muralla de la ciudad.

Sin ningún lugar más alto a donde ir, Philippe caminó alrededor del techo, jadeando entre dientes, y pasándose las manos por el cabello. Su mente era un revoltijo. Pensamientos confusos corrían dentro de su cabeza, chocando entre sí, buscando cualquier cosa que pudiera convertirse en algo parecido a coherente. Finalmente, agotado por el torbellino en su cabeza, apoyó los codos sobre el parapeto y sostuvo la cabeza en sus manos.

Philippe no sabía cuánto tiempo había estado allí. En un punto se volvió hacia el cielo, masajeando su rostro y su cuello, y miró inexpresivamente la constelación de Bellicor directamente sobre él, la estrella roja brillante, en su corazón, brillando intensamente. Cuando volvió su rostro hacia los cielos nuevamente, la constelación estaba muy abajo en el cielo occidental.

Estaba de pie junto al parapeto, apoyado sobre los codos, con la cabeza entre las manos, contemplando la muralla gruesa e impenetrable de la ciudad, cuando escuchó abrirse la puerta detrás de él. Unos cuantos pasos cautelosos sobre la piedra y luego una voz.

"Ah, Jean-Louis, ahí estás".

Philippe permaneció en su posición, indiferente al sonido de la voz de Sébastien.

"¿Jean-Louis?"

No hubo respuesta.

"¿Jean-Louis?"

Philippe escuchó pasos vacilantes detrás de él, acercándose. Sébastien se acercó y puso una mano en el hombro de Philippe.

"¿Jean-Louis, estás bien?"

Philippe giró rápidamente, sorprendiendo a Sébastien.

Sébastien miró de cerca a Philippe en la oscuridad, balanceándose ligeramente. "¿Estás bien? ¿*Oui*?"

Philippe miró hacia los ojos vidriosos e inyectados de sangre. "Oh sí", respondió, tratando de poner una buena cara. "Se pone sofocante en ese salón viejo, siempre lo ha hecho, y vine aquí para tomar un poco de aire".

"Ah, sí". Sébastien miró alrededor. Miró por encima del parapeto hacia la muralla de la ciudad. "Nunca había estado aquí antes. *Trés bonne*".

"Sí, lo es", respondió Philippe, tratando de mantener las apariencias lo más normal posible. "Es bastante hermoso aquí arriba".

Sébastien golpeó el parapeto con un golpe fuerte y se volvió torpemente para mirar a Philippe. "Digamos que, deberías haberte quedado un poco más".

"Bueno..." Philippe se encogió de hombros. "No soy de fiestas ni de bebidas". Casi empezaba a creer que se sentía normal.

Sébastien se rio, soplando mal aliento alcohólico en el rostro de Philippe. "¡Bueno, deberías intentarlo más, Jean-Louis! ¡Este festín fue increíblemente bueno, probablemente el mejor que haya tenido el Príncipe!"

Philippe se rio entre dientes, con la intención de decirle que se esforzaría por participar más en la próxima fiesta cuando Sébastien irrumpió.

"Esa niña rubia que trajo el Príncipe", se rio, sacudiendo la cabeza. "Era tan dulce". Se rio de nuevo. "A pesar de que había al menos una veintena de hombres por delante de mí".

El rostro de Philippe se cayó.

"Probablemente todavía era dulce después de cien, yo diría", dijo Sébastien con total naturalidad.

El mundo se inclinó hacia los lados. Todo perdió el enfoque, Sébastien se convirtió en nada más que una forma vaga en la noche.

"¿Seguro que estás bien, Jean-Louis? No te ves bien".

Sin pensarlo, sin un solo pensamiento en su cabeza, sin nada dentro de su cabeza más que rabia ciega pura. Philippe se lanzó hacia adelante, agarró a Sébastien, y aunque el borracho patán pesaba al menos cuatro piedras más que él, lo levantó fácilmente por encima de su cabeza, y con un movimiento suave, lo lanzó de cabeza sobre el parapeto hacia las rocas de abajo.

Philippe apoyó los codos en el parapeto, la cabeza entre las manos, y miró fijamente a la nada.

———

No recordaba haber bajado de la torre. No recordaba haber salido del castillo. Sin embargo, se encontró parado frente a sus apartamentos. Su caballo no estaba por ningún lado, y el mozo de cuadra miraba desde la puerta abierta con una mirada de desconcierto en su rostro. Estaba oscuro, pero un gris tenue brillaba en el este. Philippe le indicó al mozo de cuadra que todo estaba bien y lo vio desaparecer en el interior de los establos.

Philippe entró en la vivienda oscura y se movió, guiándose por la memoria, a través de la sala principal y por el pasillo. Se detuvo automáticamente y se giró hacia la puerta que sabía que estaba allí. Su mano permaneció inmóvil sobre el pestillo. Lo soltó y lentamente abrió la puerta que emitió un chirrido pequeño. El sonido ni siquiera hizo que la durmiente que estaba dentro se moviera.

La habitación de Claire poseía una ventana orientada al este. Estaba en una edad en la que había comenzado a odiar la luz del sol de la mañana del verano porque la despertaba demasiado temprano. Por supuesto, se alegraría si el sol no saliera hasta el mediodía. La noche era calurosa, así que las cortinas pesadas estaban abiertas para permitir que entrara la brisa tenue.

La luz gris tenue iluminaba bastante la habitación. Philippe vio a su hija acostada de espalda en la cama, el brillo en sus mejillas apenas visibles en la luz del amanecer, las trenzas de las sienes cruzadas sobre su pecho pequeño en desarrollo. Su nariz se arrugó; su respiración llegó con movimientos lentos y suaves. Se veía tan tranquila ahí, tan lejos del mundo espantoso que la rodeaba, amenazándola. Philippe se pasó una mano por el cabello y pensó.

Esta noche era una advertencia. El Príncipe no hizo contacto visual, ni reconoció la presencia de Philippe. No necesitaba ver una confirmación en los ojos de Philippe para saber que el mensaje había sido entregado y comprendido. Philippe al principio pensó que Sébastien había sido enviado como un mensajero involuntario, pero eso era tan diferente de Henri. Henri entregó el mensaje y supo que se había entendido. Sébastien simplemente tropezó por accidente. Philippe entendió el mensaje. Su hija no estaba a salvo. Su familia no estaba a salvo.

La tarea que Lord Bellicor le había encomendado era abrumadora. Philippe podía fingir lo contrario, pero el dios de la guerra no aceptaría nada que no fuera el cumplimiento pleno. Y ahora Philippe veía la otra cara de la moneda. Lord Bellicor solo podía proteger a la familia de Philippe si se adhería estrictamente a las instrucciones del dios. Su familia nunca estaría a salvo a menos que tomara el camino difícil. La elección era difícil y Philippe tenía miedo.

Dos brazos se deslizaron alrededor de su cintura.

"¿Philippe?"

Sophie se inclinó hacia él, presionando la mejilla contra su espalda. "Lo siento mucho".

Philippe asintió una vez y no ofreció más.

"El mensajero vino hace poco y me dijo que el Viejo Rey ha muerto esta noche".

Philippe asintió de nuevo. Bajo cualquier otra circunstancia, se habría sentido desconsolado por tal noticia. Sin embargo, la situación ahora era diferente. Los acontecimientos se estaban desarrollando como Lord Bellicor le había dicho que lo harían.

El cielo fuera de la ventana adquirió un tono claramente crepuscular. Claire se agitó en sueños, su nariz arrugada. Sabía que lo amaba, pero su amor no era tan grande como el suyo. Philippe sintió la presión suave del cuerpo de Sophie contra el suyo; sintió su amor. Sabía que dependía de él, sabía que lo necesitaba.

Philippe sabía lo que debía hacer.

CAPÍTULO DIECIOCHO

La jinete se sentaba sobre un caballo abatido. Moviéndose a un paso tranquilo, el caballo bajó la cabeza, mirando solamente al suelo directamente frente a él, no obstante, mantuvo un camino recto en el camino. La jinete miró al frente, pero no vio nada frente a ella. Las nubes grandes de humo negro como la tinta que se elevaban a cierta distancia detrás del caballo y de la jinete indicaban que, sin importar lo que les esperara, nunca podrían regresar al lugar del que habían partido.

La jinete se mantuvo recta, con la cabeza erguida. Una brea negra y pegajosa manchaba sus manos y su vestido, pero parecía no darse cuenta. De lo único que era consciente era de los penachos de pensamientos negros que ondeaban en su cabeza. Si sentía el sol ardiente, no se registraba en su rostro. De hecho, nada se registraba en su rostro inexpresivo.

Una especie de comunión mental los unía, caballo y jinete, los unía no por necesidad mutua, sino por pérdida mutua. En el transcurso de un día, en el que habían perdido no solo todo lo que habían conocido, sino todo por lo que ambos se habían preocupado. Lo que estaba por delante era conocido y familiar, pero en este caso lo conocido y familiar no podía ser un consuelo para ninguno de los dos. Lo que les esperaba solamente podía servir como un recordatorio doloroso de la gran pérdida que dejaron atrás. Así que, siguieron cabalgando, caballo y jinete, guiados por un instinto común mutuo, sabiendo juntos, profundamente en algún conocimiento connatural compartido, que el camino que tomaron era el único disponible para ellos. No había vuelta; no había opciones. Solo quedaba avanzar hacia su único destino.

———

Julien vio al caballo y a la jinete acercarse lentamente. Al principio, los ignoró. Era la época de la cosecha y estaba demasiado ocupado para ocuparse de cualquier transeúnte. Pero sus ojos seguían volviendo a ellos; algo acerca del par llamó su atención. El caballo caminaba con firmeza y determinación, el polvo levantado por sus cascos se nublaba alrededor de sus patas, disipándose lentamente en el aire quieto y caliente. La jinete parecía ya sea contenta o indiferente, al ritmo letárgico del caballo. A medida que se acercaban, Julien sospechó lo último.

Pronto se hizo evidente que el destino del caballo y de la jinete era la propia mansión. Julien puso la tapa en el barril con un suspiro fuerte. Simplemente no tenía la paciencia para los viajeros en este momento. La cosecha era una época muy ajetreada, porque con la coordinación de todos los hombres que trabajaban en los campos, la clasificación de los cultivos, el llenado del almacén y el mantener la casa en orden, no tenía tiempo para atender las necesidades de un extraño. Además, debía presentar su informe a—

Se levantó una brisa al azar, moviéndose gentilmente a través de la llanura, agitando brevemente el vestido de la jinete y agitando su cabello castaño largo.

"¡Señora Murielle!" gritó mientras se tapaba la boca con una mano. Julien agarró a las dos sirvientas más cercanas y las arrastró, tropezando, por el camino para interceptar al caballo y a la jinete. La señora había realizado una visita inesperada y la mansión estaba en completo desorden. Las mujeres de las que se había apropiado se volvieron para reprenderlo por su comportamiento grosero, luego vieron a quién las había arrastrado Julien para encontrarse y se inclinaron mientras se acercaba.

"Saludos, mi señora", dijo Julien. "¿Qué la trae—"

La señora Murielle pasó junto a ellos sin decir una palabra, con los ojos hacia adelante y la mirada perdida.

"¿Notaste su apariencia?" preguntó una de las mujeres.

"¡Bueno, sí!" exclamó la otra. "¡Las manchas en su vestido y en sus manos, y su rostro manchado de hollín!"

"Parecía tan despeinada; su cabello tan desordenado". La primera se detuvo un momento, sacudiendo la cabeza mientras buscaba las palabras. "Por los oídos de los dioses, ha experimentado algo terriblemente malo".

Julien siguió mirando fijamente hacia el aire por donde acababa de pasar la señora Murielle. Volvió en sí con un sobresalto y se volvió hacia las dos sirvientas.

"¡Dejen de parlotear!" gritó Julien, sorprendiéndolas. "¡Vengan! Debemos alcanzar a la señora Murielle y descubrir qué le ha sucedido". Agarró a las dos sirvientas de nuevo y las condujo con rudeza por el camino, de vuelta a la mansión. "¡Recen a todos los dioses que puedan nombrar para que no le haya sucedido algo terrible a nuestra señora!"

Murielle atravesó las puertas a las miradas de numerosos sirvientes dentro y fuera del patio. Detuvo su caballo en la puerta principal de la casa solariega y desmontó.

Julien y las dos sirvientas atravesaron las puertas cuando la señora Murielle desapareció en la casa solariega. Jadeando,

Julien levantó una mano, chasqueando los dedos a todos. Llamó la atención de un joven, el hijo de una de las dos sirvientas que había arrastrado con él.

"¡Muchacho! ¡Muchacho!" gritó con voz ronca. "Lleva a Cheval a los establos. ¡Que coma y beba! ¡Frótalo! ¡Ahora!"

El muchacho hizo lo que se le ordenó. Cheval fue de buena gana mientras el muchacho tomaba las riendas, aunque el caballo todavía colgaba la cabeza abatido, y lo seguía sin entusiasmo.

Julien se apresuró a entrar en la casa, dejando a las dos sirvientas aún sin aliento en el patio. Dentro, era un manicomio. Los sirvientes que habían estado corriendo con el trabajo de la cosecha ahora se apuraron dos e incluso tres veces más rápido cuando vieron que la señora había llegado. Además, la apariencia espantosa de la señora Murielle causó un alboroto adicional. Nadie la había visto nunca en tal estado. Era más que indecoroso que pareciera sucia y despeinada; era antinatural. Inmediatamente, Julien fue acosado por los sirvientes de la casa.

"¿Viste a la señora Murielle?"

"¿Qué le ha pasado?"

"¿Quién le ha hecho esto?"

Julien apretó los dientes. "¡Silencio!" siseó.

Los sirvientes se callaron.

"No sé lo que le ha pasado a nuestra señora, pero me esforzaré por descubrirlo. ¿Alguien vio a dónde se ha ido?"

Una docena de voces se alzaron, cada una intentando hablar sobre la siguiente. Una docena de manos se elevaron en el aire, cada una apuntando en una dirección diferente.

"¡Silencio, todos!" siseó de nuevo Julien. Se calmó así mismo. "¿Quién vio realmente a dónde se fue la señora Murielle?"

Una doncella joven levantó la mano tímidamente.

"¡Ahh, *très bonne!*" exclamó, aplaudiendo. "Ahora, ¿adónde se fue la señora Murielle?"

La doncella joven miró a su alrededor con incertidumbre y luego señaló a una puerta cerrada afuera del salón principal.

Julien miró hacia la puerta con disgusto. La miró durante unos momentos y luego se volvió hacia los sirvientes.

"¡Todos ustedes, váyanse!" aplaudió con fuerza. "Todavía tenemos una mansión y una cosecha que atender. Hablaré con la señora Murielle a solas y les informaré lo que descubra".

Los sirvientes de la casa vacilaron. Julien volvió a aplaudir con fuerza y se dispersaron a sus tareas. Giró y caminó rápidamente hacia la puerta. Su mano derecha se detuvo en el aire ante ella. Se apartó el cabello del rostro con una mano izquierda temblorosa. Julien respiró profundo y cerró los ojos. Llamó suavemente y entró en la habitación.

En un momento en el pasado, la habitación había sido la oficina de Richard de Conquil. Un escritorio grande todavía estaba en el centro de la habitación sobre el que se habían dispuesto innumerables cartas y mapas para hombres importantes que los habían estudiado detenidamente y habían llevado a cabo estratagemas de guerra. La habitación también contenía un par de cofres y algunos otros muebles de poca importancia. Dos retratos grandes dominaban una pared. Uno, encargado poco después de su muerte, representaba a Richard de Conquil vestido con su uniforme espléndido como capitán de los ejércitos. Su expresión era tan severa como Julien la recordaba. Aunque era un amo benevolente, los ojos fríos y penetrantes de Richard hacían temblar a muchos hombres en sus botas.

El otro retrato del que Julien sabía poco. La mujer, como le habían dicho, era la madre de la señora Murielle. La mujer, al igual que su marido, tenía una mirada severa. Sin embargo, mientras que los ojos de Richard atravesaban a uno con una mirada intensa que imponía respeto, la mirada gélida y los pómulos altos de la dama solo comunicaban indiferencia.

Su vestido adornado sugería a una mujer privilegiada, pero Julien había aprendido que era un matrimonio arreglado. Su familia, buscando ascender en las filas de la sociedad, la casó con un caballero joven que ya estaba bastante conectado con los nobles más altos. Julien solo podía adivinar cómo se había desarrollado su matrimonio, pero sospechaba que dos personas de aspecto tan intenso como estas no iban bien juntas. De todos modos, tal vez era mejor que la madre de la señora Murielle muriera al dar a luz. Julien supuso que una mujer como la del retrato no habría aceptado pasivamente la visión extraña de Richard —por decir poco— sobre cómo criar adecuadamente a una hija.

Julien apartó la vista del retrato y encontró a su señora sentada en un banco bajo cerca de la ventana. Estaba de espaldas a él y su cabello castaño largo caía en cascada por su espalda, derramándose sobre el banco. Incluso en su estado descuidado, Julien pensó que aún era tan hermosa —reprimió ese pensamiento. Ella miró por la ventana, a qué, él no podía adivinar. Se aclaró la garganta y esperó. Cuando no dio ninguna respuesta, ninguna indicación de que lo había escuchado, se aclaró la garganta de nuevo. Tampoco hubo respuesta.

"Mi señora..." Julien no pudo reprimir el temblor de su voz.

"*Les cahiers*", dijo sin girar la cabeza. Su voz era seca y ronca, apenas reconocible, el sonido del viento levantando paja en los campos después de la cosecha. El sonido era terrible, pero aun así hizo que el corazón de Julien latiera más rápido.

"Sí, mi señora, traeré los libros", dijo, tratando de mantener el tono de voz. "A la finca le ha ido bastante bien esta temporada a pesar de la sequía. Creo que tendremos más que suficiente para complementar la granja de su esposo nuevamente.

Haré que los sirvientes de la casa le traigan comida, agua y ropa limpia—"

"*Non*", dijo con voz ronca de nuevo, todavía de espaldas a Julien. "*Les cahiers*". Una pausa breve y luego; "¡*Allez!*"

Aunque le dolía hacerlo, Julien hizo una reverencia y salió de la habitación. Cerrando la puerta, giró para ver los rostros expectantes de varios sirvientes en el salón principal.

"La señora no me ha dicho nada", dijo Julien con un suspiro, respondiendo a la pregunta en todos los rostros. Julien no podía mirar a los sirvientes. Ver a la señora Murielle en tal estado era insoportable. Julien luchó por contener las lágrimas. No podía, no quería, permitir que lo vieran debilitado. Observó a dos jóvenes en el grupo y se le ocurrió una idea.

"Antoine, Matthieu", dijo, recomponiéndose. "Consigan los dos caballos más rápidos en el establo y cabalguen rápidamente hasta la granja del esposo. Descubran qué sucedió".

Antoine y Matthieu salieron corriendo de la casa solariega sin decir una palabra.

"En cuanto al resto de ustedes", dijo Julien con el ceño fruncido, mirando a los ojos de cada uno por turno. "Les he dicho a todos que se pongan a trabajar. Independientemente del estado de la señora Murielle, todavía tenemos una cosecha que realizar".

Lo miraron sin comprender.

"¡*Allez!* ¡*Allez!*" Julien aplaudió bruscamente y los sirvientes se dispersaron una vez más. Giró hacia la puerta cerrada y se apartó el cabello del rostro con una mano temblorosa.

Algún tiempo después, Julien entró por esa misma puerta con un golpe, llevando el inventario de la finca y los libros de transacciones.

"Mi señora", dijo cautelosamente al entrar. La señora Murielle estaba sentada en la misma posición junto a la ventana, de espaldas a él y todavía mirando por la ventana. Se adentró en la habitación y se aclaró la garganta.

"Déjalos en el escritorio", ordenó con la misma voz seca y ronca de antes.

"Sí, mi señora".

Julien se volvió hacia el escritorio y vio la comida y la botella de vino que una sirvienta le había dejado hace algún tiempo. La comida estaba intacta y el vino sin abrir. Los miró un momento y dejó los libros junto a la bandeja. Se volvió hacia la señora Murielle y abrió la boca para hablar cuando una voz ronca volvió a sonar.

"Déjame".

Julien hizo una reverencia y salió de la habitación.

Cayó la noche y volvió a salir el sol. La señora Murielle permaneció inmóvil en su asiento junto a la ventana. La comida y el vino fueron traídos repetidamente y luego llevados intactos. Julien se encontró con una sirvienta mientras salía de la habitación con otra bandeja de comida intacta. Sacudió tristemente la cabeza al verla, y la doncella se echó a llorar cuando la puerta se cerró detrás de ella.

"¿Qué le pasa a la señora Murielle?" lloró.

Julien intentó hablar, pero le falló la voz.

La bandeja se deslizó en las manos temblorosas de la chica. Julien se la quitó antes de que se le cayera. La criada corrió por el salón, sollozando ruidosamente.

Cuando empezó a caer la noche, Julien entró silenciosamente en la habitación. Aunque los candelabros se alineaban en las paredes, ninguna de las velas estaba encendida. La señora Murielle estaba sentada a la luz que se desvanecía junto a la ventana, mirando sin emoción, de espaldas a la puerta. Julien se acercó sigilosamente al escritorio. Una bandeja de comida y de vino permanecía intacta, pero los libros estaban abiertos. Sintió que esto era una buena señal. Al menos se estaba moviendo. Entrecerró los ojos en la luz débil para ver lo que había estado leyendo. Los libros habían sido abiertos, pero no en las entradas de la temporada actual. La señora Murielle había estado examinando el inventario y las finanzas de doce temporadas anteriores.

Julien se volvió hacia ella. Se aclaró la garganta. "Señora Murielle", dijo con el tono más alegre que pudo reunir, "permítame encender algunas—"

"*Non*".

El corazón de Julien se hundió. "Señora, si no le gusta la comida que le traen los criados, con mucho gusto yo—"

"*Non*".

Cerró los ojos. El ronquido áspero de su voz lo atravesó. "Mi señora", dijo, luchando para mantener el temblor de su voz. "Por favor, debe comer algo, o al menos beber algo. Temo..."

La señora Murielle giró ligeramente la cabeza hacia Julien. En la luz gris tenue que se filtraba a través de la ventana, vio las manchas negras en su mejilla y en su frente.

"No te preocupes por mí, Julien", dijo con voz ronca. "Déjame". Cerró los ojos y tragó saliva con gran dificultad. "Por favor".

Julien huyó de la habitación, apenas capaz de contener los sollozos.

Temprano en la tarde del día siguiente, Julien se paró en el patio a revisar los artículos de un libro. Había encontrado los libros en el suelo frente a la puerta de la señora Murielle. Se dio cuenta de que la señora Murielle no solo había terminado con la inspección de los libros, sino que también estaba enviando el mensaje de que no quería ser molestada. Con un suspiro fuerte, Julien tomó los libros en sus brazos y se los llevó. De todos modos, los necesitaba para hacer su trabajo de la cosecha.

Todos los hombres habían regresado al campo para continuar con la cosecha. Las mujeres se afanaban desgranando mazorcas de maíz. La cosecha estaba en pleno apogeo y Julien se alegraba de ello, ya que mantenía su mente ocupada. Dos jinetes atravesaron las puertas abiertas del patio y detuvieron sus caballos delante de Julien. Levantó la vista de su libro con curiosidad y vio a Antoine y a Matthieu desmontar. Se apresuraron a hablar uno sobre otro.

Julien dejó el libro en un banco cercano. "¡Han regresado! ¿Qué encontraron?"

Antoine y Matthieu hablaban tan rápido el uno sobre el otro que Julien no entendía ni una palabra de lo que decían.

Julien levantó una mano y los hizo callar. "Solo uno de ustedes. ¿Qué encontraron?"

Los dos se miraron, luego Antoine habló.

"La granja", comenzó, aun jadeando. "Quemada hasta los cimientos. El establo y otros edificios ardieron también".

Julien se llevó la mano a la boca.

Matthieu continuó. "El fuego se había extendido a los campos. Cuando llegamos, nos encontramos con varios vecinos campesinos luchando contra el fuego. Trabajamos con ellos durante algún tiempo para extinguir el fuego. La granja es una pérdida total".

"Después de haber apagado el fuego", continuó Antoine, "hicimos un registro del lugar. El fuego fue iniciado intencionalmente. Se utilizó brea".

Julien asintió con gravedad.

Matthieu continuó. "En nuestra búsqueda encontramos una sola tumba cerca del campo de maíz".

Julien jadeó. "¿Tenía una marca?"

"Sí", dijo Antoine. "Una sola piedra pequeña. Sobre ella un nombre tallado: 'Gilles'".

Julien dejó caer la cabeza entre las manos.

"¿Ese era su marido, Julien?" preguntó Matthieu.

Julien asintió con la cabeza todavía entre las manos.

Antoine y Matthieu se quedaron en silencio, mirando al suelo, sus pies levantando nerviosamente pequeñas nubes de polvo.

Julien los miró. Aún no derramaba lágrimas, pero sus ojos estaban rojos e hinchados. "Tenían una hija", dijo con un tono de desesperación. "¿Había alguna señal de ella?"

Antoine y Matthieu intercambiaron miradas y sacudieron las cabezas.

Julien miró al cielo y se pasó las manos por el cabello. "Si la señora Murielle está aquí, entonces solo podemos asumir que su hija se ha encontrado con algún mal. ¡Oh! ¡Por los oídos de los dioses! ¿Cómo pudo ocurrirle esto a la señora Murielle? ¿Por qué, oh, por qué? ¿Cómo pudo alguno de los dioses haber permitido que el mal tocara a una mujer tan santa?"

Antoine y Matthieu miraban al suelo.

"*Monsieur*", dijo Matthieu, volteando el rostro hacia Julien, "hay más".

"¿¡Más!?" gritó. "¿Cómo puede haber más? ¿No ha sufrido lo suficiente la señora Murielle? ¿No ha sido suficientemente devastada por estos crímenes? ¿Cuántas injusticias horribles y bestiales más debe soportar nuestra señora antes de que cualquier fuerza que las haya perpetrado contra ella lo considere suficiente?"

Antonie habló. "Después de ayudar a los vecinos campesinos a extinguir el fuego, nos contaron algunas de las noticias más lamentables de Darloque".

"Dime, aunque estoy reacio a escucharlo", chilló Julien, con el rostro entre las manos.

———

Julien entró en la habitación con un golpe ligero en la puerta. Todo estaba como había estado durante los últimos tres días.

Una bandeja de comida y vino estaba intacta sobre el escritorio. La señora Murielle estaba sentada junto a la ventana, de espaldas a la puerta. Julien ni siquiera tuvo tiempo de aclararse la garganta antes de que la señora Murielle hablara.

"Julien", dijo, con su voz más seca y ronca que nunca. "Déjame". Una pausa. "No quiero nada más que estar sola".

Julien asintió silenciosamente, ordenando sus pensamientos.

"Mi señora", comenzó. "La dejaré si lo desea, pero debo de hablar antes de irme. No sé qué mal le ha ocurrido. Es su derecho y su privilegio no decírmelo. También está dentro de su derecho y de su privilegio rechazar la comida y la bebida. No encuentro ninguna culpa. Pero está dentro de *mi* derecho y de *mi* privilegio mostrar preocupación por mi señora a quien sirvo tan devotamente. Me preocuparé por su bienestar, y no puede evitar que lo demuestre".

"Dicho eso, siento que debo decirle algo que puede cambiar su perspectiva sobre los acontecimientos recientes. He recibido noticias de que el Viejo Rey murió hace tres días. Su hijo Henri ha sido coronado rey en el Templo de Bellicor. Su primer acto oficial fue declarar la guerra a Ocosse para obligarlos a renunciar a los territorios en disputa que su padre les cedió".

Julien guardó silencio. La señora Murielle no dijo nada. Esperó lo que parecía una eternidad y luego se dispuso a marcharse. La señora Murielle se volvió hacia él, deteniendo a Julien con una mirada fría.

"¿Has estado *realmente* preocupado por mi bienestar?" preguntó.

Julien solo podía asentir.

La señora Murielle se levantó y se acercó al escritorio. Tomó la botella de vino, quitó el corcho y bebió. Tragó con una mueca de dolor. Tomó otro trago. Otra mueca, pero no tan dolorosa.

Julien miró fijamente a la señora de la mansión. Sus facciones estaban demacradas. Donde no había hollín negro en su rostro, la piel brillaba roja con la exposición a la carroza del sol. Su cabello castaño sucio y sudoroso colgaba salvajemente de su rostro, su brillo casi había desaparecido. Una mano negra, manchada y pegajosa con brea, sujetaba la jarra de vino en sus labios pálidos y agrietados. Julien se obligó a mantener la compostura ante su apariencia espantosa. Habría llorado si no fuera por los ojos de la señora Murielle. Mientras que sus rasgos pintaban el retrato de una mujer indigente, sus ojos pintaban un cuadro diferente. Aunque rodeados de círculos oscuros, sus ojos marrones eran perspicaces y fuertes; había planes y cálculos profundos detrás de ellos. La señora Murielle que Julien conocía no estaba perdida, solo escondida bajo una fachada de luto.

La señora Murielle tomó otro trago —este bajo mucho más suave— y se alejó de Julien. Atravesó la habitación y se detuvo ante los dos retratos. Los miró uno a la vez, deteniéndose un momento ante cada uno como si estuviera considerando. Se volvió hacia el retrato de su padre una vez más y lo miró durante mucho tiempo.

"¿Has estado *realmente* preocupado por mi bienestar?" preguntó de nuevo.

Julien se sobresaltó, como si despertara de un sueño. "Sí, mi señora". Luego agregó: "Todos lo hemos estado".

La señora Murielle siguió mirando el retrato de su padre, de espaldas a Julien. "¿Harías cualquier cosa que te pidiera?"

"Bueno... sí mi señora"

"¿Harías cualquier cosa que te pidiera, Julien, mi comisario siempre fiel?"

"Sí, mi señora. Yo —¿qué le pasa a mi señora?"

La señora Murielle giró bruscamente para mirarlo, y en ese momento, Julien lo vio. De pie ante los dos retratos, vio lo que nunca había visto. No había nada en las facciones de la mujer que la había dado a luz. Todo era de su padre. La mandíbula firmemente asentada y los labios finos y apretados. La nariz casi aguileña y los pómulos altos les daban a ambos un aspecto aristocrático y depredador a la vez. Pero eran los ojos, ambos tan perspicaces, ambos tan calculadores, ambos tan obstinados; sus ojos mostraban el verdadero parecido. Era un parecido tan notable, tan extraño, que uno debe preguntarse si la madre realmente tuvo algo que ver con el nacimiento del niño.

"Harías cualquier cosa que te pidiera", dijo distraídamente. No era una pregunta, sino una declaración de un hecho.

"Sí, mi señora", dijo Julien en voz baja.

La señora Murielle se acercó de nuevo al escritorio. Habló sin rodeos y con determinación. "Entregarás un mensaje".

"Un mensaje, mi señora".

"Encontrarás a Frédéric, que recientemente fue guardia del castillo, y le entregarás este mensaje: 'Mi querido amigo, sean cuales sean tus pensamientos sobre el nuevo rey, yo soy de la misma opinión".

"Lo haré inmediatamente, mi señora".

"No entregues ese mensaje a nadie más que a Frédéric".

"Sí, mi señora. Será como usted desee".

"También harás algo más por mí". La señora Murielle dejó la jarra sobre el escritorio y se acercó a un cofre en un rincón. Lo abrió de una patada para revelar varias piezas de armadura. Habían sido engrasadas para su almacenamiento a largo plazo, pero manchas de óxido oscuro las salpicaban en algunos lugares.

Julien la miró con incredulidad.

"Harás que limpien y reparen esta armadura. Asegúrate de que esté en perfectas condiciones".

"Cómo desee, mi señora".

"Y esto también". Cruzó la habitación hasta la pared

opuesta donde una espada y un escudo colgaban en soledad. Bajó la espada y atravesó de nuevo hacia Julien, el dobladillo de su vestido ondeando alrededor de sus tobillos. Desenvainó la espada a poca distancia de la vaina y miró fijamente la hoja durante mucho tiempo. Golpeó la hoja y se la entregó.

"Haz que la limpien y la afilen. Haz que la espada sea bruñida a la luz". La señora Murielle miró directamente a los ojos de Julien, sus propios ojos ardiendo ferozmente.

"Haré lo que desee, mi señora. Siempre. ¿Pero qué significa todo esto?" El punto de esperanza diminuto y brillante que había estallado en su corazón al enterarse del destino terrible de su esposo comenzó a desvanecerse, extinguiéndose en las llamas de esos ojos ardientes y feroces.

"Lo que significa, mi querido, comisario fiel..." dijo con frialdad, sus ojos clavados con los suyos. "Lo que significa es que Guillaume de Marschal cabalga una última vez".

CAPÍTULO DIECINUEVE

"No tiene por qué ser así", declaró sombríamente el Rey de Ocosse. "No necesitamos ir a la guerra".

El Rey estaba sentado sobre su caballo de guerra, rodeado por un séquito pequeño, en el centro de un valle llano con colinas suavemente inclinadas que se elevaban a su alrededor. La hierba baja era sorprendentemente verde a pesar del calor y la falta de lluvia. Aunque, antes de que acabara el día, la mayor parte del verde del valle pequeño sería rojo.

"Llevó la falda de la guerra", continuó el Rey, señalando con su mano un conjunto, "pero con mucho gusto me cambiaría a una falda escocesa y festejaría a tu lado, Henri, si pudiéramos dejar esta disputa en paz".

Henri se movió en la silla. Su caballo de guerra negro pateó el suelo ansioso e impaciente, con la intención de entrar en la batalla como su amo. Henri sujetaba las riendas con fuerza con una mano, su yelmo balanceado sobre el pomo de la silla. Con la mano libre tocó la corona sobre su cabeza. Todavía se estaba acostumbrando a sentirla allí. Le gustaba sentir la corona sobre su cabeza.

"Exijo la devolución de las tierras que mi padre regaló", dijo Henri rotundamente. "Quiero *todas* las tierras a las que tengo derecho por nacimiento".

El Rey de Ocosse suspiró. "Esta disputa ha hecho estragos entre nuestros reinos durante mucho más tiempo de lo que tú o yo hemos estado vivos. Me he acostumbrado a la paz en el corto tiempo que hemos sido bendecidos con ella, pero nuestra demanda es más fuerte, y defenderé nuestro derecho a esas tierras con mi vida, si es necesario".

"Tendré esas tierras", resopló Henri, "y tomaré tu vida para conseguirlas, si es necesario".

El Rey suspiró de nuevo. Pasó la mirada por los matones del séquito de Henri y luego la posó en Philippe, que estaba sentado tranquilamente sobre una montura plácida.

"Philippe", dijo con fiereza, "tú jugaste un papel importante en el tratado. ¿Esta también es tu opinión?"

Los ojos de Henri ardieron ante el desaire. Una mirada breve de satisfacción brilló en el rostro del Rey.

"Tengo la opinión de mi Rey en este asunto", respondió Philippe con frialdad.

"¡Muy bien!", gritó el Rey de Ocosse. "¡Si es la guerra lo que deseas, Henri, entonces la tendrás!"

"Oh sí", dijo Henri con una sonrisa salvaje. "La *tendré*". Se detuvo un momento y luego agregó: "Prepárate para tu destrucción". Con eso su séquito y él giraron y galoparon de regreso al final del campo donde esperaban el resto de los ejércitos de Henri.

———

"¿Cuál es la condición de sus ejércitos?" preguntó el Rey de Ocosse al observador en la cima de la torre.

"No es buena", gritó. "Es decir, no es buena para nuestros ejércitos".

"¿Qué es lo que tienen?"

"Caballería pesada al frente. El *échelle* está en formación de cuña. Veo un poco de caballería ligera detrás, pero en gran parte está fuertemente blindado".

"Quieren romper nuestra línea con fuerza bruta", dijo el Rey en voz baja.

"Veo infantería detrás", gritó el observador. "Por lo que parece, creo que Henri tiene la intención de enviar caballería e infantería a la vez".

El Rey giró hacia su capitán de los ejércitos. "MacTavish" gruñó, "asegúrate de que el schiltron esté fortalecido. Piqueros con escudos añadidos y arqueros de apoyo. Diles que aguanten pase lo que pase. Dejemos que Henri se agote contra ellos, luego envía nuestra caballería"

"Sabio plan, señor", asintió MacTavish.

"¿Dónde está Henri?" gritó el Rey. "¿Lo ves?"

"Lidera la falange central", respondió el observador. Después de un momento volvió a gritar. "Veo la hoja de roble rojo de Philippe. Lidera el flanco derecho".

"Ahh", gritó el Rey. "Entonces vamos a—"

"¡Por los oídos de los dioses!" gritó bruscamente el observador.

"¿Qué ves?" gritó el Rey.

"Detrás de Philippe, cerca de la retaguardia con la otra caballería ligera. "¡Es el Caballero Negro!"

Los ojos del Rey se agrandaron. "¿El mismo del Torneo de Eglinton?"

"¡Si no hubiera estado allí para presenciar su poder, no lo creería, pero es el mismo caballero!"

El Rey miró a MacTavish con preocupación. "Esto no es un

buen augurio para nosotros. Un caballero de su calibre luchando por Henri—"

"¡Benditas sean las muchas camadas de Mava!" gritó el observador.

"¡Qué ves ahora!" gritaron el Rey y MacTavish al unísono.

"¡En el flanco izquierdo! ¡No al frente, sino en la retaguardia de la caballería ligera, está Guillaume de Marschal!"

El King colocó la cabeza entre las manos. "Philippe es suficiente. Pero tener a los dos mejores caballeros del Torneo de Eglinton luchando del lado de Henri... no sé cuáles son nuestras posibilidades".

"No son más que tres hombres en una batalla masiva", respondió MacTavish. "Se pueden eliminar". Dijo esto, aunque no tenía mucha fe en su declaración.

El observador gritó otro informe. "Henri tiene arqueros en la colina detrás de la infantería".

El Rey abrió la boca, pero MacTavish habló primero. "Ordenaré a los hombres que no se dejen arrastrar por una retirada falsa. Mantendremos la batalla en este extremo del campo, lejos del alcance de los arqueros".

"Debo luchar", dijo con determinación el Rey de Ocosse.

El ayudante del Rey habló. "¡Mi señor, no! ¡No puede ir a la batalla a su edad!"

"Puede que esté gris", replicó el Rey, "¡pero puedo igualar a cualquiera en ese campo!"

MacTavish tomó un enfoque diplomático. "Mi Rey, Henri dijo que lo mataría si pudiera. Si muriera en el campo, sería desastroso para la moral. Perderíamos la batalla de inmediato".

El Rey hizo una mueca. Sabía qué hacía mucho que habían pasado los días en los que podía defenderse en el campo de batalla. No obstante, frunció el ceño a su ayudante.

"Parece que algo está pasando en la colina con los arqueros", gritó el observador. "No puedo ver qué es porque el sol se refleja fuertemente en algo".

———

"¡Qué patético montón de inmundicia putrefacta me han dado por arqueros!" gritó el sargento mientras caminaba por la línea. Los arqueros estaban en formación recta mientras se dirigía a ellos, cada uno temeroso de siquiera respirar.

"Dudo que alguno de ustedes pueda orinar solo, mucho menos tirar de un arco". Se detuvo ante un arquero tembloroso y lo miró a los ojos. "¿¡Qué tal tú, chico!? ¿¡Todavía necesitas que tu madre te limpie el culo!?"

Alguien golpeó al sargento en la espalda. "Ejem. *Excusez-moi*".

"¿¡Quién se atreve!?" Se tambaleó para enfrentarse al cerdo insolente que se atrevió a interrumpirlo mientras se dirigía a sus hombres. No vio a nadie. Luego miró hacia abajo, aspiró el viento y cayó al suelo, arrastrándose. "*Excusez-moi*, mi señor. *Excusez-moi*".

Lord Aufeese lo despidió con una pata delicada. "Oh, no importa todo eso. Ponte en la línea. Ha habido un cambio de plan".

El sargento inmediatamente se apretó en la línea y saludó bruscamente. Los demás siguieron su ejemplo.

"Oh, deténgase", dijo Lord Aufeese. "Descansen hombres".

Descansaron.

Lord Aufeese estaba de pie ante los arqueros, su resplandor dorado, difuminado un poco por la armadura de cuero ligera que llevaba, se iluminó cuando se quitó la cofia del arquero y sus orejas se elevaron por encima de su cabeza. Un arco largo magnífico, adecuado a su estatura, colgaba de su hombro. Un carcaj de flechas le colgaba de la espalda. Las flechas no eran un asunto ordinario. En lugar de plumas, brotaban espigas de trigo vivo de los tallos en los extremos para formar los vuelos. El trigo ondeaba ligeramente en el aire caliente y quieto.

"Ejem", comenzó Lord Aufeese. "Como dije antes, ha habido un cambio de plan. Les daré nuevas instrucciones que harán que esta batalla sea mucho más rápida".

Los arqueros asintieron vacilantes.

"¡Y luego todos tomaremos el té!" Lord Aufeese saltó de un lado a otro emocionado, aplaudiendo con las patas delanteras.

Los arqueros se miraron con incertidumbre.

———

Lord Portiscule se apoyó contra un árbol, silbando una giga mientras giraba su lanza alrededor de la pata libre, con un yelmo de piquero levantado alegremente entre sus orejas. Lord Daedemus se acercó desde el bosque llevando una espada y un escudo. Portiscule sonrió ampliamente y bajó la culata de su lanza con un golpe sordo.

"¡Maldita sea, Hermano! ¡Has venido!"

"Sí, Hermano", respondió suavemente Daedemus. "No soy un gran luchador, pero haré mi parte".

"¡Sí! ¡Sí!" gritó Portiscule. "No creo que esto tome mucho tiempo". Miró a su hermano y luego añadió: "Maldita armadura bonita, Hermano. Me gustan las placas pequeñas de metal trabajadas en el cuero".

"A mí también me gustan". Daedemus flexionó. "Tiene un buen ajuste y es bastante elegante".

Portiscule asintió de acuerdo.

"¿No tienes armadura, Hermano?"

"Maldita sea no", Portiscule sacudió la cabeza, arrojando el yelmo a un lado. "Me ralentiza. Mi lanza es suficiente".

"Muy bien, entonces", dijo Daedemus con una reverencia. "¿Vamos a ello?"

"Sí hermano, vayamos".

Habían caminado un poco hacia el campo de batalla cuando Portiscule volvió a hablar.

"Hermano, ¿sabes que Felapine y Calapine tienen una apuesta?"

Las orejas de Daedemus se animaron. "¿Una apuesta?" Sus bigotes se movieron con gran interés.

"Sí. Es sobre cuál de ellas matará más hombres".

"Bueno, esa es una apuesta espléndida. Me gustaría participar en ella".

Portiscule se rio a carcajadas. "¡Maldita sea, sí! Siempre y cuando compartas conmigo tus pensamientos sobre el ganador".

Caminaron hacia la batalla y discutieron más a fondo.

Más profundo en el bosque, tres mercenarios al servicio del nuevo Rey de Darloque se encontraron con un pequeño campamento. Al centro ardía un fuego sobre el cual nada se cocinaba y nada se cocinaría jamás. Tres figuras estaban sentadas alrededor del fuego, inconscientes de ello, afilando las armas silenciosamente.

"Bueno, bueno", dijo el más grande de los mercenarios con una sonrisa salvaje, "¿qué tenemos aquí?"

Las tres figuras continuaron afilando sus armas, tan ajenas a los mercenarios como al fuego. La luz del fuego rojo se reflejaba en sus camisas de malla brillantes y pulidas.

Los mercenarios se mantuvieron firmes, esperando. El más grande habló de nuevo al poco tiempo. "He venido este día para luchar por el Rey de Darloque. No me importaría un partido preliminar antes del evento principal".

Las tres figuras miraron desinteresadamente al mercenario, pero dejaron caer sus piedras de afilar y se pusieron de pie con sus armas y escudos. Se elevaban por encima de los intrusos.

"Espin, Tybalt, Fergu. ¡Desafío a uno de ustedes a un combate individual!" gritó el mercenario principal. "¿Cuál será?"

Los Tres Héroes intercambiaron miradas silenciosas. Tybalt y Fergus retrocedieron y se retiraron. Espin dio un paso al frente, sosteniendo su espada y su escudo preparados, su cuerpo grande y musculoso era una pared impasible. Sus orejas de color marrón rojizo estaban erguidas e inmóviles sobre su cabeza. Sus bigotes sobresalían rígidamente. Sostuvo su escudo redondo enorme ante él y agarró su espada con fuerza en su pata delantera.

"Soy Gudbanamadr, hijo de Brynjarr", comenzó el mercenario. "Mi nombre significa 'asesino de los dioses' y he—"

Espin corrió hacia adelante con la velocidad de un rayo. Gudbanamadr solo fue capaz de levantar su escudo cuando Espin chocó sólidamente con el suyo. El mercenario se tambaleó hacia atrás, tratando de mantener el equilibrio, cuando la espada de Espin se adelantó, lanzando cuatro golpes sólidos en el escudo de su retador. El escudo se partió en dos, cada mitad cayendo a cada lado de Gudbanamadr mientras su espalda golpeaba el suelo con un golpe fuerte. Con un movimiento fluido, Espin giró la espada para agarrarla con las patas y clavó la hoja hasta la empuñadura en el pecho del mercenario, la hoja atravesó profundamente en el suelo debajo.

Espin se levantó y sacó su espada ensangrentada del pecho del muerto con un sonido húmedo de succión. Miró en silencio a los mercenarios restantes, sus ojos marrones tranquilos no delataban ninguna emoción.

Los otros dos mercenarios miraron al dios con los ojos muy abiertos. Silenciosamente acordaron que no querían más de la batalla este día, despegaron a través del bosque en la dirección opuesta al campo de batalla.

Tybalt y Fergu miraron a Espin con un asentimiento y los Tres Héroes levantaron el campamento.

———

La mano de Murielle se apretó alrededor de su lanza. El tiempo se acercaba. Debajo de ella, Cheval pateaba el suelo con ansiedad e impaciencia.

Hubo muchos murmullos entre las filas cuando cabalgó junto a Frédéric. Nadie se acercó a ella. Los caballeros mayores se mantuvieron alejados por respeto al campeón del Torneo de Eglinton, y los caballeros más jóvenes la evitaron por miedo al guerrero poderoso del que los caballeros mayores hablaban tan bien. A pesar del largo tiempo que estuvo fuera de la vista, el nombre de Guillaume de Marschal todavía inspiraba mucho respeto.

Colgó su escudo en la silla y pasó la mano por el lado izquierdo de su gran yelmo. La reparación se realizó tan bien que no pudo decir dónde se había dañado. Muchos de los caballeros llevaban yelmos más abiertos debido al calor. Observó el cielo. Las nubes se desplazaban lentamente desde el oeste. Tal vez traerían un descanso del calor.

El gran yelmo de Murielle había sido elegido para ocultarse más que por comodidad o protección, por esa razón lo llevaba este día. El calor ya estaba creciendo bajo el yelmo, pero no importaba. Volvió los ojos hacia la falange central. En algún lugar allí estaba su objetivo. Cuando llegara el momento, muy pronto, iría por él. Nadie se interpondría en su camino. Desmontaría a cualquiera entre ella y su objetivo.

Un estruendo de voces recorrió las filas. Otro participantes del Torneo de Eglinton estaba aquí: El Caballero Negro. Su famoso adversario tampoco había sido visto desde el torneo. Estaba en algún lugar del flanco derecho, lo que significaba que estaba dentro del plan. Guillaume de Marschal y el Caballero Negro en el mismo lado de la batalla. Sus posibilidades parecían buenas.

Murielle sintió a Cheval respirando debajo de ella. Su respiración era firme, si no un poco rápida, ansiosa, como la suya. Caballo y jinete estaban unidos, unidos como uno solo. Su vínculo era mucho más profundo que el caballo y el jinete ordinario, mucho más profundo de lo que su padre podría haber imaginado. Su experiencia compartida los convirtió en uno. Un corazón, una mente, un alma, unidos en la tragedia.

Cuando estalló el cuerno, llamando a la carga, Cheval saltó hacia adelante sin un empujón de las espuelas de Murielle. Murielle se inclinó hacia adelante en la silla en el mismo instante, ya que dos miembros de un cuerpo podrían moverse en perfecta sincronía. Murielle y Cheval eran de un solo cuerpo, y juntos, el único cuerpo tendría su venganza.

———

"¡Aquí vienen, señor!" gritó el observador.

El Rey caminaba de un lado a otro. MacTavish había bajado para dar las últimas órdenes a sus lugartenientes y luego se había unido a la caballería para esperar por la carga de Henri. Como se predijo, Henri cargó con caballería e infantería a la vez. Obviamente, esperaba que su caballería pesada rompiera el schiltron fácilmente, permitiendo que su caballería ligera y su infantería arrasaran con los ejércitos de Ocosse. El Rey odiaba admitirlo, siendo tan testarudo como su padre y su madre juntos, pero ahora ese escenario parecía una posibilidad.

"¡Aguanten! ¡Aguanten!" gruñó entre dientes. "¡Por los oídos de los dioses, aguanten!"

El trueno de cascos se hizo más fuerte. El Rey apretó los puños con fuerza frente a él, con los ojos cerrados con fuerza y los dientes apretados. "Señor—" comenzó su ayudante, pero el Rey abrió un puño el tiempo suficiente para levantar una mano para silenciarlo. Los ojos del Rey se abrieron con sorpresa cuando un segundo cuerno sonó desde el otro lado del campo con cuatro explosiones brillantes.

"¡Por los oídos de los dioses! ¡Por los oídos de los dioses!" gritó el observador.

"¿¡Qué ves!? gritó el Rey, pero había subido hasta la mitad de la torre antes de terminar la pregunta, para horror de su ayudante.

Lo que vio fueron los flancos izquierdo y derecho tanto de la caballería como de la infantería de Henri retrocediendo rápidamente desde el centro.

"¡ARQUEROS! ¡SUEEEEEELTEN!" gritó el Niño Dorado, el Señor de los Arqueros. Y los arqueros hicieron llover el infierno sobre la falange central, Lord Aufeese disparó cuatro flechas con su carcaj antes de que cualquiera de los arqueros pudiera arrancar una del suelo delante de él.

Todo era silencio. Ningún hombre hablaba, ningún caballo relinchaba. Ninguna brisa agitaba las banderas o alborotaba la ropa. Los ejércitos de Ocosse observaron desconcertados cómo ambos flancos de la caballería de Henri hicieron nuevas formaciones y cargaron al centro. Observaron, igualmente desconcertados, cómo los arqueros de la colina masacraban la falange central de la infantería mientras los flancos mantenían posiciones y derribaban a los supervivientes que huían.

Fue el Rey quien rompió el silencio. Colgaba de la torre, tan asombrado como los demás, luego se sobresaltó y saltó al suelo con exuberancia juvenil.

"¡Es una rebelión! ¡Hagan sonar la carga! ¡Hagan sonar la carga!" gritó. Agarró a su ayudante por los oídos y gritó en su rostro. "¡HAGAN SONAR LA CARGA!"

Su ayudante gritó, agitando las manos salvajemente mientras corría en círculos. "¡Hagan sonar la carga! ¡Hagan sonar la carga!"

Detrás de ellos, los tubos de guerra comenzaron a sonar, ensordeciendo la colina con su llamado. Entonces todo era una locura. MacTavish, tan asombrado por el silencio como el resto, rápidamente reunió a la caballería que no había anticipado una participación tan temprana. Los piqueros y los arqueros corrieron alrededor del schiltron completamente perdidos en cuanto a su próximo movimiento. Los hombres armados detrás de ellos se adelantaron, forzando a los piqueros a avanzar mientras los arqueros se dispersaban en la confusión.

El Rey de Ocosse levantó el puño en alto en el aire. "¡Esto es obra de Philippe! ¡Lo sé!" Sonrió con satisfacción. "¡Te gusta eso, Henri!"

———

La locura lo rodeaba. Ante Henri, su caballería pesada se enfrentaba un nuevo obstáculo, ya que la caballería pesada Ocossiana fluía alrededor de sus líneas defensivas en el campo de batalla. La noticia llegó caliente y rápida, gritó sobre el estruendo, se extendió de caballero en caballero. Los flancos de caballería se habían retirado y ahora estaban atacando la parte trasera del cuerpo principal. Más atrás, el cuerpo principal de infantería estaba siendo derribado por los arqueros en la colina mientras ambos flancos de infantería lo atacaban por los lados.

El Rey Henri bramó de rabia. "¡Sé que esta traición es obra tuya, Philippe! ¡Yo mismo tomaré tu cabeza por esto, pero solo después de haber tomado otras partes de tu cuerpo primero!"

Henri bajó su lanza, pateó su montura con más fuerza y cargó a través de la caballería pesada para enfrentarse al enemigo.

———

Los Tres Héroes estaban en el borde del campo de batalla, observando impasiblemente. La batalla estaba comprometida y había llegado el momento de cumplir sus juramentos. Cada uno levantó su escudo redondo enorme y sacó su arma del cinturón de su cintura. Intercambiaron miradas silenciosas sin pasión y se lanzaron al campo de batalla en tres direcciones diferentes.

———

Murielle nunca había matado a un hombre antes. El torneo se trataba de la dominación por habilidad y técnica. En el campo de batalla el juego era vida o muerte. Si uno perdía esta justa, uno perdía su vida. Como había sucedido en el Torneo de Eglinton, Murielle no tenía intención de perder.

Cuando los caballeros de la falange principal se volvieron para enfrentar a sus atacantes, Murielle elevó su lanza al más cercano. Por la mirada de sorpresa en sus ojos, entendió claramente que estaba siendo desafiado por Guillaume de Marschal, campeón del Torneo de Eglinton. Sin embargo, bajó la lanza y se arriesgó. Cheval siguió adelante sin estímulo. Mientras se cerraban, Murielle presionó su muslo contra el costado derecho de Cheval, pero el caballo ya estaba desviándose ligeramente hacia la derecha antes del contacto fatal con el oponente que fue desmontado fácilmente, para nunca volver a levantarse.

La sangre de Murielle corría caliente, no de emoción, sino de odio ardiente. Se ladeó para encontrar otro oponente. Reconoció un par de ojos detrás de una visera. Un par de ojos que reconocía de ese día fatídico. Ese fue despachado fácilmente. Con un odio ardiente y blanco dentro de ella, buscó cada par de ojos que conocía de ese día terrible.

———

Calapine blandió su martillo hacia arriba conectándose con el soldado desafortunado que creía que podía desafiarla. Voló bastante lejos antes de detenerse en un montón. No se levantó.

La diosa del acero asintió engreída a su hermana. "Otro, Hermana".

Felapine echó humo. Cargó su honda con una piedra de la bolsa que colgaba de su hombro. La giró sobre su cabeza, la honda azotaba el aire con fuerza. Soltó la piedra que conectó con el yelmo de uno de los hombres de armas de Henri. Cayó en un montón a cierta distancia, para nunca levantarse.

"Oh espera, Hermana", dijo la diosa del hierro con recato. "Ve esto".

Felapine cargó dos piedras en la honda y se la pasó por la cabeza. Soltó las piedras, cada una conectándose con el yelmo de un soldado. Ninguno de los soldados se levantó.

"Presumida", gruñó Calapine.

Felapine echó la cabeza hacia atrás con una risa malvada.

"Hermana", llamó Calapine con entusiasmo. "Ven aquí. ¡Quiero mostrarte algo!"

Felapine obedeció, golpeando a un soldado en la cabeza con su pata desnuda mientras se acercaba. "¿Qué?"

Calapine señaló a un hombre de pie a corta distancia detrás de una línea de hombres de Henri enfrascados en una lucha feroz con algunos hombres Ocossianos en armas. "¿Lo ves allí?"

Felapine ladeó la cabeza. "Sí. ¿Qué hay con él? Parece ser un comandante cobarde escondido detrás de sus hombres".

"¡Exactamente!" gritó Calapine. "Ahora mira".

Levantó su martillo y lo apuntó hacia el comandante. "¡Tú!" gritó. "¡Responderás al llamado del martillo!"

Su rostro enrojeció con un terror abyecto. Se congeló en su lugar por unos momentos y luego tropezó hacia atrás una y otra vez en un intento de esconderse detrás de la línea.

Las Hermanas se cayeron de risa. Después de unos momentos se calmaron. Felapine limpió las lágrimas de sus ojos y preguntó, "Entonces, ¿puedo matarlo ahora?"

Calapine se enderezó y se rascó la cabeza. "¿Qué?" Una mirada de perplejidad cruzó su rostro. "¡No!"

"¿Por qué no?"

"¡Es mío, por eso no!"

"Bueno", respondió Felapine, rascándose la cabeza, "déjame matarlo de todos modos".

"¡No!" Calapine sacudió la cabeza consternada. "Lo marqué. Ahora estará aterrorizado hasta que me haya divertido lo suficiente y decida matarlo".

"Bueno..." Felapine parecía pensativa. "Déjame matarlo ahora de todos modos".

"¡No! Así no es como se juega el juego".

Una luz apareció en los ojos de Felapine. "¡Ahh! Esto no es sobre un juego; esto es sobre la apuesta".

Calapine cruzó las patas sobre el pecho. "No, no lo es".

Felapine agitó una garra hacia su hermana. "¡Eso es trampa, Hermana! ¡No puedes marcar soldados para que no pueda matarlos!"

"Eso no es así".

"¡Perra tramposa!"

Los ojos de Calapine se agrandaron. "¿¡Cómo me llamaste!?"

"Perra mentirosa y tramposa", respondió Felapine con orgullo.

La diosa del acero levantó su martillo. "Hermana, te—"

Antes de que Calapine pudiera decir más, Felapine cargó una piedra en su honda y se la lanzó al comandante cobarde, matándolo.

"¡Hermana! ¡Era mío!"

"Ya no".

Calapine blandió su martillo, pero cuando Felapine se agachó, se resbaló de su agarre y acabó con un grupo de soldados de Henri que venían a ayudar a sus hermanos.

———

Un grupo de mujeres llorando se acurrucaban en una colina con vistas a la batalla de abajo. Lloraban por sus maridos, hijos y amantes, todos luchando valientemente por la buena causa. Entre ellas estaba Lady Blanchefleur, la diosa hermosa blanca pura del amor. Sus ojos azules brillantes relucían de lástima por las mujeres.

En este día, sus orejas blancas largas estaban retenidas con una delicada red de plata fina. Alrededor de su cintura llevaba un cinturón exquisito de eslabones de plata igualmente finos. Nadie diría que no era la criatura más hermosa en el mundo.

"¡*Aimons*, señoras, *aimons*!" les dijo Blanchefleur. "Piensen en el amor que tienen por sus hombres. El amor los mantendrá a salvo, ¿*n'est-ce pas*?"

Una doncella joven gritó. Abajo, su amante había estado luchando ferozmente, pero había tropezado y ahora yacía tendido en el suelo, su espada y su escudo fuera de su alcance. Uno de los soldados de Henri fue a matar.

"¡Recuerda tu amor! ¡Recuerda tu amor!" le gritó Blanchefleur.

La doncella joven inclinó la cabeza y cerró los ojos con fuerza. Murmuró palabras de oración rápidamente.

De repente, el soldado de Henri sufrió un espasmo. Dejó caer su espada que cayó al alcance de su oponente. El amante de la doncella joven la agarró y la empujó hacia arriba. La doncella lloró con alivio.

"¿Ven lo que puede hacer el amor?" arrulló la diosa del amor. Miró hacia la parte del campo donde Daedemus estaba luchando con otro de los hombres de Henri.

"¡Ahh! Es tan emocionante ver a tu amante peleando, sabiendo que tu amor lo mantiene fuerte, ¿*n'est-ce pas?*"

Todas las mujeres que lloraban se limpiaron los ojos y asintieron de acuerdo.

Los ojos de Blanchefleur se desviaron hacia otra parte del campo. De repente, se puso de puntillas.

"¡Sí, sí!" gritó. "¡Mata a la inmundicia! ¡Mátalo! ¡Mátalo! ¡Oh, cómo odio a esa criatura detestable! ¡Mátalo!"

Las mujeres frotaron sus lágrimas y se miraron entre sí.

———

Dos veintenas de hombres de Henri formaron un círculo alrededor del Guardián. Luchaba contra todos ellos, la punta de su lanza brillaba bajo la luz del sol brillante. Cortaba, destrozaba y aplastaba, pero todavía seguían llegando. Por cada oponente que mataba, dos lo reemplazaban.

"¡Oh, Hermano!" gritó, girando la lanza mortal hacia sus oponentes cada vez más numerosos. "¿¡Crees que podrías darme alguna maldita ayuda aquí!?"

Daedemus levantó la vista del único mercenario con el que luchaba de la manera más indiferente. "Tonterías, Hermano. Lo estás haciendo bastante bien. Un trabajo sensacional, de hecho.

Dos veintenas de hombres se habían convertido en cuatro veintenas. "¡Maldita sea! ¡Estoy abrumado!"

El oponente de Daedemus intercambió golpes casuales con él. "Creo que deberías ayudar a tu hermano. Parece abrumado".

"Oh, no del todo", respondió el Gran Arquitecto, "lo está haciendo absolutamente bien". Volvió a mirar a su hermano. "Ha tenido cosas peores".

Cuatro veintena de hombres se habían convertido en ocho veintenas. La lanza de Portiscule se volvió borrosa.

"Tonterías, digo", dijo el mercenario, clavando su espada en el suelo y apoyándose en ella. "incluso apostaría a que no sobrevive".

Las orejas de Daedemus se animaron y sus bigotes se movieron con interés. Bajó su propia espada. "¿Dijiste *apuesta*?"

"Tú Hermano está enormemente superado en número. Ni siquiera un dios puede vencer esas probabilidades".

"¿Quieres respaldar tus palabras con tu bolso?"

El mercenario miró a los hombres que rodeaban a Portiscule. Parecía que otra veintena de hombres había llegado desde que él y Daedemus se habían detenido en su batalla. "Sí, te apuesto cinco coronas a que no lo logrará".

"Pshhh", respondió Daedemus, agitando una pata en el aire. "Tanta confianza tienes en tu posición. No pierdas mi tiempo con una apuesta tan insignificante".

"¡Hermano!" gritó Portiscule.

"Cincuenta, entonces".

"Hmmm", dijo Daedemus, acariciándose la barbilla. "Eso

es mejor, pero todavía no creo que tengas mucha fe en tu posición".

"¿Qué sugieres, entonces?"

"¡Hermano!" gritó Portiscule de nuevo. Era un borrón dentro del círculo.

"Creo que quinientas coronas probarían tu valía".

"¿¡Quinientas coronas!?" El mercenario miró al Guardián y al círculo de oponentes cada vez mayor. Acarició su barba larga rubia pensativamente. "Sí".

"¿Tienes las monedas?" preguntó Daedemus.

El mercenario metió la mano en su justillo, sacó un bolso grueso y lo sacudió. Las monedas dentro tintinearon. "No te preocupes por mí, preocúpate por ti cuando pierdas".

"¡¡¡¡AAAARRRRGGGGHHH!!!!"

Entonces, de repente, los hombres de Henri se lanzaron hacia adelante, atacando a Portiscule, agarrándolo por las patas delanteras y las traseras. La turba lo arrastró hacia atrás y lo tiró al suelo. Pronto Portiscule desapareció bajo un montón inmenso de hombres, todos golpeando y pateando.

El mercenario sonrió. "Te dije. Está acabado".

"Me temo que no conoces muy bien a mi hermano".

En una gran fuente de sangre, la punta de la lanza de Portiscule se elevó a través de la montaña de hombres. Con un rugido, el dios estalló a través de la pila, esparciendo hombres —y trozos de hombres— por el campo.

Daedemus sonrió engreído, el mercenario miró con la boca abierta de incredulidad.

El Gran Arquitecto extendió una pata. "Paga, mi buen hombre".

Sin apartar los ojos de Portiscule, golpeó el bolso en la garra del dios con un gruñido.

Portiscule se dio la vuelta moviendo y empujando su lanza mucho después de que todos sus oponentes se habían ido.

Pronto, al darse cuenta de que todos habían desaparecido, el Guardián se detuvo y bajó la cabeza con un gran suspiro. Estaba cubierto de sangre de pies a cabeza. Volvió a levantar la cabeza, frunció el ceño, echó las orejas hacia atrás y arrojó su lanza al suelo ensangrentado.

"¡MALDITA SEA, DAEDEMUS!" gritó con rabia", "¿¡POR QUÉ NO ME AYUDASTE!?"

"Lo estabas haciendo bastante bien por tu cuenta, Hermano", respondió con indiferencia. "Y además", continuó, haciendo tictac con sus garras, "creo que, con esta única pelea, has superado tanto a Calapine como a Felapine".

Portiscule se limpió el rostro con las patas delanteras, sin disminuir su rabia. "¿Y qué diablos pasa con él, eh?" Señaló al mercenario. "Me ocupe de este lote, lo menos que puedes hacer es acabar con él".

El mercenario se volvió hacia Daedemus rascándose la cabeza. "¿Qué?"

Daedemus asintió. "Mi hermano tiene toda la razón, viejo amigo". Cogió su espada. "Es la guerra, ya sabes". El Gran Arquitecto giró su espada a una posición perezosa y la clavó a través del pecho del mercenario. Cayó al suelo con un gemido.

"¡Maldita sea! Así está mejor, Hermano". Portiscule se había limpiado la sangre de su pelaje. "Vamos a terminar esto, ¿eh? ¿Luego vamos a la taberna?"

"Sí, Hermano", respondió, tintineando el bolso en su pata. "Pero esta vez, yo invitaré".

———

Espin estaba al centro de un círculo de hombres. Su camisa de cota de malla relucía intensamente a la luz del sol brillante. Mantenía su espada hacia abajo, casualmente, como si no anticipara violencia. Sin embargo, sostenía el escudo frente a él preparado. Sobre su escudo, un escudo redondo enorme de la antigüedad, había un relieve que representaba la primera de tres escenas de las Profecías Terribles: dos hombres enfrascados en una batalla feroz, la batalla final entre el Viajero Lejano y el Gran Vidente, la batalla que decidía el destino de la humanidad.

Espin giró lentamente la cabeza, mirando por encima del círculo de hombres de Henri que se habían reunido para desafiar al dios. Sus orejas se elevaban por encima de su cabeza, erguidas y alerta. Sus bigotes no se movían en absoluto. Su cabeza se detuvo. Lentamente, soltó la correa y dejó caer el escudo al suelo pesadamente. Junto a él había un sable desechado. El dios lo recogió con un apretón inferior en su pata izquierda. Levantó ligeramente ambas espadas. Los hombres de Henri empezaron a moverse y a balancearse con anticipación. Este día Espin les enseñaría una lección: la lección del Combate con Dos Espadas.

———

Murielle miró las nubes que se acumulaban en el horizonte occidental y luego se volvió hacia el campo de batalla para ver a su objetivo. Acababa de desmontar a un caballero al otro lado del campo. Nada se interponía entre ella y Henri. Cheval también lo vio. Comenzó a galopar antes de que Murielle tuviera la oportunidad de patearlo. Se acercaron. Henri giró para ver a Guillaume de Marschal acercándose a él. Bajó su lanza y pateó a su corcel. Murielle bajó la cabeza y se preparó para el impacto cuando el Caballero Negro la interrumpió. Perdió su objetivo; Henri había desaparecido entre la multitud. Maldijo al Caballero Negro mientras lo veía bajar la lanza y desmontar a uno de los caballeros de Henri. Murielle estaba segura de que su acción no fue intencional, una simple consecuencia del caos de la batalla, sin embargo, si volvía a interponerse en su camino, también se ocuparía de él.

———

Calapine volvió a gritar mientras aniquilaba a otro soldado con su martillo.

"¿Cuál es tu problema?" Felapine llamó desde el otro lado del campo mientras cargaba otra piedra en su honda.

"Es ese maldito Arbrinner, Hermana", gritó mientras golpeaba a otro soldado.

Felapine giró su honda y soltó la piedra que conectó sólida y mortalmente con su objetivo. "No entiendo, Hermana".

Una voz resonó claramente a través del campo. "¿¡Vaya!? ¿¡Me desafías, bribón!?"

"¡ARGH!" gritó la diosa del acero. "¡Que alguien le diga que se detenga!"

La diosa del hierro volvió a girar su honda y lanzó otro misil mortal. "No le pongo atención, Hermana. Harías bien en hacer lo mismo".

"Su voz me molesta. Hace que sea extremadamente difícil disfrutar de esta batalla". Con un gruñido, Calapine despachó a otro soldado con un golpe de su martillo.

"¿¡Vaya!?" la voz alegre de Arbrinner volvió a cruzar el campo. "¿Sabes que mi bastón se llama 'Avispa'? ¡Ahora sentirás su aguijón!" Resonó un golpe fuerte.

Calapine gruñó fuerte y no vio a un mercenario atacante. Le dio un golpe inofensivo en su armadura de cuero. Lo arrojó a través del campo con la pata izquierda. "¡Desearía que luchara en silencio!"

Felapine soltó otra piedra sobre su curso mortal. "Hermana, tienes que preocuparte menos por Arbrinner y más por el hecho de que te he superado en asesinatos otra vez".

"Hmmpf. Mucho bien hace cuando Portiscule te ha superado por lo menos por un centenar". Calapine echó el martillo hacia atrás y se dirigió hacia un grupo pequeño de soldados de Henri.

"¿¡Qué!? ¿¡Portiscule!?" La piedra voló errante, perdiendo su objetivo por completo.

"¿¡Vaya!? gritó de nuevo el leñador alegre.

———

Tybalt giró; su pelaje de color beige brillaba bajo el sol implacable. Detrás de él, un nuevo retador se acercó rápidamente mientras lidiaba con un mercenario ante él. Condujo al mercenario hacia atrás y luego se giró para lidiar rápidamente con el soldado que cargaba detrás de él, quien era seguido a poca distancia por un grupo grande. Lanzando su espada al aire, la agarró por la hoja y la lanzó. La hoja se hundió profundamente en el pecho del atacante, lanzándolo de espaldas al suelo, para nunca levantarse bajo su propio poder.

Tybalt volvió al mercenario al que se unieron refuerzos. El Héroe aflojó la correa de su escudo, el escudo que llevaba un grabado de la Segunda Profecía Terrible. La imagen era de una dama con cabello largo que fluía. Esta era la Dama de las Estrellas. Era la amante de todas las estrellas en los cielos, pero una en particular, una estrella de destrucción temible, alineada a ella. Debido a su alineación con esta estrella temible, sufriría grandemente, incluso mientras traía un sufrimiento incalculable sobre el mundo.

Tybalt aflojó la correa de su escudo y se preparó para dar una lección a los retadores que se acercaban de ambos lados: la lección de Combate con Escudo como Arma Ofensiva.

———

Murielle encontró su objetivo una vez más. Caballos y jinetes en la vorágine de la batalla se separaron repentinamente para revelar el objeto de su venganza. Cheval también lo vio. Como antes, comenzó a galopar sin la insistencia de Murielle. Henri estaba de espaldas a ella, pues acababa de desmontar a un caballero del grupo rebelde. Cheval ganó velocidad, pero Henri no se había girado para verlos acercarse. Murielle quería que la viera acercarse, necesitaba que la viera. Deseaba que la criatura más asquerosa y repugnante que jamás había existido pudiera ver quién acababa con su existencia.

Murielle se concentró en él, deseando que girara. Parecía estar hablando con el caballero que acababa de desarmar. Le dio al pobre caballero una mirada casual y sus ojos se agrandaron. Frédéric yacía en el suelo, sin el yelmo. Sangraba profusamente de una herida en el pecho. La sangre fluía libremente de su boca mientras pronunciaba palabras que Murielle no podía escuchar. Entonces, Henri colocó la punta de su lanza ensangrentada sobre la garganta expuesta de Frédéric y la empujó, acabando con la vida de su amigo. Murielle, enfurecida, pateó a Cheval más rápido hacia su objetivo. No le importaba si la veía. Bajó su lanza y se preparó para el impacto.

Debajo de ella, Cheval soltó un gruñido bajo y luego el caballo y ella se inclinaron hacia la izquierda. Murielle perdió de vista su objetivo cuando el suelo subió rápidamente. Un dolor agudo estalló en su hombro izquierdo y luego en su cadera y en su pierna. Su lanza voló de su mano. Mientras se deslizaban por el suelo, Cheval intentó ponerse de pie, pero no pudo y cayó pesadamente sobre Murielle. Hizo una mueca de dolor.

Cuando se detuvieron en el suelo ensangrentado, Murielle buscó su lanza en vano. Un caballero entró en su campo de visión. Uno de los caballeros de Henri, uno que ella no reconocía, se detuvo ante ella sosteniendo una lanza rota. Faltaba más de la mitad. Esto causó una gran preocupación a Murielle. Otra preocupación era que Cheval no intentaba levantarse. Lo sentía respirar, el ascenso y descenso rápido de su costado sobre su pierna. Estaba jadeando, jadeando demasiado rápido.

El caballero se acercó. Sujetaba lo suficiente de una lanza para causar un daño mortal a la indefensa Guillaume de Marschal y parecía bastante decidido a hacerlo. Murielle luchó. Estaba inmovilizada debajo de Cheval y su espada debajo de ella. El sonido de cascos se acercó rápidamente por detrás de ella, y el caballero giró, levantando la lanza rota para defenderse. Pero el trozo pequeño de ceniza resultó insuficiente para protegerlo, y fue desmontado, para nunca levantarse de nuevo.

Murielle giró la cabeza para ver a este nuevo jugador. El Caballero Negro frenó su corcel alrededor, deteniéndose cerca de Murielle y Cheval. No dijo nada, pero por su postura estaba claro que estaba protegiendo a su antiguo rival, ahora aliado, Guillaume de Marschal, hasta que pudiera liberarse.

"Una última vez, Cheval", susurró Murielle al oído del caballo. "Levántate lo suficiente para liberarme para que pueda terminar nuestro trabajo".

Con un gran gemido, Cheval se levantó y Murielle se escabulló de debajo de él. Relinchó de dolor y volvió a caer al suelo, jadeando.

Murielle revisó su espada y luego se volvió hacia el Caballero Negro. Apareció tal como lo había hecho en el Torneo de Eglinton. Yelmo negro, armadura negra y un escudo negro sin heráldica sobre él. Sostenía una lanza negra erguida en su mano negra enguantada. Incluso parecía montar el mismo corcel negro grande que había montado entonces. Era una entidad de negro sólido, que parecía extraer la luz del aire.

"*Merci*", dijo Murielle asintiendo.

El Caballero Negro le devolvió un solo asentimiento, luego condujo a su corcel y se alejó rápidamente.

Murielle caminó alrededor de su montura caída, quitándose el yelmo mientras lo hacía. Con la vista despejada de las hendiduras estrechas del gran yelmo, ahora veía el problema con Cheval. Un extremo corto y roto de una lanza sobresalía del costado de Cheval. La punta se extendía desde su pecho en la base de su cuello. El ojo amplio de Cheval la miró. Sangre y espuma salían de la boca del animal jadeante.

Murielle se quitó la cofia sudorosa, permitiendo que su cola de caballo oscura se deslizara por su espalda. Se arrodilló y abrazó al caballo.

"Lo siento mucho, Cheval", gritó en su cuello.

Julien había accedido a cada una de sus peticiones, pero cuando le había dicho que equipara a Cheval para la batalla, él se había resistido. "Tenemos caballos de guerra sólidos en el establo, señora. Mucho más adecuados que un caballo simple de granja". Murielle había hecho una mueca. "No tendría otro. Ha pasado por mucho conmigo y se merece esto". Al final, Julien suspiró e hizo lo que se le dijo.

Ahora Cheval no tendría su venganza. "Lo siento mucho, Cheval", dijo de nuevo en su oído. Murielle se puso de pie.

Sacó su espada y colocó la punta de la hoja sobre el corazón del caballo. Murielle volvió sus ojos hacia la pared creciente de nubes negras que surcaban el cielo. "Al menos no dejaré que sufras", dijo.

Empujó hacia abajo con ambas manos.

CAPÍTULO VEINTE

Fergu hizo retroceder a su oponente con su gran escudo redondo sobre el que estaba grabada la Tercera Profecía Terrible. La ciudad de Darloque estaba sobre el escudo. Las llamas rugían desde sus torres y desde el castillo, arrojando columnas de humo negro grandes y hollín al cielo. Los ejércitos extranjeros la atacaban en cada puerta, sus grandes máquinas de asedio golpeaban sus muros. La Ciudad Eterna caía, agonizaba. Sobre ella en el cielo, una estrella misteriosa descendía, señalando el final de una era.

Fergu hizo retroceder al mercenario. La fuerza del hacha de batalla del héroe resultó demasiado feroz para que resistiera y el mercenario cayó, para nunca levantarse de nuevo. Fergu miró alrededor. Se había encontrado con un grupo pequeño de retadores y los había conquistado a todos. Sin embargo, el enemigo todavía luchaba poderosamente, por lo tanto, su trabajo no estaba completo. El héroe giró, su pelaje oscuro color carbón contrastaba con su cota de malla reluciente en la luz tenue del día mientras buscaba más oponentes. Vio a un grupo de hombres de armas de Henri moviéndose hacia él cuando algo en el suelo llamó su atención heroica.

Los ojos de Fergu se agrandaron, su boca se abrió un poco. Se agachó en el suelo, enganchó el hacha en el cinturón y recogió la espada con cuidado. Acunó tiernamente la espada mandoble, una claymore. Seguramente la había perdido un soldado caído de Ocosse. El dios giró la espada entre sus garras, impresionado por la exquisita —tan exquisita como puede ser un arma hecha por humanos— artesanía. Sus orejas se volvieron hacia atrás, escuchando los pasos que se acercaban rápidamente detrás de él. Rápidamente aflojó la correa de su escudo, se lo pasó sobre las orejas y lo colocó en su espalda. Los golpes llovieron sobre el escudo, y aún en cuclillas, el héroe giró la espada en un agarre perezoso y la empujó detrás de él a los gritos de su nuevo oponente. El héroe giró, levantándose mientras lo hacía, y balanceó la claymore en un arco amplio con una sola pata, tomando la cabeza de otro oponente. Un grupo nuevo de retadores se acercó. Así, comenzó la nueva lección: Combate con Espada Mandoble.

———

El Rey de Ocosse se agitaba cada vez más mientras el observador decía los acontecimientos de la batalla.

"Debe permanecer detrás de las líneas, señor", gimoteo su ayudante, "y permitir que MacTavish dirija la batalla".

El Rey se paseaba en círculos, agitando las manos en el aire y gritando: "¡Los dioses! ¡Los dioses!" una y otra vez.

De repente, el observador gritó. "¡Miré señor! ¡Al norte!"

El Rey había subido hasta la mitad de la torre antes de que su ayudante pudiera pronunciar una palabra de protesta. Sobre la colina al norte había un gran grupo de caballeros, todos vestidos con armadura roja, cada uno llevando la heráldica del roble blanco.

"¡Los Caballeros del Roble! gritó el Rey.

"¡Ahora veremos terminar esta batalla!" gritó el observador.

Los Caballeros del Roble, sin embargo, permanecían inmóviles en la colina.

"No", respondió el Rey. "No participarán".

"¿Pero por qué no?" llamó el observador. "Esta es sin duda una *'Bataille Juste'*, ¿no es así?"

"Sí, lo es", respondió el Rey, "pero esta es la batalla de Philippe, suya para ganar o perder. Laurent no le robará el momento a Philippe para demostrar su valía. Simplemente observan el progreso de su hijo".

"Sí, mi Rey", dijo el observador, "eso es lo más sabio".

El Rey comenzó a bajar de la torre —para alivio de su ayudante— cuando toda la torre se sacudió con un gran estruendo.

"¡Vaya! ¡Qué ha sucedido!" gritó el Rey.

El observador no respondió. El Rey volvió a llamar, ahora preocupado de que el hombre fuera golpeado. Comenzó a subir de nuevo —mientras su ayudante trataba de detenerlo en vano— cuando el observador se inclinó precariamente sobre el costado de la plataforma, jadeando y señalando.

"¿Qué es?", gritó el Rey de nuevo.

"El... el... el... ¡Caballero! ¡Negro!" finalmente se mostró.

El Caballero Negro desmontó a otro de los caballeros de Henri. Refrenó su corcel y miró hacia el campo. La línea rebelde se había roto, a través del campo de batalla se libraban furiosas escaramuzas grandes y pequeñas. Los rebeldes se dispersaron demasiado lejos, aunque los arqueros impedían el avance ocasional de los hombres de Henri. Los ejércitos de Ocosse estaban en mejores condiciones, pero su línea era irregular y desorganizada. Era hora de reunir a los ejércitos de Philippe y terminar lo que había comenzado hace mucho tiempo.

El Caballero Negro de nuevo condujo a su corcel alrededor y, sosteniendo su lanza en alto, galopó de regreso al alcance de los arqueros. Giró a su corcel una vez más y giró la lanza, luego la hundió profundamente en el suelo duro. Una bandera roja se desplegó desde el final, ondeando en la brisa suave que había surgido. El Caballero Negro se quitó el yelmo y lo arrojó al suelo. Orejas largas rojas se elevaron por encima del pelaje rojo manchado de su noble cabeza.

El dios de la guerra gritó con una voz profunda y rica que resonó por todo el campo de batalla. "¡Todos los caballeros, todos los soldados, todos los hombres de valor leales al verdadero Rey de Darloque! ¡Reúnanse en este estandarte!"

Bellicor tiró de las riendas y alzó a su corcel. Sacó la espada Viresdefeu, y la lanzó hacia el cielo. La hoja brilló cuando un rayo rompió el cielo ennegrecido.

———

El Rey de Ocosse saltó de la torre y corrió hacia su caballo, su gran falda escocesa ondeando detrás de él y su ayudante corriendo frenéticamente para atraparlo. Se subió a la silla de montar como un hombre que tiene la mitad, mejor dicho, una cuarta parte de su edad. El Rey giró al caballo, tomó una lanza de un estante cercano y tomó el escudo que colgaba de la montura. Su ayudante estaba sobre él cuando giró de nuevo.

"¡Pero señor! ¡Su edad! ¡El peligro!" El ayudante tiró de la bota del Rey. "¡Debe permanecer aquí fuera del peligro!"

El Rey de Ocosse agarró la lanza con fuerza. "¿¡Qué!?"

gritó. "¿Y perder la oportunidad de luchar junto a Lord Bellicor y los propios dioses? ¿¡Eres tonto, hombre!?"

Con un gran grito, el Rey puso al caballo al galope, cargando colina abajo. Su ayudante agarró el yelmo del Rey y luego lo persiguió colina abajo.

"Pero señor", gimoteo. "¡Su yelmo! ¡Debe tener su yelmo!"

MacTavish había visto a los dioses entrar en la refriega y, como hicieron muchos ese día, al principio no creía lo que presenciaba. Nadie había visto a los dioses en generaciones, un hecho que alimentaba la tendencia inquietante actual del pensamiento ateo. Pero ahora, estaban aquí, en este campo de batalla, luchando del lado de Philippe. Cuando era niño, había apreciado los cuentos de Los Tres Héroes —como todos los niños pequeños— y ahora estaba siendo testigo de un relato viviente. Luego, mientras clavaba su lanza contra otro de los caballeros de Henri, se le ocurrió que él mismo formaba parte de la historia.

Se regañó a sí mismo por participar en fantasías de la infancia. Entonces, el Caballero Negro se quitó el yelmo y se reveló como Lord Bellicor. MacTavish detuvo su corcel. Su falda escocesa revoloteó en la brisa cada vez más fuerte. El Caballero Negro, misterioso combatiente en el Torneo de Eglinton, si en realidad era Lord Bellicor, entonces ¿quién era el caballero que lo había derrotado? ¿Quién era Guillaume de Marschal para derrotar a un dios? Tuvo poco tiempo para meditarlo ya que uno de los caballeros de Henri se le acercó rápidamente. Inclinó su lanza y se lanzó sobre el retador.

Murielle corrió a través del campo enfrentándose a cualquiera de los soldados de Henri. Muchos caballeros en ambos bandos habían perdido sus caballos y luchaban a pie. Lo vio en los ojos de su oponente mientras desafiaba a cada hombre. Estaba la sorpresa inicial cuando la mujer cargaba, luego la conmoción por la ferocidad con la que luchaba, y luego no más pensamiento cuando caía al suelo, para nunca levantarse de nuevo.

Escuchó el grito desde la retaguardia y comprendió su significado. Los rebeldes se habían dispersado demasiado. Necesitaban retroceder y reformar la línea bajo la protección de los arqueros. Si el capitán de los ejércitos de los Ocossianos —MacTavish era su nombre, creía— entendía, entonces debería presionar más su línea y cerrar la brecha con las fuerzas menguantes de Henri.

Murielle se retiró, dirigiéndose al estandarte rojo. Varios miembros del ejército rebelde la miraron confundidos al ver a una mujer vestida con la armadura de Guillaume de Marschal. Sin embargo, se retiraron con ella, llevando a los soldados de Henri. Murielle bajó su espada sobre un hombre rápido y agresivo, poniendo fin a su papel en la obra. Corría de espaldas, viéndolos venir cuando se topó con algo duro e inflexible. Giró rápidamente, moviendo su espada en un gesto automático de defensa, y sus ojos se posaron sobre las formas de Espin, Tybalt y Fergu. Murielle detuvo la espada cerca de Espin. Sus ojos se agrandaron, su corazón dio un vuelco. Lo que vio estaba en franca oposición a lo que su padre le había enseñado y lo que ella había llegado a creer —o no creer.

"Fuimos testigos de tu actuación en el Torneo de Eglinton", dijo Espin con una voz fría después de un silencio breve. Sus ojos no registraban ninguna emoción.

"Te desempeñaste bastante bien para ser humano", añadió Tybalt con una voz similar.

"Sí", añadió Fergu asintiendo. Murielle notó que el hacha

de la que hablaban los cuentos colgaba de su cinturón, y sostenía una claymore Ocossiana en sus patas.

Y luego Los Tres Héroes hicieron algo que Murielle nunca se habría atrevido a imaginar posible. Espin chocó su escudo con el de ella en un signo de solidaridad de los soldados. Tybalt hizo lo mismo y Fergu tocó su escudo con el pomo de su espada.

Y luego desaparecieron, perdidos en algún lugar de la batalla. Murielle se tambaleó. Si tan solo su padre estuviera aquí ahora para ver esto. Los Tres Héroes, buenos en recibir elogios y malos en darlos, le habían dado un gran cumplido. Miró alrededor del campo de batalla. Estaba sola en esta parte del campo sangriento, ni aliado ni enemigo cerca. Podía ver a los rebeldes haciendo retroceder a la mitad de las tropas de Henri mientras los ejércitos Ocossianos conducían a la otra mitad ante ellos. Pronto terminaría, y estaba tratando de comprender lo que le acababa de suceder.

"¿¡Vaya!?" gritó una voz por detrás, sacándola de su estupor. Murielle giró, blandiendo su espada.

"¡Guillaume de Marschal! ¡Feliz encuentro!" gritó el leñador alegre.

Lord Arbrinner estaba ante Murielle. Inmediatamente, un diluvio de recuerdos llegaron a ella, recuerdos de Étienne, su altar pequeño y su conversación hace tanto tiempo. El dios estaba parado ahora en la misma pose que Étienne había concebido. Su pelaje marrón oscuro era del mismo color que la madera oscura del altar. Estaba de pie con su lanza larga plantada sólidamente en el suelo, su pie apoyado sobre un tronco. Llevaba una armadura de cuero sencilla, y un bolso colgaba de su cadera derecha de una correa que colgaba sobre su hombro opuesto. Sin embargo, la mayor diferencia entre la concepción de Étienne y el dios que estaba ante ella era que su cabeza ancha, frente prominente y orejas caídas enmarcaban ojos alegres y brillantes y una sonrisa de alegría.

"Feliz encuentro, Lord Arbrinner", respondió Murielle dócilmente. No pudo evitar mirar el rostro radiante tan diferente de la figura de Étienne.

El rostro del dios comenzó a hundirse. Dejó escapar un suspiro de dolor. Allí estaba el rostro con el que Murielle estaba familiarizada. "Tu marido", dijo, "era un hombre bueno y fiel".

Murielle bajó la cabeza. "*Oui*. Sí, lo era".

"Aunque creo que estaba un poco equivocado".

Murielle levantó un poco la cabeza. Sus ojos se abrieron lentamente, más y más. En aquellos días era costumbre que cuando un soldado entraba en batalla, llevara un emblema con la imagen de una persona por la que luchaba, ya fuera por venganza o por inspiración. Muchos llevaban la imagen de una persona que había sido agraviada, otros, la imagen de un padre, hermano, esposa u otro que inspiraba al soldado a luchar lo mejor posible. Lord Arbrinner llevaba tal emblema en su pecho. La imagen era de un hombre, un hombre corpulento, de cabeza calva y ojos bondadosos.

Murielle soltó un suspiro desigual. Gilles no era campesino. Habían luchado juntos mientras Gilles trabajaba en la granja sin ninguna mejora. Durante tanto tiempo, ella había complementado en secreto su almacén con cosechas de su finca. Gilles, sin embargo, era brillante con la madera. Tenía que pensar cuidadosamente sobre las cosechas y aun así le iba mal cada temporada. ¿Pero con la madera? Era un maestro natural. Simplemente echaba un vistazo a un trozo de madera, imaginaba el producto terminado y lo ejecutaba exactamente como lo veía en su mente. Si ella fuera —hubiera sido— una persona religiosa, lo habría creído inspirado divinamente no por Lord Aufeese, sino por Lord Arbrinner. Y por este emblema en el pecho del dios, Murielle supo que aunque sus marido había ofrecido oraciones a un dios, otro lo había escuchado y bendecido.

La sonrisa volvió al rostro de Lord Arbrinner. Se inclinó y le susurró al oído. "Alegre te doy un consejo. Si deseas mover cerdos, debes prometerles la mazorca, porque en esa parte del maíz, radica su mayor deseo".

Murielle sonrió ante el recuerdo de Étienne y ella tratando de sacar a los animales del granero en esa mañana fría hace mucho tiempo.

Parpadeó y el dios había desaparecido. Escuchó su voz al otro lado del campo de batalla, riéndose alegremente de sus retadores. Murielle volvió a estar sola en el campo. La batalla parecía tan lejana. Asimismo, su dolor, su ira, su odio. Y a la luz de este nuevo amanecer en su vida, su deseo de venganza se sintió muy distante.

Pero no completamente desterrado, sin embargo. Lentamente, a medida que le daba más libertad, comenzó a deslizarse hacia ella, sigilosamente, sobre patas oscuras silenciosas, acercándose más, avanzando lentamente sobre la víctima desprevenida para saltar, atacar y devorar. Sintió su sombra oscura sobre ella, enfriando su corazón y calentando su sangre. Esperó, deseando su ataque, deseando sentir sus garras en su piel, desgarrándola, destrozándola.

Murielle apenas era consciente del sonido de los cascos acercándose detrás de ella. El sonido del único caballo pesado en el suelo duro era como un trueno. Cuando el caballo se detuvo, ni siquiera volteó. Después de un momento largo de silencio, el jinete habló.

"Guillaume de Marschal", La voz del jinete estaba llena de fuerza y poder. Murielle cerró los ojos y no dijo nada. Apretó su espada con más fuerza, presionó su escudo más cerca de su cuerpo. Sabía lo que estaba detrás de ella, quién estaba detrás de ella, sin embargo, miró hacia la distancia, mirando a la nada, el estallido distante de la batalla a un mundo de distancia de ella. Murielle esperó, reuniendo sus pensamientos, y preparándose para lo que vendría. Y entonces—

Murielle giró lentamente, una idea nueva floreciendo en su cabeza. Giró y miró hacia los ojos oscuros y temibles del noble dios de la guerra. Estaba sentado a horcajadas sobre un corcel enorme de cabeza alta, tan negro como la armadura que llevaba —la misma armadura que llevaba en ese torneo de hace tanto tiempo.

"No", respondió el dios de la guerra a la pregunta que ardía en su mente. "Sin saberlo, tu oración fue respondida hace mucho tiempo".

Murielle no pudo decir nada mientras disfrutaba de la gloria del magnífico Lord Bellicor, el dios al que una vez había orado tan fervientemente.

"Cuando un dios responde a una oración", continuó el dios de la guerra, "lo hace en su propio tiempo y a su propia manera".

Murielle dejó asimilar esto. Étienne le había dicho que la oración requería paciencia. Pronto otra pregunta estalló en su mente.

"Yo…"

Lord Bellicor asintió sombríamente. "Richard te enseñó bien. Sin embargo, si no se le hubiera dado un medio de calidad excepcional, su arte no habría tenido tanto éxito". Inclinó ligeramente la cabeza. "*Vero*. Derrotaste al dios de la guerra en una competencia honorable".

La respiración de Murielle se aceleró mientras su mundo giraba a su alrededor.

"Aunque", añadió Lord Bellicor, "fue escrito hace mucho tiempo que ningún hombre derrotaría al dios de la guerra en un combate honorable".

"Y ese principio sigue vigente", bromeó Murielle mientras miraba al dios de la guerra, con una sonrisa extendiéndose en su rostro, "ya que ningún *hombre* ha derrotado al dios de la guerra en un combate honorable".

Algo que podría haber sido una sonrisa apareció en los labios de Lord Bellicor. Sus bigotes se movieron y sus ojos oscuros brillaron brevemente. "*Vero*".

La cabeza de Murielle todavía daba vueltas con esta nueva realización. Pensó en su padre. ¿Qué diría en este momento? Él solo creía en lo que se podía observar y probar a través de la razón. Seguramente, no podría negar la existencia de los dioses —como ella no podía ahora— con ellos ante sus propios ojos. Sin embargo, esta revelación se habría enfrentado a todo, cada código, por el cual había vivido su vida. Todas las filosofías que negaban a los dioses se hicieron añicos ahora, sin más significado que un cuento de hadas. Murielle quería preguntarle a Lord Bellicor por qué no se reveló a ella, a su padre, y lo hizo comprender el error de su ateísmo.

De nuevo, el dios de la guerra respondió a la pregunta sin pronunciar. "*Magna fides omnibus hominibus reperiendae sunt.* Uno debe descubrir la fe dentro de su propio corazón, porque allí es donde realmente vive".

Murielle bajó la cabeza. Étienne había intentado decirle que la esencia de la fe está en el corazón, no en los ojos.

El dios de la guerra se dirigió entonces a la pasión oscura que ardía dentro de ella. "La venganza que buscas no es tuya". El rostro de Lord Bellicor era firme y sombrío, sus ojos fríos y duros.

El odio en su corazón estalló poderosamente, ofendido por la negación de su cumplimiento. Se volvió contra el dios de la guerra, enojado por la sugerencia de que Murielle dejara de perseguirlo.

"Aunque la finalización de tu búsqueda produciría el mismo resultado, hay otro que obtendría un mayor beneficio".

El rostro de Murielle enrojeció. La idea de que el dios de la guerra descartará su perdida, la enfureció. "Te refieres a Philippe".

El dios de la guerra asintió sombríamente. "No descartó tu perdida ni tu dolor, pero Philippe, y todo el reino también, tienen mucho que ganar con la finalización de una estratagema puesta en marcha hace mucho tiempo".

Murielle apretó la mandíbula.

"Entiende una cosa, caballero honorable", dijo Lord Belli-cor. "A veces, la mejor venganza contra un oponente vil es mantener el honor de uno y aferrarse al camino noble, incluso si lo aleja de ese mismo oponente".

Murielle apartó los ojos de Lord Bellicor. Su corazón anhe-laba sangre, pero al mismo tiempo sabía que no podía tenerla. Su padre le había enseñado eso. Aunque era ateo, predicaba la letanía del honor. *Un caballero sigue el código de honor*, le había dicho en muchas ocasiones. *Mantente en un nivel alto a pesar de esos caballeros viles que podrían incitarte a hacer lo contrario. Tal es el camino del honor*. Murielle cerró los ojos y suspiró. Alejó el deseo de venganza de su corazón y lo desterró para siempre.

El dios de la guerra habló de nuevo. "Richard te dijo que la venganza destruye al practicante completamente más que al objeto, ¿no es así?"

"*Oui*", respondió, con la cabeza abajo y los ojos todavía cerrados. Él había dicho eso, pero en su deseo de venganza se le había escapado de la memoria. Así funcionaba el deseo de venganza.

"Mírame ahora", dijo Lord Bellicor. "Mírame como un caballero honorable mira a otro".

Murielle lo miró a los ojos.

"Todavía queda mucho trabajo por hacer en este campo de batalla. Si así lo deseas, te daré un caballo y te equiparé de nuevo para la caballería".

"No, gracias", respondió Murielle. "Lo hice bastante bien en la competencia de hombres de armas en Eglinton, como recordarás".

Esta vez Lord Bellicor le dio una sonrisa verdadera. "Y así lo hiciste, Guillaume de Marschal, así lo hiciste". Con eso, el dios de la guerra condujo su montura y volvió al corazón de la batalla.

Los sonidos de la batalla regresaron a Murielle. Miró a su alrededor sin comprender, como alguien que despierta de un sueño. Los ejércitos de Ocosse habían hecho retroceder a las líneas del frente de Henri tan lejos que ahora estaba detrás de la línea de los Ocossianos. El ejército reorganizado de Philippe estaba luchando duro, aunque retrasaban sutilmente la retaguardia de Henri. Murielle vio que estaban casi al alcance de los arqueros. Sonrió. Guillaume de Marschal no se oponía a luchar junto a los soldados Ocossianos.

Philippe tomó aliento y miró alrededor. Todo iba según el plan. Si alguien, excepto Lord Bellicor, le hubiera dicho que esta estrategia funcionaría en contra de Henri, lo habría considerado un tonto. Por supuesto, la participación de los dioses de su lado había aumentado enormemente sus posibilidades de éxito. En una colina, Laurent y la *Confrérie du Chêne* esperaban. Philippe no se sentía desairado. Sabía que esperaban el resultado de esta prueba. Se sentía confiado. Sentía que no se decepcionarían.

Giró de repente —algo en su interior lo hizo girar. Vio a Henri desmontar a uno de los caballeros rebeldes. El Rey giró. Se detuvo por un momento y luego se quitó el yelmo lentamente. Sus ojos se hincharon en su rostro. Un ceño fruncido se convirtió en una mueca de desprecio.

"¡Tú! ¡Traidor!" Henri gritó a través del campo mientras levantaba su lanza, apuntado a Philippe. "¡Tendré tu cabeza!"

El Rey Henri se echó el yelmo en la cabeza, apuntó su lanza y cargó contra Philippe. Sin dudarlo ni pensarlo, Philippe lanzó a su propio corcel al galope y apuntó con la lanza. Los dos combatientes se encontraron con un gran estruendo; sus lanzas explotaron en una tormenta de astillas. Cada uno había golpeado el centro del escudo del otro. Henri se tambaleó en la silla, pero logró permanecer. Philippe, sin embargo, rodó sobre el lomo de su corcel y cayó al suelo. Rápidamente se puso de pie sabiendo muy bien que Henri no perdería un momento. Philippe se quitó el yelmo para ver sin obstáculos. Su escudo se hizo añicos. Sacó su espada y giró en un círculo, jadeando y buscando a Henri.

Los gritos, chillidos y otros sonidos de la batalla llenaron sus oídos. No podía ni ver ni oír a su enemigo. Y luego, un solo par de cascos, un caballo acercándose desde algún lugar a galope fuerte. Philippe se volvió y vio a Henri acercándose, los restos destrozados de su escudo cayendo mientras levantaba su espada alto en el aire para derribar a Philippe. Henri soltó un rugido de animal salvaje cuando se abalanzó sobre Philippe, quien levantó su propia espada en un esfuerzo inútil de defensa.

Y entonces, cuatro destellos, cuatro chillidos estridentes rompieron el aire detrás de Philipp, cuatro golpes metálicos. Henri se cayó de su caballo y se estrelló con fuerza en el suelo. Rodó a poca distancia de Philippe. No se levantó tan rápido como Philippe, sin embargo, Philippe se acercó lentamente, como uno podría acercarse a cualquier predador peligroso y herido. Vio que el Rey se ponía de rodillas lentamente y se quitaba el yelmo. Henri estaba de espaldas a Philippe y rodeó lentamente el costado de Henri a una distancia segura, cauteloso de cualquier engaño. Henri miró alrededor con incredulidad, jadeando pesadamente. Philippe se acercó a Henri mientras el Rey miraba a su pecho para ver que había allí. Philippe vio sangre corriendo por la armadura de Henri de cuatro heridas en su pecho y su abdomen. Henri miró su propia sangre, la tocó con las manos. Las levantó y las miró, sin comprender. Philippe miró fijamente a Henri, y Henri miró hacia la fuente de sus heridas. Ambos vieron cuatro flechas incrustadas en el cuerpo de Henri. El extremo de cada eje poseía un vuelo dorado reluciente, hecho no de plumas, sino de espigas de trigo dorado vivo que crecían de los mismos ejes.

Philippe se volvió hacia el oeste, hacia la colina sobre la que residía un resplandor magnífico, no del sol poniente, sino del mismísimo Gran Arquero, el benevolente dios de la cosecha, Lord Aufeese. El Niño Dorado de Mava bajó un poco su arco, esperando que Philippe pusiera fin a una vida de locura. Incluso en la distancia, Philippe podía ver con claridad el emblema que Lord Aufeese llevaba en su armadura. Era la imagen de una niña con cabello castaño largo. La niña Emmeline.

Henri comenzó a reírse. Miró las flechas y se rio, miró alrededor para ver la batalla que aún se desarrollaba y se rio. Miró a Philippe y se rio.

"Así que, Jean-Louis, ¿crees que has ganado?" Henri soltó una risa que claramente le dolía. Miró a Philippe. "No puedes derrotarme. No lo tienes en ti. Quizás alguna vez pudiste haberlo hecho, pero no ahora, Jean-Louis. No ahora. Te he quebrado. Lo que había en ti antes se ha ido".

Philippe miró fijamente a su Rey, con su semblante perenne melancólico todavía en su rostro. No dijo nada; no hizo nada.

"Estás heridas no son nada, Jean-Louis". Henri tosió. "Me recuperaré. Reuniré a mis ejércitos, aplastaré tu rebelión patética, y recompensaré a Ocosse por su traición. Y cuando haya terminado, te castigaré. Tu esposa y tu hijita preciosa pagarán un alto precio primero por tu atrevimiento a desafiarme. Y cuando todo haya terminado, me lo agradecerás. Sí, Jean-Louis, lo harás".

Philippe respiró profundo. Frunció el ceño y sus ojos se iluminaron con un fuego ardiente. "Eres tan tonto, Henri", gruñó. "Eres de mente tan débil que nunca entendiste un simple cuento infantil. Nunca entendiste que Jean-Louis, ese burro sin pretensiones, aprendió a ser valiente y, al final, pudo deshacerse de sus verdugos"

Una mirada de sorpresa apareció en el rostro de Henri.

Philippe levantó su espada con ambas manos. La hoja brillaba a la luz del sol que se filtraba a través de la cubierta de nubes. "Tomo el nombre que me dieron para ridiculizarme. Soy Jean-Louis".

Por primera vez, el miedo se apoderó del rostro de Henri.

"¡Y yo, Jean-Louis, juro ahora que nunca volverás a dañar a otro inocente!" Bajó la espada, la cabeza de Henri se separó de su cuerpo y rodó por el campo de batalla.

———

Murielle sentía que la sangre caliente corría por su cuerpo. Se sentía viva. Aunque lloraba por Cheval y extrañaba su conexión, luchaba a pie con tanta fiereza como lo habían hecho juntos. Uno a uno, sus oponentes cayeron, no había rival para su ferocidad y habilidades de lucha superiores. Las lecciones que su padre le había enseñado en su juventud no habían disminuido en su memoria. Aunque Richard no le había enseñado a matar, le resultó más fácil hacerlo, especialmente cuando había tanta gente que merecía morir.

En un momento dado, levantó la vista del calor del combate para ver al objeto de su venganza cargando a través del campo, con su lanza abajo y preparándose para enfrentarse a un oponente. El deseo ardiente de venganza que una vez había residido en ella ese día se había enfriado y disipado en nada. No sintió nada al ver a Henri. Lord Bellicor dijo que su recompensa estaba próxima. Murielle sintió una satisfacción cálida ante ese conocimiento.

Empujó a un oponente —otro mercenario— y lo golpeó sin piedad. Giró de nuevo y vio a Henri y al caballero Philippe reunirse en un gran estruendo. Murielle jadeó cuando vio a Philippe caerse de su caballo. La duda y la preocupación la invadieron. ¿Y si Lord Bellicor estaba equivocado? ¿Y si Henri era demasiado fuerte para Philippe? Ese día se veía tan triste y frágil, y Henri parecía tan poderoso.

El instinto la empujó hacia Philippe, no sabía si era para ayudar a un aliado caído, o debido a la conexión que sentía hacia él, o si simplemente era para interceder por el que realmente podría terminar con la vida de la criatura horrible que había destruido su vida. Murielle se detuvo de nuevo mientras observaba los acontecimientos.

Entonces todo terminó. Extrañamente, no sintió nada mientras veía rodar la cabeza de Henri por el campo y caer al suelo su cuerpo sin vida. Los ojos de Philippe permanecieron en el cuerpo de Henri durante algún tiempo antes de soltar un suspiro profundo, y una mirada de satisfacción resignada se apoderó de él. No sintió nada mientras lo miraba, y eso era bueno.

Murielle se dio cuenta demasiado tarde de que había pasado demasiado tiempo mirando. Los sonidos de la batalla que aún rugían a su alrededor se habían desvanecido de los oídos de Murielle mientras miraba a Philippe, pero enfureció, y pasaría algún tiempo antes de que todos los combatientes se dieran cuenta de que el Rey de Darloque estaba muerto. Fue la voz de su padre la que vino a ella, su voz ordenándole que prestará atención, porque en el torneo todo sucede demasiado rápido para permitirse el lujo de pensamientos ociosos. En el torneo, tal error podría costarle a uno la partida, en la guerra, algo mucho más preciado.

Algo golpeó a Murielle en la espalda. No hubo dolor, solo una presión breve. Se llevó la mano al abdomen por reflejo. Cuando la levantó de nuevo, vio sangre roja brillante cubriéndola. Desconcertada ante este fenómeno, miró hacia abajo y vio la punta de una espada que sobresalía de su abdomen. Hubo un tirón y la punta de la espada desapareció.

Lentamente, Murielle giró, todavía en trance y todavía sin dolor. Lentamente, su escudo se deslizó de su brazo y cayó al suelo con un golpe suave. Giró para encontrarse a un soldado que sostenía una espada ensangrentada ante él. *¿Mi sangre?* Murielle pensó inútilmente desde lo que parecía una gran distancia. El soldado vestía una armadura maltrecha, rajada y abollada por la batalla peligrosa. Su escudo, como su armadura, habían recibido un abuso gratuito este día y probablemente no quisieran ver otra batalla. Sangre, tanto seca como fresca, cubría a este soldado de pies a cabeza. Había perdido su yelmo, o simplemente lo había desechado, en algún momento de la batalla. Murielle miró su rostro, su rostro muy abierto, el reconocimiento aflorando en ella, un recuerdo registrado en esos ojos familiares.

Los ojos de Murielle se abrieron de par en par, salió de su trance. Un tipo grande y corpulento estaba ante ella, no un tipo de aspecto particularmente brillante, pero sí demasiado familiar. Era el tipo que había llamado a la puerta de la granja hacía tanto tiempo, trayendo dolor y muerte a su vida. Lo conocía y él la conocía. Mientras estaba de pie ante ella claramente desamparado de ver a la señora de la casa aquí de todos los lugares. Murielle actuó por reflejo, su mente aún muy lejos, levantando su espada y conectando la hoja con la cabeza del hombre corpulento. La sangre salpicó y él cayó al suelo para no volver a levantarse nunca más. Murielle no sintió satisfacción.

El dolor se apoderó de ella de inmediato, un fuego en su vientre hizo que se inclinara y se apoyara en su espada por soporte. Agarró el pomo, la empuñadura y la cruz, clavando la hoja en el suelo duro con su peso. Intentó caminar de esa manera, usando la espada como muleta, tratando de salir del campo de batalla. Pero no pudo. Murielle tropezó y cayó al suelo.

———

Philippe cayó de rodillas. Una oleada de alivio lo atravesó. Había terminado, finalmente. Todo el dolor que había soportado, todo el dolor que cualquiera había soportado. Terminado. La curación podría comenzar.

Pero aún no terminaba, y en el fondo, el caballero experimentado sabía que la batalla seguía en marcha. Se había removido la cabeza, pero el dragón seguía siendo peligroso. Philippe levantó la cabeza. Los ejércitos de Ocosse habían empujado a las tropas restantes de Henri de regreso al alcance de los arqueros que estaban haciendo llover el infierno sobre ellos una vez más. Sus propias tropas reagrupadas y revitalizadas luchaban del otro lado, confinando a los hombres de Henri en un espacio cada vez más pequeño del que no habría escape. Solo quedaba una cosa por hacer. Philippe se puso de pie y alzó la voz.

"¡El Rey Henri está muerto!" gritó con una voz fuerte y resonante que resonó por todo el campo. "¡El Rey Henri está muerto!"

La reacción fue instantánea. Muchos de los hombres de Henri comenzaron a dar señales de rendición. Otros comenzaron a huir del campo. Los pocos que optaron por seguir luchando descubrieron que tenían cada vez menos aliados. Los que se rindieron fueron sacados del campo, los que huyeron fueron perseguidos y asesinados sin piedad, al igual que los que habían elegido continuar la tonta empresa de la batalla. En poco tiempo, la rebelión se completó.

Philippe se dio cuenta de que los jinetes se le acercaban por detrás. Se volvió para ver a Laurent y la *Confrérie du Chêne*. Los hermanos lo rodearon en una posición protectora, con las espadas y las lanzas listas para cualquier traición contra el líder de la rebelión. Pronto, se acercó otro jinete, el que Philippe esperaba. Había cumplido su promesa al dios de la guerra. El caballero vil y Rey infiel había sido derrotado de acuerdo al plan —tanto del plan como se le había revelado a Philippe. Darloque ahora no tenía rey. Había llegado el momento de revelar la fase final de la estratagema de Lord Bellicor.

El dios de la guerra detuvo su corcel ante Philippe. Se arrodilló ante el dios de la guerra, presionando los dedos en la frente. Los Caballeros del Roble desmontaron sus caballos y también se arrodillaron en veneración.

"Levántate, caballero", ordenó el dios de la guerra. Philippe se puso de pie y Lord Bellicor ordenó a Laurent y a sus caballeros recuperar sus monturas.

Una multitud se había reunido a su alrededor. Philippe vio a sus propios seguidores, caballeros y soldados cansados de la batalla, conscientes del dilema de la muerte de Henri, mirando expectantes a Lord Bellicor. Philippe vio que el Rey de Ocosse y su capitán de los ejércitos —MacTavish, Philippe creía que se llamaba— también se ponían sombríos al darse cuenta de la situación difícil a la que se enfrentaba Darloque.

"El mal ha sido destruido", resonó Lord Bellicor a través del campo. "Ahora escuchen todos los presentes una verdad que se había perdido, una verdad indiscutible que ahora reveló a todos los testigos presentes".

Sobre la colina, sobre los arqueros, una forma saltó en un gran arco largo, aterrizando delicadamente en el suelo y luego corriendo a cuatro patas colina abajo y a través del campo. Un gran conejo plateado corría velozmente hacia ellos. Llevaba un yelmo de batalla abierto del rostro con una abertura en el lado izquierdo del cual sobresalía una oreja plateada larga. El lado derecho del yelmo estaba cerrado porque no había oreja en ese lado.

El Rey de Ocosse se inclinó hacia MacTavish. "Una oreja. *Deben* ser buenas noticias".

El dios mensajero de las buenas noticias se detuvo ante Lord Bellicor, se levantó sobre sus patas traseras y se inclinó. Lord Bellicor lo reconoció.

"Saludos, Bonveritas".

Lord Bonveritas le entregó silenciosamente al dios de la guerra una carta con un sello de cera intacto. Lord Bellicor la tomó y la levantó en su pata blanca.

"¡Mirad! ¡Una carta, cuyo contenido revelará la verdad de la que he hablado!" Lord Bellicor condujo a su corcel alrededor mientras se dirigía a la multitud creciente. "La primera esposa del Viejo Rey de Darloque le dio un hijo, que es conocido por todos los presentes. Todos los presentes también saben que la Reina Hélène y su hijo recién nacido murieron por traición de traidores dentro de la guardia del Viejo Rey. Sin embargo, en ese punto, el conocimiento y la verdad del hombre se separan".

"La carta que sostengo, una carta escrita por la propia Reina Hélène y sellada con su marca real, perdida durante todo este tiempo y recién recuperada, cuenta una historia diferente de lo que los hombres creen que es la verdad. Hélène se enteró de los planes de los traidores de secuestrar al hijo recién nacido del Viejo Rey para forzar el fin de la guerra con Ocosse. En privado, Hélène concibió un plan con Onfroy, el capitán de la guardia del Rey —un hombre verdadero y digno de confianza—

para cambiar al hijo varón por otro y luego mantenerlo en secreto en un refugio.

"Onfroy seleccionó a su hijo y a una niñera para transportar al hijo pequeño y heredero verdadero al trono al refugio. Mientras tanto, Onfroy, la Reina Hélène y el impostor murieron en un ataque de los traidores. En un giro triste del destino, el hijo de Onfroy y la niñera se encontraron con un accidente terrible, matándolos a ambos, pero dejando vivo al heredero verdadero del Viejo Rey. El niño fue encontrado por un grupo de monjes, pero la carta de sus orígenes se perdió, y no quedó vivo nadie que conociera la identidad verdadera del pequeño".

Los Caballeros del Roble comenzaron a susurrar entre ellos. Laurent de Lois levantó la mano pidiendo silencio, una expresión de consternación cruzó por su rostro.

Lord Bellicor continuó. "Esta carta habla del complot, pidiendo a los miembros del refugio que protejan al príncipe infante con sus vidas hasta que se contenga la amenaza. También da una descripción del infante, incluyendo una marca particular, el mejor medio para identificar al príncipe verdadero. Esa marca era, y sigue siendo, una única marca de nacimiento de color rojo sangre en su pecho, sobre su corazón".

La mano de Philippe se posó en su pecho. Respiró entrecortadamente.

Lord Bellicor miró a Philippe. "Levántate la camisa".

Philippe agarró el borde de su cota de malla y el gambesón debajo y los levantó. Un grito ahogado vino de la multitud mientras se giraba, mostrando a todos los presentes la marca sobre su corazón, una marca tan roja como las manchas en el rostro del dios de la guerra.

Lord Bellicor hizo una seña a Laurent. "Te entrego esta carta, Laurent de Lois, Sumo Sacerdote de la *Confrérie du Chêne*. La palabra del dios de la guerra es irrefutable, sin embargo, esta carta debe ser revisada por el Consejo de Sacerdotes como es la ley".

Laurent hizo una reverencia, presionando los dedos sobre su frente. "Se hará, mi señor".

El Rey de Ocosse levantó su puño al aire. "¡Todos saluden al verdadero Rey de Darloque! ¡Saluden al Rey Philippe!"

La multitud comenzó a cantar. "¡Todos saluden al Rey Philippe! ¡Todos saluden al Rey Philippe!"

———

Desde donde yacía Murielle, podía oír lo que había sucedido. Ese jinete agotado y golpeado que había visto en la granja de su marido había venido a orquestar su venganza, y ahora se demostró que era el hijo mayor del Viejo Rey y heredero al trono. Debajo del dolor, su corazón se llenó de alegría. Comenzó a toser sangre fresca en su mano.

Mientras yacía y escuchaba a Lord Bellicor revelar la verdad de Philippe, observó con cautela cómo una figura negra pequeña revoloteaba por el campo de batalla sangriento, corriendo entre los muertos y agonizantes. Murielle había recuperado su escudo y había apoyado la cabeza sobre él para poder escuchar y observar cuidadosamente a la figura negra pequeña. Le dolía recostar la cabeza así, pero necesitaba mantener la vista en esa figura negra pequeña.

Cuando Lord Bellicor había terminado de hablar, y los vítores de los hombres habían disminuido, llegó el momento que temía. La figura negra pequeña se detuvo ante ella. El conejo negro diminuto, tal vez lo suficientemente pequeño como para caber cómodamente en sus manos ahuecadas, se incorporó sobre sus patas traseras e hizo una reverencia formal.

"Saludos, mi señora", dijo.

Murielle respiró temblorosamente.

"O tal vez: '¡Saludos, señor caballero! ¿Cuál prefieres?"

Murielle cerró los ojos y tragó saliva. No dijo nada.

"Ahh. Ya veo. Una de esa clase". Se tocó la barbilla con la pata. "¿Sabes quién soy, correcto?"

Murielle tembló. "Lord Noirceur, dios de los muertos", se las arregló.

"¡Bueno, no tienes que decirlo así!" Lord Noirceur se rio entre dientes, sus orejas cortas y atrevidas se movieron levemente. "Dime, ¿te gustaría escuchar un chiste? Eso suele suavizar el estado de ánimo y tengo muchos nuevos".

Antes de que Murielle pudiera responder, el dios de los muertos comenzó a contar un chiste.

"¿Por qué hay una valla alrededor del cementerio?"

Murielle no dijo nada.

"¡Porque la gente se muere por entrar!"

Lord Noirceur estalló en carcajadas, doblándose y agarrándose la cintura. Murielle lo miró con tristeza.

El dios de los muertos se limpió los ojos. "No te gustó ese, ¿eh? Hmm" Se tocó la barbilla de nuevo. "¡Ahh! Aquí hay uno que te gustará. ¿Estás lista?"

Murielle asintió.

"Toc, toc".

Murielle cerró los ojos y le siguió la corriente. "¿Quién es?"

"Yo soy".

"¿Yo soy quién?"

Lord Noirceur comenzó a reírse entre dientes. "¿¡Tú no sabes quién eres!?" Rodó sobre su espalda, riendo a carcajadas.

Murielle frunció el ceño, pero poco a poco una sonrisa se dibujó en su rostro. Su boca se torció mientras luchaba contra el impulso, pero finalmente sucumbió y estalló en carcajadas. El dolor en su vientre era espantoso, pero no podía dejar de reírse. Le dio un ataque de tos, produciendo sangre fresca en sus labios, y recuperó la compostura lentamente.

El dios de los muertos se puso de pie y se limpió los ojos. "Oh, me encanta ese". Miró a Murielle, triste y pálida, sin embargo, lucía una sonrisa. "Ahh, así es como me gusta verlos. Nada de gemidos y lamentos".

Murielle se limpió los ojos con la manga.

"Un último chiste. Aufeese me contó esto recientemente. Estaba tomando el té con una humana, por lo que pregunta si le gustaría algo en su té. '¿Te gustaría un poco de azúcar con tu té?', pregunta y ella dice, 'No, gracias'. '¿Te gustaría un poco de leche con tu té?" pregunta y ella dice, 'No, gracias' Luego pregunta, '¿Te gustaría un poco de limón con tu té?' y ella dice, '¿Qué? ¿*Le monde*? Y él dice. '¡No! ¡Limón, no el mundo!'"

Lord Noirceur rodó por el suelo riéndose de esto, pero Murielle se limitó a mirarlo. Cuando se levantó de nuevo, la miró con un suspiro.

"Bueno, pensé que era gracioso".

Murielle comenzó a toser de nuevo. Cuando se detuvo, miró hacia el cielo que oscurecía, las nubes negras rodaban por el horizonte. Se volvió hacia Lord Noirceur. "No deseo ir contigo. Y—yo he encontrado algo por lo que vivir".

Esparcida por el campo estaba la verdad que había estado negando durante toda su vida adulta. Los Tres Héroes, Lord Arbrinner y Lord Bellicor peleando en el campo. Sobre la colina con los arqueros, el mismo Lord Aufeese brillando intensamente, rivalizando con el sol. Sobre otra colina, Lady Blanchefleur consolando a las mujeres. Había permitido que la incredulidad de su padre la impregnara. A pesar de su deseo y su necesidad de fe, se había rendido con demasiada facilidad. A través del proceso de perder todo lo que le importaba, finalmente había aprendido a tener fe.

Lord Noirceur la miró con compasión. "Lo siento mucho, pero no hay tratos con el dios de los muertos. Los que son convocados deben ir".

"¿Ni siquiera si te cuento un chiste muy bueno?"

El dios de los muertos se tocó la barbilla. "Podría estar dispuesto a considerar romper las reglas si es un chiste excepcionalmente bueno. ¿Cuál es?"

Murielle apartó la mirada con tristeza. "No conozco ninguno".

"Lo siento por eso". El dios de los muertos lo consideró. "Sin embargo, hay algo que puedo ofrecerte".

Murielle se volvió hacia él. Tosió débilmente. "¿Qué es eso?" susurró con voz ronca.

Lord Noirceur se acercó mientras un trueno retumbaba en la distancia. Se inclinó y le susurró al oído.

"Reunión".

Murielle sonrió, la luz se desvaneció de sus ojos, dándose cuenta de que finalmente estaba en paz con su fe y consigo misma. Volviéndose una vez más hacia Lord Noirceur, asintió, cerró los ojos y se fue con él.

La lluvia comenzó a caer.

EPÍLOGO

Mi padre, que él mismo no es un hombre ignorante, insistiendo en que todos sus hijos, fueran niños o niñas, fueran educados en letras, en artes y en ciencias, en matemáticas, en filosofía y en todas aquellas materias de las que los hombres intelectuales conversan, y yo, siendo su único vástago, por lo tanto, fui instruida en todas las materias antes mencionadas. Y yo, no deseando desperdiciar su buen juicio y su esfuerzo, utilizo mis habilidades duramente ganadas, dadas por los dioses y alimentadas por la buena diligencia de mi padre, para salir en su defensa.

Porque el tiempo es como un río, y como el dios del río Lord Fleuvenar es severo y descuidado, barriendo a un lado cualquier cosa o cualquier persona que esté a su alcance, independientemente de su importancia, o falta de ella, así también el tiempo barre con un brazo descuidado a los grandes y a los pequeños para que muchos sean olvidados a su paso.

. . .

Utilizo de buena gana mis talentos, tanto los dados por los dioses como los que he cultivado, para componer el relato de la caída y el ascenso de mi padre a la corona, para que ningún detalle pueda ser olvidado y nada pueda caer en conjeturas. El texto que he compuesto es verdadero y preciso, y como una muralla contra el diluvio del tiempo, para que nadie ponga en duda la historia de mi padre, el Rey Philippe.

Anna-Claire de la Province
Regina Nova Darlocum

NOTAS SOBRE LA TRADUCCIÓN

Deseo agradecer a la facultad de los departamentos de Historia e Inglés de MacClelland College, Universidad de New Darlo por su apoyo y su asistencia en esta traducción nueva del texto de la Reina Claire.

También deseo agradecer al Dr. Gregory MacDonald por su ayuda invaluable en mi traducción actualizada, especialmente en "las partes que simplemente nunca se sintieron bien", como dijo él, en su traducción original de hace casi cincuenta años.

También deseo agradecer al personal de la biblioteca de la Universidad de New Darlo por su ayuda invaluable y especialmente por sugerirme textos que de otra manera podría haber pasado por alto.

Esta traducción nueva del relato de la Reina Claire sobre su padre representa cientos de horas de investigación diligente e incluye información de muchas fuentes que no estaban disponibles para el Dr. MacDonald cuando compuso su traducción original. Creo que este trabajo representa la traducción más precisa hasta la fecha, proporcionando lo que el propio Dr. MacDonald ha llamado "la representación más precisa de la intención original de la Reina Claire que tenemos hoy".

Jules, Lauwry, PhD
MacClelland College, Universidad de New Darlo

Querido lector,

Esperamos que hayas disfrutado leyendo *Por los Oídos de los Dioses*. Tómese un momento para dejar una reseña, incluso si es breve. Tu opinión es importante para nosotros.

Atentamente,

Christopher Fly y el equipo de Next Chapter

SOBRE EL AUTOR

Mi padre tenía un doctorado en Música y un gran interés en Literatura, mientras que mi madre tenía una maestría en Literatura Inglesa, por lo que mi casa estaba llena de libros de una variedad de géneros. No era inusual para mí leer a Edgar Allan Poe un día y a Norman Mailer al siguiente.

A medida que fui creciendo, me sentí atraído por la ciencia ficción y el terror. Yo era el tipo que siempre llevaba una copia de "Christine" de Stephen King durante todo mi último año de secundaria.

En la universidad mis intereses se centraron en la literatura Medieval e historia. Me empapé de las obras de Thomas Malory y Chrétien de Troyes. En la escuela de posgrado, me diversifiqué en Shakespeare y la literatura moderna. También tomé cursos de escritura creativa cuando pude. El trabajo de posgrado ha incluido estudios en la Primera Guerra Mundial, la Segunda Guerra Mundial y varios conflictos del siglo 20.

En la universidad también conocí a una mujer especial que se convertiría en mi esposa. Yo había ido a clase usando mi falda escocesa y ella tenía que conocerme. Vino con tres hijos maravillosos a quienes estoy orgulloso de haber ayudado a criar. Mi esposa y yo nos involucramos en los Scottish Heritage Festivals, poniéndonos faldas escocesas y arrastrando a los niños por todo el sureste de Estados Unidos. También iniciamos una organización sin fines de lucro que trae a nuestra área artistas de música celta internacionalmente conocidos. También criamos conejos de pedigrí de exhibición y viajamos alrededor del suroeste a varias exhibiciones de conejos.

Cuando los niños se hicieron adultos y se mudaron para comenzar sus propias vidas, mi esposa y yo empezamos una granja pequeña. Además de los conejos, añadimos ovejas, gallinas y un par de perros gran pirineos con mucha personalidad.

Habiendo estado expuesto a la literatura desde una edad temprana, era natural para mí componer mis propias historias. Siempre he escrito historias para mí, pero cuando los niños se mudaron, finalmente decidí que era hora de dar a conocer estas historias al mundo. Espero que te guste lo que tengo para ofrecer.

Por Los Oídos De Los Dioses
ISBN: 978-4-86751-680-5

Publicado por
Next Chapter
1-60-20 Minami-Otsuka
170-0005 Toshima-Ku, Tokyo
+818035793528

18 septiembre 2021